btb

Håkan Nesser

# Schach unter dem Vulkan

Roman

*Aus dem Schwedischen*
*von Paul Berf*

btb

Die schwedische Originalausgabe erschien 2021 unter dem Titel »Schack under Vulkanen« bei Albert Bonniers Förlag, Stockholm.



MIX
Papier aus verantwortungsvollen Quellen
FSC® C014496

Penguin Random House Verlagsgruppe FSC® N001967

1. Auflage
Genehmigte Taschenbuchausgabe November 2022

Neumarkter Str. 28, 81673 München
Umschlaggestaltung: semper smile, München
Umschlagmotiv: © Plainpicture/Bernd Webler
Satz: Uhl + Massopust, Aalen
Druck und Bindung: GGP Media GmbH, Pößneck
SL · Herstellung: sc
Printed in Germany
ISBN 978-3-442-77260-5

www.btb-verlag.de
www.facebook.com/btbverlag

## Einleitende Bemerkung

*Die Stadt Kymlinge existiert nicht auf der Landkarte. Desgleichen sind alle wichtigeren Personen, die meisten Ereignisse sowie Wetterbeobachtungen in der vorliegenden Erzählung frei erfunden. Möglicherweise sind die Kommissare Gunnar Barbarotti und Eva Backman etwas weniger fiktiv, weil sie auch früher schon dabei waren.*

Menschen, die Bücher schreiben, denkt er,
wollen keine eigene Geschichte haben. Warum denn auch?
Im Vergleich mit dem Geschriebenen wäre sie doch stets
nur schal und ausdruckslos erschienen.

Olga Tokarczuk
Aus *Die Jakobsbücher*

# I.

## Oktober – November 2019

# 1

## *Die Wirklichkeit*

Um Viertel nach zehn an einem Abend Ende Oktober liegt der recht erfolgreiche Schriftsteller Franz J. Lunde bekleidet und rücklings auf einem Hotelbett in einer mittelschwedischen Stadt.

Das heißt, nicht in einem Mantel, einem Jackett und mit Schal; diese Kleidungsstücke hängen an Haken an der Tür. Die Schuhe liegen abgestreift auf dem Fußboden. Seit zehn Minuten betrachtet er einen unregelmäßigen Stockfleck an der Decke – der vage an die zu der Inselgruppe der Kapverden gehörende Insel Santiago erinnert, die er Ende der Neunzigerjahre besucht hat –, während er intensiv nachdenkt. Intensiv und nicht ohne Sorge, das hat seine Gründe.

Dann atmet er so tief durch, dass es beinahe einem Seufzer gleichkommt, streckt einen Arm aus, ohne den Kopf vom Kissen zu heben, und zieht Stift und Notizbuch aus der dünnen Aktentasche, die an das Bett gelehnt steht. Das Notizbuch ist noch unbenutzt und erinnert an zahlreiche andere Notizbücher auf der Welt. Es ist schwarz und hat einen festen Einband. Im A4-Format. Er setzt eine Hornbrille auf und beginnt zu schreiben.

Das einzige wirksame Mittel gegen die Angst, zumindest in seinem Fall.

## *Die Dichtung: Letzte Tage und Tod eines Schriftstellers*

John Leander Franzén war nicht nur Schriftsteller. Er war außerdem Narzisst, auf der Schwelle zum Psychopathen.

Ersteres, die Schriftstellerei, war der Bücher lesenden Öffentlichkeit wohlbekannt, Letzteres war ein einigermaßen gut gehütetes Geheimnis. Wie man so sagte. Das Geheime war zumindest eine Hoffnung, die er selbst hegte, auch wenn sich aus gutem Grund annehmen ließ, dass seine frühere Ehefrau genau wie ein, zwei frühere Freunde der bitteren Wahrheit wohl auf die Spur gekommen waren. Wie man auch sagte. *Psychopath* war im Übrigen ein Modewort, das so häufig missbraucht wurde, dass es auf dem besten Weg war, noch den letzten Rest an Bedeutung zu verlieren.

Aber egal. Inzwischen, seit er zur Gemeinschaft der über Fünfzigjährigen gehörte, hatte JLF – wie er oft angesprochen und genannt wurde, im kleinen Kreis, aber auch in größeren Kreisen – sowohl seine Frau als auch die meisten Freunde hinter sich gelassen. Er lebte in angenehmer Abgeschiedenheit in einer mittelgroßen, mit Bücherregalen bestückten Wohnung in einem Haus aus der Jahrhundertwende in Södermalm in Stockholm, der Stadt und dem Stadtteil, wo er einst aufgewachsen und wohin er zurückgekehrt war, als sein literarisches Werk eine solche Dignität erreicht hatte, dass er sich von seiner Stelle als Lehrer am Gymnasium in Norrköping verabschieden konnte, an dem er knapp zwei Jahrzehnte gearbeitet hatte. Natürlich war ein Narzisst/Psychopath besser für die einsame Rolle des Schriftstellers als für den Platz am Lehrerpult geeignet, das dürfte wohl jedem klar sein.

An diesem speziellen Abend dachte er allerdings weder über seinen Beruf noch über seinen Charakter nach. Es war

Viertel nach zehn, er lag rücklings auf einem Hotelbett in einer mittelschwedischen Stadt, während er einen Stockfleck an der Decke betrachtete – der vage an eine Insel im Atlantik erinnerte, die er möglicherweise vor etlichen Jahren besucht hatte – und sich zu erinnern versuchte, wie diese Frau ausgesehen hatte. Sie, die ihm kurz vor Ende der Veranstaltung diese Frage gestellt und ihn dazu gebracht hatte, die Fassung zu verlieren.

Klein und dunkelhaarig? Das glaubte er, war sich aber nicht sicher. Um die fünfzig? Vielleicht, aber sie hätte ebenso gut vierzig oder sechzig sein können. Ihre Stimme war eher im Altbereich angesiedelt, hätte fast die eines Mannes sein können und klang auf falsche Weise angenehm. Sie passte schlecht zu dem, was sie tatsächlich sagte, sehr schlecht.

JLF verlor eigentlich nie die Fassung, zumindest nicht bei seinen Auftritten als Schriftsteller. Er konnte auf mehr als fünfzehn Jahre Erfahrung zurückblicken und war vor sicherlich mehr als hundert verschiedenen Versammlungen aufgetreten. Große wie kleine – Tage des Buchs, literarische Salons und simple Lesungen in Bibliotheken an Orten, von denen er vorher nicht gewusst hatte, in welcher Landschaft oder Himmelsrichtung sie zu finden waren. Wie an diesem Abend: der Freundeskreis der städtischen Bibliothek in Ravmossen.

Wer zum Teufel hatte jemals von Ravmossen gehört? Ein so kleines Kaff, dass man ihn zu einer nahe gelegenen Stadt gefahren hatte, um ihn in einem anständigen Hotelzimmer unterbringen zu können. Anständig, aber auch nicht mehr. Er wandte den Blick von dem Fleck an der Decke ab, richtete sich halb auf, nahm einen gehörigen Schluck von dem mittelmäßigen spanischen Rotwein, den die Veranstalter ihm zum Dank überreicht hatten, und begann sich auszuziehen.

Blieb jedoch in dieser schrägen Haltung sitzen. Versuchte,

sich mit einem leicht feuchten Strumpf in jeder Hand die genaue Formulierung ins Gedächtnis zu rufen.

»Herr Franzén, ich habe gerade ein Buch von Ihnen gelesen, in dem Sie einen perfekten Mord beschreiben. Und wissen Sie was, ich hatte fast das Gefühl, dass Sie ihn begangen haben. Trifft diese Annahme zu?«

## *Die Wirklichkeit*

Franz J. Lunde legt seinen Stift auf den Nachttisch und liest sich sorgsam die zwei Seiten durch, die er geschrieben hat. Herausreißen und in den Papierkorb werfen oder weitermachen? Das ist hier die Frage.

Fünf Jahre zuvor, oder vielleicht auch nur drei, hätte er ohne größeres Zögern den Papierkorb gewählt, aber im Moment ist die Situation eine andere. Seit mehr als zwei Jahren hat er keine tragfähige Idee mehr gehabt und seinem Verlag bis Weihnachten ein Manuskript versprochen. Sechzig, siebzig Seiten, keinesfalls mehr als hundert, es geht um ein kleineres Werk, das im April in Druck gehen soll, wenn der Verlag eine Art Jubiläum feiert. Eine *Novelle* folglich, eine ungewöhnlich lange Novelle oder ein ungewöhnlich kurzer Roman.

So ist es abgesprochen worden. Er hat völlig freie Hand; seine Lektorin Rachel Werner hat ihm ihr berühmtes sphinxartiges Lächeln geschenkt und ihm versichert, das wäre ja noch schöner, einem Schriftsteller vom Kaliber Lundes lege man nicht so ohne Weiteres Ketten an. Ketten und Rahmen seien für Anfänger und Dilettanten, nicht für etablierte und gefeierte Autoren mit großem Publikum und Übersetzungen da und dort.

Die Hälfte des Vorschusses ist bereits ausbezahlt worden, den Rest erhält er bei Abgabe eines satzreifen Manuskripts. Erst vor einer Woche hat Franz J. mit Rachel in der Opernbar zu Mittag gegessen und ihr bei der Gelegenheit versichert, er sei auf einem guten Weg. Kein Problem, nicht das geringste.

Dass er im Moment mehr oder weniger abgebrannt ist, bildet zwar ein Problem, aber von anderer Art. Nichts, worüber man sich mit seiner Lektorin unterhält, ganz sicher nicht. Jedenfalls nicht mit einer Lektorin wie Rachel Werner.

Er schließt die Augen und beschwört ihr Gesicht vor seinem inneren Auge herauf. Versucht auch heraufzubeschwören, wie sie ohne einen Fetzen am Leib aussehen müsste, was ihm jedoch nicht recht gelingen will. Stattdessen liest er sich die beiden Seiten noch einmal durch. Vielleicht doch nicht so dumm?

Aber die Sorge nagt an ihm, will sich nicht legen. Er steht auf und holt die zweite Weinflasche aus der Minibar, schraubt sie auf und schenkt sich ein Glas ein. Wenn er die untere Grenze anpeilt, sechzig Seiten, fehlen ihm nur noch achtundfünfzig. Bis Heiligabend sind es noch ungefähr zwei Monate. Eine Seite am Tag, wie schwer kann das sein? Wenn er beim Schreiben der Geschichte in Schwung kommt, kann es sogar sein, dass er siebzig oder achtzig zusammenbekommt. So läuft es doch immer, jedes Mal ist es diese anfängliche Trägheit, die überwunden werden muss, nicht? Man kennt doch seine Pappenheimer, sowohl Böll als auch Borges ging es mit Sicherheit genauso.

Er trinkt einen Schluck und greift erneut zum Stift. Was die nächsten Seiten betrifft, ist es im Übrigen nicht sonderlich schwer; er braucht sich nur an das zu halten, was vor … er sieht auf seine Armbanduhr … vor gerade einmal zwei Stunden tatsächlich passiert ist.

Sogar Ravmossen ist ja die reine Wahrheit.

»Verzeihung? Könnten Sie das bitte wiederholen?«

Das konnte sie.

»In dem Buch, das ich gelesen habe und das Sie geschrieben haben, wird ein perfekter Mord verübt … jedenfalls wird er so genannt. Ich hatte das Gefühl, dass Sie das tatsächlich erlebt haben. Stimmt das?«

Ein etwas anderer Wortlaut als beim ersten Mal, aber das spielte natürlich keine Rolle. Die Botschaft war glasklar. JLF erinnerte sich, dass er sich umständlich geräuspert und versucht hatte, die Frau zu mustern, bevor er antwortete. Das Räuspern lief gut, das Mustern weniger gut, weil sie offenbar ganz hinten im Raum saß und er seine Brille nicht anhatte. Damit zollte er nicht etwa seiner Eitelkeit Tribut, er mochte es nur einfach nicht, seine Leser allzu deutlich zu sehen. Es hatte sich mit den Jahren so ergeben.

»Hrrm. Natürlich nicht. Was deuten Sie da eigentlich an?«

»Ich deute gar nichts an. Es ist eine ganz einfache Frage, nicht? Haben Sie tatsächlich …?«

Dann hatte der Moderator eingegriffen. Ein Herr um die siebzig mit schütterem Haar. *Axelryd* oder so ähnlich. Ein alter gelblicher Anzug aus Cord, außer einer einleitenden einminütigen Präsentation hatte er nicht viel beigetragen. Wie üblich hatte JLF die Zügel in der Hand gehalten und den Abend allein bestritten. Annähernd eine Stunde lang, auch das wie üblich und wie abgesprochen.

»Liebe Freundinnen und Freunde, danke, dass ihr heute gekommen seid … und ganz besonders danken wir natürlich unserem verehrten Gast, John Leander Franzén, der uns einen interessanten Einblick in die seltsame … Welt des

Schreibens gewährt hat. Ich denke, wir bedanken uns mit einem tosenden Applaus!«

Von tosend konnte man eher nicht sprechen, dachte JLF und betrachtete seine Strümpfe. Aber das wäre auch gar nicht möglich gewesen; der Raum war eng und die Luft schlecht gewesen, zwar war er bis auf den letzten Platz gefüllt, aber mehr als siebzig Zuhörer dürften kaum Platz gefunden haben. Die meisten waren Frauen jenseits der Wechseljahre gewesen, wie immer. Sicherlich aus dem Bildungsbürgertum, aber viel zu anämisch, um etwas zustande zu bekommen, was tosend genannt werden konnte.

Zweiundzwanzig verkaufte und signierte Bücher. Vielleicht war die Fragestellerin eine derjenigen gewesen, die ihr Buch signieren lassen wollten, aber das stand in den Sternen. Und zweiundzwanzig war eine gute Quote, wenn man bedachte, dass es nichts Neues aus seiner Feder gab. Die Buchhändlerin, eine große, dunkelhaarige Frau mit einem leichten Akzent, vermutlich einem slawischen, war zufrieden gewesen. Hatte ein Selfie gemacht und ihn umarmt. Ein wenig inniger, als die Situation es erforderte, fand er.

Ja, bestimmt ein slawischer.

Er leerte das Weinglas und machte sich bettbereit. Warf Unterhose und Socken in den Papierkorb. Schlüpfte unter die Decke, löschte das Licht, stellte fest, dass er Sodbrennen vom Wein hatte und die Frage ihm einfach keine Ruhe lassen wollte.

Auf der Autofahrt von Ravmossen zurück zum Hotel war die Sache nämlich noch einmal zur Sprache gekommen.

»Eine komische Frage hat sie da am Ende gestellt. Die eine Dame da.«

Der Mann, der ihn fuhr, war klein und krumm. Er hatte

etwas Mausartiges und hätte an Humphrey Bogart erinnern können, wenn er nicht mit småländischem Dialekt gesprochen hätte. Anfangs hatte JLF geglaubt, er würde sich verstellen, dass sein breiter Dialekt ein Witz sein sollte, aber so war es nicht.

»Kennen Sie sie?«

»Nee. Die kommt nicht aus Ravmossen.«

Er hatte sich damit begnügt zu nicken. Bereute, dass er sich nicht auf die Rückbank gesetzt und darum gebeten hatte, dass man ihn in Ruhe ließ. Aber es war, wie es war, von Psychopathen wurde erwartet, dass sie nett waren, wenn sich ihnen die Gelegenheit dazu bot. Eine unausgesprochene Anforderung vielleicht, aber trotzdem. Meine *Persona,* dachte er und fragte sich, warum ihm ausgerechnet dieses Wort in den Sinn kam.

»Irgendwie impertinent.«

»Was?«

Das war ein unerwartetes Wort, und der Fahrer sah sich veranlasst, seine Bedeutung zu erklären.

»Frech, könnte man sagen.«

»Sicher, die Bedeutung ist mir bekannt …«

»Als ob Sie …«

Er hatte den Satz nicht beendet, und JLF hatte es vorgezogen zu schweigen. Hatte sein Handy herausgeholt und eine Weile das Lesen wichtiger Mails simuliert. Er hatte während des ganzen Abends nur eine einzige erhalten. Sie kam von einem Gebirgshotel, das ihn aufforderte, Weihnachten dort zu feiern. Umgeben von Weihnachtswichteln und Trollen, glitzerndem Schnee, dem Teufel und seiner Großmutter. Aber er achtete darauf, das Smartphone so zu halten, dass Humphrey Bogart keinen Blick auf das Display werfen konnte. Nach fünf Minuten stiller Fahrt begann es zu regnen. Die Scheibenwischer des Autos ließen einiges zu wünschen übrig, und JLF überlegte, ob es nun enden würde. Ob dies seine allerletzte Autofahrt und seine letzten Minuten im Leben sein würden. Es war ein Gedanke, der gelegentlich auftauchte, und eines Tages würde er sicher vollkommen adäquat sein.

Diesmal jedoch nicht. Sie erreichten wie vorgesehen das Hotel.

»Danke für einen interessanten Abend«, sagte Humphrey und hielt die Tür auf. »Um die Rechnung brauchen Sie sich nicht zu kümmern, die ist bezahlt. Aber die Minibar müssen Sie selbst bezahlen.«

Geiziges Småland, dachte John Leander Franzén und eilte unter das Vordach. Obwohl, befand er sich dafür nicht zu weit nördlich? Auf der Höhe von Askersund oder so.

Er seufzte. Drehte sich halb im Bett und begriff, dass der Schlaf auf sich warten lassen würde.

Eine Rockerkarre fuhr mit einem alten Chuck-Berry-Song in voller Lautstärke unten auf der Straße vorbei, und im Nachbarzimmer zog jemand in der Toilette ab.

## *Die Wirklichkeit*

Franz J. Lunde platziert den Stift auf dem Nachttisch und liest sich das Ergebnis durch. Die Rockerkarre kehrt zurück, jetzt aber aus der anderen Richtung. *You never can tell*, fällt ihm plötzlich ein. So heißt der Song. Er wartet, bis die Musik endgültig verklingt, dann versucht er, seine Gedanken zu schärfen. Bleibt er bei dem Geschriebenen zu nahe an der

Wirklichkeit? Zu nahe an sich selbst? Mit Autobiografien konnte er noch nie viel anfangen, mit diesen schweren Klötzen, die in Tümpeln und Meeren aus egozentrischen Plattitüden umhertreiben. Namedropping und verfälschte Erinnerungen. Gleichwohl kann man den Stoff für große Romane eben nur aus der eigenen Vorratskammer holen. Und selbst wenn er in diesem speziellen Fall nicht mehr als sechzig, siebzig Seiten anstrebt, muss die Geschichte natürlich seinen Ansprüchen genügen. Unabhängig von seiner Anwesenheit oder Abwesenheit im Text. Klar wie Kloßbrühe.

Er liest sich das Ganze noch einmal durch und beschließt, dass es das tut. Es genügt seinen Ansprüchen. Angesichts des sensiblen Inhalts muss er von nun an jedoch Vorsicht walten lassen. Das eine oder andere maskieren, so gut es geht, auf dem schmalen Grat zwischen Wahrheit und Humbug balancieren, aber als er die klägliche Nachttischlampe ausschaltet und das Kissen umdreht, kann er letztlich festhalten, dass er tatsächlich fünf Seiten zu Papier gebracht hat. Ungefähr ein Zwölftel, denkt er. Es kommt ins Rollen. Zufrieden mit der Welt im Großen und mit sich selbst schläft er ein, und beginnt praktisch sofort, von einer Frau ohne Gesicht zu träumen. Weit hinten in einer verschwommenen Menschenmenge.

# 2

## *Die Wirklichkeit*

Der Zug hat eine halbe Stunde Verspätung, und als er endlich zu seinem Sitzplatz in der ersten Klasse kommt, denkt er darüber nach, den Besuch bei seiner Mutter abzublasen. Wenn es auf der Strecke nach Stockholm zu weiteren Verspätungen kommt, was meistens der Fall ist, wird er kaum rechtzeitig bei ihr sein können. Die Besuchszeit geht von fünfzehn bis siebzehn Uhr nachmittags, außer am Wochenende, an dem sie etwas großzügiger ist, und sie nur für ein paar Minuten zu treffen hat wenig Sinn. In der kurzen Zeit wird sie vermutlich nicht einmal begreifen, wer er ist, und falls ihr dieses Kunststück trotz allem gelingen sollte, wird sie mit Sicherheit wütend und unruhig sein, weil er sie so schnell wieder verlassen muss.

Aber sein Schuldballast würde durch den Besuch kleiner, was der wahre Grund dafür ist, dass er sie überhaupt besucht. Ihm ist bewusst, dass dies primitiv ist, aber das schwächt die Wirkung nicht ab.

Wenigstens einmal in der Woche, manchmal auch eine Stippvisite am Sonntag; vier Jahre ist es jetzt her, dass ihre Umnachtung begann, drei, seit sie in dem Pflegeheim draußen in Nacka gelandet ist. Ihr endgültiger Wohnsitz ist nicht billig, er ist ein guter Sohn, der seine Mutter achtet und ehrt.

Immer noch, obwohl sie es nicht verdient hat und er während der verwirrten Gespräche mit ihr nie auch nur das Geringste zurückbekommt.

Mit seiner Schwester ist es anders. Linnea, fünf Jahre jünger als ihr Bruder, einst wunderschön und von hundert Freiern umschwärmt. Sie entschied sich für einen Typen aus Luleå, wurde schwanger, noch bevor sie einundzwanzig war, und zog in den Norden. Sie hatte eine Fehlgeburt, wechselte zu einem neuen Typen aus demselben Ort und bekam im Laufe der Zeit vier Kinder. Sie besucht ihre Mutter nie. Schiebt es darauf, dass sie zu weit weg lebt, eine Reise nach Stockholm würde sie mindestens zwei Tage kosten, und wenn man Teenagerkinder, Arbeit und Hunde habe, sei dafür einfach keine Zeit.

Ausgelaugt, pflegt sie zu sagen. Es laugt mich total aus, sie nur zu treffen. Du bist immer schon ihr Liebling gewesen, für mich hat sie sich nie interessiert. Glaube nicht, dass sie sich erinnert, jemals eine Tochter gehabt zu haben. Verdammt.

Der Zug hält mitten auf der Strecke in einem Fichtenwald, und den Fahrgästen wird mitgeteilt, dass man auf ein Signal warte. Franz J. Lunde greift zu seinem schwarzen Notizbuch und seinen Stiften. Anscheinend wird er reichlich Zeit haben weiterzuschreiben, und er denkt, dass er sich zumindest in einem Punkt von dem fiktiven John Leander Franzén unterscheidet. Er ist weder ein Narzisst noch ein Psychopath; ein Mensch mit dieser Ausstattung besucht nicht mehrmals im Monat seine hoffnungslose Mutter. Ein solcher Mensch liebt seine Schwester nicht, obwohl sie es gar nicht verdient hat.

So steht es um diese Dinge.

## *Letzte Tage und Tod eines Schriftstellers*

John Leander Franzén seufzte erleichtert auf, als er am folgenden Nachmittag seine Wohnung in der Nähe des Mosebacke torg betrat. Meine Burg, dachte er. Mein Schutzwall gegen eine Welt voller Idioten und ahnungsloser Kretins. Sieben Jahre seines Lebens hatte er mit einem solchen Menschen zusammengelebt, er wusste also, wovon er sprach. Sieben verlorene Jahre, aber jetzt war sie fort.

Vieles war fort. Er hatte den Müll aus seinem Leben eliminiert, aber der reine Kern existierte noch, und er war die Quintessenz. Je weniger Unsinn und unnötige Diskussionen, desto deutlicher wurde das wirklich Wichtige. Das war nichts, was Otto Normalbürger begreifen konnte, und JLF hatte den Versuch, es ihn zu lehren, vor langer Zeit aufgegeben. Es bestand keine Veranlassung dazu.

Aber wenn trotz allem der eine oder andere existierte, der die Fähigkeit besaß – *möglicherweise* die Fähigkeit besaß, musste man wohl ergänzen – zu *verstehen*, dann wäre es die Mühe wert. Zu der Erkenntnis zu gelangen, dass man Herr über sein eigenes Leben sein konnte, dass die Sklavenmentalität nicht der einzige Weg war … ja, in dem Fall konnten diese Glücklichen die Nahrung, die sie benötigten, in seinen Büchern finden. Wenn sie sich nur zu einer gewissen Anstrengung durchrangen.

Er stellte sich lange unter die heiße Dusche, onanierte und rief Börje an.

»Wollen wir uns in einer Stunde unten beim Griechen treffen?«

Börje erklärte, dies sei ein vortrefflicher Vorschlag.

»Du verstehst, was das bedeutet?«

Sie hatten Bifteki gegessen und eine Flasche Wein von Boutari geleert. JLF hatte eine weitere Flasche bestellt. Börje Fager nickte beiläufig und blinzelte durch seine verschmierten Brillengläser. Erkannte, dass sie verschmiert waren, setzte die Brille ab und rieb sie mithilfe seiner Krawatte sauber. Karierte Krawatte, kariertes Hemd. Allerdings in unterschiedlichen Farben und mit unterschiedlichen Karogrößen. Vielleicht hatte er seine Brille nicht an, als er sich für den Abend umzog, dachte JLF. Oder er hatte zu Hause keine Spiegel mehr.

Aber immer eine Krawatte. Börje Fager hielt große Stücke auf Stil und Tradition. Oder Geist und Geschmack, wie er selbst gern hervorhob. Sie kannten sich seit der Schulzeit und JLF dachte oft, dass sein Freund so treu war wie eine Warze. Vielleicht hatte er genau diesen Vergleich auch einmal bei irgendeiner betrunkenen Gelegenheit im Laufe ihrer langen Bekanntschaft ausgesprochen, aber Börje war niemand, der einem so etwas übelnahm. Er hatte seinen Platz unter den größeren und kräftigeren Fittichen seines Kameraden gefunden, und so war es geblieben. Franzén und Fager, in dieser Rangordnung. Wer dumm geboren ist, bleibt auch dumm.

»Was sie da angedeutet hat«, verdeutlichte JLF.

»Ja, natürlich«, antwortete Börje und sah zu, dass die Brille wieder an ihren Platz kam. »Nicht gut. Aber …«

»Aber?«

»Aber vielleicht war es auch nur ein spontaner Einfall. Ich meine, es ist ja ein verdammt guter Roman, und weil du so gut schreibst, glaubt man, dass es wahr ist.«

JLF konnte sich nicht verkneifen, das Kompliment zu genießen, obwohl es von Börje kam. Er schwieg eine Weile und dachte nach.

»Genau das ist die Stärke deiner Bücher«, fuhr Börje fort. »Eine von vielen Stärken. Uns Leser mit ins Boot zu holen … sozusagen.«

Er versteht es nicht, dachte JLF. Unglaublich, er kapiert nicht das Geringste.

Oder er spielt Theater. Schließlich ist er in höchstem Maße beteiligt gewesen, ist es wirklich vorstellbar, dass er niemals verstanden hat, welche Rolle er gespielt hat?

Sieben Jahre waren seither vergangen. Fünf seit dem Erscheinen des Buchs. *Eine Krankenschwester verschwindet.* Er erinnerte sich, dass er mit dem Gedanken gespielt hatte, auf dem Vorsatzblatt »Nach einer wahren Begebenheit« zu ergänzen, aber er war rechtzeitig zur Vernunft gekommen und hatte es gelassen. Es hätte bedeutet, das Schicksal herauszufordern, das Glück mochte zwar dem Mutigen beistehen, aber alles hatte seine Grenzen.

Die Kritiken waren gut gewesen. Er hatte zwei Preise dafür verliehen bekommen, einen schwedischen, einen internationalen. Letzterer war ein polnischer gewesen, und man hätte ihm den Preis sicher nicht verliehen, wenn er nicht bereit gewesen wäre, zu diesem Literaturfestival zu fahren und ihn dort persönlich entgegenzunehmen. In Breslau oder Posen, er wusste nicht mehr, in welcher der beiden Städte.

Und niemand hatte den Zusammenhang gesehen. Niemand hatte die Handlung in *Die Krankenschwester,* wie er den Roman nannte, mit dem in Verbindung gebracht, was zwei Jahre zuvor mit seiner Frau passiert war.

Erst jetzt. Erst als diese Frau ihre … was hatte er noch gesagt, dieser mausartige Chauffeur? … am Vorabend ihre *impertinente* Frage gestellt hatte.

»Worüber zerbrichst du dir den Kopf?«, erkundigte sich

Börje Fager. »Hast du was mit einem neuen Frauenzimmer am Laufen?«

»Nein, verdammt nochmal!«, platzte JLF so laut heraus, dass er selbst überrascht war und die Gäste am Nachbartisch sich einmütig umdrehten. »Im Gegenteil … ja, genau … im Gegenteil.«

»Jetzt komme ich nicht ganz mit«, gestand Börje Fager.

Nicht *am Laufen*, dachte JLF. Möglicherweise *am Hals*.

Doch das war eine allzu elegante Distinktion, um sie an den karierten Börje zu verschwenden, deshalb blieb er stumm und trank stattdessen einen Schluck von dem griechischen Roten.

## *Die Wirklichkeit*

Der Zug erreicht Västerås und hält. Franz J. Lunde seufzt, sieht auf die Uhr und verstaut die Schreibutensilien in der Aktentasche. Halb zwei. Wenn wir in den nächsten zehn Minuten nicht weiterfahren, sage ich den Besuch bei Muttchen ab, denkt er. Ich werde eines Tages noch in einem stehenden Zug sterben.

Eine kräftig gebaute Dame schlendert vorbei und fragt, ob der Platz neben ihm frei sei. Er antwortet, seine Frau sei nur kurz weggegangen, um sich frisch zu machen, und werde jeden Moment zurückkommen. Die Dame murmelt danke und schlendert weiter.

Er versucht sich vorzustellen, dass Marie-Louise sich tatsächlich in der Toilette am anderen Ende des Wagens befindet, sich die Nase pudernd oder was man sich vorstellen mag, und dass sie bald zurückkommen und sich neben ihm niederlassen wird. Er kann ihre blonde Erscheinung fast visualisieren, ihren hoch erhobenen Kopf und ihre blasierten blauen Augen. Vor allem, wenn sie auf ihn gerichtet waren, dann waren sie besonders blasiert. Jedenfalls in den letzten Jahren (vierzehn von fünfzehn), irgendwann im Anbeginn der Zeit musste es logischerweise eine Glut in ihnen gegeben haben, als sie sich in einem Hotel auf Kreta begegneten und er vom Blitz getroffen wurde.

War das wirklich so, fragt er sich und betrachtet durch das schmutzige Zugfenster einen kleinen gräulichen, in Västerås beheimateten Vogel. Der Blitzeinschlag der Liebe? War ich wirklich verrückt vor Liebe?

Ja, wahrscheinlich, stellt er finster fest, während er den Blick von dem Vogel abwendet und stattdessen einem rauchenden Paar mit gebeugten Rücken hinterhersieht, die sich in bunten Trainingsanzügen und Crocs den Bahnsteig hinabschleppen. Wäre ich bei klarem Verstand gewesen, wäre doch nie etwas passiert.

Und trotz allem kam ja etwas dabei heraus, das Bestand hatte.

Viktoria. Seine Tochter, das Wunderkind. Mittlerweile siebenundzwanzig Jahre alt und ausgeflogen bis in die italienische Schweiz, wo sie in einem kleinen Alpendorf mit einer dunkelhäutigen Gefährtin zusammenlebt. Es ist, wie es ist, *o tempora, o mores.*

Der Sinn meines Lebens, denkt er gelegentlich: die schöne und gute Viktoria.

Und über die Toten kein böses Wort. Nicht einmal über eine plötzlich verstorbene Ehefrau. Der blasierte Blick ist für alle Zeit erloschen, es gibt keinen Grund, in einem stehenden Zug in Schwedens zweithässlichster Stadt (laut dem, was er irgendwo gelesen hat) zu sitzen und zu versuchen, aus dem

Herbarium der Erinnerung Marie-Louise Rinckenström heraufzubeschwören. Sie hat nie seinen Namen angenommen, es nicht einmal in Erwägung gezogen. Es war eine äußerst missglückte Ehe gewesen. *Let bygones be bygones.*

Oder ist sie vielleicht nur verschwunden? Es ist ihm immer schwergefallen, sich in dem Punkt zu entscheiden.

Er seufzt noch einmal, schließt die Augen und versucht, stattdessen John Leander Franzén zum Leben zu erwecken. Es dauert einen Moment, aber dann gelingt es ihm.

## *Letzte Tage und Tod eines Schriftstellers*

John Leander Franzén betrachtete sein Gesicht im Badezimmerspiegel. Wenn ich nicht wüsste, dass ich zweiundfünfzig bin, würde ich mich eher auf fünfundfünfzig schätzen, dachte er. Oder sechzig?

Die Haut enthüllte die Jahre. Obwohl sie sonnengebräunt war (eine Woche auf Fuerteventura Ende September), wirkte sie grau. Die Haare, die all die Jahre dicht und braun gewesen waren, sahen leblos und strapaziert aus. Auch sie größtenteils grau. An ihren besten Stellen mausfarben.

Die Augen wässrig und glotzend. Die Lippen aufgesprungen, die Nase schien gewachsen zu sein.

Er trat einen Meter zurück und stellte fest, dass er so besser aussah. Dämpfte mithilfe des Dimmers die Beleuchtung ein wenig. Noch besser.

Ich bin am schönsten, wenn es dämmert, dachte er. Am Abend an einer Bar. In einem Schlafzimmer, erhellt von einer einzigen Kerze. Solche Umgebungen werden einem gerecht. Tageslicht ist ein verdammt überschätztes Phänomen.

Er seufzte und musste sauer aufstoßen. Das Glas Genever hätte ich mir sparen sollen, dachte er. Aber Börje hatte darauf bestanden. Ein Glas klarer Schnaps zum Abschluss einer Mahlzeit war dazu gedacht, der Verdauung auf die Sprünge zu helfen, aber bei JFL hatte das noch nie funktioniert.

Aber aufgeben gilt nicht, Übung macht den Meister.

Er verließ das Bad und setzte sich im Arbeitszimmer an den Schreibtisch. Aus England. Nachgedunkelte Eiche mit Intarsien, erworben beim Auktionshaus Bukowski und über zweihundert Jahre alt. Er griff nach seinem Kalender und blätterte darin. Es war, wie er vermutet hatte, bis Weihnachten waren fünf weitere Auftritte geplant. Obwohl er in den letzten zwei Jahren nichts veröffentlicht hatte. Man wird geschätzt und sehnlichst erwartet, dachte er. Kann sowohl schreiben als auch reden, das ist nicht allen vergönnt.

Er gähnte so ausgiebig, dass die Kiefer knackten, ließ über die Musikanlage (eingebaute Boxen in jedem Zimmer, auch in der Küche) Bachs Cellosuiten laufen und legte sich ins Bett.

Geschätzt und sehnlichst erwartet. Er ließ sich den Gedanken sicherheitshalber noch einmal durch den Kopf gehen, ehe er einen fahren ließ und einschlief.

# 3

## *Die Wirklichkeit*

Franz J. Lunde betrachtet seine Mutter.

Sie sitzt in ihrem Schaukelstuhl im Heim und sieht ihre Hände an. Es ist nicht erkennbar, ob sie überhaupt wahrgenommen hat, dass er ins Zimmer gekommen ist. Eine knappe Stunde bleibt noch von der Besuchszeit. Der Zug ist auf dem letzten Teilstück bis Stockholm auf Touren gekommen, er hat vom Hauptbahnhof ein Taxi genommen, und jetzt sitzt er hier. Darauf wartend, dass seine Mutter aufblickt, schaut er sich in dem vertrauten Zimmer um. Es ist so gedacht, dass die Klienten es ein wenig nach ihren eigenen Vorstellungen einrichten, das eine oder andere aus ihrem alten Leben mitnehmen dürfen, einen Tisch, zwei Stühle, ein Gemälde, einen Flickenteppich … damit die Fäden zu dem, was gewesen ist, nicht zu brutal abgeschnitten werden. Für diese Fürsorglichkeit hat sie sich allerdings nie interessiert. Das Einzige, was sie bei ihrem Umzug ins Heim mitgenommen hat, ist der Schaukelstuhl, in dem sie sitzt, was jedoch auf Franz' Initiative hin geschehen ist, sowie der Wandbehang über ihrem Bett. Er reagiert jedes Mal leicht gereizt, wenn er dessen Botschaft liest, so auch jetzt.

*Sei demütig in deinem Leben*
*Nimm nicht alles als gegeben*

Verschnörkelte blassrote Buchstaben vor einem blassgelben Hintergrund. Verwaschen, möglicherweise hat seine Urgroßmutter das gehäkelt. Oder gestickt oder wie zum Teufel das heißt. Dann jedenfalls Ende des neunzehnten Jahrhunderts, aber es ist genauso gut möglich, dass sie den Wandbehang gekauft hat, als der Nachlass eines verstorbenen Bauern versteigert wurde. Seine Mutter hat immer gern alles verfälscht. Das Dasein in ein besseres Licht gerückt und geschönt, und wer wollte ihr das verübeln?

Demütig ist sie jedenfalls nie gewesen, erst recht nicht, seit sie den Kontakt zu ihrer Umwelt verloren hat. Franz seufzt und fragt sich, warum in aller Welt er dort sitzt. Es ist eine wiederkehrende Frage, und die beste Antwort, die ihm darauf regelmäßig einfällt, ist das Katholische. Indem er seine Mutter besucht, geht er zur Beichte. Die Sünden, für die er Vergebung sucht, sind mehr oder weniger offensichtlich, haben aber nichts mit seiner Mutter zu tun. Das ist bei richtigen Katholiken bestimmt auch nicht anders. Die primitiven Gleichungen sind das Spielfeld der Religionen. Wie gesagt, in dieser verwässerten Umgebung auf neue Gedanken zu kommen, ist unmöglich.

»Du musst nicht denken, dass ich nichts begreife.«

»Hä …?«

Er zuckt zusammen und erkennt, dass die Augen seiner Mutter auf ihn gerichtet sind.

»Ich verstehe nur zu gut.«

Er fragt sich, ob ihr bewusst ist, wer er ist, oder ob sie ihn mit jemandem verwechselt. Zum Beispiel mit ihrem verstorbenen Ehemann, seinem Vater Lars-Lennart. Oder ihrem älteren Bruder, seinem Onkel Ernst, der noch lebt und zu dem sie seit jeher ein kompliziertes Verhältnis hat. Der mindestens acht Kinder hat und seit mehr als einem halben Jahrhundert in Salt Lake City lebt. Einem hartnäckig sich haltenden Gerücht zufolge als Mormone. Vielleicht auch mit mehr als einer Frau, das besagt jedenfalls ein anderes Gerücht, das kursiert, solange Franz denken kann.

Sie hat ihn auch vorher schon mehrmals als Ernst identifiziert, und im Grunde ist es ihm egal. Seine Mutter ist auf die meisten Menschen wütend. Einmal hat sie ihn für Viktoria gehalten, ihr Enkelkind, zu dem sie nie eine engere Verbindung aufgebaut hat, seine eigene geliebte Tochter, aber daraufhin ist ihm der Kragen geplatzt. Er hat sie gebeten, die Schnauze zu halten, und den Raum verlassen.

»Was verstehst du, Mama?«

»Nenn mich nicht Mama. Kinder haben Mamas, erwachsene Männer haben Mütter.«

»Sicher, liebe Mutter.«

»Liebe Mutter, so begann mein Brief… wie hießen die noch?«

»Wer?«

»Die das Lied gesungen haben, das so anfängt, natürlich.«

»Vielleicht die Göingemädchen?«

»Ja, sag ich doch.«

»Hm, du hast gesagt, dass es etwas gibt, was du verstehst…«

»Stell dir vor, das habe ich.«

»Und was hast du verstanden?«

Jetzt lehnt sie sich vor und schärft ihren Blick noch mehr. Penetriert ihn regelrecht.

»Ich verstehe, warum sie dich verlassen hat.«

»Marie-Louise?«

»Ja, Marie-Louise. Hast du mehr als eine Ehefrau gehabt, die dich verlassen hat?«

Ungewöhnlich klar im Kopf, denkt er. Sie weiß, wer ich bin und wie meine Frau hieß.

»Mama, Marie-Louise ist tot. Sie ist gestorben, sie hat mich nicht verlassen.«

Oder sie ist nur verschwunden. Aber diesen Vorbehalt lässt er unausgesprochen.

»Das weiß ich doch. Erst hat sie dich verlassen, dann ist sie gestorben. Nenn mich nicht Mama. Kinder haben Mamas.«

»Natürlich, Mutter.«

Sie legt den Kopf schief.

»Ist doch klar, dass sie dich verlassen hat. Sie hat es wohl nicht mehr ausgehalten.«

Er zieht es vor zu schweigen.

»Du bist schon immer ein fauler Apfel gewesen. Deine Schwester ist ganz anders. Sie kommt mich jedenfalls besuchen.«

»Aber …«

»Sie kommt fast täglich, und du bist niemals hier.«

Was zum Teufel, denkt er. Warum soll ich hier herumsitzen und mir diesen Mist anhören? Was geht nur in ihrem verwirrten Schädel vor? Es ist lange her, dass Marie-Louise, die schlechte Ehe und ihr eventueller Tod auf der Tagesordnung gestanden haben, aber dass seine Mutter jetzt auf seine Kosten gut über die frühere Frau ihres Sohnes spricht, ist wirklich eine unangenehme Überraschung. Und dass seine Schwester gelobt wird, obwohl sie nie einen Finger rührt. Schließlich gibt es Grenzen dafür, was man sich gefallen lassen muss. Eine höchst berechtigte Wut schießt in ihm hoch, und er steht auf.

»Liebe Mutter, du musst entschuldigen, aber ich habe noch eine wichtige Besprechung.«

»Du hast niemals Zeit …«

»Grüß Linnea ganz herzlich von mir, wenn sie hier auftaucht. Ich habe sie lange nicht gesehen, aber es freut mich, dass sie sich um dich kümmert und dich so oft besucht.«

Vergeudete Ironie. Seine Mutter sieht aus, als wolle sie ihn anspucken.

»Geh einfach, denk nicht an mich.«

»Adieu, liebe Mutter.«

Er macht auf dem Absatz kehrt und verlässt das Zimmer. Die Göingemädchen können mir gestohlen bleiben, denkt er. Ziemlich viele andere auch.

## *Letzte Tage und Tod eines Schriftstellers*

John Leander Franzén verbrachte drei Tage in seinem Arbeitszimmer mit einer Teilaussicht auf Kastellholmen und Gröna Lund, ohne eine einzige Zeile zu schreiben. Am Vormittag des vierten Tages riss er sich zusammen und komponierte folgenden schönen Satz.

*Wer in der Nacht sein Heim verlässt und schnurgerade gen Osten wandert, stößt früher oder später auf einen anderen Menschen.*

Er las ihn laut und nahm ihn mit dem winzigen Diktiergerät auf, das er einmal auf einer Reise in Italien gekauft hatte. Hörte sich das Ergebnis an, fand die Phrasierung nicht wirklich gut, probierte es erneut, lauschte abermals, war aber erst beim fünften Versuch zufrieden. Er lud die kurze Tondatei auf seinen Computer, wo er bereits um die hundert Aphorismen von der gleichen gediegenen Qualität aufgenommen hatte, und beschloss auszugehen, um zu Mittag zu essen.

Er stellte sich ein Gros vor. Einhundertvierundvierzig prägnante Sätze, die nicht nur sein eigenes literarisches Werk, sondern auch ein halbes Jahrtausend ästhetischen Humanismus zusammenfassen sollten. Ihm gefiel außerdem der

Gedanke, dass dieses dünne Buch, hübsch eingebunden in Graublau, sowohl in Schweden als auch auf dem Kontinent Pflichtlektüre für Gymnasiasten sein würde und seine eigene Lesung des Ganzen einen Meilenstein des gesprochenen Worts markieren und portionsweise in besonders wichtigen Augenblicken der Geschichte im Radio gesendet würde. Kurz vor Mitternacht an Silvester. Hochzeiten im Königshaus. Kriegsausbrüche und Ähnliches.

Er ging im schneidenden Wind über den Verkehrsknotenpunkt Slussen, der seit unzähligen Jahren umgebaut wurde, in die Gassen von Gamla stan, der Stockholmer Altstadt. Die Österlånggatan hinab bis zum Restaurant Tradition. Reibekuchen, dachte er grimmig. Oder vielleicht auch eine Graupenschweinswurst mit Béchamelkartoffeln und Dill. Ein großes Bier. Ehrenwerte Hausmannskost für richtige Schriftsteller männlichen Geschlechts.

## *Die Wirklichkeit*

Ein hochmütiger, verfluchter Angeber, denkt Franz J. Lunde und schlägt das Schreibbuch zu. Ein Sexist und Narzisst. Aber das ist hervorragend, das wird eine Art Untergangsroman; er wird bekommen, was er verdient hat, und es sind schon dreizehn Seiten.

Obwohl Graupenschweinswurst jetzt nicht verkehrt wäre.

Er hat zwei Stunden im Under kastanjen am Platz Brända tomten gesessen und geschrieben, einem seiner Lieblingslokale. Hat vier oder fünf Tassen Kaffee getrunken und leicht distanziert, aber nicht bösartig vier oder fünf Bekannten zugenickt. Autoren der einen oder anderen Art. Alle haben begriffen, dass er arbeitet, und Kontaktversuche unterlassen. Man respektiert seine Privatsphäre, alles andere wäre ja auch noch schöner.

Aber für das Restaurant Tradition fehlt ihm jetzt die Zeit. Er begnügt sich mit einem Brot in seiner einfachen Zweizimmerwohnung in der Prästgatan, gefolgt von einem Spaziergang zum Hauptbahnhof. Auf dem Programm steht ein abendlicher Auftritt in der Stadtbibliothek von Västerås. Alles hat seine Zeit.

# 4

## *Letzte Tage und Tod eines Schriftstellers*

Und dann war sie wieder da.

Als er ihre Frage und ihre Stimme hörte, geschah etwas mit John Leander Franzéns Wahrnehmung. Vermutlich ein Kurzschluss in einer Reihe von Synapsen im Gehirn, und für einen Moment glaubte er, dass er das Bewusstsein verlieren würde. Mitten vor den Augen der mindestens siebzigköpfigen Zuhörerschar in der Stadtbibliothek von Västerås auf den Boden plumpsen würde.

Aber es ging noch einmal gut. Er hielt sich mit beiden Händen an dem schmucklosen Rednerpult fest, und einige Sekunden später begann die Umgebung sich zu stabilisieren. Er bekam ein Glas Wasser zu fassen und trank ein paar große Schlucke. Tastete nach der Brille in seiner Brusttasche, erinnerte sich dann aber, dass sie in der Aktentasche lag.

»Herr Franzén, in einem Ihrer Bücher wird ein perfekter Mord beschrieben, und als ich über ihn gelesen habe, drängte sich mir der Eindruck auf, dass Sie das tatsächlich selbst erlebt und ihn begangen haben. Es würde mich interessieren, Ihren Kommentar zu hören.«

Genau das hatte sie gesagt. Also ein etwas anderer Wortlaut als in Ravmossen, aber definitiv die gleiche Bedeutung und mit Sicherheit dieselbe Frau. Weit hinten im Publikum, sie war nicht aufgestanden, als sie ihre Frage stellte, und der Veranstalter war nicht rechtzeitig mit dem Handmikrofon bei ihr gewesen. Aber das war auch gar nicht nötig gewesen, ihre Stimme war klar und deutlich, genau wie beim letzten Mal. Ein schöner und distinkter Alt. War sie vielleicht Schauspielerin?

Es herrschte wahrscheinlich einige Sekunden Stille, aber das war eine fragliche Beobachtung, da er nur mit knapper Not einer Ohnmacht entgangen war. Und der Veranstalter kam nicht auf die Idee, sich einzuschalten. Stattdessen musste er sich selbst aus der Klemme helfen.

»Entschuldigen Sie, ich war plötzlich unterzuckert. Nein, ich werde das nicht kommentieren … ich kann dazu nur sagen, dass es sich natürlich um ein Missverständnis handelt. Ich darf mich bei Ihnen ganz herzlich für Ihre Aufmerksamkeit bedanken.«

Blumenstrauß und Heimatbuch. Dreizehn Bücher schnell signiert, danach danke und tschüss. Als er aus der Bibliothek gekommen und fünfzig Meter durch den dünnen, diagonalen Regen gegangen war, entdeckte er, dass er gar nicht den Weg zum Bahnhof eingeschlagen hatte, sondern in eine völlig falsche Richtung unterwegs war. Er blieb stehen, spürte plötzlich, dass er sich übergeben musste, und konnte zum Glück hinter ein Gebüsch huschen und das meiste ausspucken, was er an diesem Tag gegessen hatte. Zum Beispiel eine gut durchgekaute Graupenschweinswurst. Und Béchamelkartoffeln, genauso gut zerkaut.

Eine halbe Stunde später saß er im Zug, sehnte sich nach einem großen Glas Single Malt Whisky und fragte sich, was sich verdammt nochmal zusammenbraute.

Das fragt sich Franz J. Lunde auch. Im Prinzip sitzt er ja im selben Zug, er hat sich zwar nicht übergeben, aber ansonsten stimmen sein Erlebnis des Abends und sein Zustand mit dem seines Alter Egos überein.

Er liest sich durch, was er gerade geschrieben hat. Kann ich auf die Art weitermachen, fragt er sich. Wohin wird das am Ende führen?

Er hat das Gefühl, auf einmal jede mögliche Distanz zu seinem fiktiven Charakter, dem Psychopathen und Narzissten Franzén, verloren zu haben. Wird nicht jeder halbwegs begabte Leser begreifen, dass diese Geschichte von ihm selbst handelt? Dass dieses bescheuerte Buch nichts anderes ist als eine schlecht maskierte Autobiografie? Um eine Leere kreisend, die in Wahrheit ein schwarzes Loch ist.

Oder vielleicht doch nicht. In diesem Moment, während der Zug vor dem Halt in Bålsta allmählich abbremst, kann er das nicht entscheiden. Aber das ist auch nicht wichtig, wirklich wichtig ist diese verdammte Frau, die zweimal im Laufe einer Woche die Frechheit besessen hat, ihm ihre *impertinente* Frage zu stellen. Die ihn mehr oder weniger beschuldigt hat, einen Mord begangen zu haben.

Verflucht, denkt Franz J. Lunde. Und verflucht, dass es ihm auch diesmal nicht gelungen ist, einen Blick auf sie zu werfen. Dass er nicht darauf geachtet hat, seine Brille in der Brusttasche zur Hand zu haben. Diese Marotte, dass er es vorzieht, seine Leser nicht zu deutlich zu sehen, muss er in Zukunft einfach aufgeben.

In Zukunft? Ja, er hat eindeutig das Gefühl, dass er sie nicht loswerden wird.

Wer ist sie? Wer zum Teufel ist sie?

Und warum taucht sie ausgerechnet jetzt auf, ausgerechnet in diesem dunklen und regnerischen Herbst? Es sind doch zweieinhalb Jahre vergangen, seit das Buch erschienen ist, und noch mehr Zeit seit … nein, diese Gedanken bringen nichts. Es ist gekommen, wie es gekommen ist, und er erkennt eine Sackgasse, wenn er sie sieht.

Es ist ein wenig unklar, was er mit diesen letzten Worten meint, aber wenn er nur nach Hause kommt und ein paar Zentiliter Laphroaig intus hat, wird er schon wieder einen klaren Kopf bekommen. Es tut sich etwas, und er braucht einen Plan.

Einfach ausgedrückt.

Vielleicht sollte er auch versuchen, sich zu erinnern, was tatsächlich passiert war. Im Großen und Ganzen und im Detail; die Abfolge der Ereignisse und die Konsequenzen. Das Gespräch im Café, das Ziehen der Lose und die Entscheidung. Sich das alles in Erinnerung rufen und zu etwas anderem umschreiben.

Verlogene Worte für den ganzen alten Kram finden, das Einzige, wozu er taugt.

Oder auch nicht.

Es in Frieden lassen?

## *Letzte Tage und Tod eines Schriftstellers*

Zurückgekehrt in sein Heim und seine Burg im Stadtteil Södermalm schenkte John Leander Franzén sich acht Zentiliter Whisky mit einem Schuss Wasser ein und sank in den Gebärmuttersessel. Das Möbelstück umschloss einen auf diese Weise – er hatte die Bezeichnung von einem französischen Schriftsteller gestohlen; kleine Schriftsteller leihen, große Schriftsteller stehlen –, und er ging in Gedanken ein Jahrzehnt in die Vergangenheit zurück. Dafür gab es anscheinend gute Gründe.

Die Buchmesse in Göteborg. Die Nacht von Samstag auf Sonntag, eine halbwegs abgeschiedene Ecke in der Bar im Erdgeschoss des Hotel Gothia. Nur er selbst und der alte Dichter waren noch übrig; eine kleinere Gruppe betrunkener zweitklassiger Autoren beiderlei Geschlechts hatte sich kurz zuvor zurückgezogen. Es war vermutlich eher zwei Uhr als etwas anderes. Jeder von ihnen mit einem letzten Bier auf dem Tisch.

Der Dichter ungepflegt und verbittert. Abgerissen, besoffen und hemmungslos, eine Warze auf der Wange, es fiel einem schwer, sie nicht anzustarren. Aber noch durchaus fähig, einem Gedanken zu folgen. Also der Dichter, nicht die Warze.

JLF ungefähr im gleichen Zustand. Allerdings mit reinen Wangen und nicht verbittert; schließlich war er erfolgreich, darauf konnte man Gift nehmen. Er schrieb Romane, Bücher, die gelesen wurden.

Um diesen Gedankengang ging es, zumindest dem Dichter.

»Ich habe sechzehn Gedichtsammlungen geschrieben«, murrte er übellaunig. »Von keiner sind mehr als fünfhundert Stück verkauft worden. Von den letzten knapp zweihundert. Und jetzt, bei diesem verdammten Verlagsessen, habe ich … hicks, entschuldige … neben so einer neuen Krimiqueen gesessen, die von ihrem ersten Buch sechzigtausend Exemplare verhökert hat! Im Hardcover, was sagst du dazu?«

»Prost!«, hatte JLF geantwortet. »Die Kultur geht in diesem Jammertal zum Teufel.«

»Die Leute sind Idioten«, hielt der Dichter inspiriert fest und rülpste. »Vor allem die Leute, die Bücher lesen.«

»Außer ein paar hundert, die Lyrik lesen?«, wollte JLF wissen.

»Du triffst den Nagel auf den Kopf«, erwiderte der verkannte Dichter. »Allerdings sind das größtenteils Dichter, die die Bücher anderer Dichter kaufen. Die meisten von denen sind auch Idioten.«

»Tatsächlich?«, sagte JFL. »Ja, das ist wirklich zum Kotzen, wenn man es recht bedenkt.«

»Deshalb werde ich jetzt einen Krimi schreiben.«

»Was?«

»Einen Kriminalroman … bevor ich den Löffel abgebe. Nur um diesen Idioten zu zeigen, dass … dass …«

An dieser Stelle hatte er dann doch den Faden verloren, erinnerte sich JLF. Seltsam, dass er sich so viele Jahre später an ein so unwichtiges Detail erinnern konnte, aber trotz seines Rauschs und der späten Stunde hatte das Gespräch sich in seine Gehirnrinde eingebrannt. Oder wo auch immer altes Gelaber landete.

»Hast du denn eine gute Idee?«, hatte er nach einer Pause und einem Schluck Bier gefragt. Nicht, weil er sich sonderlich für die Jeremiaden oder Pläne des Dichters interessierte, sondern weil ihm nichts Besseres einfiel.

»Darauf kannst du wetten. Das perfekte Verbrechen, mehr oder weniger.«

Verflucht nochmal, hatte JLF gedacht. Du eingebildeter alter Dichterarsch. Gesagt hatte er allerdings nur:

»Aha? Wie interessant.«

Der Dichter hatte sich umständlich geräuspert, sich in dem glatten Sessel etwas aufgerichtet und ihn sorgsam betrachtet. Irgendwie forschend und mit einer plötzlichen nüchternen Schärfe im Blick. Unklar, wie eine solche Metamorphose möglich war, aber so war es. So war es gewesen. Ein entscheidender Augenblick, das hatte JLF schon in der kurzen Zeit gedacht, die er andauerte.

Dann hatte der Dichter erzählt.

Vom perfekten Verbrechen. Das in seinem Debüt als Autor von Kriminalromanen begangen werden sollte.

Und es war nicht so übel, wie man hätte befürchten können.

### *Die Wirklichkeit*

Franz J. Lunde liest sich die letzten Seiten dreimal durch.

Wohl abgewogen, denkt er. Statt des geplanten Whiskys hat er schwarzen Tee getrunken, das mag eine Rolle gespielt haben. Der abgerissene Dichter ist halb fiktiv; genauso wie Göteborg, das Hotel Gothia und die Buchmesse. Der ungefähre Zeitpunkt ist uninteressant, und dass ein Schnüffler in dem Gewühl aus Schriftstellern, Journalisten, Krethi und Plethi während des alkoholgeschwängerten Kulturgewimmels den richtigen finden konnte, muss wohl als undurchführbar bezeichnet werden. Niemand kann dafür bürgen, mit wem man gesprochen hat oder wen man mit anderen sprechen gesehen hat – oder was möglicherweise gesagt worden war –, schon gar nicht Jahre später. Die Ausgestaltung ist so wasserdicht wie eine versiegelte Kiste auf dem Meeresgrund.

Nur Sekunden nach dieser beruhigenden Feststellung stellen sich jedoch Zweifel ein. Ist es wirklich klug, diese Geschichte in den Druck zu geben? Plötzlich fällt ihm ein holländischer Schriftsteller ein, der irgendwann in den Neunzigerjahren einen Roman über den Mord an einer Ehefrau schrieb und Jahre später dafür verurteilt wurde, dass er seine Frau umgebracht hatte. Genau wie im Buch; er verkaufte sein Haus, und als der neue Besitzer im Garten grub, fand er die Leiche. Man sollte stets bedenken, dass die Wirklichkeit für seriöse Schriftsteller ein Minenfeld sein kann, und dass man in seinem Eifer, gründlich zu recherchieren, manchmal auf der falschen Seite einer wichtigen Grenzlinie landen kann.

Aber meine Güte. Es kommt auch darauf an, Zweifel und Anfechtungen in den Wind schlagen zu können. Er wird den Text eben nach und nach bearbeiten und die erforderlichen Justierungen durchführen müssen. Oder gezwungen sein, den ganzen Mist zu verbrennen. Im Moment kommt es darauf an, die Geschichte als solche weiterzuspinnen. Kommt Zeit, kommt Rat, kommt das Nachdenken.

Er stellt fest, dass es fast Mitternacht ist, aber er hat am nächsten Tag keine Verpflichtungen. Seine nächste Lesung ist erst in drei Tagen, er kann also ruhig noch eine oder zwei Stunden weitermachen. Die tatsächliche, offensichtlich quicklebendige Frau aus Ravmossen und Västerås pocht in seinem Schädel auf Aufmerksamkeit, aber er verdrängt sie, so gut es geht. Verfluchter Mensch, denkt er, was treibst du da eigentlich? Jetzt mache ich Literatur aus dir, aber sieh verdammt nochmal zu, dass du mir in Zukunft vom Leib bleibst! Du hast deine Rolle ausgespielt.

*Dream on, you old fucker.* Er dreht zwei Runden durch die Wohnung, blickt durch die Fenster zu einem dunklen und verschlossenen Himmel sowie zu diversen Dachfirsten und Kirchtürmen in anderthalb Himmelsrichtungen hinaus. Denkt ein paar Augenblicke an die Stille Gottes nach Bach, macht sich eine Tasse Tee mit einem Schuss Rum und zählt die Seiten.

Siebzehn. Sie sind zwar handgeschrieben, aber im Druck sollten es dennoch fünfzehn sein.

Ausgezeichnet, denkt Franz Josef Lunde. Schon ein Viertel, wenn er sich mit der unteren Grenze zufriedengibt. Es läuft wie am Schnürchen, vielleicht eine Schnur, die reißt, aber es gibt nichts Gutes, das nicht auch etwas Schlechtes mit sich bringt. Er trinkt einen großen Schluck des stimulierenden Tees und geht wieder ans Werk.

## *Letzte Tage und Tod eines Schriftstellers*

»Ich gehe von unseren modernen Zeiten aus«, hatte der Dichter gesagt. »Ich weiß nicht, ob es dir schon aufgefallen ist, aber wie man die Frage des Alibis betrachtet, hat sich in den letzten Jahren radikal verändert.«

»Die Frage des Alibis?« JLF rieb sich die Schläfen und versuchte, sich zu konzentrieren.

»Ja, die Frage des Alibis. Heutzutage stellt sich nicht mehr die Frage, wo du und dein Leib sich zu einem bestimmten Zeitpunkt befunden haben, sondern wo sich dein Mobiltelefon und deine Kreditkarte herumgetrieben haben.«

»Hm, ja?«, brachte JLF heraus.

Der Dichter warf ihm unter buschigen Augenbrauen einen scharfen Blick zu, als wollte er ergründen, ob er Perlen an eine Sau verschwendete. Aber offensichtlich war er viel zu beeindruckt von seiner eigenen eleganten Konstruktion, um sich aufhalten zu lassen; vorsichtig fingerte er an der Warze herum, trank einen Schluck Bier und sprach weiter.

»Sagen wir, dass du die Absicht hast, eine missliebige Person in Östersund zu ermorden. Das kann praktisch jeder sein, eine frühere Ehefrau, irgendein Miststück, dem du Geld schuldest, ein anderes Miststück, an dem du dich aus irgendeinem Grund rächen musst. Nemesis wohnt in deinem Reptiliengehirn in der guten Stube, aber das Problem ist, dass du ein Bekannter des betreffenden Individuums bist, und wenn die Polizei dann die weibliche oder männliche Person findet, die um die Ecke gebracht worden ist, wird man dich so sicher wie das Amen in der Kirche vernehmen. Fast alle, die ermordet werden, haben eine Beziehung zu ihrem Henker, kommst du mit?«

»Ich komme mit«, versicherte JLF. »Red weiter. Prost, übrigens.«

»Prost. Was du brauchst, um dich am einfachsten aus den Fängen der Polizei zu winden, ist ein sogenanntes Alibi. Dass du zum Zeitpunkt der grausigen Tat schlichtweg nicht vor Ort gewesen bist und sie deshalb auch nicht begangen haben kannst. Klar?«

»Glasklar.«

»Gut. Je weiter entfernt vom Ort des Verbrechens du dich aufhältst, desto besser. Wenn deine Frau beispielsweise in Östersund ermordet wird … wir bleiben dem Beispiel zuliebe bei diesem Ort … und zwar an einem Donnerstagabend im November, kommt es dir natürlich sehr gelegen, wenn du dich an diesem Abend nachweislich in Malmö aufgehalten hast. *Do I make myself quite clear*, wie es im Koran heißt?«

Das hatte er tatsächlich so gesagt, der alte Ziegenbock. *Do I make myself quite clear …?* JLF erinnerte sich daran genauso deutlich wie an ein Glas Essig in der falschen Röhre.

»Ja, ja«, hatte er ein wenig ungeduldig erwidert. »Ich bin ja nicht auf den Kopf gefallen und habe einen IQ von fast siebzig.«

»Hervorragend, sogar ganz ausgezeichnet«, machte der Dichter weiter. »Jetzt nehmen wir einmal an, dass du eine missliebige frühere Gattin in Östersund ermorden willst, und aus diesem Grund ziehst du meine Wenigkeit als deinen Assistenten hinzu.«

Würde mir niemals einfallen, einen Dichter hinzuzuziehen, dachte JLF. Nicht einmal, um ein Plumpsklo zu streichen. Aber wohl wissend, wie empfindlich manche Zehen sein konnten, blieb er stumm.

»Um deinen Mord im nordschwedischen Jämtland begehen zu können, kaufst du ein Flugticket nach Malmö im Süden. Dein Assistent, will sagen meine Wenigkeit, kauft gleichzeitig ein Ticket nach Östersund. Wir haben kontrolliert, dass im Abstand von nur wenigen Minuten Flüge zu den jeweiligen Reisezielen starten. Vom Flughafen Bromma. Wir checken ein, gehen zu unserem jeweiligen Gate und tauschen auf dem Weg zu den Flugzeugen die Boardingkarten aus. Außerdem die Handys und Kreditkarten. Wir können die Sachen auch schon vor der Sicherheitskontrolle tauschen, das spielt keine Rolle. Kannst du mir noch folgen?«

»Natürlich. Übrigens, Prost.«

»Öh… Prost. Nach unserem kleinen Tausch der Identitäten… o ja, hier geht es um einen Tausch der Identitäten… fliegst du nach Östersund und erwürgst in aller Ruhe deine alte Frau. Oder du erschlägst sie mit einem Kerzenständer, wenn dir das lieber ist. Du steigst in meinem Namen in einem Hotel ab, im Voraus gebucht natürlich, benutzt meine Kreditkarte für die Minibar und die Rechnung und so weiter und so fort, und achtest darauf, mein Handy ein paarmal zu benutzen, und… tja, zwei Tage später fährst du mit dem Zug nach Stockholm zurück. In der Zwischenzeit…«

»In der Zwischenzeit bist du in meinem Namen in Malmö

gewesen«, ergänzte JLF, um zu zeigen, dass er noch immer auf der Höhe des Geschehens war. »Du hast meine Kreditkarte für das eine oder andere benutzt und mit dem Handy ein paar SMS verschickt, und… äh, mir ganz einfach ein Alibi verschafft. Ja, hol mich der Teufel, ich glaube, du liegst nicht ganz falsch.«

»Nicht ganz falsch?«, hatte der Dichter geseufzt. »Das verbitte ich mir. Das ist die exzellenteste Krimihandlung seit Agatha Christies *Alibi*, wenn du mir die klaust, bringe ich dich um.«

»Danke«, sagte JLF. »Ich fühle mich geehrt. Zweifellos.«

Unklar, ob in dieser Angelegenheit noch viel mehr gesagt wurde. Unklar, ob es ihnen gelungen war, ein weiteres Bier an der halb geschlossenen Bar zu ordern, oder ob sie sich damit begnügt hatten, durch die Schwingtüren ins Freie zu treten, zum Korsvägen und dem Vergnügungspark Liseberg hinüberzuschauen und zwei letzte Zigaretten zu rauchen, ehe es Zeit wurde, den richtigen Aufzug und das richtige Zimmer zu finden, ins Bett zu fallen und seinen Rausch auszuschlafen.

Der erfolgreiche Prosaautor John Leander Franzén und der alte, abgeklärte Dichter.

Jedenfalls war der Dichter ein gutes halbes Jahr später gestorben und einen Kriminalroman hatte er nicht veröffentlicht. Ebenso wenig wie eine siebzehnte Gedichtsammlung. Der Mensch denkt, Gott lenkt.

Fasste JLF philosophisch zusammen und kippte den letzten Schluck Laphroaig hinunter.

Trat auf seinen großzügig bemessenen Balkon hinaus und zündete sich eine dünne Zigarre an. Blickte auf die nächtliche Hauptstadt hinaus und begann, über die Zwischenfälle in

Ravmossen und Västerås nachzugrübeln. Über das lange vergangene Gespräch in Göteborg und wozu es geführt hatte.

Es war wie verhext, tote Dinge waren aus der Asche erwacht, und er hatte sie nicht unter Kontrolle.

# 5

## *Die Wirklichkeit*

Er sitzt im Auto und telefoniert mit seiner Tochter. Am Rande einer Tankstelle irgendwo an der E 20; er hat getankt und will gerade weiterfahren, als sein Handy klingelt. Leichte Kopfschmerzen, aber er hat ein Gegengift im Gepäck.

»Papa«, sagt sie. »Ich mache mir Sorgen um dich.«

»Das brauchst du nicht«, sagt er. »Es besteht kein Grund, sich Sorgen zu machen.«

»Ich habe geträumt, dass dir etwas passiert ist.«

»Träume sind nicht real.«

Er will nicht belehrend klingen, merkt aber, dass er sich so anhört. Manchmal hat Viktoria diese Wirkung auf ihn. Als wäre es nach wie vor seine Aufgabe, sie zu erziehen. Jetzt sieht er vor sich, wie sie den Kopf schüttelt, sodass ihre blonden Locken ein wenig flattern, obwohl sie mehr als tausend Kilometer entfernt in ihrem Alpendorf sitzt. Die Augenbrauen hebt und leicht resigniert lächelt. Das Gespräch benötigt kein ergänzendes Bild, aber es wäre schön, sie wirklich vor sich zu haben.

»Papa, ich weiß, dass Träume nicht real sind. Aber wenn sie keine Bedeutung hätten, würden wir nicht träumen. Simone sagt immer, dass in ihrem Land Träume genauso wichtig waren wie das tägliche Essen.«

Simone ist seit ein paar Jahren Viktorias Lebensgefährtin. Geboren und aufgewachsen ist sie in Sambia. Franz ist ihr bei einem halben Dutzend Gelegenheiten begegnet, und sie ist wahrscheinlich der bodenständigste Mensch, den er jemals kennengelernt hat. Für sie ist alles im Leben einfach, jedes Phänomen hat seinen gegebenen Platz in dem Koordinatensystem, das sie mit ihrer afrikanischen Muttermilch aufgesogen hat. Private Erfolge und Misserfolge. Harnleiterentzündungen und geisteskranke amerikanische Präsidenten. Und, wie gesagt, Träume.

Außerdem ist sie so schön wie eine Mondgöttin, diese Simone Mokwando. Franz hat großes Verständnis dafür, dass seine Tochter sie jedem noch so geleckt schönen Vertreter des männlichen Geschlechts vorzieht.

»Das mag sein«, sagt er jetzt. »Ich glaube trotzdem, dass hier eigentlich alles unter Kontrolle ist. Wie geht es euch in den Alpen?«

»Uns geht es gut. Simone hat zwei neue Aufträge bekommen, und ich habe mehr Kunden, als ich brauche.«

Eine Künstlerin und eine Webdesignerin, denkt Franz J. Lunde, einigermaßen bedeutender Schriftsteller mit Ideenflaute. Wer braucht einen alten Schriftsteller? Was habe ich noch zu geben? Sie reden eine Weile über dies und das, sie bittet ihn, Weihnachten bei ihnen zu feiern, er verspricht es halb, und anschließend kommt sie darauf zurück, dass er auf sich aufpassen soll.

»Du hast doch nicht etwa vor, wieder zu verschwinden?«

»Ganz bestimmt nicht.«

Was sie meint, ist die Phase vor fast drei Jahren, als er zwei Monate untergetaucht war. Es gab einen Grund, eine offizielle Version: nicht der geringste Kontakt zur Außenwelt, er saß in einem Zimmer in einer Pension im Norden Jütlands und versuchte zu schreiben. Zu schreiben und zu überleben. Er litt definitiv an Depressionen, war beinahe selbstmordgefährdet, wollte aber auch wissen, wie es sich anfühlte zu verschwinden. Praktisch nicht zu existieren. Es war ein wiederkehrendes Thema in mehreren seiner Bücher, Menschen, die auf die eine oder andere Art verschwanden. Nach drei oder fünf oder zehn Jahren stellte sich heraus, dass jemand lebte, jemand tot war, und bei mindestens zweien schwebten Autor und Leser in Ungewissheit. Bevor er verschwand, hatte er angedeutet, dass er sich eine Weile zurückziehen würde, war dabei aber nicht deutlich genug gewesen. Vor allem nicht, was Viktoria betraf, die schon fast so weit gewesen war zu beschließen, dass er sich das Leben genommen hatte. Zweifellos ein egozentrischer Fehler, weiterhin laut offizieller Version, aber nachdem sie ihn einen Monat lang wiederholt ausgeschimpft hatte, war sie bereit gewesen, ihm zu verzeihen.

»Ich habe nicht vor zu verschwinden«, betont er jetzt.

»Weißt du, man hat nur einen Papa, und ich möchte meinen noch viele Jahre behalten.«

»Ich gebe mein Bestes«, verspricht er, und sie beenden das Gespräch. Ihm ist spürbar warm ums Herz, als er den Wagen anlässt und den eingeschlagenen Weg in südwestliche Richtung fortsetzt. Der Himmel ist allerdings äußerst dunkel, und es liegt Regen in der Luft.

Zwei Stunden später hat er Kymlinge erreicht. Er braucht nur eine Minute, um das Hotel zu finden, obwohl er kein Navi benutzt. Hotel Bergman. Er fragt sich, wer Bergman war. Ob es eine Verbindung zum Regisseur Ingmar Bergman oder dem Schriftsteller Hjalmar Bergman gibt. Die junge Frau an der Rezeption ist jedenfalls nett und das Zimmer völlig in Ordnung. Weit oben und mit Aussicht auf einen kleinen

Platz mit einer Reiterstatue und einer Würstchenbude. Bis zu seiner Lesung sind es noch fast vier Stunden, er hat also genügend Zeit für ein Nickerchen und um ein paar Seiten zu schreiben. Er beginnt mit Letzterem.

## *Letzte Tage und Tod eines Schriftstellers*

Am Tag vor dem verhängnisvollen Auftritt in der Bibliothek von Kymlinge aß John Leander Franzén mit seinem Lektor zu Mittag. Der Lektor hieß Gustaf Breem und war ein aufsteigender Stern in der Branche. Ein Jahr zuvor hatte er den großen, vornehmen Verlag verlassen und ein halbes Dutzend seiner Autoren zu dem wesentlich kleineren, aber sehr renommierten Verlagshaus Clausen & Ringmark mitgenommen, als dieses beschloss, mit Nachdruck auf Belletristik zu setzen. JLF hatte nicht eine Sekunde gezögert; fünf seiner sieben Bücher waren durch Breems Bemühungen erschienen – natürlich auch durch seine eigenen –, und sie hatten immer gut und respektvoll zusammengearbeitet. Dass JLF seit über zwei Jahren kein neues Manuskript abgegeben hatte, war zwischen ihnen noch nicht zur Sprache gekommen, aber er hatte im Gefühl, dass sein Lektor das Thema an diesem Tag in der Opernbar ansprechen würde. Jedenfalls hatte er sich vorsorglich eine Antwort zurechtgelegt, und als Breem sich nach einigen Bissen Saibling wohlerzogen erkundigte, ergriff JLF die Gelegenheit.

»Ich arbeite an etwas ziemlich Großem«, erklärte er und wischte sich die Mundwinkel mit der Serviette ab. »Ich brauche bestimmt noch ein Jahr, vielleicht auch zwei, aber du wirst nicht enttäuscht sein, das verspreche ich dir. Mindestens fünfhundert Seiten und so bis ins letzte Detail recherchiert, wie man sich in die Materie nur vertiefen kann.«

»Ausgezeichnet«, erwiderte Breem. »Dachte ich es mir doch. Und worum geht es?«

JLF räusperte sich umständlich.

»Um den Mord an Olof Palme.«

Breem schien einen Happen Saibling in die falsche Röhre zu bekommen.

»Um den Mord an Palme? Sind zu dem Thema nicht schon genug Bücher geschrieben worden? Eins verrückter als das andere.«

»Hrrm«, machte JLF. »Der Unterschied zu ihnen besteht darin, dass ich das Rätsel löse. Sowohl Täter als auch Motiv benenne, und das ist eine völlig neue Perspektive, das verspreche ich dir auch.«

Breem wirkte konsterniert.

»Bist du sicher?«

»Absolut. Ich würde nicht so viel Zeit und Mühe darauf verwenden, wenn ich Zweifel am Ergebnis hätte. Für wen hältst du mich?«

»Das ist ja ein Ding«, sagte Breem. »Ich schätze, ich werde deinem Wort glauben müssen. Bist du so weit, dass wir den Vertrag aufsetzen können und du einen kleinen Vorschuss bekommst?«

»Die Recherchen sind nicht ganz billig«, meinte JLF, stippte einen Klecks Hollandaise auf die Messerspitze und betrachtete ihn nachdenklich. »Eine halbe wäre deshalb nicht verkehrt.«

»Eine halbe Million?«, sagte Breem und wirkte skeptisch.

»Und eine halbe bei Abgabe des fertigen Manuskripts«, präzisierte JLF und lehnte sich zurück.

Der Verleger griff nach seinem Weinglas und seufzte schwer.

»Ein verdammt teures Mittagessen ist das hier. Aber ich werde sehen, was ich tun kann.«

Auf dem Weg nach Kymlinge dachte JLF an das Gespräch zurück und spürte, dass er tat, was man gemeinhin *innerlich lächeln* nannte. Es passierte wahrscheinlich in der Region um den Kehlkopf, denn plötzlich begann er umstandslos zu singen.

*Solang der Kutter noch fährt, solang das Herz auch noch schlägt …*

Verflucht nochmal. In einer Woche würde er wahrscheinlich fünfhunderttausend frische Piaster auf seinem Konto haben.

Ich könnte wegfliegen, dachte er. Eine Reise nach Thailand buchen oder wohin auch immer und ein, zwei Jahre gut leben. In der Sonne sitzen und schreiben und wegkommen aus dieser elenden nordischen Winterdunkelheit. Und dann? Na ja, wenn mir das Geld ausgeht, tauche ich wieder mit einem dicken Manuskript in Stockholm auf, in dem es zwar nicht um den Mord an Olof Palme geht, aber das sowohl Gustaf Breem als auch den Rest der literarischen Welt verblüffen wird. Zum Teufel.

*Solang die Sonne schön glitzert auf den Wellen so blau …*

Seine ausschweifende Planung wurde von einem Straßenschild unterbrochen, auf dem verkündet wurde, dass es nur noch fünfunddreißig Kilometer bis Kymlinge waren. Er sah auf die Uhr und erkannte, dass er vor seinem Auftritt am Abend noch Zeit für ein Nickerchen und eine Dusche haben würde.

Und dann tauchte diese Vorahnung auf. Unwillkommen wie eine Blase am Fuß oder der Sensenmann persönlich.

Er lässt den Blick durch den Saal schweifen. Er bietet Platz für etwa hundert Zuschauer und ist zu drei Vierteln gefüllt. Das ist nicht schlecht, und ein Anflug von Rührung durchschaudert ihn. So viele Menschen sind gekommen, um ihm an einem verregneten Abend im November zu lauschen. Sie haben seine Bücher gelesen, die ihnen viel gegeben haben, und sind von daheim aufgebrochen, der Dunkelheit und ihrer eigenen Müdigkeit nach einem langen Arbeitstag trotzend, um nähere Bekanntschaft mit dem Verfasser der Erzählungen zu machen, die sie so tief berührt haben.

Nicht? So ist es doch? Er denkt, dass es solche begnadeten Augenblicke sind – unmittelbar bevor er spricht, noch ehe er das Wort ergreift und sich in seiner sorgsam antrainierten Darstellungskunst verliert, während das erwartungsvolle Murmeln des Publikums sachte erstirbt und verebbt –, die er gern auf einen kunstvoll gezwirbelten Goldfaden auffädeln und aufbewahren würde. Diese wohlverdienten Zuckerstücke des teuer erkauften Erfolgs.

Aber sofort, noch ehe er selbst spricht, während er der vielköpfigen Schar von einer Frau in einem langen, seegrasgrünen Kleid mit gleichfarbiger Brille vorgestellt wird, schlägt der Wahrheiten verkündende Teufel zu.

Er hat das Lob und die Wertschätzung nicht verdient. Er ist hohl. Sein Werk besteht ausschließlich aus geliehenen Federn und billigen Verführungstricks. Alles ist Nonsens, er ist ein scheinheiliger Schwindler und ein Phrasendrescher der übelsten Sorte. Ein Blender.

Blender, Blender, Blender.

»Bitte, Franz J. Lunde. Jetzt haben Sie das Wort. Und ich

meine, wir begrüßen unseren Gast mit einem herzlichen Applaus!«

Er wartet, bis wieder Stille herrscht, räuspert sich und beginnt.

Fünfundfünfzig Minuten später kommt er zum Schluss. Nur die Fragen aus dem Publikum stehen noch aus.

Aber da präsentieren die Veranstalter eine kleine Überraschung. Statt wie üblich um Wortmeldungen zu bitten, greift die seegrasfarbige Frau zu einem kleinen Pappkarton. Erklärt, dass dieser nicht weniger als achtunddreißig Fragen aus dem Publikum enthält, die zum Teil schon vor seinem Auftritt formuliert wurden und zum Teil, während er an dem schlichten Rednerpult gestanden und gesprochen hat. Ist er bereit?

Franz J. lächelt und versichert, dass er bereit sei.

Sie hebt den Deckel ab, schließt die Augen und zieht einen Zettel heraus.

»Wie sieht Ihr Arbeitsalltag aus?«

Es ist die meistgestellte Frage, und er begnügt sich mit einer zweiminütigen Antwort.

»Wissen Sie immer, wie ein Buch endet, wenn Sie anfangen?«

Die hört er genauso oft. Er widmet ihr eine gute Minute.

»Lassen Sie jemanden Ihr Manuskript lesen, ehe es fertig ist?«

»Normalerweise nicht. Aber es kommt vor, dass meine Lektorin ein Auge darauf werfen darf.«

»Wie viel Zeit verbringt ein Schriftsteller mit Recherchen?«

»Das kommt ganz darauf an, was für eine Art von Buch man schreibt.«

Und auf diese Art geht es eine Viertelstunde weiter. Er hat

natürlich nicht mitgezählt, aber schätzungsweise im Bereich zwischen der fünfzehnten und zwanzigsten kommt sie.

Diese Frage. So erwartet wie unerwartet.

»Vor einigen Jahren ist ein Buch von Ihnen erschienen, in dem ein Mord vorkommt. Der Leser könnte leicht den Eindruck gewinnen, dass Sie das selbst erlebt haben. Es wäre interessant, Ihren Kommentar dazu zu hören …«

Die Seegrasfarbige sieht verblüfft aus und verliert ihre Stimme. Franz J. ist jedoch gewappnet und erklärt, dass es sich selbstverständlich um ein Missverständnis handele. Wirft einen Blick auf seine Armbanduhr und bemerkt scherzhaft, dass es im Publikum vielleicht Menschen gebe, die am nächsten Tag arbeiten müssten, und schlägt vor, zum Ende zu kommen. Er bedankt sich für die Aufmerksamkeit und verspricht, Bücher zu signieren, solange welche da sind und Interesse besteht.

Er bekommt ein Heimatbuch und eine Flasche Whisky geschenkt. Signiert neunzehn Bücher, wird vom Seegras umarmt und kehrt ins Hotel Bergman zurück.

Ein paar Minuten vor zehn ist er wieder in seinem Hotelzimmer. Er begreift, dass der Schlaf auf sich warten lassen wird, und gießt einige Zentiliter Whisky in das Zahnputzglas. Legt sich mit dem Computer auf seinem Bauch aufs Bett. Alle bisher komponierten Seiten über John Leander Franzén sind mittlerweile ins Reine geschrieben worden, und ihm kommt plötzlich die Idee, sie seiner Lektorin zu schicken. Warum nicht? Mit ein paar ergänzenden Zeilen darüber, dass es sich um das erste Drittel einer Geschichte von etwa fünfundsiebzig Seiten handelt. Nur um ihr zu zeigen, dass er nicht auf der faulen Haut liegt und das Buch zum Jubiläum im Frühjahr wie geplant vorliegen wird.

Ja, so wird er es machen. Er liest sich *Letzte Tage und Tod eines Schriftstellers* von Anfang bis Ende durch, nimmt einige kleine Korrekturen vor, trinkt noch ein paar Zentiliter Whisky und mailt den Text um exakt dreiundzwanzig Uhr Rachel Werner, begleitet von ein paar erklärenden Zeilen, und wünscht ihr eine gute Nacht oder einen guten Tag. Das eine oder das andere, abhängig davon, um welche Uhrzeit sie in der Regel ihre Mails liest. Er kennt sie recht gut, aber man weiß nicht alles über seine Mitmenschen.

Ungefähr fünf Minuten später, während er noch auf dem Bett liegt und die letzten Tropfen Whisky im Mund genießt, klopft es an der Tür.

# II.

## Dezember 2019

# 6

Gunnar Barbarotti war um halb sechs aufgestanden, um den ersten Zug von Kymlinge nach Stockholm zu bekommen, und als er in Skövde auf dem zugigen Bahnsteig stand und zu verhindern versuchte, dass er erfror, dachte er, wie sehr es doch zum Heulen war, dass man schon jetzt eine halbe Stunde Verspätung hatte. Wahrscheinlich würde er anrufen und den Termin um eine Stunde verschieben müssen, oder zumindest im Laufschritt direkt vom Hauptbahnhof zu dem verabredeten Treffpunkt in Gamla stan hasten müssen, wobei der Rollkoffer ihm hinterherholpern würde wie ein waidwundes Tier. Ihm war mitgeteilt worden, dass er zu Fuß mit Sicherheit schneller sein würde als mit dem Taxi.

Und in der königlichen Hauptstadt war bestimmt auch so ein Mistwetter.

Lieber Herrgott, bat er stumm, während er die Hände in den Manteltaschen ballte, um eine zukünftige Amputation aufgrund von Erfrierungen zu vermeiden, Du, der Du über alles herrschst und seit mittlerweile vielen, vielen Jahren ein treuer Gesprächspartner, oder zumindest Zuhörer, gewesen bist – schick jetzt sofort diesen verdammten Zug hierher, dann verspreche ich Dir auch, für den Rest meines erbärmlichen Lebens nur Gutes zu tun!

Es blieb unklar, ob es sich um eine Antwort auf sein Gebet handelte, aber schon zehn Minuten später saß er mit einer

Tasse heißem Kaffee und zwei kleinen Marzipanteilchen auf seinem reservierten Fensterplatz in einem Wagen der ersten Klasse. Sowie mit einem vorsichtigen Gottvertrauen im Bereich zwischen seinen Ohren. Es kommt nur darauf an, sich in Geduld zu üben, dachte er. Wer durch das Leben hastet, von der Wiege bis zur Bahre und vorbei an allen heimtückischen Hindernissen, hat nichts zu gewinnen, denn der angerufene und angesprochene Herrgott hat weder den Stress noch die Eile erschaffen.

So viel dazu. Er trank einen Schluck belebenden Kaffee und zog die Notizen zu dem Fall aus der Tasche.

Es ging um eine Vermisstenanzeige. Deshalb saß er hier, das war der Grund dafür, dass man ihm drei Arbeitstage zugebilligt hatte, um nach Stockholm zu fahren und dort ein paar Dinge zu klären. Mit Kollegen zu sprechen und sich mit einer Reihe gewöhnlicher Menschen zu treffen, die möglicherweise über Informationen verfügten.

Kollegen hatte er auch früher schon getroffen. Täglich und stündlich in mehr als dreißig Jahren. Was aber eine Verlagslektorin betraf, so konnte er sich dagegen nicht erinnern, jemals mit einer in Kontakt gekommen zu sein, zumindest nicht im Dienst. Aber jetzt war es, wie es war, und es ging tatsächlich um einen Schriftsteller.

Also bei dem Mann, der verschwunden war.

Sein Name war Franz J. Lunde. Der Name sagte Barbarotti etwas, aber er hatte keinen der sieben Romane gelesen, die auf der Liste über Lundes Werke standen. Am Vortag hatte er versucht, in der Buchhandlung in Kymlinge einen zu finden, aber man hatte ihm erklärt, dass Lunde zuletzt 2017 ein Buch veröffentlicht hatte, es seither nicht einmal eine Taschenbuchausgabe gegeben habe, und dass man Bücher heutzutage nicht mehr so lange auf Lager habe. Man könne sie jedoch bestellen. Barbarotti hatte dankend abgelehnt und gedacht, dass er in einer Buchhandlung in Stockholm vielleicht mehr Glück haben würde. Oder warum nicht bei Lundes Verlag.

Er begann, sich die Zusammenfassung des Falls durchzulesen, wie sie in Inspektor Sorgsens Version aussah; er hatte die acht Seiten in die Hand gedrückt bekommen, kurz bevor er am Vortag das Präsidium in Kymlinge verlassen hatte, und sich bislang nicht die Mühe gemacht, sie zu studieren. Er hatte bereits einen recht guten Überblick darüber, was passiert war, aber Sorgsen war der Erste gewesen, auf dessen Schreibtisch die Angelegenheit gelandet war, und der bisher am meisten wusste. Der sich am Telefon mit der Tochter und der Schwester unterhalten und mit Angestellten des Hotel Bergman und der Bibliothek gesprochen hatte.

Allem Anschein nach war Folgendes geschehen:

Am Donnerstag, den einundzwanzigsten November, war der recht bekannte Schriftsteller Franz J. Lunde in der Stadtbibliothek von Kymlinge aufgetreten. Es hatte sich um eine klassische Autorenlesung gehandelt, eine von vieren der Bibliothek während der dunklen Jahreszeit, für mehr reichte das Budget nicht. Lunde hatte über seine Romane gesprochen, aus zwei von ihnen einige Seiten gelesen sowie Fragen der versammelten Zuhörerschaft beantwortet, etwa siebzig Personen. Er hatte eine Reihe von Büchern signiert, zum Dank ein Heimatbuch und eine Flasche Single Malt Whisky (privat bezahlt, nicht auf Kosten der Steuerzahler) erhalten und war zu seiner kurzzeitigen Herberge, dem Hotel Bergman in der Skomakargatan, zurückgekehrt. Einer Rezeptionistin zufolge hatte er etwa zehn Minuten vor zehn den Aufzug zu seinem Zimmer genommen.

Bis dahin war eigentlich nichts unklar.

Dass etwas nicht in Ordnung war, stellte man erst eine gute Woche später fest. Lundes Tochter Viktoria, wohnhaft in einem kleinen Dorf in der italienischen Schweiz, hatte sich mit der Stockholmer Polizei in Verbindung gesetzt, weil es ihr tagelang nicht gelungen war, Kontakt zu ihrem Vater zu bekommen. Normalerweise telefonierten, schrieben oder mailten sie mindestens alle drei Tage, und dass er ihre Nachrichten nicht beantwortete, war äußerst ungewöhnlich. Der relativ enge Kontakt ging auf einen Vorfall einige Jahre zuvor zurück, als Lunde sich aus unklaren Gründen zwei Monate lang von der Außenwelt abgeschottet und seine Tochter damit fast zu Tode erschreckt hatte.

Die Polizei hatte den Fall offenbar nicht besonders ernst genommen, aber weil Viktoria Lunde ziemlich hartnäckig war, untersuchte man dennoch, wie die Dinge lagen.

Eine junge Polizeianwärterin bei der Stockholmer Polizei, Sarah Sisulu, wurde mit der Aufgabe betraut; sie war ehrgeizig, hatte einen klugen Kopf und machte sich mit außerordentlicher Energie an die Arbeit. Drei Tage später konnte sie die Hypothese aufstellen, dass der letzte Mensch, der besagten Schriftsteller lebend gesehen hatte, jene Rezeptionistin im Hotel Bergman in Kymlinge war, die Lunde beobachtet hatte, als er auf dem Weg zu seinem Zimmer am Abend des einundzwanzigsten November die Hotellobby durchquerte. Keine der Personen, vor allem in Stockholm, die von Sisulu befragt worden waren, hatte in der guten Woche, die seit dem Auftritt in Kymlinge vergangen war, Kontakt zu dem Schriftsteller gehabt, und er hatte zwei Verabredungen verpasst. Es stellte sich außerdem heraus, dass seit diesem Datum weder sein Handy noch eine seiner beiden Kreditkarten benutzt worden waren.

Sarah Sisulus Hypothese hatte zur Folge, dass die Angelegenheit bei der Polizei in Kymlinge landete, zunächst in den Händen der Inspektoren Toivonen und Borgsen (vor allem bei Letzterem, der aufgrund seiner unerschütterlichen Melancholie allgemein nur *Sorgsen* genannt wurde, also traurig). Sie führten ein paar Befragungen im Hotel Bergman durch und konnten daraufhin festhalten, dass Lunde aller Wahrscheinlichkeit nach irgendwann in der Nacht nach seiner Lesung in der Bibliothek verschwunden war. Eventuell hatte er sich auch am frühen Morgen hinausgeschlichen; so oder so hatte er nicht gefrühstückt und auch nicht seine Schlüsselkarte an der Rezeption zurückgegeben. Sein Zimmer hatten die Veranstalter allerdings schon im Voraus bezahlt, sodass die Angestellten des Hotels keine Veranlassung hatten, Unrat zu wittern oder Maßnahmen zu ergreifen. Weil auch nichts von Lundes persönlicher Habe noch im Zimmer lag, war man davon ausgegangen, dass er das Hotel aus freien Stücken verlassen hatte. Dafür, dass er schon früh in der Nacht aufgebrochen war, sprach außerdem, dass er nicht in seinem Bett geschlafen hatte, das nach wie vor ordentlich gemacht war, als gegen halb zwölf die Putzfrau kam, um das Zimmer für den nächsten Gast herzurichten.

Eigenartig, dachte Kommissar Barbarotti, und unterbrach seine Lektüre. Es kommt einem vor, als hätte er sich in Luft aufgelöst. Oder *beschlossen*, sich in Luft aufzulösen? Er sah aus dem Zugfenster auf die vorbeisausende Ebene Västergötlands hinaus und dachte darüber nach, ob Lunde möglicherweise vor fast zwei Wochen in genau diesem Zug gesessen haben könnte. Die früheste Schienenverbindung nach Stockholm, wenn man seine Reise in Kymlinge antrat.

Obwohl das Hotelpersonal sich zu erinnern meinte, dass Lunde im eigenen Auto angereist war. Wenn das stimmte, dann wahrscheinlich in einem Volvo C30, dem einzigen Fahrzeug, das auf seinen Namen registriert war. Die Annahme wurde von seiner Tochter bestätigt, die sich ziemlich sicher war, dass ihr Vater in seinem Auto gesessen hatte, als sie neulich mit ihm telefoniert hatte. Dieses Gespräch hatte zu einem Zeitpunkt kurz nach Mittag am Donnerstag, den einundzwanzigsten November, stattgefunden, als er mit ziemlicher Sicherheit auf dem Weg zu seiner literarischen Verpflichtung in Westschweden gewesen war. Vielleicht hatte er auch erwähnt, dass er im Auto saß, aber was das anging, war sie sich nicht sicher. Dass er dies tat, war ihre eigene Schlussfolgerung, sie hatten in erster Linie über anderes gesprochen.

Jedenfalls war Lundes Volvo C30 genauso verschwunden wie sein Besitzer. Was bedeutete, dass man sich darüber streiten konnte, ob es wirklich der Polizei von Kymlinge oblag, den Fall zu bearbeiten.

Zumindest war es Kommissar Barbarottis Auffassung, dass man sich darüber streiten konnte. Schließlich sagte ihnen nichts, dass Lunde nicht schlafen konnte und sich deshalb für eine nächtliche Rückfahrt nach Stockholm entschieden hatte. Schlicht und ergreifend. Dass er irgendwann nach dreiundzwanzig Uhr, als die Rezeption nicht mehr besetzt war und die einfache Hotelbar geschlossen hatte, aufgebrochen war.

Dass er daraufhin sein Ziel nicht erreicht hatte, jedenfalls nicht seine Wohnung in Gamla stan, war jedoch offensichtlich. In seiner Zweizimmerwohnung in der Prästgatan war eine einfache Hausdurchsuchung durchgeführt worden, und nichts hatte darauf hingedeutet, dass jemand seinen Fuß hineingesetzt hatte, nachdem ihr Besitzer sie am Morgen oder Vormittag des einundzwanzigsten November verlassen hatte.

War er am Steuer eingeschlafen und von der Straße abgekommen? In irgendeinem unzugänglichen Waldstück gelandet und eingeschneit worden? In der Nacht vom einundzwanzigsten auf den zweiundzwanzigsten November hatte es tatsächlich in Süd- und Mittelschweden geschneit, ziemlich viel sogar, und da in den folgenden Tagen weiterer Schnee hinzugekommen und es seither kalt geblieben war, erschien der Gedanke nicht völlig abwegig. Ein Auto, das mitten in der Nacht mit Vollgas ins Gelände fährt und danach unter einer weißen Decke verborgen ist, nachdem der Fahrer auf der Stelle tot war… ja, was genau sprach gegen ein solches Szenario? Im Grunde genommen.

Nun, einiges, musste Kriminalkommissar Barbarotti widerwillig zugeben. So konnte er sich beispielsweise nicht erinnern, dass er jemals von einem ähnlichen Fall gehört hatte. Weder bei Autos noch bei Menschen war es im Allgemeinen üblich, so zu verschwinden.

Ich will mich nicht mit diesem Fall beschäftigen, dachte er anschließend in einem Moment der Selbsterkenntnis. Ich verfälsche meine Beweggründe. Ich will in Sydney sein und frei haben, da drückt der Schuh. Ich habe keine Lust zu arbeiten.

Er seufzte und ging sich noch einen Kaffee holen.

Übrigens ohne drückende Schuhe, weil er diese abgestreift hatte, sobald er seinen Sitzplatz erreicht hatte. Auch wenn man ein wenig düster gestimmt ist, besteht kein Grund, es sich im kleinen Format nicht gemütlich zu machen.

*God is in the details*, oder wie das hieß.

Dass er sich Tagträumen über Australien hingab, hing mit Eva zusammen.

Eva Backman, seiner Lebensgefährtin seit sieben Jahren, seiner Kollegin seit dreißig. Einen Tag, bevor er seine düstere Fahrt nach Stockholm antrat, war Eva zu einer ganz anderen Reise aufgebrochen. Nach Sydney nämlich, und das Schlimmste war, dass sie beabsichtigte, mindestens sechs Wochen fort zu sein.

Vielleicht sogar noch länger, das hing davon ab, wie sich alles entwickeln würde. So oder so jedenfalls über Weihnachten und Neujahr, es hatte nicht geholfen, dass Barbarotti erklärt hatte, in dieser Zeit werde er sowohl sterben als auch aus Einsamkeit und allgemeiner Verzweiflung vertrocknen.

Es gab natürlich einen Grund für ihre Reise, und gegen diesen Grund konnte er nichts sagen. Was man tun musste, das musste man tun.

Es ging um Kalle, Evas fast dreißigjährigen Sohn, den mittleren ihrer drei Söhne. Man sollte vielleicht meinen, dass man in diesem Alter auf eigenen Beinen steht, aber derart antiquierte Wahrheiten galten nach zwei Jahrzehnten im einundzwanzigsten Jahrhundert nicht mehr. Möglicherweise hatten sie noch nie gegolten, Eva und er hatten diese Fragen immer wieder diskutiert, seit Anfang November die Nachricht kam. Die verspätete Reife, die Helikopter-Eltern, über die so viel geschrieben wurde, die Verflachung der Jugendkultur, das üppige Angebot an Drogen.

Die Nachricht also, dass Kalle in Untersuchungshaft saß und unter dem Verdacht stand, Drogen besessen und seine Frau misshandelt zu haben.

Die Frau hieß Siren und war Norwegerin. Sie waren seit ein paar Jahren zusammen, aber erst seit einem guten Jahr verheiratet – genauso lange, wie sie in Manly wohnten, einem der vielen Vororte Sydneys, mit einem fantastischen und verführerischen Strand. Gemeinsam mit einem anderen skandinavischen Paar führten sie dort ein Geschäft für Sportkleidung und Surfausrüstung.

Das alles unbestätigten Informationen zufolge. Weder Barbarotti noch Eva waren Down Under zu Besuch gewesen, das Enkelkind Floral (dem Vernehmen nach ein Junge) war noch nicht in Augenschein genommen worden, aber jetzt war es also so weit. Und die Umstände hätten kaum ungünstiger sein können.

Fasste Barbarotti finster zusammen. Wie es da unten wirklich aussah, war noch unklar, Eva würde erst am nächsten Tag in Manly ankommen. Als er im Zug nach Skövde saß, hatte sie ihm eine SMS aus Bangkok geschickt, in der sie ihm kurz und bündig mitteilte, sie wolle versuchen, vor dem nächsten Flug ein paar Stunden zu schlafen, und dass sie müde und traurig sei.

Ich hätte sie begleiten sollen, dachte er zum tausendsten Mal, seit Eva die Reise gebucht hatte. Trotz allem. Aber das hatte eher weniger mit Kalle, Siren und dem kleinen Floral zu tun, er hatte zu keinem der drei eine persönliche Beziehung. Es wäre Eva zuliebe gewesen, aber nachdem sie einige Tage das Pro und Kontra diskutiert hatten, waren sie zu dem Schluss gekommen, dass sie alleine fahren würde. Ganz gleich, was das Herz dagegen einzuwenden hatte.

Er wäre nur im Weg gewesen.

Das hatte sie nie offen ausgesprochen, aber manche Dinge erledigte man am besten allein. Und wenn sie beide wegen einer kleinen Familienangelegenheit beantragt hätten, vom Dienst befreit zu werden, hätte Kommissar Stig Stigman, ihr Chef im Polizeipräsidium, sicher auch nicht Beifall geklatscht. Es war schlimm genug, dass in diesen Zeiten einer von ihnen aus dem Spiel war. Zeiten, in denen es so viel Bandenkriminalität gab wie Sand am Meer und jede einzelne der im Parlament vertretenen Parteien nach mehr Gesetzen und nach Ordnung rief.

Genauso übel war natürlich, dass Kalles Vater nicht beabsichtigte einzuspringen und seinem verirrten Sohn beizustehen. Ganz sicher nicht, das fehlte gerade noch. Man dürfe sich nicht aus der Verantwortung stehlen, müsse für das, was man getan habe, geradestehen, so würden aus Lausebengeln Männer.

Eine Entscheidung und Haltung, die für Eva alles andere als überraschend kam. »Er hat zwanzig Jahre meines Lebens bekommen«, hatte sie erklärt, als sie nach einem sinnlosen Gespräch den Hörer aufgelegt hatte. »Zwanzig Minuten hätten es auch getan.«

Der Zug bremste sanft ab und hielt im Bahnhof von Hallsberg. Barbarotti ließ die Gedanken an Australien fallen und erinnerte sich unvermittelt, dass er vor vielen Jahren einmal in einen Mordfall verwickelt gewesen war, der in diesem kleinen Eisenbahnknotenpunkt begangen wurde. Oder zumindest ganz in der Nähe … in Kumla vielleicht? *Der Acker des Todes* und was immer da war? Eine grausige Geschichte jedenfalls, aber in diesem Bereich hatte sich sein Arbeitsleben nun einmal abgespielt – und spielte es sich bis heute ab. *Auf der Rückseite, perkele,* wie der finnischstämmige Toivonen immer sagte.

Er seufzte erneut und kehrte stattdessen zu Sorgsens Bericht über den aktuellen Fall zurück. Zu dem verschwundenen Schriftsteller.

Was ist das nur für eine Macke, die wir Menschen haben, dachte er.

Aber es war natürlich nicht nur eine. Es waren wesentlich mehr Macken.

# 7

Der Pegasus Verlag hatte seinen Sitz in der Gasse Tyska brinken, nicht mehr als zweihundert Meter von Franz J. Lundes Wohnung in der Prästgatan entfernt, und entgegen seiner Vorahnung schaffte Barbarotti es pünktlich zu seinem Termin.

Die Lektorin hieß Rachel Werner und war um die vierzig. Sie begrüßte ihn mit einem festen Blick und Händedruck und bat Barbarotti, in einem der beiden Ohrensessel Platz zu nehmen, die ungefähr ein Jahrhundert auf dem Buckel zu haben schienen. So sah im Übrigen ihr ganzes Büro aus. Barbarotti dachte, dass man darin ohne Weiteres einen altmodischen Krimi von Agatha Christie hätte drehen können. Oder zumindest Teile davon. Dunkle, gut gefüllte Bücherregale vom Boden bis zur Decke, ein ebenso dunkler Schreibtisch mit Aufsatz, ein persischer Teppich, der fast die gesamte Bodenfläche bedeckte. Die einzigen modernen Gegenstände, die er entdecken konnte, waren eine Espressomaschine sowie ein Notebook, das aufgeklappt auf dem Schreibtisch stand.

Sie las seine Gedanken und lächelte flüchtig.

»Ich bin anglophil«, sagte sie. »Deshalb sieht es hier so aus. Kaffee?«

»Müsste es nicht Tee sein?«, schlug Barbarotti vor.

»Ich bin keine Fundamentalistin.«

»Ich verstehe«, sagte Barbarotti und sank in den Sessel. »Ich nehme gern eine Tasse Kaffee.«

Eines Tages muss ich dankend ablehnen, dachte er. Es war seine fünfte oder sechste Tasse an diesem Tag, und es war erst elf.

»Nun, Franz J. Lunde«, sagte er einleitend. »Wenn ich recht sehe, haben Sie einen Tipp.«

Rachel Werner nickte. »Ich weiß nicht, ob es ein Tipp ist. Es ist jedenfalls etwas Merkwürdiges.«

»Etwas, das er geschrieben hat. Habe ich das richtig verstanden?«

Sie machte eine Geste zu einem dünnen Blätterstapel hin, der ganz außen auf der Ecke ihres Schreibtischs lag. »Ich habe es ausgedruckt. Dachte, dass Sie es so lesen und sich selbst ein Bild machen können.«

»Ausgezeichnet«, sagte Barbarotti. »Aber da Sie ihn kennen, wäre es gut, auch Ihre Einschätzung zu hören. Worum geht es darin?«

Sie streckte den Arm aus und griff nach dem Papierstapel. Setzte eine runde, schwach getönte Brille auf.

»Er nennt es *Letzte Tage und Tod eines Schriftstellers*. Die Seiten sollen der erste Teil eines Textes sein, den ich bei ihm bestellt habe. Eine Geschichte von sechzig, siebzig Seiten, die im März, wenn der Verlag sein fünfundsiebzigstes Bestehen feiert, in Buchform vorliegen soll. Ich habe das Manuskript vor gut einer Woche per Mail bekommen, hatte aber keine Zeit, es zu lesen, bis … nun, bis neulich abends. Und am nächsten Tag hat sich dann die Polizei bei mir gemeldet. Ein etwas merkwürdiger Zufall, könnte man meinen.«

»Das könnte man«, stimmte Barbarotti ihr zu. »Was ist das für eine Geschichte, die er erzählt?«

Bevor sie antwortete, ließ Rachel Werner sekundenlang

den Blick über die Reihen von Büchern schweifen. Als wollte sie sich selbst daran erinnern, ihre Worte gut zu wählen.

»Es geht in ihr um einen Schriftsteller, der im Laufe eines Herbstes in ein paar Bibliotheken liest und sich dabei mit … wie soll ich das sagen … mit unbequemen Fragen konfrontiert sieht. Oder besser gesagt, mit *einer* unbequemen Frage. Sie scheint von einem Zuhörer zu kommen, der nicht nur an einem Ort auftaucht.«

»Ein Stalker?«, fragte Barbarotti.

»In gewisser Weise. Aber es passiert eigentlich nur zwei Mal. In Ravmossen … das liegt im südlichen Närke … und in Västerås. Seltsam ist, dass Lunde genau diese Orte in diesem Herbst besucht hat. Außerdem …«

»Ja?«

»Außerdem ist die Hauptfigur … ein gewisser John Leander Franzén … auf den letzten Seiten des Textes unterwegs, um in Kymlinge aufzutreten. Also bei Ihnen. Und ganz am Ende wird angedeutet, dass etwas passieren wird.«

Sie machte eine Pause und betrachtete ihn mit einem Blick, den er als taxierend empfand. Als wollte sie sich vergewissern, dass er die Botschaft verstand. Er nahm an, dass ihre Abiturnoten ungefähr doppelt so gut gewesen waren wie seine, und dachte etwas intensiver nach.

»Und dann passiert es, aber mit dem richtigen Schriftsteller in der Hauptrolle?«

»Anscheinend.«

»Hm. Das heißt, worüber der Schriftsteller Lunde schreibt, hat gewisse Ähnlichkeiten mit ihm selbst?«

»Ja, es sieht ganz so aus. Nicht so sehr, was den Charakter angeht, sondern eher, wenn man die äußeren Umstände bedenkt. Die Hauptfigur der Geschichte wird als ein reichlich unsympathischer Typ beschrieben. Großes Ego auf der

Schwelle zum Psychopathen. Lunde selbst ist für einen Schriftsteller eigentlich ziemlich ruhig und umgänglich. Introvertiert natürlich, aber nicht wie manche andere… hrrm.«

Sie breitete die Hände zu einer Geste aus, die wahrscheinlich illustrieren sollte, wie es war, Lektorin zu sein, und Barbarotti rief sich hastig eine Reihe von Schlagzeilen in den Medien in Erinnerung, in denen sich bekannte Autoren in die Haare gerieten oder sich im Brustton der Überzeugung über dies und jenes ausließen. Er nahm an, dass Rachel Werner wusste, wovon sie sprach.

»Ich verstehe«, sagte er, ohne darauf einzugehen, was es sein sollte, was er verstand. »Sie sagen mit anderen Worten, dass Lunde etwas beschreibt, das seine eigene Wirklichkeit ist?«

Sie zuckte mit den Schultern. »Ja, mehr oder weniger. So kommt es einem jedenfalls vor, aber ich habe mich natürlich nicht mit den betreffenden Bibliotheken in Verbindung gesetzt. Das dürfte eher Ihre Sache sein als meine?«

»Selbstverständlich«, sagte Barbarotti. »Wann genau haben Sie seine Mail mit dem Text bekommen, können Sie mir das sagen?«

Sie konsultierte ihren Computer. »Sie ist am Donnerstag, den einundzwanzigsten November, um 23:01 Uhr eingegangen. Mit anderen Worten…«

»Mit anderen Worten an dem Abend, seit dem er vermisst wird«, ergänzte Barbarotti.

»Stimmt«, sagte die Lektorin. »Das ist ja schon ein bisschen… merkwürdig, oder?«

»Zweifellos«, sagte Barbarotti. »Es kann bestimmt nicht schaden, sich das näher anzusehen. Etwas anderes, wie lange kennen Sie Lunde schon?«

»Ich bin seit seinem Debüt 2004 seine Lektorin«, erklärte

Rachel Werner. »Man könnte sagen, dass es mit meinem Debüt in der Verlagsbranche zusammenfiel.«

»Aber in einem anderen Verlag?«

»Ja, dem großen, vornehmen. Ich bin vor fünf Jahren zu Pegasus gewechselt. Das gibt mir etwas mehr Spielraum, etwas mehr Freiheit.«

»Und es läuft gut?«

»Danke, ganz hervorragend. Unter anderem ein Nobelpreisträger. Lesen Sie?«

»Gelegentlich«, antwortete Barbarotti. »Und Ihren Nobelpreisträger habe ich gelesen. Aber um auf Franz J. Lunde zurückzukommen, haben Sie eine Idee, was passiert sein könnte?«

Sie dachte eine ganze Weile nach, ehe sie antwortete.

»Er ist zwar keine Diva wie mancher andere, aber was soll ich sagen? Unvorhersehbar... ja, das ist eine gute Bezeichnung. Als Person genauso wie als Schriftsteller. Seine Bücher sind sehr unterschiedlich, was ungewöhnlich ist. Meistens hält man sich an das gleiche Thema und die gleiche Art zu erzählen. Lunde erkennt man vom einen Buch zum anderen dagegen kaum wieder. Darin kann man eine Stärke, aber auch eine Schwäche sehen. Aber ich habe wirklich nicht die leiseste Ahnung, was mit ihm passiert sein könnte. Was glaubt die Polizei?«

»Bis auf Weiteres glauben wir gar nichts«, wehrte Barbarotti ab. »Ihre Informationen sind ja ganz neu, sowohl sein Text als auch das über die Besuche bei den Bibliotheken in Västerås und... wie hieß das noch?«

»Ravmossen«, sagte Rachel Werner. »Ich habe eine Liste über seine Verpflichtungen in diesem Herbst, das ist so üblich. Wenn Sie möchten, können Sie die Kontaktpersonen bei den Bibliotheken bekommen. Ich nehme an...«

»Ja?«

»Ich nehme an, dass Sie untersuchen wollen, ob dieser Fragesteller fiktiv ist oder nicht. In Lundes Text handelt es sich um eine Frau … Übrigens, ist sie auch in Kymlinge aufgetaucht? Es wäre interessant, das zu wissen.«

»Das haben wir noch nicht überprüft«, sagte Barbarotti. »Wie gesagt, diese Information lag uns ja bis jetzt noch nicht vor. Es hat keine Veranlassung gegeben, Lundes Verschwinden mit dem in Verbindung zu bringen, was sich in der Bibliothek abgespielt haben könnte.«

»Bis jetzt?«, sagte Lektorin Werner und verzog flüchtig den Mund.

»Ja, wir stehen sozusagen auf Los«, antwortete Kommissar Barbarotti. »Leider.«

Aber besser spät als nie, und Rom wurde auch nicht an einem Tag erbaut, stellte er fest, als er eine Stunde später sein Zimmer im Hotel Skeppsholmen bezogen hatte. Außerdem hatte Rachel Werner ihm ein weiteres Gespräch am nächsten Tag versprochen, falls er es erforderlich finden sollte.

Also nachdem er *Letzte Tage und Tod eines Schriftstellers* gelesen und vielleicht auch mit den Bibliothekaren in Ravmossen und Västerås gesprochen hatte. Zum Beispiel ein gemeinsames Mittagessen, warum nicht?

Ja, warum nicht, dachte Barbarotti. Aber jetzt will ich erst einmal den Rest dieses Tages in Angriff nehmen.

Es blieben ihm noch zweieinhalb Stunden bis zu seinem nächsten Termin, einem Treffen mit Kriminalanwärterin Sarah Sisulu und Lundes aus Luleå eingeflogener Schwester. Genauer gesagt im Polizeihauptquartier im Stadtteil Kungsholmen, das er seit mehr als zwanzig Jahren nicht mehr betreten hatte.

Er kontrollierte, ob neue Nachrichten von Eva eingetroffen waren, machte es sich auf dem Bett gemütlich und begann zu lesen.

*John Leander Franzén war nicht nur Schriftsteller. Er war außerdem Narzisst, auf der Schwelle zum Psychopathen.*

Das sind zumindest keine Standardermittlungen, mit denen ich es hier zu tun habe, dachte Barbarotti, als er die ersten beiden Seiten gelesen hatte. Eigenartig ist noch untertrieben.

# 8

Sarah Sisulus Arbeitszimmer war das genaue Gegenteil von Lektorin Werners Büro, aber etwas anderes hatte er auch nicht erwartet.

Die Anwärterin selbst war eine umso farbenprächtigere Erscheinung, sowohl was ihre Hautfarbe als auch ihre Kleidung betraf. Erstere war schwarz, Letztere orange und gelb. Weiter konnte man sich nicht von einem traditionell uniformierten Wachtmeister entfernen, und Barbarotti dachte, dass er um ihre Hand angehalten hätte, wenn er dreißig Jahre jünger wäre. Oder dass er sie zumindest zum Essen eingeladen hätte.

Aber es war nicht der richtige Moment für solche jugendlichen Tagträume, deshalb grüßte er zivilisiert die Anwärterin und die zweite Frau im Raum, Franz J. Lundes Schwester Linnea. Sie schien Anfang vierzig zu sein, eine schlanke Frau, die ihn an eine bekannte Leichtathletin erinnerte, an deren Namen er sich nicht entsinnen konnte. Allerdings sah sie nicht aus, als hätte sie einen Lauf gewonnen oder als wäre sie am höchsten gesprungen, sie war eher Achte geworden oder als Dopingsünderin überführt worden.

Es herrscht keine Ordnung in meinem Kopf, stellte er fest und lehnte höflich die siebte Tasse Kaffee des Tages ab.

»Aber wenn Sie haben, nehme ich gerne ein Wasser.«

»Wir haben einen ziemlich großen Vorrat Wasser im

Haus«, versicherte Anwärterin Sisulu und stellte eine Flasche Loka-Mineralwasser auf den Tisch. »Wollen wir anfangen?«

»Eine gute Idee«, sagte Linnea, geborene Lunde, die heute Närpi hieß. »Ich wäre Ihnen dankbar, wenn das nicht allzu lange dauern würde.«

»Wenn ich recht sehe, sind Sie aus Luleå hergeflogen«, sagte Barbarotti. »Aber Sie haben doch sicher nicht vor, heute Abend zurückzufliegen?«

»Morgen früh«, erklärte Linnea Närpi in einem leicht gereizten Ton. »Da ich schon einmal in der Stadt bin, habe ich noch ein paar andere Dinge zu erledigen.«

Dein Bruder ist verschwunden, vielleicht tot, dachte Barbarotti. Das scheint dich nicht sonderlich zu interessieren.

»Ich habe mich ja anfangs um den Fall gekümmert«, erklärte Sarah Sisulu. »Aber jetzt übernehmt ihr?«

Sie nickte Barbarotti zu, der höflich zurücknickte.

»Ja, es sieht ganz so aus. Es ist eine bedauerliche Geschichte, und wir hoffen wirklich, dass Franz Lunde nichts Schlimmes zugestoßen ist. Aber weil er bei uns in Kymlinge verschwunden ist, werden wir initial ermitteln.«

*Initial*?, dachte er. Wo kam das Wort jetzt her? Ich höre mich an wie ein Kommunalpolitiker, der im Lokalradio spricht.

»Ich glaube nicht, dass die Sache so ernst ist, wie Sie sich einzubilden scheinen«, warf Linnea Närpi ein. »Das passiert ehrlich gesagt nicht zum ersten Mal. Ich weiß nicht, ob Ihnen das bekannt ist?«

Die Anwärterin und der Kommissar nickten unisono.

»Sie spielen darauf an, dass Ihr Bruder schon einmal vermisst wurde?«, fragte Barbarotti.

»Ja, genau«, sagte Linnea Närpi. »Er will Aufmerksamkeit haben. Es tut mir leid, das sagen zu müssen, aber mein Bruder kann ziemlich egozentrisch sein, und es ist nicht besser geworden, seit er Schriftsteller ist.«

»So, so«, sagte Barbarotti. »Stehen Sie in einem engen Kontakt zu ihm, er ist ja viele Jahre älter als Sie?«

»Neun Jahre und wenig Kontakt. Aber wir haben dieselben Eltern.«

Barbarotti wartete nach dieser Auskunft auf eine Fortsetzung, aber es war Sisulu, die das Wort ergriff.

»Sie haben mir am Telefon erzählt, dass Sie sich niemals nahegestanden haben. Ich nehme an, dass es mit dem Altersunterschied zusammenhängt …?«

»Zum Teil«, bestätigte Linnea Närpi. »Aber es geht auch noch um anderes.«

»Zum Beispiel?«

»Zum Beispiel darum, dass er der ist, der er ist. Ich weiß, das klingt hart, aber Franz ist ein schwieriger Mensch. Er interessiert sich nur für sich selbst und seine Bücher. Mich hat er immer von oben herab behandelt, und ich glaube, so verhält er sich allen gegenüber. Zumindest bei allen, die nicht auf seinem Niveau sind. Ich schätze, dass er nicht besonders viele Freunde hat, die Einzige, der er wirklich etwas bedeutet, dürfte seine Tochter Viktoria sein. Es tut mir leid, es wäre natürlich netter, wenn ich sagen könnte, dass es eine starke Bindung zwischen uns gibt und wir uns lieben, wie Geschwister es tun sollten … aber so ist es nun einmal nicht. Es gibt keinen Grund, das zu beschönigen.«

»Was ist mit Viktorias Mutter?«, fragte Barbarotti.

Er hatte gewisse Informationen von Rachel Werner erhalten, aber es war oft eine gute Idee, sich unwissend zu geben. Linnea Närpi verzog das Gesicht zu einer Grimasse.

»Weiß der Teufel, was passiert ist. Sie ist vor ein paar Jahren verschwunden … vor vier oder fünf, glaube ich … vielleicht ist sie von irgendeinem Tier getötet und gefressen worden, aber das weiß keiner. Sie waren auf einer mehrtägigen Wanderung an der Grenze zwischen den USA und Kanada, und in der Gegend soll es eine Menge wilde Tiere geben. Unzugänglich und unbewohnt. Man hat jedenfalls keine Spur von ihr gefunden.«

»Ja, davon habe ich gehört«, sagte Sarah Sisulu. »Eine üble Geschichte... gelinde gesagt. Aber Ihr Bruder war nicht dabei, als es passierte?«

»Er war Teil der größeren Gruppe, sie waren zu siebt oder acht. Aber an dem Tag waren nur vier von ihnen unterwegs, wenn ich mich richtig erinnere. Franz lag in der Übernachtungshütte, ihm war schlecht. Ich nehme an, dass er verkatert war. Als sie zurückkamen, waren sie jedenfalls nur noch zu dritt. Mehr weiß ich auch nicht. Wie gesagt, ich treffe meinen Bruder nie, seiner Frau bin ich nur bei der Hochzeit und danach noch zweimal begegnet.«

»Und Viktoria?«, fragte Barbarotti. »Haben Sie Kontakt zu ihr?«

Linnea Närpi seufzte. »Ich habe vier eigene Kinder. Ich habe keine Zeit, Kontakt zur Verwandtschaft zu halten. Aber an Viktoria ist nichts auszusetzen... sie ist übrigens lesbisch, das ist vielleicht nicht weiter verwunderlich.«

Barbarotti fragte sich, was sich in diesem letzten Kommentar verbarg, beschloss aber, dem nicht weiter nachzugehen.

»Als Ihr Bruder untergetaucht ist, hat er das getan, nachdem seine Frau verschwunden war?«

Linnea Närpi nickte. »Vor zwei, drei Jahren, ich erinnere mich nicht genau. Ja, es hat bestimmt genug von verschwundenen Eltern, das Mädel... ich meine Viktoria.«

»Haben Sie mit Ihrem Bruder gesprochen, nachdem er wieder aufgetaucht war?«

»Einmal. Der verdammte Idiot.«

»Und seither, wie ist der Kontakt zwischen Ihnen gewesen?«

»Ich schicke ihm alle zwei Monate eine Mail. Nur um zu checken, ob er noch lebt.«

»Antwortet er?«

»O ja. Trocken und kurz angebunden.«

»Schickt er Ihnen keine signierten Bücher?«

»Ich habe seine beiden ersten bekommen. Aber weil ich mich nicht auf nackten Knien rutschend bei ihm bedankt und ihn in den Himmel gehoben habe, hat er damit aufgehört.«

Sie zog eine Grimasse, und Barbarotti, der Einzelkind war, dachte, dass es vielleicht doch nicht so verkehrt war, keine Geschwister zu haben. Trotz allem.

»Darf ich mich mit Ihnen in Verbindung setzen, falls noch etwas sein sollte?«, fragte er. »Ich denke, ich muss mit Polizeianwärterin Sisulu noch ein paar Worte allein wechseln.«

»Sicher«, erwiderte Linnea Närpi, geborene Lunde, und stand auf. »Ich gehe davon aus, dass wir das telefonisch erledigen können.«

»Auf jeden Fall«, versicherte Barbarotti.

Das Vieraugengespräch mit Sarah Sisulu dauerte eine halbe Stunde und war wesentlich angenehmer. Auch wenn dabei im Hinblick auf die Ermittlungen kaum Neues dazukam. Barbarotti berichtete von seinem Treffen mit Lektorin Werner und von Lundes merkwürdigem Text, ohne im Detail auf den Inhalt einzugehen – weil er selbst noch keine Zeit gehabt hatte, ihn zu verdauen, und davon ausging, dass die intelligente Anwärterin nichts mehr mit den Ermittlungen zu tun haben würde. Er bekam die Kontaktdaten von drei Bekannten Lundes in Stockholm – von zwei Kollegen aus der

Autorengilde und einem alten Jugendfreund; Sisulu hatte mit allen gesprochen und betonte, die beiden anderen Schriftsteller hätten erklärt, sie würden ihren Kollegen nicht besonders gut kennen und sich ganz sicher nicht zu seinen engen Freunden zählen.

Blieb ein gewisser Benny Kohlberg, Schul- und Kindheitsfreund Lundes, inzwischen zweiundfünfzig Jahre alt und wohnhaft in der Verkstadsgatan nahe Hornstull.

Blieb außerdem Viktoria Lunde, die im Laufe des Abends mit einem Flugzeug aus Mailand eintreffen und mit der er sich am nächsten Tag treffen würde.

Er bedankte sich bei Sarah Sisulu für ihre hervorragende Arbeit und wünschte ihr viel Glück für ihre weitere Laufbahn. Verließ die imposante, aber wettergegerbte Zentrale der schwedischen Polizei und stiefelte nach Skeppsholmen zurück.

Immer noch keine SMS von Eva. Wie lange dauerte eigentlich der Flug von Bangkok nach Sydney. So weit konnte das doch nicht sein?

Er beschloss, zeitig zu Abend zu essen, und bog nach Gamla stan ab. Es gelang ihm, das Restaurant Tradition in der Österlånggatan zu finden, das in *Letzte Tage und Tod eines Schriftstellers* erwähnt wurde, und dachte, dass es sicher ein geeigneter Ort war, wenn man in Ruhe darüber nachdenken wollte, worum es bei diesem Fall eigentlich ging.

Denn es stellten sich viele und leicht bizarre Fragen. War Franz J. Lunde freiwillig untergetaucht? War das Ganze der Einfall eines eigenartigen und eigensinnigen Schriftstellers, wie seine feindlich gesinnte Schwester angedeutet hatte? War es eine Vergeudung polizeilicher Ressourcen, auch nur den Versuch zu machen, ihn zu finden?

Oder war er entführt worden – von einem oder mehreren unbekannten Tätern, wie man so sagte?

Lebte er überhaupt noch?

Was bedeutete die Frage der anonymen Frau im Publikum, in der eine Schuld angedeutet wurde?

Er erkannte, dass Rachel Werner ihm zumindest helfen konnte, letztere Frage zu beantworten, und überlegte, warum sie bei ihrem Treffen nicht darüber gesprochen hatten. Aber da hatte er den Inhalt von Lundes begonnenem Werk noch nicht gekannt; sie hatte ja gewollt, dass er den Text selbst las. Hatte sie ihm deshalb angeboten, am nächsten Mittag mit ihm essen zu gehen?

Aber im Moment ging es ums Abendessen. *Dinner for one.* Nach gründlichen Überlegungen entschied er sich für Reibekuchen mit Speck und Preiselbeeren, und obwohl es ihm schwerfiel zu sagen, was er von Franz J. Lunde hielt, konnte er ihm immerhin dafür danken, dass er ihn auf eine, für die Maßstäbe eines etwas verlorenen Kriminalkommissars vom Land, wirklich ausgezeichnete Gaststätte aufmerksam gemacht hatte.

Und als er gerade die Rechnung beglichen hatte, kam endlich eine Nachricht von Eva. Darin hieß es zum einen, dass sie in Sydney gelandet war, zum anderen, dass sie ihn vermisste.

Von diesen beiden Informationen gestärkt spazierte er in einem eisigen Nordwind zu seinem Hotel auf der Insel Skeppsholmen und dachte währenddessen darüber nach, wie er das Abendgebet an unseren Herrgott formulieren sollte.

Als ob der Herrgott sich für Formulierungen interessieren würde.

# 9

Weil Viktoria Lunde sich um dreizehn Uhr mit ihm treffen wollte, wurde nichts aus dem Essen mit der Lektorin. Stattdessen kehrte er direkt nach einem kalten Morgenspaziergang zu den Räumen des Pegasus Verlag in Tyska brinken zurück, und an diesem Tag bot Rachel Werner ihm tatsächlich Tee an. Tasse und Kanne waren blassgelb und mit Blumenranken verziert, und er nahm an, dass sie in einer englischen *pottery* in der Ära einer anderen Viktoria hergestellt worden waren. Scherte sich aber nicht darum, der Sache nachzugehen.

»Danke, dass Sie sich Zeit für mich nehmen«, sagte er stattdessen. »Ich werde aus Lundes Text nicht richtig schlau. Er scheint sehr eng an seine eigenen Erfahrungen in Ravmossen und Västerås angelehnt zu sein, oder?«

Er hatte am Vorabend beide Veranstalter erreicht, und sie hatten die Informationen über die Fragen einer gewissen Frau bestätigt. Oder der Frauen, falls es sich um zwei verschiedene handelte, was Barbarotti zumindest vorläufig für eher unwahrscheinlich hielt. Keine der Bibliothekarinnen (in beiden Fällen dieselbe Berufsgruppe) hatte allerdings den Eindruck, dass Lunde die Frage unangenehm berührt hätte. In Ravmossen hatte die Moderatorin die Fragerunde abgebrochen, bevor Lunde antworten konnte, in Västerås hatte der Autor selbst (wenn die Bibliothekarin sich richtig erinnerte) die Andeutung als Unsinn abgetan.

Die Andeutung, dass der Schriftsteller Franz J. Lunde in einen perfekten Mord verwickelt gewesen sei, der offenbar in einem seiner Romane beschrieben wurde.

»Arbeiten Schriftsteller denn so?«, ergänzte Barbarotti. »Schreiben sie über ihr eigenes Leben, aber mit anderen Personen?«

»Das kommt natürlich vor«, antwortete Rachel Werner in einem Tonfall, den er als leicht distanzierend auffasste. Ob ihre Haltung den Schriftstellern oder einem Polizisten galt, der eine idiotische Frage gestellt hatte, blieb dabei offen. Er trank einen Schluck Tee und wartete.

»Aber im Grunde gibt es keine zwei Schriftsteller, die auf die gleiche Art und Weise arbeiten«, fuhr sie fort. »Wie auch immer, ich kann nachvollziehen, dass Sie den Text seltsam finden. Ich bin selbst ziemlich verwirrt, deshalb habe ich mich ja bei der Polizei gemeldet. Und Sie haben herausgefunden, dass ihm diese Fragen tatsächlich gestellt wurden ... im wirklichen Leben?«

Barbarotti nickte. »Ja, in Ravmossen und in Västerås.«

»Und bei Ihnen in Kymlinge?«

»Bei uns war es offenbar so, dass die Zuhörer ihre Fragen im Voraus auf Zettel geschrieben haben, aber es soll einer mit ungefähr dem gleichen Inhalt darunter gewesen sein. Ich habe nicht mit der Veranstalterin persönlich gesprochen, habe die Information aber von einer Kollegin. Darüber schreibt Lunde allerdings nichts. Sein Alter Ego ... so heißt das doch? ... hat es ja nie bis Kymlinge geschafft, man fragt sich also schon, ob die Geschichte eine Fortsetzung hat ... die fiktive Geschichte, meine ich.«

Rachel Werner lachte auf, aber es war alles andere als ein Ausdruck von Freude. »Ja, das fragt man sich wirklich. Außer dem Text selbst hat er in seiner Mail nur geschrieben, dass es sich dabei um das erste Drittel handele, ich nehme also an, dass er sich vorstellte … oder sich *vorstellt*, meine ich natürlich … noch zwei Drittel zu schreiben. Aber ob er schon weitergeschrieben hat oder nicht, das ist natürlich eine andere Frage.«

»Hm«, sagte Barbarotti. »Schickt er Ihnen immer seine Manuskripte, bevor er fertig ist?«

»Eigentlich nicht«, sagte Rachel Werner und sah bekümmert aus. »Es ist schon mal vorgekommen, dass ich einen halben Roman von ihm bekommen habe, aber da sprechen wir immerhin von ein paar hundert Seiten. Hier sind es nur zwanzig. Das kommt mir fast vor wie eine … nun ja, wie eine *Mystifikation*.«

»Eine Mystifikation?«, sagte Barbarotti. »Was meinen Sie damit?«

Sie schüttelte den Kopf. »Ich weiß nicht. Ich finde das nur so seltsam … irgendwie ausgeklügelt.«

»Es könnte auch eine Art Absicherung gewesen sein«, schlug Barbarotti vor. »Er schickt Ihnen diese Seiten, damit wenigstens irgendeiner sie gelesen hat. Für den Fall, dass ihm etwas zustoßen sollte …«

»Sicher, daran habe ich auch schon gedacht«, pflichtete die Lektorin ihm bei. »Wenn es wirklich so war, dass er sich von diesen Fragen bedroht gefühlt hat … oder sie ihn zumindest aus dem Gleichgewicht gebracht haben, dann … nun ja, als eine Sicherheitsmaßnahme. Warum nicht? Aber ich weiß nicht, das klingt so übertrieben, wenn man darüber nachdenkt. Fast schon bizarr.«

»Ich habe das Gefühl, diese ganze Geschichte ist ein wenig bizarr«, erwiderte Barbarotti. »Finden Sie nicht? Es würde uns natürlich weiterhelfen, wenn wir die Frau mit der Frage identifizieren könnten. Aber er beschreibt sie ja nicht … weil er sie nie deutlich zu Gesicht bekommen hat. Das heißt, in der Fiktion.«

Rachel Werner nickte, schwieg jedoch.

»Wenn sich herausstellt, dass die Sache ernst ist«, sagte Barbarotti, »wenn Lunde wirklich bedroht wird, müssen wir natürlich mit den anderen Zuschauern sprechen … in Ravmossen und Västerås. Es muss ja Leute geben, die sie gesehen haben.«

»Aber dafür müssen Sie vorher beschließen, die Sache ernst zu nehmen?«

»Entschuldigung, ich habe mich schlecht ausgedrückt. Wir nehmen sie bereits ernst, sonst würde ich nicht hier sitzen. Aber der Polizei stehen leider keine unbegrenzten Ressourcen zur Verfügung.«

»Das habe ich verstanden«, sagte Rachel Werner mit einem schwer zu deutenden Lächeln.

Barbarotti räusperte sich und griff einen anderen Aspekt auf. »Die wichtigste Frage gilt im Moment wohl diesem Buch. Stimmt es, dass Lunde in einem seiner Romane einen perfekten Mord beschrieben hat?«

Rachel Werner stand auf und zog ein Buch aus einem der Regale.

»In diesem, bitte sehr. Ich schlage vor, dass wir uns wieder an die gleiche Methode halten. Sie lesen und machen sich ein Bild, statt dass ich Ihnen alles unter die Nase reibe.«

Barbarotti nahm das eingebundene Buch entgegen. Der Schutzumschlag war schlicht, aber ansprechend. Ein Schwarz-Weiß-Foto von einer Stadtstraße im Dunkeln; eine einsame Straßenlaterne, die einen Teil einer Hausfassade beleuchtet, und der Rücken eines Mannes in einem Mantel und mit Hut, der sich auf dem Bürgersteig entfernt. Zeitlich schwer einzuordnen, aber wahrscheinlich ziemlich lange zurückliegend.

Schätzungsweise erste Hälfte des zwanzigsten Jahrhunderts. Der Name des Autors und der Titel in dünnen roten Buchstaben auf dunklen Dächern und einem Streifen ebenso dunklem Himmel.

*Franz J. Lunde*
*Das feinmaschige Netz*

»Kapitel zwölf«, erläuterte die Lektorin. »Aber ich schlage vor, Sie lesen alles.«

Er traf sich mit Viktoria Lunde in einem Café in Sundbyberg. Es war ihr Vorschlag gewesen; während ihres überstürzten Besuchs in Stockholm wohnte sie bei einer Freundin in der Stationsgatan und hatte ihn gebeten, es ihr zu ersparen, in die Innenstadt zu fahren, und Barbarotti sah keinen Grund, nicht auf ihren Wunsch einzugehen. Sie war besorgt und erschüttert, weil ihr Vater verschwunden war, hatte mehrere Nächte kaum geschlafen.

Als er sie an einem Tisch am hinteren Ende des halb leeren, altmodischen Lokals ausgemacht hatte, stellte er fest, dass man ihr ansah, wie sie sich fühlte. Mit dunklen Halbmonden unter den Augen in einem bleichen Gesicht und in einem schlotterigen weißen Herrenhemd über einem schwarzen Poloshirt hätte sie beinahe als Drogensüchtige durchgehen können. Die üppigen rotblonden Haare hatte sie zu einem schlampigen Dutt hochgesteckt, und als sie aufstand, um ihn zu begrüßen, schaffte sie es, dabei sowohl ihren Stuhl als auch ihre Teetasse umzukippen.

»Mist! Entschuldigen Sie, Sie sind der Kommissar?«

»Gunnar Barbarotti. Ja, es wird behauptet, dass ich Kommissar bin. Wie geht es Ihnen?«

»Schlecht. Beschissen … merkt man das nicht?«

»Jetzt, da Sie es sagen«, erwiderte Barbarotti.

Eine junge Kellnerin half ihnen, den Tisch wieder so herzurichten, dass er benutzt werden konnte, und Viktoria Lunde bekam eine neue Tasse Tee. Barbarotti überlegte kurz zu fragen, ob sie Loranga oder Bluna hatten – wegen der altertümlichen Atmosphäre des Lokals –, gab den Gedanken jedoch auf und begnügte sich mit einem Kaffee.

»Wie gesagt, ich mache mir wahnsinnige Sorgen um meinen Vater«, sagte Viktoria, als sie Platz genommen hatten. »Ich bin mir sicher, dass ihm etwas zugestoßen sein muss. Ich habe geträumt, dass er tot ist … dass er starrgefroren in einem Graben in irgendeinem Wald liegt.«

»Lassen Sie uns davon ausgehen, dass Sie mit Ihrem Traum falschliegen«, sagte Barbarotti. »Aber natürlich ist es eigenartig, dass er so lange nirgendwo gesehen worden ist. Sie hatten an dem Tag Kontakt zu ihm, als er seine Lesung in Kymlinge hatte …«

»Seither sind mehr als zwei Wochen vergangen«, fiel Viktoria Lunde ihm ins Wort. »Es ist doch klar, dass etwas passiert sein muss. Haben Sie denn gar keine Spur von ihm … in dieser ganzen Zeit nicht?«

»Leider nein. Aber Sie dürfen nicht vergessen, dass wir bis vor ein paar Tagen nichts gewusst haben.«

»Ich weiß. Ich habe Ihnen so in den Ohren gelegen, dass Sie gezwungen waren, es ernst zu nehmen … habe ich recht?«

»Das stimmt zum Teil«, gestand Barbarotti. »Es tut mir leid, aber wenn wir nicht erfahren, dass eine Person vermisst wird, können wir nicht eingreifen. Das Personal des Hotels, in dem Ihr Vater übernachtete, hatte keinen Grund, Verdacht zu schöpfen. Wir haben am Telefon darüber gesprochen, aber ich kann nachvollziehen, dass Sie aufgewühlt sind.«

Sie seufzte und betrachtete ihn mit müden Augen. »Entschuldigen Sie, ich bin nicht ganz ich selbst. Sie müssen mich kindisch finden.«

Er schüttelte den Kopf. »Überhaupt nicht. Man verliert leicht die Fassung, wenn man sich Sorgen macht … wenn Sie verstehen, was ich meine. Wir werden jedenfalls unser Bestes geben, um herauszufinden, was passiert ist, das verspreche ich Ihnen. Und wir brauchen dringend Ihre Hilfe. Ich finde es gut, dass Sie sich entschlossen haben, für eine Weile nach Schweden zu kommen.«

Viktoria Lunde seufzte schwer. »Ich weiß nicht, ob es etwas bringt, aber es ist wenigstens besser, sich von Angesicht zu Angesicht zu unterhalten als am Telefon.«

»Das finde ich auch«, sagte Barbarotti. »Aber mit Ihrem Vater haben Sie zuletzt telefoniert. Wie haben Sie das Gespräch wahrgenommen?«

Sie dachte einen Moment nach, ehe sie antwortete. »Es ist seltsam, aber ich habe ihn angerufen, weil ich mir Sorgen um ihn gemacht habe. Dass ihm etwas passieren würde … wie gesagt, wir halten engen Kontakt, auch wenn wir weit voneinander entfernt wohnen. Und wenn ich ehrlich bin, melde ich mich meistens bei ihm.«

»Telefonate?«

»Oder Mail oder SMS. Das wechselt.«

»Wie oft ungefähr?«

»Mindestens jede Woche. Ein- oder zweimal … manchmal auch dreimal. Und wenn er sich nicht von sich aus meldet, ruft er immer zurück, sobald er gesehen hat, dass ich angerufen habe.«

»Immer?«

»Ja, mittlerweile schon. Sie haben davon gehört, was passiert ist?«

Barbarotti nickte. »Sie meinen, dass er bereits früher eine Zeit lang jeden Kontakt zu anderen abgebrochen hat? Wann war das eigentlich?«

»Ziemlich genau vor drei Jahren. Und es ist klar, dass mich das beeinflusst hat. Manchmal habe ich das Gefühl, dass ich sie bewachen muss, damit sie noch da sind … es ist ein seltsames Gefühl, aber so empfinde ich es. Sie wissen auch, was mit meiner Mutter passiert ist?«

*Sie bewachen, damit sie noch da sind,* dachte Barbarotti mit einem leichten Schaudern. Was für eine unmögliche Verantwortung.

»Ja, es ist mir bekannt«, sagte er. »Eine schreckliche Geschichte, es wundert einen nicht, dass Sie …«

Er fand keine Fortsetzung, aber es war auch keine erforderlich, weil sie ihm ins Wort fiel.

»Also, es ist so. Vor sechs Jahren verschwindet meine Mutter … auf einer verdammten Wanderung in der amerikanischen Wildnis. Drei Jahre später ist mein Vater plötzlich weg. Fast zwei Monate lang! Er hat sich völlig abgeschottet, und dafür mag er seine Gründe gehabt haben, aber es hätte ja schon gereicht, wenn er mir eine SMS geschickt und erklärt hätte, was los ist. So wütend wie damals bin ich noch nie auf einen Menschen gewesen … als sich herausstellte, dass er lebte und ganz allein beschlossen hatte, das zu tun. Ohne Rücksicht auf irgendwen zu nehmen. Kein Handy, kein Bezahlen mit Karte. Ich bin natürlich dankbar, dass er noch lebt, aber in gewisser Weise wäre es leichter zu begreifen gewesen, wenn er tot gewesen wäre. Aber so kann man natürlich nicht denken … verstehen Sie, wie das gewesen ist?«

»Ich versuche es«, sagte Barbarotti.

»Und jetzt sind wir wieder an dem Punkt …«

Ihre Stimme brach und sie begann zu weinen. Legte den

Kopf in die Hände und hätte um ein Haar ihre Teetasse ein zweites Mal umgekippt.

Barbarotti ließ einige Sekunden verstreichen, ehe er vorsichtig fragte:

»Glauben Sie das wirklich? Dass es sich wiederholt? Dass Ihr Vater wieder untergetaucht ist?«

Sie zog ein Taschentuch heraus. Wischte sich die Tränen ab und putzte sich die Nase.

»Nein… nein, das glaube ich ehrlich gesagt nicht. Erst recht nicht nach unserem Telefonat.«

»Sie meinen nach Ihrem bisher letzten Gespräch?«

Beinahe hätte er »ihrem allerletzten« statt »bisher letzten« gesagt, bekam aber gerade noch die Kurve.

»Ja. Es war ein gutes Gespräch, und dass er mich so enttäuschen würde, indem er wieder untertaucht… nein, das ist wirklich völlig abwegig.«

Was wiederum bedeuten könnte, dass etwas noch Schlimmeres passiert ist, dachte Barbarotti, und Viktoria Lunde kam natürlich zur gleichen Schlussfolgerung. Außerdem hatte sie sich schon eine ganze Weile mit ihr auseinandergesetzt, während mehrerer schlafloser Nächte und besorgter Tage.

»Es gibt…«, sagte sie und schluchzte auf. »Es gibt irgendwie auch niemand anderen, den das interessiert. Das ist fast noch das Schlimmste. Manchmal denke ich, dass mein Vater der einsamste Mensch auf der Welt ist.«

»Sie haben keine Geschwister?«, fragte Barbarotti.

»Nein. Auch ansonsten kaum Verwandte. Eine Tante und vier Cousins und Cousinen, die ich niemals treffe. Ich glaube, Vater und seine Schwester verabscheuen sich gegenseitig.«

Das glaube ich auch, dachte Barbarotti, hüllte sich aber weiter in Schweigen.

»Meine Mutter war ein Einzelkind wie ich«, setzte Viktoria ihre dürftige Familienchronik fort. »Meine Großeltern mütterlicherseits sind tot, die Einzige, die aus dieser Generation noch lebt, ist meine Großmutter väterlicherseits, und sie ist total dement … entschuldigen Sie, dass ich mich beklage, aber im Moment fühle ich mich einfach so elend. Simone, meine Lebensgefährtin, hat mindestens dreißig Verwandte, mit denen sie in Kontakt steht. Eine Hälfte in Afrika, die andere Hälfte verteilt auf den Rest der Welt. Und ich habe einen einzigen … vielleicht.«

Sie verstummte und sah auf die Tischplatte hinab.

»Manchmal ist es schwierig, Trost zu finden«, sagte Barbarotti. »Wie sieht es aus, Sie sind nicht zufällig gläubig?«

Die Worte kamen aus seinem Mund, ohne dass er sie vorher gedacht hatte, aber zu seiner Erleichterung tauchte in Viktoria Lundes Gesicht ein blasses Lächeln auf. Nur kurz und zögerlich, aber trotzdem.

»Doch, bin ich«, sagte sie. »Ich gehe zwar nie in die Kirche, aber ich glaube, dass es einen Gott gibt. Jedenfalls manchmal …«

»Wenn man nicht nach ihm sucht, ist er nicht zu sehen«, sagte Barbarotti. »Ich selbst bin auch Amateurgläubiger und bin ihm tatsächlich begegnet. Möchten Sie, dass wir ein Gebet für Ihren Vater sprechen? Ich meine …«

Er wusste nicht, was er meinte, aber ein paar Sekunden später saßen sie dort beide mit gefalteten Händen und geschlossenen Augen. Eine halbe Minute, nicht mehr, es wurden keine Worte gesprochen, es gab nur Stille, und hinterher dachte er, dass manche seine Arbeitsmethoden als Kriminalpolizist mit Sicherheit infrage stellen würden.

Aber es gab natürlich eine höhere Instanz, wie es gern hieß, und als sie sich trennten, umarmte Viktoria Lunde ihn lange.

»Wir bleiben doch in Kontakt?«, fragte sie. »Sie vergessen mich nicht … was auch immer passiert?«

»Wir bleiben in Kontakt«, versprach er.

# 10

Nach seinen Gesprächen mit den beiden Frauen, der Lektorin Rachel Werner und der Webdesignerin Viktoria Lunde, kam ihm die Begegnung mit Benny Kohlberg wie eine Art Rückschlag vor.

Oder zumindest wie ein Schritt in die falsche Richtung, wenn man von einer Richtung sprechen konnte. Sie trafen sich in Kohlbergs Wohnung in der Verkstadsgatan nahe Hornstull. Kohlberg lebte allein, hatte aber einen Kater. Er (der Katzenbesitzer, nicht der Kater) arbeitete bei der Gerichtsvollzugsbehörde (in einer relativ untergeordneten Position, vermutete Barbarotti, aber man wusste nie), lud ihn zu Leichtbier und Leberwurstbroten ein und besaß wahnsinnig viele Vinylplatten.

Letzteres kam als Erstes zur Sprache.

»Interessieren Sie sich für Musik?«, fragte Kohlberg, als sie beide in Plastiksesseln aus den Siebzigerjahren Platz genommen hatten. Mit Fußbänkchen.

»Nein, ich bin ziemlich unmusikalisch«, antwortete Barbarotti.

Das war gelogen. Er hörte zum Beispiel gern Fado und war in seiner Jugend für einige Wochen in einem Knabenchor gewesen, wollte aber vermeiden, von Beginn an ins falsche Fahrwasser zu geraten.

»Ach wirklich?«, sagte Kohlberg enttäuscht. »Tja, was Sie

da vor sich sehen, ist jedenfalls meine Schallplattensammlung. Momentan neunhundertvierundsechzig Stück, und keine davon ist nach 1969 aufgenommen worden. Meiner Meinung nach war es das letzte Jahr, in dem richtig gute Musik gemacht wurde. Zwei Jahre nach meiner Geburt, falls Sie sich fragen.«

»Interessant«, sagte Barbarotti.

»Das meiste sind bekannte Bands aus den Sechzigern … die Stones, die Beatles, die Kinks und so weiter, aber ich habe auch eine ganze Reihe älterer Aufnahmen. Elvis natürlich. Buddy Holly und Eddie Cochran … *you name it.* Und alte Bluesplatten, von den Zwanzigerjahren an, damals wurde ja das Fundament gelegt, könnte man sagen.«

»Es ist toll, solche Spezialinteressen zu haben«, sagte Barbarotti und biss in ein belegtes Brot.

»Wenn ich sie alle hintereinander hören wollte, würde ich dafür mehr als einen Monat brauchen, fast anderthalb. Und dabei sind die Pausen für Schlaf, Mahlzeiten und Toilettenbesuche noch gar nicht eingerechnet.«

»Das kann ich mir denken«, sagte Barbarotti. »Können Sie mir etwas über Ihre Beziehung zu dem Schriftsteller Franz J. Lunde erzählen?«

»Ja, deshalb sind Sie ja gekommen«, sagte Benny Kohlberg leicht resigniert. »Nicht um hier zu sitzen und mir zuzuhören, wenn ich über alte Songs labere.«

»Stimmt«, sagte Barbarotti. »Wenn ich es richtig verstanden habe, kennen Sie sich schon lange? Sie und Lunde.«

Der ungewöhnlich große und vielfarbige Kater schlenderte herein und ließ sich gemächlich auf Kohlbergs Fußbank nieder.

»Er heißt Moon«, erklärte Kohlberg. »Nach Keith Moon, dem Drummer von The Who.«

»Lunde«, erinnerte Barbarotti ihn.

»Ach ja … tja, was soll man da sagen? Wir kennen uns, seit wir gelernt haben, unsere Schuhe zuzubinden. Sind verdammt noch mal mehr als zehn Jahre in dieselbe Schule gegangen. Das schweißt einen zusammen.«

»Und seither sind Sie in Verbindung geblieben?«

»Das kann man wohl sagen. Wir sind … wie soll ich das sagen … beide Einzelgänger. Wenn Sie verstehen, was ich meine. Nicht so verflucht leutselig, wie man heutzutage sein soll. Beziehungen, soziale Medien, der Teufel und sein Pudel, entschuldigen Sie meine Ausdrucksweise.«

»Kein Problem«, sagte Barbarotti. »Und Sie treffen sich ziemlich regelmäßig?«

»Das tun wir«, bestätigte Kohlberg. »Frasse … ja, ich nenne ihn immer noch so, das kommt noch aus der Schulzeit …, Frasse und ich gehen mindestens einmal im Monat zusammen aus, essen einen Happen und trinken ein Bier. Manchmal auch zwei oder drei, das kommt auf die Lage an.«

»Und wann haben Sie sich zuletzt getroffen?«

Benny Kohlberg dachte nach, aber nur zwei Sekunden.

»Neunzehnter November. Es war ein Dienstag.«

Zwei Tage vorher, dachte Barbarotti. Könnte interessant sein.

Doch das war es nicht. Jedenfalls nicht, soweit sich das beurteilen ließ. Kohlberg und Lunde waren in eine Gaststätte namens Soldaten Svejk gegangen, die an einer Straße mit dem Namen Östgötagatan lag, hatten jeder Gulasch gegessen und zwei Gläser tschechisches Bier getrunken. Vielleicht auch drei. Sie hatten über nichts Besonderes gesprochen, und Lunde war wie immer gewesen. Als Barbarotti sich erkundigte, ob sie möglicherweise über die Reisen des Schriftstellers zu verschiedenen Bibliotheken im Land gesprochen hätten, hatte Kohlberg den Kopf geschüttelt. Das glaube er nicht, vielleicht habe Lunde erwähnt, dass er an einem neuen Buch schreibe, aber verdammt, das tue er ja immer.

Es wurde jedenfalls deutlich, dass Kohlberg seinen alten Freund bewunderte. Lunde sei ein verdammt guter Schriftsteller, habe aber nie die Aufmerksamkeit bekommen, die er verdient habe. Die Kulturschaffenden in Schweden seien generell eine scheißhochnäsige Clique von Tintenscheißern (Barbarotti vermutete, dass der Begriff eher von Lunde als von seinem treuen Schildknappen kam), und Stockholm sei der schlimmste Tintenscheißersumpf von allen. Dass Lunde keinen Augustpreis bekommen, ja, nicht einmal dafür nominiert worden sei, betrachte er als stinkenden Beweis für den Stand der Dinge.

Aber ob sie am neunzehnten November im Soldaten Svejk über diese kulturellen Abgründe gesprochen hätten? Ja, das könne man sehr wohl getan haben... oder auch nicht. Als Barbarotti fragte, ob Kohlberg *Das feinmaschige Netz* gelesen habe, sah sein Gastgeber beleidigt aus und erklärte, er habe selbstverständlich jede Zeile gelesen, die Lunde geschrieben habe. Das sei ja wohl klar, wenn man zufällig ein Bekannter eines der hervorragendsten Stilisten im Land sei, darauf könne Barbarotti einen lassen, dass er seine Bücher gelesen habe.

Als die Leichtbiere ausgetrunken und die Leberwurstbrote verspeist waren, warf Barbarotti die Frage nach Lundes berüchtigtem Verschwinden drei Jahre zuvor auf, und daraufhin trug Benny Kohlberg endlich mit einer Information bei, die vielleicht von Bedeutung war. Jedenfalls war sie dem zugereisten und inzwischen leicht entmutigten Kriminalkommissar neu.

»Sicher, daran erinnere ich mich«, erklärte Kohlberg. »Er wollte einfach seine Ruhe haben. Es ging um eine Weibergeschichte, die irgendwie schiefgelaufen war, wir haben hinterher darüber gesprochen.«

»Eine Frau?«, fragte Barbarotti. »Können Sie darüber ein bisschen mehr sagen?«

»Frasse hat nicht mehr dazu gesagt, also kann ich es auch nicht«, bemerkte Kohlberg. »Er meinte nur, er hätte sich nicht so gut gefühlt, weil irgendeine Braut sich schlecht benommen habe. Mehr haben wir darüber nicht gesprochen.«

»Und als er untergetaucht war, hatten Sie da auch keinen Kontakt zu ihm?«

»Nicht den geringsten. Aber was zum Teufel ist jetzt mit ihm passiert? Sie meinen, dass er wieder verschwunden ist?«

»Es sieht ganz so aus«, erwiderte Barbarotti. »Und Sie haben keine Ahnung, wohin er sein könnte?«

Benny Kohlberg dachte länger nach, ehe er antwortete.

»Nicht die geringste«, wiederholte er dann.

Es war kurz nach sieben, als Barbarotti die Verkstadsgatan verließ und sich auf den Weg zur nahe gelegenen U-Bahn-Station Hornstull machte. Kohlberg hatte ihm versichert, dass er sich an einem der nächsten Tage telefonisch mit ihm in Verbindung setzen könne, sobald er *Das feinmaschige Netz* (zumindest Kapitel zwölf) gelesen habe, aber der Kommissar bezweifelte, dass er das wirklich tun würde. Die angedeutete Frau spielte wahrscheinlich auch keine Rolle für Lundes aktuelles Verschwinden, aber gleichzeitig erkannte Barbarotti, dass er zu müde war, um sich eine zuverlässige Prognose zuzutrauen, wie dieser Fall sich weiterentwickeln würde. Ein Fall, der, urteilte er nach den gleichen miserablen Prämissen, in ein oder zwei Tagen abgeschlossen sein könnte. Zum Beispiel, wenn es Franz J. Lunde gefiel, irgendwo aufzutauchen und zu erklären, er habe sich nicht so gut gefühlt.

Auf die U-Bahn wartend zog er das Handy heraus und rief in Australien an. Es klingelte, aber das war auch alles.

Das nächste Mal benutzt wurde das Handy etwa anderthalb Stunden später. Er hatte gerade ein halbwegs schmackhaftes Nudelgericht gegessen – und die Hälfte auf dem Teller gelassen, weil ihm die belegten Brote vom Hornstull noch im Magen lagen –, in einem Lokal, das Vapiano hieß und neben der U-Bahn-Station in Gamla stan lag. Dumm, etwas zu essen, wenn man gar keinen Hunger hat, dachte Barbarotti, und sah auf sein klingelndes Handy. Inspektor Sorgsen rief ihn an.

»Na, wie läuft es bei dir in der großen Stadt?«, wollte er wissen.

»Es geht mit Riesenschritten voran«, erklärte Barbarotti. »Und bei euch?«

»Danke der Nachfrage«, sagte Sorgsen. »Wir haben Lundes Auto gefunden. Ich dachte, das könnte dich interessieren.

»Red weiter«, sagte Barbarotti.

»Tja, was soll ich sagen?«, meinte Sorgsen. »Es ist auf einem alten Wirtschaftsweg im Wald bei Remminge gefunden worden. Vor ein paar Stunden, die Spurensicherung ist da gewesen und hat es sich angesehen.«

»Und?«, sagte Barbarotti.

»Es bringt uns nicht weiter. Es ist völlig ausgebrannt. Nichts übrig, könnte man sagen.«

»Und Lunde selbst?«

»Nein, kein Mensch im Auto. Du bist uns morgen herzlich willkommen.«

»Vielen Dank«, erwiderte Kommissar Barbarotti. Beendete die Verbindung und betrachtete einen Hund auf dem Bürgersteig, der gerade das Bein hob und vorsichtig auf die Schuhe seines Frauchens pinkelte.

Das versetzte seinem Herzen einen schwer zu erklärenden Stich der Resignation. Die beste aller Welten?

## *Ground Zero – eins*

*Eine Hotelbar, groß und turbulent. Brechend voll und laut. Keine schweren Rauchwolken wie früher, wohl aber eine Wolke aus alkoholgesättigtem Testosteron. Vielleicht auch eine kleinere aus Östrogen, aber der männliche Anteil ist größer. Zwei Dutzend Typen zwischen fünfundzwanzig und siebzig; ein Dutzend Frauen, keine über fünfzig. Wir tauchen gegen elf auf, meine jüngere Kollegin und ich. Sie ist blond und schön und ein bisschen aufreizend. Gerade sechsundzwanzig geworden, das hat sie erzählt. Ihr erstes Buch ist soeben erschienen, sie ist etwas betrunken und vielleicht auch etwas geil. Glühend und dünnhäutig vom ersten Erfolg. Es ist einen Herbst vor MeToo, wären wir in unserer Zeitrechnung nur ein Jahr weitergekommen, wäre die Lage vielleicht eine andere gewesen. Der Ausgang ein anderer. Aber das weiß ich nicht, und es ist kein Trost.*

# III.

## November – Dezember 2019

# 11

*Vierzehnter und siebenundzwanzigster November*

Heute sind seit meinem ersten Geschlechtsverkehr auf den Tag genau dreißig Jahre vergangen.

Nein, das ist gelogen. Eigentlich schreibe ich diese Zeilen zwei Wochen später, aber ich will mit diesem vierzehnten November beginnen. Dem Abend, an dem ich allein in einem Hotelzimmer in Växjö liege und darüber nachdenke, was sich zwei Stunden zuvor eigentlich genau ereignet hat.

Um anschließend zu dem Abend zurückzukehren, der jetzt ist. Jetzt, in diesem Moment, da ich in einem anderen Hotelzimmer mit abgeschlossener Tür in einer anderen Stadt liege und in noch höherem Maße einen Grund habe nachzudenken.

Zwei Zwischenfälle also, darum geht es.

Als Allererstes möchte ich jedoch in die Vergangenheit zurückgehen und erklären, wer ich bin. Mich aber trotzdem ans Präsens halten; die Wahl der Erzählzeit hängt wahrscheinlich damit zusammen, wie ungewohnt Prosa für mich ist. Ich bin Dichterin, und das Vokabular der Dichtung liegt dem Präsens wesentlich näher; das Imperfekt zu benutzen heißt, zugeben zu müssen, dass alles schon passiert und unwiderruflich ist. Lyrik muss da offener sein, ich weiß nicht, ob ein Leser begreift, was ich meine – oder mir zustimmt, sollte er oder sie es tatsächlich verstehen –, aber ich will es trotzdem gesagt haben. Im Übrigen schreibe ich diese Zeilen in erster Linie für mich selbst.

Wie immer, füge ich ein wenig widerwillig in meinem roten Schreibheft hinzu. Ich schreibe von Hand, das versteht sich von selbst, und vielleicht wird das meine allererste Prosaerzählung, dieser Text, in den ich mich möglicherweise stürze. Ein kleines Dokument über die seltsamen Dinge, die mir seit Neuestem widerfahren. Ich muss jedenfalls nichts erfinden. *Die Wahrheit* ist natürlich eine sehr diskutable Basis für eine Geschichte, aber ich beschließe, mich trotzdem an sie zu halten – abgesehen von der belanglosen Lüge im ersten Satz.

Und ich beginne mit einer schlichten Beschreibung meiner Herkunft.

Vor dreißig Jahren bin ich achtzehn und wohne in einer kleinen nordschwedischen Ortschaft. Ich habe einen drei Jahre älteren Bruder, der vor nicht allzu langer Zeit zu Hause ausgezogen ist. Er hat sich von unseren Eltern losgesagt, die beide über sechzig und Zeugen Jehovas sind.

Der Mann, mit dem ich Geschlechtsverkehr habe, heißt Kent-Erik und ist kein Zeuge Jehovas. Er arbeitet in der Eisenhütte und ist um die fünfundzwanzig, würde ich schätzen. Er fährt Motorrad und trinkt Schnaps. Bevor wir miteinander schlafen, hat er mich dazu verleitet, ein paar Deziliter Wodka zu trinken. Er hat eine eigene Wohnung im Zentrum, dort sind wir. Nachdem wir gevögelt haben, kotze ich wie ein Kalb.

Ich kehre erst am Nachmittag des nächsten Tages nach Hause zurück und bekomme von meiner Mutter zwei Ohrfeigen. Sie dominiert in unserer Familie, so ist es immer gewesen. Als sie ein paar Jahre später stirbt, tritt mein Vater aus der Gemeinde aus; er zieht nach Süden, nach Katrineholm, wohnt dort aber nicht länger als ein knappes halbes Jahr, ehe auch er tot ist.

Mein Bruder lebt übrigens auch nicht mehr. Er kommt um, als er am Lenkrad einschläft und ein paar Wochen vor der Jahrtausendwende gegen einen Baum fährt. Da haben wir uns seit Jahren nicht mehr gesehen, aber ich gehe zu seiner Beerdigung.

Zwei Monate nach dem Geschlechtsverkehr mit Kent-Erik wird mir klar, dass ich schwanger bin. Ich habe keinen Kontakt mehr zu ihm, den hatte ich im Grunde auch vor unserer Begegnung in seinem knarrenden Bett nicht.

Ich erzähle meinen Eltern, was los ist, und sie verstoßen mich, genau wie die Gemeinde, und als ich im fünften Monat bin, gehe ich nach Sundsvall. Ich breche die Schule ohne Abitur ab. In Sundsvall komme ich bei einer Schwester meines Vaters unter, sie heißt Gudrun und findet, dass die Zeugen Jehovas verdammter Abschaum sind. Das findet ihr Mann Preben auch.

Ich bringe meine Zwillinge am achten August im Krankenhaus von Sundsvall zur Welt. Sie kommen ein bisschen zu früh, aber beide Jungen sind gesund und munter. Wir taufen sie Kristian und Fredrik. Das sind zwei gängige Königsnamen in Dänemark, wo Preben geboren ist und die ersten zwanzig Jahre seines Lebens verbracht hat.

Wenn ich Gudrun und Preben nicht gehabt hätte, weiß ich nicht, was aus mir geworden wäre. Das erste halbe Jahr wohne ich mit meinen Jungen bei ihnen, und danach bekomme ich eine Wohnung im selben Mietshaus. Aber Kristian und Fredrik verbringen genauso viel Zeit bei ihren Pateneltern wie bei ihrer Mutter, und so bleibt es bis weit ins Schulalter hinein.

Vorher haben die Jungen natürlich Plätze im Kindergarten und ich selbst eine Stelle in einer Buchhandlung bekommen. Wenn ich irgendwo anders gearbeitet hätte, wäre ich niemals Dichterin geworden. Aber so hat es sich nun einmal ergeben, verschlungen sind die Wege des Herrn und der Weg der Schlange auf dem Felsen für eine ehemalige Zeugin, und es hilft mir natürlich, dass Gudrun Schwedischlehrerin an einem Gymnasium ist. Seit meiner Ankunft in Sundsvall sind Bücher zu einer Art Lebenselixier für mich geworden. Ich lese und lese und hege vielleicht schon früh den Traum, eines Tages ein eigenes Buch veröffentlichen zu können. Aber das will ich nicht beschwören, verwirklicht wird dieser Traum jedenfalls viel später, als ich um die dreißig bin und Max kennengelernt habe.

Max arbeitet in einem großen Verlag und kommt in Begleitung einer sehr bekannten Autorin in unsere Buchhandlung. Die Lesung ist seit Langem ausverkauft, einhundertzehn Plätze, so viele kann man in den Raum hineinpferchen. Wir haben den ganzen Nachmittag damit verbracht, Regale und Tische wegzuräumen. Der Auftritt ist brillant; die Schriftstellerin, die Lyrik und Prosa schreibt, ist zurückhaltend, bescheiden und sehr intelligent. Ich denke, dass ich auch so sein will. Und dass man das *merken* soll, an der Stelle schleicht sich Eitelkeit ein.

Hinterher gehen wir in ein Restaurant im gleichen Viertel: die Sponsoren, wir Angestellte der Buchhandlung, die Schriftstellerin und Max. Wir sind ungefähr ein Dutzend Leute und bleiben ziemlich lange. Mich verschlägt es neben Max, und ich nehme an, dass wir beide mit der Zeit ein wenig betrunken sind. Jedenfalls unterhalten wir uns sehr offen über alles Mögliche, auch über rein private Dinge. Er ist seit einigen Monaten geschieden und findet das Leben hart, aus diesem einfachen Grund begleite ich ihn hinterher in sein Hotelzimmer. Und dann schlafen wir miteinander, was sollten wir auch sonst tun?

Es fühlt sich gut an, sehr gut, und als ich gegen halb vier Uhr nachts heimgehe, fällt der erste Schnee des Herbstes. Still und sanft schweben weiße Flocken aus einem dunklen Himmel; es gibt nur mich, die Flocken und eine schlafende Stadt, und ich denke, dass ich mit ziemlich großer Wahrscheinlichkeit ein neues Kapitel in meinem Leben aufgeschlagen habe.

Das habe ich tatsächlich, stellt sich heraus. Wir werden ein Paar, und die Beziehung hält neun Jahre. Ich ziehe mit meinen Jungen nach Stockholm und finde eine Stelle im selben Verlag wie Max, im Vertrieb, genau wie er. Mit der Zeit werde ich zur Textredakteurin befördert, auf meinem Schreibtisch landen vor allem jüngere Lyriker, obwohl sie zweifellos die empfindsamste Sorte Autoren sind. Oder vielleicht gerade deshalb. Ich arbeite unablässig daran, zurückhaltender, bescheidener und intelligenter zu werden. Und feinfühliger, was eine weitere erstrebenswerte positive Eigenschaft ist.

Max und ich bekommen keine Kinder, obwohl wir es versuchen. Ich glaube, er ist unfruchtbar, denn er hat auch aus seiner früheren Beziehung keine Nachkommen. Wir gehen der Sache jedoch nie auf den Grund. Wir sind auch so gerne zusammen, und meine Jungen fühlen sich wohl bei ihm. Erst als sie Abitur machen und ausziehen, entdecken Max und ich, dass wir einander nichts mehr zu geben haben. Zu diesem Zeitpunkt kann ich mich eine Dichterin nennen und habe drei Gedichtsammlungen veröffentlicht. Alle drei haben ausgezeichnete Kritiken bekommen, und ich habe meine Arbeitszeit im Verlag halbieren können. Dank verschiedener

Stipendien, muss ich hinzufügen, denn von den Einkünften aus Buchverkäufen zu leben ist für eine Lyrikerin völlig unmöglich, da die Leserschaft nicht viel größer ist als die Bevölkerung auf einer verlassenen Insel.

Anlässlich der Trennung von Max ziehe ich in eine kleine Kate auf dem Land südlich von Stockholm. In Stockholm haben wir in einer großen Wohnung in Södermalm gewohnt, aber Max ist der Eigentümer gewesen, und jetzt, da ich wieder allein lebe, ist es nur recht und billig, dass ich mich etwas verkleinere. Auch Max wechselt den Wohnort, er zieht nach Malmö, und seit der Trennung haben wir uns höchstens drei- oder viermal gesehen.

Die Kate, die ich anfangs miete, später kaufen kann, hat nicht mehr als fünfzig Quadratmeter Wohnfläche, siebzig, falls ich mich jemals dazu durchringen sollte, den Dachboden zu entrümpeln. Letzteres dürfte jedoch nie passieren, ich wohne dort immer noch und kenne mich.

Für eine Dichterin ist es außerdem nicht das Schlechteste, ein wenig beengt zu wohnen. Ich will von einer Lichtung aus über den Wald schreiben, aber wenn die Lichtung zu groß ist, sieht man den Wald nicht deutlich. Zweimal in der Woche fahre ich mit Bus und Zug in den Verlag, und wenn ich an diesen Abenden heimkomme, nachdem ich einen ganzen Tag Großstadtluft geschnuppert habe, gehe ich häufig zum See hinab, der nur ein paar hundert Meter entfernt liegt, um zu baden und rein zu werden. Von Mai bis September, würde ich sagen. Ich brauche das, und vor zwei Monaten, gerechnet von dem Moment aus, in dem ich dies schreibe, erscheint meine sechste Gedichtsammlung. *Achtzehn Gespräche mit einem Pferd, wenn ich eins hätte.*

Das Buch bekommt fantastische Kritiken, und ich sehe mich gezwungen, mir im Verlag den ganzen Herbst freizunehmen, um alle Einladungen annehmen zu können. An diesem Abend, an dem ich zu schreiben begann – entschuldigt die Imperfektform an dieser Stelle, aber es gibt keine andere Lösung –, als wie gesagt genau dreißig Jahre seit meinem ersten Geschlechtsverkehr vergangen sind, bin ich in bisher dreizehn verschiedenen Orten im ganzen Land aufgetreten.

Und heute Abend, da ich in diesem ziemlich mittelmäßigen Hotelzimmer liege und mir Sorgen mache, sind es vierzehn. Nicht schlecht für eine Dichterin, die mit der beschränkten Verkündigung der Zeugen Jehovas aufgewachsen ist.

Bis Weihnachten kommen zwei weitere Veranstaltungen dazu, ich muss nur versuchen, irgendwie zu verarbeiten, was bei meinen Auftritten dreizehn und vierzehn passiert ist. Und ich muss gestehen, dass ich mich tatsächlich ein wenig fürchte.

Das ist ein überraschendes und neues Gefühl für mich. Ich kann mich nicht erinnern, dass ich mich in meinem Leben jemals gefürchtet habe. Nicht so, dass ich es auf diese Weise körperlich gespürt habe.

# 12

*Vierzehnter November*

*... so ist meine schlichte Frage*
*so ist meine schwere Sehnsucht ...*
*Ich danke Ihnen für Ihre Aufmerksamkeit.*

Mit diesen Worten beende ich meine Lesung in Växjö. So wie ich alle meine Auftritte in diesem Herbst beendet habe – natürlich mit einer Pause von zwei Sekunden zwischen *Sehnsucht* und *Ich danke.*

Tosender Applaus, was vor allem daran liegt, dass es sich um ein großes Publikum handelt. Soweit ich weiß, knapp fünfhundert Menschen; es ist eine Veranstaltung zum Tag des Buchs mit sechs Autoren, für die lesende Bevölkerung lauter prominente Namen. Ich bin Nummer drei, die Letzte vor der Pause, und als der Applaus erstirbt, erklärt der Moderator, dass im Foyer Erfrischungen verschiedener Art gereicht würden und jeder Autor an einem eigenen Tisch sitzen und seine Bücher signieren werde. Nutzen Sie die Gelegenheit und besorgen Sie sich schon jetzt Ihre Weihnachtsgeschenke!

Ich signiere tatsächlich eine große Zahl meiner Pferdegespräche. Bestimmt an die dreißig Exemplare. Diese Bestätigung ist natürlich angenehm, auch wenn ich weiß, dass die Leute bei solchen Tagen des Buchs praktisch alles kaufen.

Ein betrunkener Kollege hat einmal behauptet, er habe nach einem geglückten Auftritt in Örebro über fünfzig Exemplare seines Buchs über Regenwürmer verkauft. Vielleicht wollte er aber auch nur angeben, denn Fachbuchautoren spielen in der gleichen Liga wie Dichter.

Es passiert, als ich fertig signiert habe und über die Lautsprecher mitgeteilt wird, dass die zweite Hälfte des Autorenabends in fünf Minuten beginnen werde. Ein hagerer Herr mit Schirmmütze und dunkler Brille kommt zu meinem Tisch und erkundigt sich, ob ich noch Zeit hätte, meinen Namen in ein weiteres Buch zu schreiben. Eine Widmung sei nicht nötig, Datum und Namenszug würden reichen.

»Vielleicht noch Växjö?«, frage ich.

»Ja, bitte.«

Er hat eine seltsame Stimme. Wenn er nicht vor mir stünde, würde es mir schwerfallen zu entscheiden, ob es die Stimme eines Mannes oder einer Frau ist. Außerdem ist er ein wenig seltsam gekleidet. Ein karierter Anzug in Beige und Braun, der mich kurz an Nick Knatterton denken lässt, und eine himmelblaue Krawatte, das Ende eingesteckt in ein blassgelbes Hemd. Aber ich vergesse meine Gedanken zu seiner Kleidung augenblicklich, denn nachdem er sein signiertes Exemplar an sich genommen hat, sagt er:

»Es gibt zu viele Dichter in diesem Land. Sie sind ein überflüssiger Mensch und haben noch dazu einen anderen Menschen auf dem Gewissen.«

Danach macht er auf dem Absatz kehrt und verschwindet die Treppe zum Haupteingang des Theaters hinunter. Offensichtlich hat er nicht vor, zum zweiten Teil der Autorenpräsentationen zu bleiben.

Ich schaue mich um. Die Zuschauer strömen in den Saal, um ihre Plätze wieder einzunehmen. Die anderen Schriftsteller haben ihre Tische verlassen. Kurz darauf sind nur noch die jungen Frauen, die Bücher verkauft haben, und ich in dem großen Foyer. Ich spüre, dass die Wirklichkeit und alle Zusammenhänge mir entfliehen. Es ist ein Gefühl, das mir nicht gänzlich unbekannt ist, aber jetzt ist es pulsierend stark. Ich frage mich, ob ich kurz davor bin, das Bewusstsein zu verlieren.

*Sie sind ein überflüssiger Mensch und haben noch dazu einen anderen Menschen auf dem Gewissen.*

Was in aller Welt hat das zu bedeuten? Habe ich richtig gehört? Hat er das wirklich gesagt?

Praktisch sofort beginne ich, das Zeugnis meiner Sinne infrage zu stellen. Ich muss mich verhört haben. Das waren nur Worte, die aus meinem eigenen Kopf gekommen sind.

Aber warum sollte so etwas ausgerechnet in dieser Situation in meinem gut strukturierten Schädel produziert werden?

Denn er ist wirklich gut strukturiert. Zumindest, wenn man bedenkt, dass er auf dem Hals einer Dichterin sitzt. Was das angeht, bin ich keine typische Vertreterin meines Berufsstands; vielleicht leide ich an einer milden Form von Asperger, das hat jedenfalls Max von Zeit zu Zeit behauptet. Und wenn für Menschen mit dieser Diagnose eins charakteristisch ist, dann ihr Verhältnis zur Sprache. Die Worte haben ihre spezifische Bedeutung, unabhängig davon, in welchem Zusammenhang und wie sie geäußert werden. Ironie und scherzhafte Wendungen funktionieren nicht. Wenn ich das Wort *Drecksack* höre, denke ich immer als Erstes, für den Bruchteil einer Sekunde, an einen Sack voller Dreck.

So viel dazu. Ich sitze also an meinem Signiertisch im Stadttheater von Växjö und kann mich nicht entscheiden. Soll ich mich in den Saal schleichen, wo der Moderator, wie ich höre, bereits das Wort ergriffen hat, und den für mich reservierten Platz in der ersten Reihe inmitten der anderen Prominenten einnehmen oder soll ich gehen?

*Ein überflüssiger Mensch.*

Vielleicht gibt das den Ausschlag. Lässt mich das ohne ein Wort oder einen Blick zu irgendwem meinen Tisch und das Gebäude verlassen. Lässt mich hundert Meter im schneidenden Wind zu meinem Hotel und der distinkten Einsamkeit in meinem unbefleckten Zimmer zurückgehen.

Ein überflüssiger Mensch hat keine Verpflichtungen. Gar keine. Das kann eine große Freiheit mit sich bringen.

Ich liege auf dem Bett, schließe die Augen und versuche, ihn vor mir zu sehen. Diesen kleinen, hageren Mann; ein Fred Astaire oder ein Gösta Ekman. Oder, wie gesagt, wegen seiner Kleidung, Nick Knatterton. Die Antithese zu einem Höhlenmenschen, das sanft feminine, ein Dandy… aber ich begreife nicht, warum ich in diesen Kategorien denke, stattdessen sollte ich mir lieber den Kopf über seine Botschaft zerbrechen, nicht über sein Aussehen oder seine Ausstrahlung.

Das Leben eines Menschen auf dem Gewissen?

Auf *meinem* Gewissen? Plötzliche Übelkeit schießt in mir hoch, und ehe ich mich versehe, bin ich schon auf allen vieren und übergebe mich in die Toilettenschüssel. Das gibt es doch gar nicht, denke ich anschließend in einem Versuch, mich aufzurappeln. Ich dusche und beschließe, mich erneut der Autorenriege anzuschließen. Laut Programm wollen wir uns hinterher zu einem gemütlichen Beisammensein in einem Restaurant treffen, das PM heißt und, glaube ich, einen Michelinstern hat. Das klingt nicht schlecht für eine Stadt vom Kaliber Växjös. Ich ziehe frische Kleider an, schminke mich von Neuem und breche dorthin auf.

Das Timing ist gut. Die Beteiligten, etwa zwanzig Personen, schätze ich, sind im PM gerade dabei, an einer langen Tafel ihre Plätze einzunehmen. Es gibt sogar eine festgelegte Sitzordnung, und ich lande zwischen einer der Veranstalterinnen und einem Krimiautor, von dem ich leider keine einzige Zeile gelesen habe. Keiner scheint bemerkt zu haben, dass ich die zweite Halbzeit der Lesung geschwänzt habe, jedenfalls sagt keiner etwas dazu.

Das Essen ist gut, der Wein ist gut, aber die Konversation an meinem Tischabschnitt verläuft zäh. Die Frau, deren Name mir unbekannt ist, weil sie ihr Namenskärtchen umgedreht hat, begeistert sich wesentlich mehr für den jungen, erfolgreichen Schriftsteller mit dunklen, gewellten Haaren auf ihrer anderen Seite, und der Krimistar sieht vor allem mürrisch aus. Vielleicht hat er Zahnschmerzen. Ich frage ihn trotzdem, wie es beim Signieren gelaufen sei, und erkundige mich, ob ihm eine seltsame Nick-Knatterton-Gestalt in einem karierten Anzug aufgefallen sei. Er antwortet, das Signieren sei ausgezeichnet gelaufen, aber Nick Knatterton habe er nicht gesehen. Ergänzt, dass er solche Veranstaltungen verdammt satthabe. Ich schlage ihm vor, solche Angebote dann lieber abzulehnen, ist er nicht ein freier Mensch? Dazu fällt ihm kein passender Kommentar ein, und danach haben wir uns nichts mehr zu sagen.

Am späteren Abend, als die Tafel aufgehoben ist, alle ein wenig angesäuselt sind und viele draußen auf dem Bürgersteig stehen, um zu rauchen, gehe ich willkürlich herum und stelle meine Nick-Knatterton-Frage. Keiner beißt an. Niemandem scheint mein karierter Besucher aufgefallen zu sein, und ich komme zu dem Schluss, dass er nur wegen mir zu der Veranstaltung gekommen ist. Vermutlich ist er nicht einmal im Theatersaal gewesen, sondern mit einem Exemplar von *Achtzehn Gespräche,* das er schon vorher erworben hat, nur in der Pause aufgetaucht.

Natürlich habe ich schon von Lesern gehört, die aus irgendeinem Grund auf einen bestimmten Autor fixiert sind. Die aus den Büchern zum Beispiel persönliche Botschaften herauslesen; das bekannteste Beispiel für diese Art des Wahnsinns ist natürlich John Lennons Mörder Mark Chapman, der die Aufforderung zum Mord durch intensive Lektüre von Salingers *Der Fänger im Roggen* erhalten haben soll. Aber es gibt auch einheimische Fälle. Ein Autor meines Verlags erzählte mir einmal, dass er nach jedem neuen Buch eine Postkarte mit einer kryptischen Nachricht von jemandem bekomme, der sich *Hypothalamus* nenne. Zum Beispiel: *Signal empfangen, ich führe den Auftrag in einer Woche aus.* Oder: *Du hast recht, die verbleibende Zeit ist kurz, und ich freue mich darauf, mit Dir zu verschmelzen.* Und Ähnliches im gleichen Stil.

Aber Nick Knatterton mit seinen bizarren Behauptungen?

Ich denke, wenn es sich nur um einen Traum gehandelt hätte, würde es mir nicht so schwerfallen, ihn zu deuten. Aber nun geht es eben nicht um einen Traum. Es geht um etwas, das wirklich passiert ist.

Und warum soll in der Wirklichkeit nicht die gleiche Deutung gelten können, fragt eine sanfte, aber sehr deutliche Stimme in meinem besorgten Inneren. Diese Frage greife ich jedoch nicht zwecks näherer Prüfung auf. Das fehlte mir gerade noch.

Ich flaniere in Gesellschaft eines Lektors von einem anderen Verlag und einer jungen Debütantin zum Hotel zurück. Der Lektor interessiert sich ganz eindeutig für die junge Autorin, und ich verlasse die beiden in der Hotelbar, die noch geöffnet ist, obwohl es nach halb eins ist. Wahrscheinlich uns zuliebe. Aber ich ziehe einen letzten Drink nicht einmal in Erwägung, sehne mich nur danach, zehn Stunden zu schlafen und ohne eine einzige Erinnerung an diesen Abend aufzuwachen.

Es funktioniert nicht. Natürlich nicht, ich werde von einem Haufen schräger Träume heimgesucht, aber knapp vierundzwanzig Stunden später bin ich dennoch zurück in meiner Kate in Södermanland. Ich denke, dass ich zwar ein ziemlich überflüssiger Mensch sein mag, der Zwischenfall in Växjö jedoch nichts anderes gewesen ist als genau das.

Ein kleiner Zwischenfall.

# 13

## *Siebenundzwanzigster November*

Ich will gar nicht behaupten, dass meine Art, Gedichte zu schreiben, bahnbrechend ist, aber ich habe zumindest eine eigene Stimme. So steht es fast immer in den Kritiken.

Aber eine Stimme ist ja etwas, was man hört, Wörter auf Papier sind etwas, was man sieht. Das ist ein Unterschied, aber seit dem großen Durchbruch des Hörbuchs auf dem Buchmarkt tut man fast alles, um davon abzusehen. Alle bedeutsamen Bücher werden von mehr oder weniger geeigneten Schauspielern gelesen, das gilt für Romane, Krimis, Biografien und alles dazwischen.

Sicherlich auch für Gedichtsammlungen, aber bei ihnen ist alles so viel sensibler, weil jedes Wort und jeder Buchstabe in der Welt der Lyrik so viel schwerer wiegt als im Kosmos der Prosa. Häufig gilt es als besonders grandios, wenn der Dichter oder die Dichterin selbst liest, was er oder sie zu Papier gebracht hat, und wenn es funktioniert, ist es tatsächlich eine ausgezeichnete Lösung. Man bekommt das Gefühl, dass Gedichte wirklich am besten zur Geltung kommen, wenn sie laut gelesen werden, dass sie dafür entstanden sind. Manchmal geht es so weit, dass man tatsächlich erfasst, was der Dichter einem vermitteln möchte.

Wenn es nicht funktioniert, wenn der Leser in seiner gut

gemeinten Beseeltheit zu dick aufträgt und keine mittlere Tonlage findet, klingt es manchmal ganz fürchterlich.

Ich weiß, dass kein anderer meine Gedichte so gut lesen kann wie ich selbst, und in diesem Punkt scheint sich unter wählerischen Lyrikfreunden kein Widerspruch zu regen. Von den Einladungen, die ich im Laufe der Jahre bekommen habe, stammten die allermeisten von Veranstaltern größerer oder kleinerer Lyrikfestivals, bei denen es fast ausschließlich darum geht, seine Gedichte ohne ermüdende Erläuterungen vor einem andächtig lauschenden Publikum vorzutragen. Eine ziemlich hohe Prozentzahl der Zuhörer besteht dabei in aller Regel ebenfalls aus Dichtern, die veröffentlicht oder nicht veröffentlicht haben; gelegentlich wird behauptet, sie allein beherrschten letztlich die Kunst, richtig zuzuhören. Der Weg zwischen der Zunge des Dichters und dem Ohr des Zuhörers darf nicht von diversen Hindernissen überwuchert sein.

Könnte man sagen.

Meine nächste Verpflichtung nach Växjö wäre ein Bücherfrühstück an der Westküste gewesen, aber ich bin stark erkältet und sage meine Teilnahme ab. Stattdessen ist der nächste Auftritt ein Lyrikabend in Lindesberg in der Region Bergslagen. Es ist eine regelmäßig stattfindende Veranstaltung kleineren Formats, ich bin schon einmal da gewesen. Der Initiator ist selbst ein brillanter Dichter, darüber hinaus Bibliothekar.

Wir sind vier Lyriker, jedem steht eine Viertelstunde zur Verfügung, und es läuft gut. Der Raum ist dunkel, die Atmosphäre dicht, und jedes Wort und jede Pause erhält die richtige Gewichtung und Bedeutung. Und das gilt tatsächlich für jeden von uns, es passiert selten, dass man eine ganze Stunde als so konzentriert und sinnvoll empfindet.

Hinterher, während die Zuhörer ein Glas Apfelwein und Käse bekommen, sitzen wir Lyriker, die gerade aufgetreten sind, in einer Reihe an einem Tisch, signieren unsere Bücher und tauschen Gedanken aus. Ich fühle mich zurückhaltender, bescheidener und intelligenter als seit Langem und denke, dass es solche Abende sind, die einem in dieser dunklen Welt und Zeit den Glauben an die Menschheit zurückgeben. Es wird auf jeden Fall Menschen geben, die stilvoll untergehen.

Ich habe keine Ahnung, wie der kleine hellblaue Umschlag vor mir landet. Als alles vorbei ist, liegt er neben meinem kleinen Bücherstapel einfach so auf dem Tisch. Mein Name ist zweifach unterstrichen. Ich bin sicher, dass einer der Zuhörer ihn dort hingelegt haben muss, und stecke ihn zusammen mit den Büchern in meine Stofftasche vom Verlag.

Dann nehmen wir in einem italienischen Restaurant gemeinsam eine einfache Mahlzeit zu uns, und um kurz nach elf bin ich wieder in meinem Zimmer im Stadthotel von Lindesberg. Sie haben schon bessere Tage gesehen, das Hotel und das Zimmer.

Genau hier halte ich mich also beim Schreiben dieser Zeilen auf. Es ist fünf Uhr morgens, ich habe eingangs lügenhaft erklärt, dass auf den Tag genau dreißig Jahre seit meinem ersten Geschlechtsakt vergangen seien, und danach habe ich fast sechs Stunden lang rasend schnell geschrieben.

Und nun schließe ich mit dem, was dieses exzessive nächtliche Schreiben ausgelöst hat: dem Öffnen des bereits erwähnten Umschlags um halb zwölf. Zu diesem Zeitpunkt ist es mir tatsächlich gelungen, ihn zu vergessen, aber er fällt mir in die Hände, als ich aus irgendeinem Grund in meiner

Stofftasche mit den übrig gebliebenen Exemplaren von *Achtzehn Gespräche mit einem Pferd, wenn ich eins hätte* wühle.

Bevor ich mir den Inhalt ansehe, gehe ich davon aus, dass es sich um den Brief eines Bewunderers handelt, eventuell kombiniert mit einer Anfrage, ob ich mir vorstellen könne, in diesem oder jenem kleinen Kaff über meine Arbeit als Schriftstellerin zu sprechen. Vor einem netten und literarisch interessierten Seniorenverein mit schlechten Finanzen, aber man bezahlt gerne Reise und Unterkunft und lädt zu einem selbst gekochten Essen ein.

Doch dann lese ich, und meine Annahme wird enttäuscht. Wirklich gründlich enttäuscht. Die Nachricht ist nur zwei Zeilen lang, in säuberlichen Druckbuchstaben mit der gleichen dunkelblauen Tinte geschrieben wie auf dem Umschlag. Oder dem Gel oder wie zum Teufel das heißt?

> *Es gibt zu viele Dichter in diesem Land. Sie sind ein überflüssiger Mensch und haben noch dazu einen anderen Menschen auf dem Gewissen.*

Es ist eine exakte Wiederholung.

Geschriebene Worte statt gesprochener. Auge statt Ohr. Um darauf zurückzukommen, was ich am Anfang des Kapitels geschrieben habe. Ich kann beim besten Willen nicht entscheiden, was ich weniger schätze.

# 14

## *Dreißigster November*

Samstagnachmittag. Ich setze mich in meiner Kate ans Fenster, um zu schreiben. Nichts empfinde ich als sinnvoller, denn Worte zu Papier zu bringen, schenkt Klarheit, löst Nebel auf. Ich werde nicht überdauern, aber das geschriebene Wort kann dies tun. Sogar meins. Wenigstens eine Zeitlang, wenigstens kann man es hoffen.

Und Klarheit könnte ich gut gebrauchen, ganz gleich, wie lange sie anhält. Zwei Tage sind vergangen, seit ich von meinem Lyrikabend in der Region Bergslagen heimgekehrt bin, und ich bin ein Esel zwischen zwei Heuhaufen.

Erzählen oder nicht erzählen? Abtragen oder nicht abtragen?

Ich weiß nicht einmal, was ich mit diesen Fragen meine. Wem sollte ich erzählen? Was meine ich mit »abtragen«? Trotzdem schreibe ich genau dieses Wort, und das hat möglicherweise einen Grund.

Ich denke eine Weile an meine Jungen. Einer ist tot, einer lebt. Beide wurden Ärzte, Fredrik in Lund, Kristian auf der anderen Seite des Sunds in Kopenhagen. Sie führten wirklich parallele Leben, wie viele Zwillinge es tun. Studierten beide Medizin in Lund, absolvierten ihr PJ im selben Krankenhaus in Malmö, schafften es danach aber, sich unterschiedlich zu spezialisieren. Chirurgie beziehungsweise Onkologie. Der Onkologe Kristian ist tot; er hatte erst ein paar Monate im Rigshospitalet in Kopenhagen gearbeitet, als er auf dem Heimweg von einer Party von einem Bus totgefahren wurde. Seinem Vater ist er nie begegnet, und das wird auch Fredrik niemals tun. Ein paar Monate nach Kristians Tod verließ sein Bruder seine Lebensgefährtin, eine andere Ärztin, mit der er mehrere Jahre zusammen gewesen war. Er zog in ein Haus auf dem flachen Land in der Nähe von Ystad und isolierte sich. Seine Ausbildung zum Facharzt im Krankenhaus in Lund setzte er zwar fort, aber davon abgesehen hatte er zu niemandem Kontakt außer zu seiner Trauer. Zu seiner Trauer und der schmerzlichen Sehnsucht nach einem verschwundenen Zwillingsbruder. Seither sind ungefähr zwei Jahre vergangen, wir stehen in Kontakt, und ich glaube, dass er es schaffen wird.

Ich verstehe ihn. Als Kristian fortgerissen wurde, war auch ich verrückt vor Trauer. Aber gleichzeitig glaube ich an den einsamen Menschen, der nicht hundegleich einer Witterung folgt, wie Gunnar Ekelöf einmal schrieb. Ich bin nicht so eine Spinnennetzfrau, die sich mit einem Schwarm mehr oder weniger enger und treuer Freundinnen umgibt. Eigentlich gibt es nur Mirja, und das ist es wohl, was mir in diesen Tagen immer wieder durch den Kopf gegangen ist. Ob ich mich nicht einfach bei ihr melden und sie bitten soll, zu einem herbstlichen Schmortopf, Wein und ernsten Gesprächen zu mir herauszukommen. Oder nicht. Sie ist mittlerweile wieder Single, genau wie ich; ist zwar jede zweite Woche verantwortlich für zwei Kinder, aber in der anderen hat sie frei.

Mirja war mit Magnus zusammen, der Max' bester Freund war – und *ist*, nehme ich an. So haben wir uns kennengelernt, es ist typisch, dass ich mich nicht selbst bemüht habe, um eine *Vertraute* (ein etwas zu starkes Wort, aber es darf stehen bleiben) zu finden. Sie gab es gewissermaßen gratis dazu, als ich mit Max anbandelte; das galt natürlich auch für einige andere, aber Mirja ist die Einzige, zu der ich heute noch Kontakt habe. Der *hält*. Insbesondere nachdem sie Magnus vor vier oder fünf Jahren verlassen hat. Er hatte sie seit Längerem mit seiner Sekretärin betrogen. Ich tat mich immer schwer mit ihm, als wir uns noch trafen, und angesichts dessen, wie es dann endete, hatte ich recht mit meiner Einschätzung.

Mirja schätze ich wiederum so ein, dass sie ein starker Mensch mit Integrität ist. Und mit einem höllisch guten schwarzen Humor. Sie arbeitet als Strafverteidigerin, und das ist im Grunde das Einzige, was mich zögern lässt. Wenn ich von den Zwischenfällen in Växjö und Lindesberg erzählen will, möchte ich den Grenzstreifen zum Rechtswesen möglichst breit und unumstritten halten. Und Verteidiger sind ja Teil des Rechtswesens. Andererseits lautet ihr erstes Gebot, dass sie loyal zu ihren Klienten sein müssen. Heißt das, sie stehen in einer Art Gegensatzbeziehung zur Polizei und dem Gerichtswesen?

Wovon rede ich?

Ich habe keine Ahnung, und nicht diese Überlegungen sind entscheidend. Wegen der beiden *Attacken* (wieder ein starkes Wort, aber es bleibt!) gegen mich fühle ich mich lächerlich zerbrechlich, und ich will nicht zerbrechlich sein. Und schon gar nicht einem anderen Menschen gestehen, dass ich es bin. Leider empfinde ich wohl eine gewisse Verachtung für Schwäche, etwas, dem ich in meinen Gedichten niemals Spielraum einräumen würde. Vielleicht ist es ja so, dass viele Schriftsteller – oder jedenfalls einige (eventuell nur ich?), beim Schreiben nicht von sich selbst ausgehen, sondern von einer idealisierten Version eines wankelmütigen Ichs.

Denn wer liebt schon eine Heulsuse? Einen querulantischen Schwächling?

Ich sehe aus dem Fenster und stelle fest, dass die Dämmerung sich bereits auf meine teuer erworbene Lichtung herabsenkt, obwohl es erst fünfzehn Uhr ist. Es ist nicht schön um diese Jahreszeit, zwei Tage haben Temperaturen über null Grad geherrscht, und die Erde ist von einer dünnen Schicht halb geschmolzenem Schnee bedeckt. Der Himmel sieht aus, als würde er weitere Niederschläge bringen – Schneeregen, der keinen Menschen froh macht, erst recht nicht das zarte Weibchen, das hier wohnt –, und der Wind bewegt sich unruhig durch den Wald, der mich zu allen Seiten umgibt. Ich fühle mich plötzlich vollkommen schutzlos und schreibe eine Mail an Mirja. Es ist so verdammt erbärmlich, hier herumzusitzen und zu zögern.

Eine halbe Stunde später ruft sie an. Es ist ihre Woche mit den Kindern gewesen, aber sie übergibt die beiden morgen, Sonntag, an Magnus, danach steht es ihr frei, zu meiner Bleibe im Wald herauszukommen. Wir verabreden uns für Dienstag, ich empfinde greifbare Dankbarkeit, bin gleichzeitig aber auch leicht frustriert, weil ich drei Tage warten muss.

Samstagabend und Sonntag schreibe ich zwei lange Gedichte, die ich anschließend im Kamin verbrenne. Am Montag fahre ich in die Stadt und gehe in der Markthalle in Södermalm einkaufen. Elchfleisch und Pilze, Rotwein und anderes, wieder daheim bereite ich dann sorgsam einen Schmortopf vor, der fast vierundzwanzig Stunden köcheln darf. Ich lese, löse Sudoku und leime einen Stuhl, der seit einem halben Jahr kaputt gewesen ist.

Schließlich ist es tatsächlich Dienstag.

»Ich hätte fast ein Reh überfahren«, sagt Mirja. »Du hast hoffentlich nicht vor, mich mit Reh zu mästen?«

»Elch«, sage ich. »Erschossen, kein Verkehrsopfer.«

»Gut«, sagt Mirja, hängt Jacke und Schal auf und streift ihre Schuhe ab. »Dann bleibe ich. Wie geht es dir? Wo hast du die Wollsocken? Es gibt ein Problem, oder habe ich mich am Handy verhört?«

»Wir trinken erst einmal was«, sage ich.

»Okay. Wenn du darauf bestehst.«

Es ist schwierig, Dinge in blumige Worte zu kleiden, wenn man sich mit Mirja unterhält, aber ich habe ein paar Tage Zeit gehabt, um zu überlegen, wie ich mein Dilemma vorbringen soll. Wichtig ist natürlich, nicht zuzugeben, dass »einen anderen Menschen auf dem Gewissen« eine gewisse Relevanz besitzt. Die Formulierung muss im Gegenteil völlig unverständlich wirken; gerate ich in dem Punkt ins Schleudern, stecke nicht nur ich in der Klemme, sondern auch Mirja. Sie ist nicht in ihrer Eigenschaft als Strafverteidigerin gekommen; sie ist hier, weil sie meine beste Freundin ist, ich meine, meine *einzige*.

»Nun, es sind ein paar seltsame Dinge passiert«, sage ich, sobald der richtige Zeitpunkt gekommen zu sein scheint, als unser erstes Glas ungefähr halb geleert ist.

»Seltsame Dinge sind mein tägliches Brot«, erwidert Mirja. »Und menschliche Unzulänglichkeiten verputze ich zum Kaffee. Also, worum geht es?«

»Ja, ich weiß, dass du ein zynisches Miststück bist«, sage ich und erzähle ihr von Nick Knatterton in Växjö und dem Brief in Lindesberg. Das dauert eine Weile, und Mirja ist klug genug, mich nicht ständig zu unterbrechen. Ab und zu schüttelt sie während meiner Präsentation den Kopf, aber das ist alles.

»Exakt die gleichen Worte?«, fragt sie nach, als ich fertig bin.

»Exakt die gleichen«, bestätige ich.

»Dann ist es derselbe Typ«, sagt Mirja.

»Davon gehe ich auch aus. Es könnte allerdings auch eine Frau gewesen sein.«

»Okay.«

Sie verzieht den Mund zu einer Grimasse. Ich tue das Gleiche.

»Überflüssiger Mensch?«

»Ja.«

»Einen anderen Menschen auf dem Gewissen?«

»Ja.«

Wir kippen den Rest von Glas Nummer eins hinunter und füllen unsere Gläser erneut. Schweigen einige Augenblicke.

»Das sind zwei Behauptungen, die sich ein bisschen unterscheiden«, sagt sie.

»Und wie?«, frage ich.

»Jeder faschistische Idiot kann sich darüber auskotzen, dass jemand überflüssig ist … über irgendwen und ohne irgendetwas zu wissen. Aber zu behaupten, dass jemand einen anderen Menschen auf dem Gewissen hat, ist … spezifischer. Als wüsste derjenige, der das sagt, über irgendetwas Bescheid. Entschuldige, dass ich das erwähne, aber …«

Sie unterbricht sich. Ich schaudere und hoffe, dass sie es nicht bemerkt. Oder sie verstummt gerade deshalb. Weil meine Reaktion ihr nicht entgangen ist.

»Was zum Teufel meinst du?«, sage ich und bringe ein Lachen zustande, das in meinen Ohren halbwegs natürlich klingt.

»Ich meine im Grunde gar nichts«, sagt Mirja. »Es war nur so ein Gedanke. Was willst du jetzt tun?«

»Tun?«

»Ja. Es könnte angebracht sein, Maßnahmen zu ergreifen. Man darf solchen Gestalten nicht zu viel Spielraum lassen, das könnte sie inspirieren.«

»Jetzt klingst du wie ein Staatsanwalt. Ich dachte, du arbeitest auf der anderen Seite?«

Mirja betrachtet mich, während sie zweimal tief und nachdenklich Luft holt. Als wäre ich ein Kind, mit dem ein ernstes Wörtchen gesprochen werden muss. Eine Reihe von Sekunden zieht vorbei, während ich darauf warte, welchen Weg sie einschlägt.

»Du solltest das nicht auf die leichte Schulter nehmen«, sagt sie schließlich. »Ich habe einiges gesehen, und selbst wenn es sich nur um einen harmlosen Verrückten handelt, gibt es keinen Grund, mit den Schultern zu zucken. Das tust du ja auch nicht, dieser Elchtopf hätte voll und ganz gereicht, um mich aufs platte Land zu locken, aber du … nun, du willst ja darüber sprechen, nicht? Du hast schon ein bisschen Schiss, gib's zu.«

Ich bewege vage den Kopf. Das kann Ja, aber auch Nein bedeuten.

»Es gibt solche Stalker und solche«, fährt Mirja fort. »Einmal ist kein Mal, aber zweimal ist ein Muster. Oder nicht?«

Ich bleibe stumm.

»Und du hast keinen in Verdacht? Du hattest unten in Växjö nicht den Eindruck, dass du ihn irgendwoher kennst?«

»Nick Knatterton kennen doch die meisten«, sage ich.

»Du weißt genau, was ich meine. Keine Vibes? Nicht der leiseste Verdacht?«

»Absolut nichts.«

»Die Stimme?«

»Nein.«

»Wie war sie. Irgendein Dialekt oder so?«

»Mir ist nichts aufgefallen ... nein, kein Dialekt. Gepflegt und akzentfrei. Allerdings ...«

»Ja?«

»Allerdings ziemlich hell. Hätte durchaus ...«

»... eine Frauenstimme sein können«, ergänzt Mirja. »Ja, ja, das hast du schon gesagt.«

Ich habe an die Frage des Geschlechts gedacht, bin aber zu keiner Entscheidung gekommen. Jetzt zucke ich bloß mit den Schultern, obwohl ich eben erst aufgefordert worden bin, es nicht zu tun.

»Nun«, sagt sie. »Es spielt vielleicht keine Rolle, ob wir es mit der ganzen Menschheit zu tun haben oder nur mit der halben.«

»Es gibt einen kleinen Teil der Menschheit, der kein Schwedisch spricht«, bemerke ich.

»Wirklich?«, sagt Mirja. »Aber was ist jetzt eigentlich mit diesem erschossenen Elch?«

Tote Elche sprechen kein Schwedisch, denke ich. Kein schlechter Titel für eine Gedichtsammlung.

Stundenlang essen wir von dem Schmortopf und trinken Rotwein. Keine von uns mag Süßspeisen, stattdessen gehen wir mehrmals hinaus und rauchen Zigarillos. Es ist schön, im Freien zu stehen und zu rauchen, nicht zuletzt in der feuchten Dunkelheit, die an diesem Abend herrscht. Man hat das gute alte Gefühl, heimlich zu rauchen. Immerhin haben wir ein Dach über dem Kopf, denn an meine Kate ist eine schmale Terrasse angebaut, auf der man im Sommer draußen sitzen und sich mit den Mücken herumschlagen kann. Oder zu jeder Jahreszeit vor Regen geschützt rauchen.

Sowohl draußen als auch drinnen reden wir weiter über

Nick Knatterton, es ist am einfachsten, ihn (sie?) so zu nennen. Je mehr Wein ich trinke, desto mehr habe ich das Gefühl, dass wir uns über etwas ganz Allgemeines austauschen, ein Phänomen, das keinen von uns persönlich betrifft, das wir auf einer prinzipiellen Ebene jedoch interessant finden. Als hätte man einen guten, aber komplizierten Film gesehen und wollte nun Fragen auf den Grund gehen, die er aufgeworfen hat. Aber vielleicht empfinde nur ich es so, jedenfalls behauptet Mirja, dass Herr Knatterton in meiner früheren Geschichte zu finden sein müsse, vielleicht nicht in vorderster Reihe, aber sein (ihr?) Auftauchen müsse mit etwas zusammenhängen, was ich erlebt hätte. Vielleicht schon vor langer Zeit, denn diese Gestalten grübelten ziemlich lange über die Dinge nach. Deshalb solle ich nachdenken. Nach Fäden in der Vergangenheit suchen und in mich gehen.

Findet Mirja einerseits.

Andererseits (aber das kann genau genommen die gleiche Seite sein) schlägt sie vor, dass wir es mit einem gescheiterten und verbitterten Dichter zu tun haben. Zum Beispiel mit jemandem, den ich in meinem Job im Verlag zu hart angepackt habe; ein unverstandenes Genie, ein Dichter, der seiner Zeit hundert Jahre voraus ist und dessen kühne Dichtung jetzt niemals von irgendwem gelesen wird, weil ich ihn abgelehnt habe.

»Ich lehne niemanden ab«, erkläre ich. »Ich bin nur Textredakteurin. Es ist die Aufgabe des Lektors, dem hoffnungsvollen Schriftsteller mitzuteilen, dass seine Bemühungen nichts taugen.«

»Manchmal reicht es schon, dass du ein bisschen gemein gewesen bist«, kontert Mirja. »Es ist nicht leicht, seinen … seinen wahren Henker zu identifizieren. Leicht, den Blick dafür zu verlieren, wenn das Herz blutend im Rinnstein liegt.«

»Oje, oje«, sage ich. »Laberst du so auch vor Gericht?«

»Aber immer«, sagt Mirja und kichert. »Das ist verdammt effektiv. Lyrik für Schöffen, nennt man das.«

Wir lachen schallend, gehen hinaus und rauchen wieder.

Als wir fertig sind mit Essen, Trinken, Reden und dem Abwasch, ist es schon nach Mitternacht. Mirja kann sich auf einen freien Vormittag freuen und legt sich im Gästezimmer schlafen. Vor zehn wolle sie unter gar keinen Umständen frühstücken, erklärt sie.

Ich schlafe wie ein Stein, wache aber um Viertel vor fünf aus einem angsterfüllten Traum auf. Weiß nichts mehr von dem Traum, erinnere mich nur an sein Ende: Ich klettere in einen Baum, um einem hungrigen Raubtier zu entkommen, aber als ich mich den Wipfeln nähere, entdecke ich, dass da oben ein ähnliches Tier sitzt und mich bereits erwartet.

Danach kann ich unmöglich wieder einschlafen. Ich liege da und wälze mich zwei Stunden hin und her, ehe ich aufstehe und in der dunkelgrauen Dämmerung eine Runde auf meinem üblichen Pfad in den Wald gehe. Hier gibt es keine Raubtiere, die größer sind als Füchse und Dachse, aber ich bin trotzdem besorgt. Der Wald verströmt Kälte und Tod. Wirkt fast feindselig, das ist sonst nicht so.

Mirja verlässt mich um halb zwölf, und ungefähr zur gleichen Zeit fängt es an, ziemlich stark zu schneien. Ich mache ein Feuer im Kamin, setze mich an mein bevorzugtes Fenster und schreibe diese Zusammenfassung der letzten Tage.

Morgen habe ich meine nächste Lesung, die vorletzte vor Weihnachten. Ein kleiner Ort in Westschweden. Ein enthusiastischer Lesezirkel, der mich jedes Jahr einlädt. Ausschließlich Frauen natürlich, ich habe einige Male abgelehnt, aber jetzt ist es so weit.

# 15

## *Fünfter Dezember*

Es ist ein altes Versammlungshaus.

Ich bin den halben Tag Auto gefahren und habe es nach zwei Anrufen bei einer Frau namens Margot endlich gefunden. Während ich mich unter einem bleischweren Himmel durch eine graue, deprimierende Winterlandschaft gebohrt habe, ist mir durch den Kopf gegangen, dass ich solche läppischen Aufträge ablehnen, mich nur an die größeren halten sollte. In Växjö habe ich vor mehreren hundert Menschen gesprochen, in Gardeby werden etwa zwanzig Damen reifen Alters mit drei mitgeschleppten Männern vor mir sitzen, die lieber zu Hause auf der Couch liegen und die Sportnachrichten hören würden.

Und wenn ich so denke, höre ich eine Stimme in meinem Inneren, die sagt, dass ich mich schämen soll. Denn an diesem Abend werde ich die richtigen Bewahrer der Kultur treffen, klärt die Stimme mich auf, diese aussterbenden Asseln, die immer noch Literatur lesen, sogar Lyrik, obwohl es bis zur nächstgelegenen Buchhandlung dreißig Kilometer sind und der Bücherbus schon vor Jahren weggekürzt worden ist. Das ist ehrenwert, so verflucht ehrenwert, das muss ermuntert und unterstützt werden, ich muss meine Gedichte vortragen, als ginge es um den Nobelpreis, und als wäre es das

Letzte, was ich jemals tun werde. Denn genau darum geht es, um die verantwortungsvolle Tätigkeit.

Genau darum.

Als ich auf den halb vom Schnee befreiten Kiesplatz vor dem roten Holzgebäude schlittere, ist es dunkel. Es ist halb sechs, drei andere Autos parken dort, und bis zu meinem Auftritt sind es noch anderthalb Stunden. Ich denke, dass ich besser an irgendeiner Raststätte haltgemacht hätte und etwas später angekommen wäre. Aber jetzt bin ich hier, nehme meine Tasche, fasse mir ein Herz und steige aus dem Wagen.

Margot hat mich kommen sehen und empfängt mich in einem hell erleuchteten Türrahmen. Ich grüße sie und zwei andere Damen, die in der Küche Kaffee kochen und im großen Saal eindecken. Es sieht aus wie in allen anderen Versammlungshäusern im Land, ich glaube, sie sind alle kurz nach dem Krieg erbaut worden, als der schwedische Wohlfahrtsstaat vom Stapel lief. Aber vielleicht irre ich mich auch; solche Versammlungshäuser gehören zur Zentrumspartei, der alten Bauernpartei, und haben nichts mit den Sozis zu tun. Aber egal, das Haus ist jedenfalls etwas abgenutzt und hat Wände, die mit Heimat und ewigem Kaffeekochen getränkt sind.

»Das ist Vendela und das Sigrid«, stellt Margot mir die beiden vor. »Vendela und ich haben vor fünfzig Jahren gemeinsam Abitur gemacht.«

»Vor zweiundfünfzig«, korrigiert Vendela sie und lacht etwas gekünstelt. »Hatten Sie eine gute Fahrt?«

Ich versichere ihnen, dass sie gut verlaufen sei, aber dass ich nichts gegen eine Tasse Kaffee und eine Stunde ausruhen an einem dafür geeigneten Ort hätte.

Aber natürlich. Vendela eskortiert mich zu einer fensterlosen Kammer, in der ein Bett mit einer karierten Tagesdecke steht. Zwei Kissen und eine rote Decke.

»Machen Sie es sich bequem, ich bringe Ihnen in ein paar Minuten einen Kaffee. Ein Stück Marmorkuchen möchten Sie doch sicher auch?«

»Danke, gern.«

Es stellt sich heraus, dass das Publikum aus ungefähr sechzig Damen und sieben Herren besteht. Das ganze Dorf ist gekommen, denke ich. Um einer Dichterin aus der Gegend um Stockholm zu lauschen, das ist nicht schlecht. Außerdem sieht keiner der Herren aus wie Nick Knatterton, nicht im Geringsten, und niemand wedelt mit einem hellblauen Briefumschlag. Ich beschließe, meine latente Sorge abzuschütteln, und fange an.

Folge meinem eingeübten Konzept, es ist fast, als würde ich auf Autopilot umschalten. Aber ich bin dennoch präsent, zumindest nach einer Weile. Lasse mich sozusagen selbst von meinen Worten mitreißen, obwohl ich sie schon einige Male zuvor gehört habe.

Auch das Publikum lässt sich mitreißen und ist ganz bei der Sache. Wenn mir beim Sprechen überhaupt anderes durch den Kopf geht, dann höchstens, dass es letztlich eine Art Gnade ist, ein Privileg, Menschen auf diese Weise tatsächlich berühren zu dürfen. Dass die Worte einen tragen und etwas bedeuten. Das ist verdammt nochmal kein Vogelschiss.

Oder sie sind nur schläfrig und gut erzogen, diese Menschen auf dem Land, man weiß nie. Man sollte nicht überheblich sein. Zurückhaltend, bescheiden und intelligent, ich vergesse meine Leitsterne nicht. Als ich nach einer knappen Stunde fertig bin, empfinde ich den Applaus jedenfalls als echt und herzerwärmend.

Es werden sogar Fragen gestellt. Aber keine unangenehmen, nur wohlwollende und interessierte. Und ich soll noch ein Gedicht lesen. Ich wähle ein kurzes mit dem Titel *In einem Raum ein Kuckuck aß*. Ein Sonett, nur vierzehn Zeilen. Vielleicht war es doch nur der Wunsch eines Einzelnen, man soll die Dinge nicht unnötig in die Länge ziehen. Die Leute müssen schließlich noch die Kraft haben, auf gewundenen Wegen heimzufahren.

Neunzehn signierte Bücher. Blumen, eine Flasche Wein, ein Heimatbuch.

Eine Viertelstunde später verabschiede ich mich von Margot, Vendela und Sigrid. Wir sind die Letzten, die noch da sind, aber als ich auf den schwach beleuchteten Vorplatz hinaustrete, stehen dort fünf Autos. Mein halbwacher Aspergerfleck im Gehirn registriert das, aber erst zwei Stunden später bringt sich das Bild wieder in Erinnerung.

Vier hätten gereicht.

Zu diesem Zeitpunkt liege ich in einem Hotelzimmer und schreibe diese Zusammenfassung des Tages. Margot hat mir zwar angeboten, bei ihr zu übernachten, aber das habe ich abgelehnt. Freundlich, aber bestimmt, wie man so sagt, eine gewisse Distanz muss gewahrt werden, wofür Margot Verständnis hat.

Also bin ich die dreißig dunklen Kilometer nach Kymlinge gefahren, eine Stadt, in der ich nie zuvor gewesen bin, und habe um kurz vor zehn die Anonymität eines Best-Western-Hotels erreicht. Eine andere Art von Gnade vielleicht? Das Hotel ist ein höchst mittelmäßiges Etablissement, bietet aber glücklicherweise einen einfachen Zimmerservice an. Beim Einchecken habe ich an der Rezeption ein Glas Wein und ein Sandwich bestellt, und als ich gerade das Schlusswort für diesen Tag schreibe, klopft es an der Tür. Ich verdränge das Bild von den fünf Autos, die vier hätten sein sollen, und gehe aufmachen.

*Over and out.*

# IV.

## Dezember 2019

# 16

Gunnar Barbarotti las das zwölfte Kapitel von *Das feinmaschige Netz* zweimal.

Er saß im Zug zwischen Stockholm und Skövde und war frustriert. Nicht nur über das, was er las, sondern über den Stand der Dinge im Allgemeinen. Obwohl »im Allgemeinen« es in diesem Zusammenhang vielleicht nicht richtig traf, es ging um Privateres. Um Müdigkeit. Oder Verlorenheit. Oder beides.

Oder um etwas Drittes, ohne dass er zu sagen gewusst hätte, was es war. Manchmal kam es ihm vor, als würde sich die Verankerung lösen, der Gedanke war ihm auch früher schon gekommen. Als landete er hinter einer unsichtbaren Wand, wo sein Kontakt zur Wirklichkeit und seiner Umgebung abgeschnitten oder zumindest geschwächt wurde; und obwohl das kein besonders quälendes oder beängstigendes Erlebnis war, trat es doch häufiger auf als früher. Er nahm an, dass es mit dem Älterwerden zusammenhing, nächstes Jahr würde er sechzig werden, und das war natürlich eine Grenze. Ein Halt vielleicht – wenn auch nicht der letzte, apropos Zugreisen – für gründliche Reflexion? Ein Zwischenstopp für Analyse und Veränderung? Wenn das stimmte, wurde es höchste Zeit; er war sein gesamtes Berufsleben Polizist gewesen, hatte die Arbeit jedoch nie als Teil seiner Identität gesehen. Jedenfalls glaubte er das nicht, aber vielleicht deutete er das auch falsch. Konnte man seine Arbeit in Frage stellen, ohne sich zugleich selbst infrage zu stellen? Seine Existenz?

Andererseits: Ohne Zweifel ist man nicht klug, und so sollte man wohl mit ihr umgehen, wenn sie widerspenstig war … also die Existenz.

Sie unter die Lupe nehmen. Oder vielleicht umgekehrt: Zwei Schritte zurücktreten und sie aus der Distanz betrachten.

Fünf flügge gewordene Kinder und eine Lebensgefährtin in Australien, das war ein anderer Aspekt des Daseins. Nicht zu vergessen. Familiäre Bande, die gedehnt und ausgedünnt wurden, musste es so aussehen? Geschah das zwangsläufig?

Gute Fragen, dachte er. Oder sinnlose. Weg mit ihnen! Er sah aus dem Fenster auf die langsam vorbeigleitende Landschaft hinaus. Sowohl er als auch die Landschaft befanden sich irgendwo zwischen Morgengrauen und Abenddämmerung, aber von Tageslicht zu sprechen wäre übertrieben. Er meinte zu wissen, dass es der sechste Dezember war, und dachte, dass es Anfang März sicher wieder besser werden würde; es kam also nur darauf an, drei Monate durchzustehen. Das hatte früher funktioniert.

Vermutlich wurde das Gefühl der Verlorenheit von der Jahreszeit verstärkt. Bevor Eva auf die Südhalbkugel abgereist war, hatte sie ihm eine Dose Vitamin D gekauft, aber die stand ungeöffnet zu Hause in der Villa Pickford. Er musste daran denken, ein paar Pillen zu nehmen, sobald er daheim war. Sie anschließend mittig auf den Küchentisch stellen und zu einem Teil des Frühstücks werden lassen.

Er schüttelte den Kopf und richtete sich auf seinem Sitzplatz auf. Seine Gedanken an Vitamintabletten zu verschwenden, war das nicht ein weiterer Beweis dafür, dass man im Begriff stand, die Verbindung zu verlieren zur … ja, zu dem, was etwas schablonenhaft *die Wirklichkeit* genannt wurde? Reißen Sie sich zusammen, Herr Kommissar! Es wird Zeit, stattdessen über *Das feinmaschige Netz* nachzudenken.

Insbesondere über Kapitel zwölf.

Das er wie gesagt zweimal gelesen hatte, und in dem es um einen perfekten Mord ging. Und das ein Bindeglied zum Verschwinden des Schriftstellers Franz J. Lunde sein sollte. Ein *mögliches* Bindeglied zumindest.

Und mit einer mentalen Kraftanstrengung sowie einer neuen Tasse Kaffee gelang es ihm, sich halbwegs zu konzentrieren. Gleichzeitig wurde über den Bordlautsprecher mitgeteilt, dass man in wenigen Minuten Katrineholm erreichen werde. War man noch nicht weiter gekommen?

Das Kapitel war seltsam. Vielleicht hing es mit dem Rest des Buchs zusammen; er hatte eigentlich vorgehabt, es von Anfang bis Ende zu lesen, aber Mitte des zweiten Kapitels, das aus einem zähen Rückblick auf eine Kindheitswanderung durch einen Wald in Härjedalen bestand, die Lektüre abgebrochen.

Der Abbruch war höchst organisch erfolgt, da er eingeschlafen war. Das hatte sich am Vorabend im Hotelbett ereignet; am heutigen Morgen hatte er sich im Hauptbahnhof von Stockholm und in der ersten halben Stunde im Zug stattdessen direkt des Pudels Kern zugewandt. Dem vermeintlich perfekten Mord in Kapitel zwölf.

Von einem perfekten Mord konnte allerdings kaum die Rede sein, und das Kapitel ähnelte in nichts dem Text, den Franz J. Lunde seiner Lektorin geschickt hatte, bevor er verschwand, der Erzählung des Dichters auf der Buchmesse in Göteborg. Stattdessen handelte es von einem Mann und einer Frau, die in einem Wald wanderten (allerdings nicht in Härjedalen); sie sind offensichtlich Touristen und kommen irgendwann zu einer Schlucht, an der sie in ihrem Leben offenbar schon einmal gewesen sind. Als sie jung und frisch verliebt waren. Das ist viele Jahre her, und das Wiedersehen mit der schönen Natur des Orts ist wahrscheinlich der Sinn der Wanderung. Die Frau, die Anna heißt, bittet den Mann, sie zu küssen, sie so zu küssen wie früher, und der Mann, Andreas, kommt ihrem Wunsch nach. Versucht es wenigstens. Aber die Zeit hat Spuren hinterlassen, und er denkt, dass er nichts mehr fühlt; Annas Lippen könnten genauso gut im Gesicht einer völlig fremden, alten Frau sein, und er selbst könnte irgendein alt gewordener Mann sein.

Das ist sein letzter Gedanke, denn während er dort steht und mit Lippen und Zunge tastet, stößt sie ihn in den Abgrund. Nimmt den Rucksack, den sie abgestellt hatten, und wandert zu der Pension zurück, in der sie am Vortag ein Zimmer bezogen haben.

Sie denkt, dass sie mehr als vierzig Jahre verheiratet gewesen sind, und dass es schlimmer hätte sein können.

Das ist alles. Nicht mehr als vier Seiten.

Barbarotti seufzte und holte *Letzte Tage und Tod eines Schriftstellers* heraus, Lundes unvollendete Erzählung über den Schriftsteller John Leander Franzén, der recht deutlich an ihn selbst erinnert. Oder zumindest an sein Schicksal; in der Erzählung passieren ihm ja die gleichen Dinge, oder ähnliche, wie Lunde sie erlebt hatte, ehe er sich in Kymlinge in Luft auflöste vor… Barbarotti dachte nach… vor gut zwei Wochen. Und die damit endet, dass der fiktive Schriftsteller unterwegs zu seiner nächsten (letzten?) Lesung ist und von einer plötzlichen Vorahnung ereilt wird.

Was hatte das zu bedeuten? Barbarotti starrte auf die

letzte Seite des Textes. *Und dann tauchte diese Vorahnung auf. Unwillkommen wie eine Blase am Fuß oder der Sensenmann persönlich.*

Warum schrieb man eine solche Geschichte? Was stellte sich Lundes Alter Ego vor, was passieren würde? Was stellte sich Lunde selbst vor? Für seine Wenigkeit. Was wollte er verbergen und gleichzeitig erzählen? Wo verlief die Grenze zwischen Fakten und Fiktion? Gab es da überhaupt eine Grenze?

Wie gesagt, das mit *der Wirklichkeit*. Barbarotti seufzte.

Und jetzt hatte man fünf Kilometer von Kymlinge entfernt sein ausgebranntes Auto gefunden. Aber Lunde hatte man nicht gefunden. Wie sollte man das deuten? Das eine und das andere. Was war geschehen?

»Bizarr«, murmelte Kommissar Barbarotti, ohne sich bewusst zu sein, dass er das Wort tatsächlich aussprach und die Frau, die gerade an seinem Platz vorbeikam, eine kritische Augenbraue hob.

Er trank den Kaffee aus und entschied sich für ein Nickerchen. Betete kurz dafür, dass es eine neue SMS aus Sydney geben würde, wenn er aufwachte.

Es kam keine neue Nachricht, aber zwei Stunden später war er dennoch wieder daheim. Nach einem gewissen inneren Kampf lenkte er seine Schritte zum Polizeipräsidium; es war erst vierzehn Uhr, und wahrscheinlich erwartete man von ihm, dass er sich blicken ließ. Mit den Kollegen besprach, was sein Besuch in der königlichen Hauptstadt gebracht hatte. Mit Sorgsen und Toivonen, vielleicht auch mit Stigman, und um zu erfahren, was die Kriminaltechniker zu Lundes Auto zu sagen hatten. Auch wenn es schwierig gewesen sein dürfte, nach einem Brand Spuren zu finden, konnte etwas übrig geblieben sein. Unmöglich war es nicht, aber es hing natürlich davon ab, wie umfassend das Feuer gewesen war.

Ich hätte mich für mehr Informationen mit Sorgsen in Verbindung setzen sollen, dachte Barbarotti, als er sich dem imposanten Betonbau näherte, in dem sich ein großer Teil seines Lebens abgespielt hatte. Und nach wie vor abspielte.

Andererseits hätte Sorgsen sich wieder bei ihm melden können, und das hatte er nicht getan.

Er stieß schon im Flur auf Stig Stigman, und man beschloss, sich zehn Minuten später im Büro des Chefs zu treffen. Besser gesagt, Stigman beschloss es.

Sorgsen auch, ja, natürlich. Toivonen war mit anderen Dingen beschäftigt. In zehn Minuten.

Aber auch Sorgsen war anderweitig beschäftigt. Stattdessen wurde Inspektor Lindhagen dazugerufen, und Barbarotti freute sich darüber, dass es gerade er war. Lindhagen war ein freier Geist, der erst seit anderthalb Jahren im Haus arbeitete und trotz eines Vierteljahrhunderts Polizeiarbeit an verschiedenen Orten im Land bemerkenswert unverbraucht geblieben war. Das fand jedenfalls Gunnar Barbarotti. Vor einem Jahr hatten Eva und er – aus gewissen Gründen – fast zwei Monate in Lindhagens Haus auf Gotland gewohnt, und seither hatten sie gemeinsam an einer Reihe von Fällen gearbeitet, und Barbarotti musste zugeben, dass er dabei einiges gelernt hatte. Unklar, was, vielleicht ging es nur darum, mit Frust umgehen zu können. Lindhagen war zwar ein unverbesserlicher Pessimist, der glaubte, dass praktisch alles zum Teufel gehen würde, nahm die Dinge aber gelassen hin. *Die Lage ist verzweifelt, aber nicht ernst,* stand auf einem Schild an der Innenseite der Tür von seinem Büro.

»Ich nehme an, es hat nichts gebracht«, stellte er freudig

fest, als sie auf dem Weg zu Stigmans Büro waren. »Aber du hattest trotzdem zwei nette Tage da oben?«

»Sicher«, antwortete Barbarotti. »Völlig verschwendete Zeit war es vielleicht nicht.«

Kommissar Stigman legte, wenig überraschend, eine etwas schroffere Haltung an den Tag.

»Fass zusammen«, sagte er. »Fass zusammen und begründe, warum ich dir erlaubt habe, dass du für drei Tage deinen Posten verlässt.«

Und Barbarotti fasste zusammen. Berichtete von seinen Treffen mit Lundes Lektorin und mit den anderen: der schroffen Schwester, der besorgten Tochter, dem alten Kumpel, der fast tausend Schallplatten besaß.

Erzählte von *Letzte Tage und Tod eines Schriftstellers* und vom zwölften Kapitel des Romans *Das feinmaschige Netz*. Von Sarah Sisulu, ohne auf Details einzugehen.

Das dauerte eine Weile. Einschließlich Fragen und Erläuterungen ungefähr eine Halbzeit im Fußball, und als er fertig war, rückte der Leiter der Kriminalpolizei seine Krawatte gerade, an diesem Tag rot, und erklärte, das sei eine verdammt seltsame Geschichte.

»Wenn wir das Auto nicht in Betracht ziehen müssten, könnten wir die Sache von mir aus auf Eis legen. Auf Eis. Wir müssen uns hier um einige andere Fälle kümmern.«

»Ich stimme dem Chef zu«, sagte Lindhagen. »Zwei nicht aufgeklärte Schießereien, aus denen drei oder vier werden, wenn wir den oder die Täter nicht bald finden. Aber es ist schön, dass wir uns Gedanken über einen verrückten Schriftsteller machen, der verschwunden ist. Stimmt es, dass er des Öfteren verschwindet?«

»*Des Öfteren* ist zu viel gesagt«, antwortete Barbarotti.

»Aber es ist schon einmal passiert. Und seine Tochter ist sich ganz sicher, dass er diesmal nicht das Gleiche getan hat.«

»Ist sie glaubwürdig«, erkundigte sich Stigman. »Können wir ihr glauben?«

»Ich schätze sie so ein, dass wir das tun können«, antwortete Barbarotti. »Und warum sollte Lunde sich die Mühe machen, den Wagen abzufackeln, wenn er nur vorgehabt hätte, eine Weile unterzutauchen?«

»Das sage ich ja«, meinte Stigman. »Aber die Kriminaltechniker haben nichts Interessantes gefunden. Wir können das Auto natürlich weiterschicken, wenn wir das für notwendig halten. Aber damit warten wir noch, bis auf Weiteres reicht es, wenn wir es hier verwahren … es sei denn, die Lage ändert sich mit der Zeit. Die Person, die den Wagen angezündet hat, muss jedenfalls einen oder zwei Kanister Benzin dabeigehabt haben.«

Wenn der Tank leer war, dachte Barbarotti, schwieg aber.

»Wenn es einen Täter gibt, der nicht Lunde heißt, warum macht er sich dann die Mühe, das Auto zu zerstören?«, fragte Lindhagen. »Kann es dafür einen anderen Grund geben, als dass es darin Spuren von ihm selbst gab? Oder von ihr.«

»Kann im Moment keinen anderen Grund erkennen«, antwortete Stigman nach einer kurzen Denkpause. »Aber solange wir keine Leiche haben, ist es zu früh, von einem Täter zu sprechen. Was wir heute haben, ist ein Mensch, der verschwunden ist, sonst nichts. Ein Vermisster.«

»Ich stimme dir zu, dass Lunde verschwunden ist«, sagte Barbarotti. »Und was sollen wir jetzt tun?«

»Von *wir* kann keine Rede sein«, erklärte Stigman mit einem begleitenden Laut, den Barbarotti als ein Knurren deutete. Weil es sich wahrscheinlich nicht um ein Gurren handelte. »Du musst ausreichen. Lindhagen als Hilfe, sobald eine Entwicklung eintritt. Aber keiner von euch wird vom Kerngeschäft befreit, und unser Kerngeschäft besteht derzeit aus zwei Schießereien in Rocksta und einigem anderen. Können wir uns vielleicht darauf einigen, dass das vorgeht? Sind wir uns da einig?«

Er sah abwechselnd seine beiden Untergebenen an, die beide verhalten nickten.

»Also schön«, sagte Kommissar Stig Stigman abschließend. »Schön.«

»Viel Druck im Kessel bei den Bandenkriegen«, kommentierte Lindhagen, als sie Stigmans Büro verlassen hatten. »Hier genauso wie im Rest des Königreichs. Wer zum Teufel interessiert sich in diesen Tagen für einen verschwundenen Schriftsteller? Im Übrigen gibt es sicher auch nicht viele, die sich für nicht verschwundene Schriftsteller interessieren, habe ich recht?«

»Immer weniger, glaube ich«, sagte Barbarotti. »Aber ich habe das Gefühl, dass Lunde etwas zugestoßen ist. Diese Zwischenfälle in den Bibliotheken haben sich ja wirklich ereignet.«

»Wahrscheinlich richtig«, sagte Lindhagen. »Melde dich, wenn du den Eindruck hast, dass du mich brauchst. Wir können jederzeit ein Bier trinken gehen, wenn wir zwischen den Schießereien Zeit dazu finden.«

»Von mir aus gern«, sagte Barbarotti. »Fährst du über Weihnachten nach Gotland?«

»Worauf du dich verlassen kannst«, sagte Lindhagen. »Über Weihnachten und Neujahr. Neun Tage Erholung, wenn meinem Zeitplan nichts zustößt. Wann kommt Eva nach Hause?«

»Unklar«, sagte Barbarotti und zuckte mit den Schultern. »Wohl eher nach Neujahr.«

»Australien liegt nicht gerade um die Ecke.«

»Nicht ganz.«

»Einsam?«

»O ja.«

Lindhagen nickte. »Wir werden einsam geboren und sterben einsam, so mies ist das geregelt. Aber für uns umso mehr ein Grund, ein Bier trinken zu gehen und über die Arbeit zu reden. Du suchst dir einen Abend aus.«

»Danke«, sagte Barbarotti. »Ich komme darauf zurück.«

# 17

Villa Pickford.

Mehr als zehn Jahre lebte er jetzt in der alten Großhändlervilla, benannt nach einer noch älteren Filmdiva, aber sie hatte noch nie so düster ausgesehen wie an diesem Abend. Als hätte jegliches Leben das Haus verlassen, und als er aus dem Auto stieg und den dunklen Kasten sah, war sein erster Impuls, um Entschuldigung zu bitten.

Dafür, dass er das Haus fast vier Tage leer und verwaist zurückgelassen hatte. Es lag etwas Trauriges über unbewohnten Häusern, das hatte er schon oft gedacht. Aber dass sein eigenes Zuhause von einem solchen Verrat getroffen wurde – denn es war eine Art Verrat –, empfand er als eine unerwartete und unangenehme Mahnung. Eine Mahnung, an die schlichte Wahrheit zu denken, dass alles irgendwann verlassen wird und nichts der Vergänglichkeit entgeht.

So, wie die Dinge lagen, und angesichts seines allgemeinen Wankelmuts wurde ihm davon noch schwerer ums Herz.

Anfangs, als Marianne noch lebte, waren hier sieben Menschen zu Hause gewesen. Am großen Küchentisch war Platz für zwölf Personen, vierzehn, wenn man bereit war zusammenzurücken. Mit Schulkameraden und Freunden war oft jeder Platz besetzt gewesen. Eva Backman war ein Jahr nach Mariannes Himmelfahrt eingezogen, aber etwa zur gleichen Zeit zogen immer mehr aus. Das eine hatte mit dem anderen nichts zu tun, aber Kinder und Jugendliche neigten dazu, erwachsen zu werden. Ob man nun wollte oder nicht.

Mariannes zwei und seine eigenen drei. Der Reihe nach hatten sie einer nach dem anderen die Villa Pickford verlassen; Eva und er hatten gelegentlich darüber gesprochen, ob sie wirklich sieben Zimmer und zweihundertfünfzig Quadratmeter Wohnfläche benötigten, obwohl sie zusammen nicht mehr als einhundertvierzig Kilo wogen und immer in denselben Sesseln im Erker zum See saßen.

Wenn überhaupt, dann nur für Familientreffen. Eine schwache Entschuldigung vielleicht, aber vor einem Jahr hatten sie tatsächlich zu dreizehnt am Tisch gesessen. Sie selbst, fünf erwachsene Kinder, mehrere Lebensgefährten und mehrere Enkelkinder. Wenn er sich richtig erinnerte. Genauer gesagt an einem Weihnachtstag.

Aber das war jetzt Geschichte. Das kommende Weihnachtsfest würde er allein feiern. So hatte er es beschlossen, im Hinblick darauf, dass Eva sich in Australien befand, und im Hinblick auf anderes.

Worauf sich *anderes* bezog, wusste er nicht mehr, aber er hatte allen Beteiligten klargemacht, dass sie die Gelegenheit nutzen und das größte Familienfest des Jahres mit anderen Verwandten feiern sollten, und dass die Villa Pickford geschlossen sein würde. Für sich habe er eine Reise gebucht, damit habe sich das Thema erledigt.

Das war eine Lüge, möglicherweise eine Notlüge. Er hatte keine Reise gebucht, und da schon ein Teil des Dezembers verstrichen war, musste man wohl annehmen, dass daraus auch nichts mehr werden würde. Aber egal, es lag eine Art bittere Verlockung darin, Heiligabend allein zu sein. Dieser Gedanke hatte ihm zumindest vorgeschwebt, aber als er jetzt umherging und überall in seinem Haus Lampen anmachte und dabei laut mit diversen Möbelstücken, Ziergegenständen und Zimmerpflanzen sprach, fragte er sich, ob das nicht in Wahrheit ein unglaublich bescheuerter Gedanke gewesen war. Er legte einen Sampler mit Fadomusik auf, aber sie war viel zu schwermütig, und er schaltete sie wieder aus. In der Vorratskammer fand er eine Dose Makrelen in Tomatensauce. Mit ihrer Hilfe, ein paar Scheiben Knäckebrot sowie einem Teebeutel bereitete er sich eine einfache Mahlzeit zu. Sie schmeckte nicht himmlisch, war aber essbar.

Kurz darauf gelang es ihm endlich, Kontakt mit Sydney aufzunehmen. Ein Gespräch über Facetime, bei dem er fand, dass Eva ungewöhnlich müde aussah, was allerdings daran liegen mochte, dass es in Australien fünf Uhr morgens war.

Aber sie hatte sich trotzdem gemeldet, sie war da, und er dachte, dass dies an einem Abend wie diesem genug war. Die Situation rund um den verlorenen Sohn sei nicht begeisternd, aber möglicherweise gebe es Hoffnung. Sie habe alles in einer langen Mail erklärt, sie sei noch nicht ganz fertig, aber sie werde sie abschicken, sobald sie richtig wach sei und gefrühstückt habe.

»Wie geht es dir?«, erkundigte er sich.

»Ehrlich gesagt gar nicht so schlecht. Ich wünschte, Kalle könnte sich scheiden lassen und mit mir nach Schweden zurückkommen. Aber das kann ich natürlich nicht vorschlagen.«

»Ist er zu Hause?«

»Sie hat ihre Anzeige wegen Misshandlung zurückgezogen. Aber die Drogengeschichte bleibt bestehen.«

»Warum wohnst du nicht bei ihnen?«

»Das geht einfach nicht. Ich bleibe in der Pension, das ist schon okay. Aber ich erkläre dir alles in der Mail. Du bekommst sie morgen. Und wie geht es dir?«

»Nicht so gut«, gestand Barbarotti. »Fernbeziehungen mit Leuten, die auf der anderen Seite des Globus wohnen, sind nicht mein Ding.«

»Ich verstehe«, sagte Eva Backman, und er sah, dass sie kurz davor war, in Tränen auszubrechen. »Aber ich muss noch etwas schlafen. Wir können uns dann morgen wieder über Facetime unterhalten, ja? Ich liebe dich.«

»Liebe dich auch.«

Und dann beendeten sie die Verbindung.

Es ist nicht wie früher, dachte er.

Am Samstagmorgen schlief er bis neun, was vor allem daran lag, dass er erst spät in der Nacht eingeschlafen war. Wahrscheinlich erst nach drei. Es ließ sich nicht ändern, und in gewisser Weise hing es mit allem anderen zusammen.

Er duschte und checkte anschließend seine Mails. Von Eva war nichts gekommen. Er frühstückte, las dabei Nachrichten und betrachtete einen dichten Schneeschauer über dem See, der seit über einer Woche eisbedeckt war. Mit anderen Worten ein ungewöhnlich kalter und früher Winter. Er fragte sich, wie es in Sydney aussah; klickte ein paarmal auf den Computer und stellte fest, dass der Wetterbericht Sonnenschein und siebenunddreißig Grad vorhersagte.

Verflucht nochmal viel zu heiß, dachte er. Bat unseren Herrgott um Entschuldigung für seine Wortwahl, und da er ihn schon einmal in der Leitung hatte, bat er ihn auch noch um eine große Fuhre Zuversicht und Seelenfrieden.

Und ein bisschen Weisheit, ergänzte er. Das konnte nicht schaden.

Und vielleicht war es gerade diese Dreieinigkeit – Zuversicht, Seelenfrieden und Weisheit –, die ihn dazu brachte, die Gedanken an sich, an Eva Backman und die Situation Tausende Kilometer südöstlich fallen zu lassen.

Um seine Aufmerksamkeit stattdessen einem gewissen verschwundenen Schriftsteller zu widmen.

Gesagt, getan. Oder jedenfalls *gedacht*, getan; er nahm die Bandaufnahmen seiner Gespräche, Lundes zwei Texte – *Das feinmaschige Netz* und *Letzte Tage und Tod eines Schriftstellers* –, Notizblock und Stift und setzte sich in den Erker.

Ich verlasse den Sessel erst, wenn ich den Fall gelöst habe oder es aufgehört hat zu schneien, beschloss er. *Whatever comes first.*

Er las ein weiteres Mal die Erzählung über John Leander Franzén. Dafür brauchte er zwanzig Minuten, und es gab keine Anzeichen dafür, dass es weniger schneite. Hatte dieser Text nicht etwas ziemlich Unangenehmes? Etwas, woran man sich rieb. Warum hatte Lunde zum Beispiel ausgerechnet diesen Titel gewählt? Letzte Tage und *Tod*? Sodass der Leser von Anfang an wusste, wie es ausgehen würde. Was sollte das?

Und wenn die Geschichte den Erlebnissen des Schriftstellers bis an den Rand der Verschmelzung glich – welche Schlussfolgerungen konnte man daraus ziehen? Wusste Lunde, dass er sterben würde? Dass die wiederholten Drohungen am Ende in die Tat umgesetzt werden würden?

Und dann dieses bizarre Protokoll eines Gesprächs mit diesem alten Dichter in Göteborg. Über eine völlig andere Art, einen perfekten Mord zu begehen, als die, die in *Das feinmaschige Netz* beschrieben wurde. Übrigens war keiner von beiden perfekt, aber wie relevant war das? Oder richtiger: War es überhaupt relevant?

War Lunde tot? Oder wollte er die Leute nur in dem Glauben wiegen, er wäre tot?

Und wenn ja, warum?

Seine Schwester hatte kein gutes Haar an ihm gelassen. Mit seiner Tochter schien er andererseits regelmäßig in Kontakt zu stehen und hatte offenbar ein recht gutes Verhältnis zu ihr. Konnte er sie wirklich so im Stich gelassen haben und ein weiteres Mal verschwunden sein, obwohl er ihr versprochen hatte, es nicht zu tun?

Und weiter. Was hatte die Lektorin ihm eigentlich zu erzählen gehabt?

Und der Vinyl sammelnde Gerichtsvollzieher? Er hatte angedeutet, dass Lundes voriges Verschwinden mit einer Frau zusammenhing. Wäre es möglich, diese Frau ausfindig zu machen?

Barbarotti seufzte und stellte fest, dass er mindestens ein Dutzend Fragen und nicht eine einzige Antwort hatte. Nicht den Hauch einer Antwort.

Und sein Bauchgefühl?

Er mochte den Begriff nicht. Vielleicht, weil es der Bauch war, in dem die Vorurteile beheimatet waren. Die vorgefassten Meinungen und holzschnittartigen Beurteilungen. Was man nicht weiß, das weiß man faktisch nicht.

Aber er lebte in einer Zeit, in welcher der Begriff *Fakten* akut bedroht war. In einer Welt, in der Wahrheiten ziemlich häufig vor Ansichten kapitulieren mussten. *Jeder hat das Recht auf seine eigene Wahrheit!* Was für ein verdammter Unsinn.

Plötzlich erinnerte er sich an einen zynischen, alten persischen Spruch: *Eine gute Lüge geht zwischen Bagdad und Konstantinopel, während die Wahrheit nach ihren Sandalen sucht.*

Aber so viel dazu. Wenn man als Kriminalpolizist arbeitete, war es mit Sicherheit sinnvoll, nicht nachzugeben. Zum Beispiel bescheuerten Menschen im Allgemeinen oder Weltenlenkern und Machthabern, die mit unnötig lauter Stimme sprachen.

Aber dort, in die Schar der verlogenen Schreihälse, konnte man Franz J. Lunde ja wohl kaum einordnen, oder? Sprach er nicht mit einer anderen Stimme? Mit der Stimme der Resignation? Der Angst?

Von der anderen Seite des Grabes?

War es so? Wenn Barbarotti doch gezwungen würde, etwas zu ahnen, lief es wohl darauf hinaus. Ein paar gut begründete Vermutungen im gelobten Zeitalter der Faktenresistenz.

War Lunde also tot?

Ja, so war es wohl.

Ermordet?

Ja, so war es anscheinend auch. Auszuschließen war es jedenfalls nicht.

Und von wem?

Es gab eine naheliegende Hypothese. Von dieser Frau, die im Publikum gesessen und ihn mit ihren Fragen beschuldigt hatte. Bei zwei, wahrscheinlich eher drei Gelegenheiten.

Das Problem, dachte Barbarotti mit einem plötzlichen Anflug von Ärger, das Problem ist, dass von mir erwartet wird, genau zu diesem Schluss zu kommen.

*Erwartet*? Von wem denn?

Und wie kam es, dass jede gut begründete Vermutung zwei neue Fragen aufwarf?

Ich muss sie finden, stellte er fest. Die Frau im Publikum. An dem Punkt muss ich ansetzen, erst kommt die Pflicht. Wie hieß der erste Ort noch? Rävmossen?

Er sah im Text nach. Nein, *Ravmossen* hieß er.

In der dortigen Bibliothek hatte sie ihre *impertinente* Frage gestellt. Im Publikum musste irgendwer neben ihr gesessen haben. Jemand wusste vielleicht, wer sie war. Oder konnte sie zumindest beschreiben.

Und wo lag eigentlich Ravmossen in unserem lang gestreckten Land?

Er holte sein Notebook und googelte.

Nicht mehr als einhundertachtzig Kilometer von Kymlinge entfernt. Vielleicht etwas, womit er den Montag verbringen konnte? Zwei Stunden hin, zwei Stunden zurück. War es nicht so, dass Stigman ihm freie Hand ließ?

Er lehnte sich im Sessel zurück und gähnte. Zuversicht, Seelenfrieden und Weisheit, das waren die Dinge, die er bestellt hatte. Vielleicht hatte er sie bekommen, aber das war schwer zu sagen.

Er warf einen Blick zum Fenster hinaus. Es hatte nicht aufgehört zu schneien, aber es hatte deutlich nachgelassen. Man konnte fast den Eindruck gewinnen, dass eine bleiche Sonne kurz davor war, die Wolkendecke zu durchbrechen.

Ein Zeichen so gut wie jedes andere?

# 18

Der Sonntag kam und ging. Barbarotti bekam eine lange Mail aus Australien und beantwortete sie mit einer ebenso langen; die Unschlüssigkeit blieb, und es wurde Montag.

Er hatte es mit Ravmossen im Kopf gerade in sein Büro geschafft, als die Zentrale ein Gespräch durchstellte.

»Da ist eine Frau, die von jemandem spricht, der verschwunden ist. Kannst du das übernehmen?«

Er sagte, das könne er.

»Hier spricht Kommissar Barbarotti. Wie kann ich Ihnen helfen?«

»Ich möchte eine Person als vermisst melden.«

»Ich verstehe. Mit wem spreche ich bitte?«

»Mein Name ist Mirja Laine. Ich rufe aus Stockholm an, ich habe zuerst mit der Polizei bei uns gesprochen und bin an Sie verwiesen worden.«

Sie klang gebildet. Oder zumindest ausgebildet, was nicht immer das Gleiche war. Er ließ sich ihren Namen buchstabieren und notierte ihn.

»Es ist also jemand verschwunden? Wer ist verschwunden?«

»Ein Schriftsteller in meinem Bekanntenkreis.«

Aha?, dachte er automatisch. Aber das hieß nicht, dass ihm ein Licht aufging. Nur, dass sein Puls sich etwas beschleunigte.

»Bitte erzählen Sie.«

Sie räusperte sich. »Es kann selbstverständlich eine ganz natürliche Erklärung für die Abwesenheit geben, dessen bin ich mir bewusst. Aber ich habe tagelang vergeblich versucht, Kontakt zu bekommen, und das sieht ihr überhaupt nicht ähnlich. Deshalb habe ich mich entschlossen, eine Vermisstenanzeige aufzugeben.«

*Ihr*?, dachte Barbarotti. Was zum Teufel meint sie mit …?

»Sie heißt Maria Green. Ich weiß nicht, ob Sie schon einmal von ihr gehört haben. Sie schreibt vor allem Gedichte und ist ziemlich erfolgreich, aber die Leute lesen heutzutage ja keine Lyrik mehr.«

»Ja, leider«, erwiderte Barbarotti und versuchte, Ordnung in seine Gedanken zu bekommen. Noch ein Literat? Hieß das, es waren zwei verschwunden, eine Lyrikerin und ein Romancier? Im Laufe von nur einer Woche? Das klang ja wie … nun, höchst unklar, wie das klang, aber er war jedenfalls nie zuvor auf etwas Vergleichbares gestoßen, so viel stand fest. Nicht im Dienst und auch sonst nicht. Schriftsteller sollten an ihren Schreibtischen sitzen und arbeiten, von Zeit zu Zeit einen Preis bekommen oder an einem Tanzwettbewerb teilnehmen und für ein paar Stunden in die Öffentlichkeit hinauskommen. Aber nicht verschwinden.

»Es spielt auch keine Rolle, ob Sie Gedichte lesen oder nicht«, fuhr Mirja Laine fort. »Wichtig ist, dass Sie sie finden. Wenn ich es richtig sehe, hatte sie seit dem letzten Donnerstag mit niemandem mehr Kontakt, nachdem sie bei einem Lesezirkel in ihrer Gegend aufgetreten ist. Ich habe mit einigen anderen Menschen gesprochen, die ihr nahestehen, zum Beispiel ihrem Sohn und ihrem Lektor, aber anscheinend hat keiner von ihnen seither von ihr gehört.«

»Letzten Donnerstag?«

»Ja.«

Barbarotti machte sich Notizen. »Wir werden uns die Sache natürlich näher anschauen. Wann haben Sie Maria Green zuletzt gesehen?«

»Am Tag vor ihrer Lesung in dem Versammlungshaus... ich glaube jedenfalls, dass es sich um ein Versammlungshaus handelte. Ich habe sie in der Kate besucht, in der sie wohnt, sie liegt ungefähr zehn Kilometer von Mariefred entfernt. Das war am Dienstag letzter Woche. Ich habe bei ihr übernachtet und bin am Mittwoch gegen Mittag wieder nach Hause gefahren.«

»Und wo soll das sein, dieses Versammlungshaus, das sie besucht hat?«

»Ich habe bei ihrem Verlag nachgefragt. In einem Ort namens Gardeby... sagt Ihnen das was?«

Barbarotti bestätigte, dass er den Ort kannte.

»Und Sie sind sicher, dass sie seither nicht mehr zu Hause gewesen ist?«

»Ziemlich sicher. Ich bin allerdings nicht da gewesen und habe nachgesehen... in ihrer Kate, meine ich.«

»War es so geplant, dass sie nach ihrem Besuch in Gardeby hier in der Nähe übernachtet, wissen Sie das?«

»Ich nehme an, dass sie das getan hat. Es ist eine ziemlich lange Fahrt, und ich gehe davon aus, dass sie mit dem Auto unterwegs war.«

»Aber Sie wissen nicht, wo?«

»Nein, aber ein Hotel in Kymlinge erscheint mir relativ wahrscheinlich.«

»Sie haben gesagt, dass Sie mit ihrem Sohn gesprochen haben. Wohnt er noch zu Hause oder...?«

»Er ist um die dreißig und wohnt in Schonen.«

»Und Maria, wie alt ist sie?«

»Neunundvierzig, glaube ich. Ich erinnere mich im Moment nicht genau.«

Er machte sich erneut Notizen und dachte nach.

Darauf fiel ihm nichts Besseres ein als zu fragen:

»Können Sie noch weitere Angaben machen, die uns Ihrer Meinung nach helfen können?«

»Ja, das kann ich. Es könnte jemanden geben, der Maria verfolgt hat. Bei meinem Besuch am Dienstag hat sie mir davon erzählt.«

»Verfolgt?«

»Ja, das hat sie behauptet. Unter anderem in Växjö …«

»Jemand hat Maria Green in Växjö verfolgt? Habe ich Sie richtig verstanden?«

»Vielleicht nicht direkt verfolgt … aber es ist jemand aufgetaucht und hat sich ihr gegenüber unverschämt benommen. Und das ist offenbar nicht nur dort passiert, aber darüber können wir später sprechen, ich habe gerade wenig Zeit. Sie sollten auch mit ein paar anderen sprechen. Zum Beispiel mit den Leuten, die die Lesung in Gardeby organisiert haben. Der Verlag hat alle Informationen, Sie können sich dort erkundigen … Marias Lektor heißt Gunder Widman.«

Er bekam den Namen des Verlags und eine Telefonnummer sowie die Kontaktinformationen der verschwundenen Autorin und von ihr selbst, der Anzeige erstattenden Mirja Laine. Sie erklärte außerdem, sie arbeite als Strafverteidigerin und habe aus diesem Grund eine gewisse Erfahrung mit den »Schattenseiten des Daseins«.

Sie meint, dass wir im gleichen Boot sitzen, dachte Barbarotti und bedankte sich für die Information. Darüber ließ sich trefflich streiten, aber nicht jetzt. Er versprach, eine Suchmeldung herauszugeben und sich später am Tag noch einmal zu melden.

»Ihr ist etwas passiert«, sagte Mirja Laine abschließend. »Ich kenne sie seit zwanzig Jahren, es ist einfach nicht ihre Art, so zu verschwinden. Ich setze voraus, dass Sie die Sache äußerst ernst nehmen.«

»Selbstverständlich«, beteuerte Kommissar Barbarotti. »Selbstverständlich nehmen wir das ernst.«

Verfolgt?

Sie hatte gesagt, jemand habe die verschwundene Dichterin verfolgt. Sich zumindest unverschämt benommen … und das nicht nur einmal, wenn Barbarotti es richtig verstanden hatte. Er blieb noch eine Weile am Schreibtisch sitzen, ohne etwas anderes zu tun, als aus dem Fenster zu schauen und seine Gedanken zu ordnen. Was sie äußerst widerwillig mit sich machen ließen. Worum ging es hier? Lunde war auch verfolgt worden, jedenfalls erschien das höchst wahrscheinlich. Und im Übrigen: Konnten zwei Schriftsteller in einem Zeitraum von nur zwei Wochen verschwinden – beide, nachdem sie in oder in der Nähe von Kymlinge vor Publikum aufgetreten waren –, ohne dass das eine mit dem anderen zusammenhing?

Wenig wahrscheinlich. Um nicht zu sagen unwahrscheinlich. Zwei beliebige Menschen konnten sich sicherlich jeder für sich in einem etwa gleichen Zeitfenster in Luft auflösen, aber hier ging es um zwei Schriftsteller. Zwei *verfolgte* Schriftsteller.

Und in diesem Moment – während er an einem düsteren Montagmorgen im Dezember an seinem überladenen Schreibtisch saß – wusste er allein, dass es *zwei* Fälle gab. Wenn Mirja Laine bekannt gewesen wäre, dass Franz J. Lunde vermisst wurde, hätte sie es natürlich angesprochen. Barbarotti erinnerte sich, dass es in der Lokalpresse eine Notiz dazu gegeben hatte, aber die Neuigkeit hatte sich nicht landesweit verbreitet. Dass es sich um einen recht bekannten Schriftsteller handelte, hatte sich dem Artikel jedoch nicht entnehmen lassen. Nur dass ein Gast aus dem Hotel Bergman verschwunden war. Das ausgebrannte Auto war vorerst auch keine große Nachricht, aber ergänzt um die Geschichte von Maria Green würde das Ganze an die große Glocke gehängt werden. Barbarotti hegte keinen Zweifel an der Höhe der medialen Magnitude. Zwei Schriftsteller spurlos verschwunden. Holy cow! Endlich eine Polizeischlagzeile, in der es nicht um Vergewaltigungen, Bandenkriege oder organisiertes Verbrechen ging.

Und im Übrigen … begriff er schlagartig … im Übrigen war er mit seinem Wissen letztlich gar nicht allein, nicht wahr? Höchstwahrscheinlich gab es *zwei* Personen, denen in diesem Moment alles bekannt war. Abgesehen von Kommissar Barbarotti auch einem Täter. Oder nicht?

Oder *vier*? Wenn Lunde und Green noch lebten und eingesperrt im selben Erdkeller hockten?

*Erdkeller*? Woher kam das jetzt wieder? Er schüttelte den Kopf, um die Mathematik und seine Fantasien loszuwerden. Voreilige Schlussfolgerungen halfen niemandem. Erst recht nicht einem Kriminalkommissar bei der Ausübung seines Dienstes … wie man vor hundert Jahren gesagt hätte.

Er beschloss, sich mit einem Lektor und einem Lesezirkel in Verbindung zu setzen, ehe er die frohe Botschaft Monsieur Chef, Kommissar Stig Stigman, verkündete. Es konnte ja trotz allem sein, dass Staatsanwältin Mirja Laine geblufft hatte.

»Oder nicht?«, wiederholte Gunnar Barbarotti, diesmal laut vor sich hin murmelnd; offenbar entwickelte sich das zu einer neuen Angewohnheit, aber diesmal hörte ihn keiner.

Er atmete tief und entschlossen durch und begann zu arbeiten, statt herumzusitzen und zu spekulieren.

Eine gute Stunde später konnte er so einiges festhalten.

Zum Beispiel, dass es nirgendwo den geringsten Hinweis auf einen Bluff gab. Die Ergebnisse seiner Internetrecherchen zu Maria Green und Mirja Laine stimmten mit den Informationen überein, die Letztere ihm gegeben hatte.

Und warum sollten sie das auch nicht tun? Im Laufe der Jahre hatte Barbarotti jedoch ein gewisses Misstrauen entwickelt. Oder wenigstes gelernt, nicht zu gutgläubig zu sein; sich alle naselang übertölpeln zu lassen war für einen Ermittler keine Auszeichnung. Vielleicht auch für niemanden sonst.

Das Gespräch mit Lektor Gunder Widman ergab jedenfalls, dass Maria Green am Donnerstagabend in Gardeby aufgetreten war. Nachdem Mirja Laine ihn am Sonntag angerufen hatte, hatte er sich mit der Veranstalterin in Verbindung gesetzt, die ihm das bestätigte. Außerdem hatte er wiederholt, aber erfolglos versucht, die Schriftstellerin per Handy zu erreichen.

War er in seiner Eigenschaft als Lektor auch ein guter Freund Maria Greens?

Auf jeden Fall. Außerdem waren sie Kollegen, da Maria auch im Verlag arbeitete. Sie hatte sich in diesem Herbst zwar zwei Monate freigenommen, um Werbung für ihre neue Gedichtsammlung zu machen, aber sie kannten sich seit mehr als zehn Jahren und begegneten sich sonst praktisch täglich.

Machte er sich Sorgen?

Große sogar. Irgendetwas musste passiert sein.

Hatte Gunder Widman irgendeine Ahnung, was?

Nicht die geringste. Das Ganze war für ihn völlig unfassbar.

Weitere Informationen, von denen er glaubte, sie könnten der Polizei nützlich sein?

Nein, was sollte das sein?

Barbarotti erklärte, das könne man nie so genau wissen, bat den Lektor, erreichbar zu sein, und versprach, sich wieder bei ihm zu melden.

Die Veranstalterin der Lesung in Gardeby war eine Frau namens Margot Eriksson. Als Barbarotti anrief, meldete sie sich mitten im ersten Klingelzeichen.

»Ich habe darauf gewartet, dass Sie sich melden«, erklärte sie. »Das ist ja furchtbar, ganz furchtbar …«

Sie sprach schnell und keuchend, offensichtlich fiel es ihr schwer, ihre Gefühle im Zaum zu halten.

»Wir hatten einen so fantastischen Abend«, fuhr sie unaufgefordert fort. »Und dann kommt mir das zu Ohren … er hat gestern Abend angerufen, ihr Lektor, ich habe die ganze Nacht kein Auge zugemacht. Ist das wirklich wahr? Ist Maria Green verschwunden … ich meine, man kann doch nicht einfach so verschwinden?«

»Doch, es kommt schon vor, dass Menschen verschwinden«, antwortete Barbarotti und versuchte, wie sein alter Konfirmationspfarrer zu klingen: ruhig, gefasst und insgesamt etwas langweilig. »In Maria Greens Fall ist das noch nicht bestätigt, aber solange wir keinen Kontakt zu ihr bekommen, gehen wir von der Hypothese aus, dass etwas passiert ist.«

»Aber mein Gott!«, platzte Margot Eriksson heraus. »Warum denn? Warum soll etwas passiert sein?«

Gute Frage, dachte Barbarotti. Wenn ich die Antwort wüsste, hätte ich mir vielleicht nicht die Mühe machen müssen, dich anzurufen.

»Ich möchte gerne Auge in Auge mit Ihnen sprechen«, sagte er. »Es wäre schön, wenn es Ihnen möglich wäre, zum Präsidium zu kommen. Aber da wir telefonieren, muss ich Ihnen schon jetzt einige Fragen stellen. Sind Sie einverstanden?«

»Natürlich ... natürlich bin ich einverstanden. Das ist doch völlig unfassbar, und wenn ich helfen kann, dann ... ja, selbstverständlich. Und ich komme auch gern zum Präsidium. Ich fahre morgen ohnehin in die Stadt, aber wenn es eilt, kann ich ...«

»Ausgezeichnet«, unterbrach Barbarotti sie. »Morgen reicht völlig. Aber jetzt würde ich gerne etwas über die Veranstaltung am Donnerstagabend erfahren. Stimmt es, dass Maria Green im Versammlungshaus von Gardeby aufgetreten ist?«

»Ja ... ja sicher, das stimmt.«

»Um wie viel Uhr?«

»Wir haben um sieben angefangen und waren ungefähr um Viertel vor neun fertig.«

»Und wie viele Zuschauer sind gekommen?«

»Wir waren sechzig ... einundsechzig mit Maria Green.«

»Vermutlich vor allem Frauen?«

»Dreiundfünfzig Frauen, sieben Männer.«

»Wenn ich es richtig verstanden habe, handelt es sich um einen Lesezirkel.«

»Ja, genau. Wir haben das Ganze organisiert. *Die Bücherwürmer* nennen wir uns, wir treffen uns seit fast zwanzig Jahren ...«

»Aber das sind doch bestimmt keine sechzig Personen?«

»Nein, im Moment sind wir zu acht, aber alle sind herzlich eingeladen. Das machen wir immer so, um die Kosten zu decken.«

»Es war mit anderen Worten eine Veranstaltung, bei der jeder willkommen war?«

»Ja, genau.«

»Wie haben Sie die Lesung beworben?«

»Ziemlich sparsam. Eine Facebookgruppe und ein paar Plakate in den Bibliotheken ... der Zentralbibliothek in Kymlinge und der Filiale hier draußen in Ringvide. Das reicht meistens, in das Versammlungshaus passen nicht übermäßig viele Zuschauer hinein.«

»Und da treffen Sie sich immer? Wie oft laden Sie Schriftsteller ein?«

»Wir versuchen, einmal im Jahr jemanden einzuladen. Und das Versammlungshaus in Gardeby hat die passende Größe, die letzten Male haben die Lesungen dort stattgefunden. Am Donnerstag haben wir ehrlich gesagt ein kleines Jubiläum gefeiert. Zehn Autoren sind im Laufe der Jahre bei uns zu Besuch gewesen, auch einige sehr bekannte, aber dass so etwas passieren würde, hätten wir nicht ...«

Sie verstummte, und Barbarotti konnte hören, dass sie etwas trank.

»Wie sieht es aus, kannten Sie die meisten Menschen im Publikum?«

»Ja, die meisten. Viele kommen Jahr für Jahr ... es waren bestimmt höchstens fünfzehn Gesichter, die mir nichts sagten.«

Barbarotti machte sich Notizen und dachte nach. Einer von ihnen, von diesen fünfzehn? Nicht unmöglich, wenn das mit einem Verfolger stimmte. Es war im Moment keine große Hilfe, konnte später aber noch sehr wichtig werden.

»Warum fragen Sie nach dem Publikum?«, erkundigte sich Margot Eriksson. »Sie glauben doch nicht etwa, dass einer der Zuschauer ...?«

Sie beendete ihren Gedankengang nicht, und Barbarotti antwortete ihr nicht.

»Wo hat Maria Green nach ihrer Lesung übernachtet?«, fragte er stattdessen. »Ich nehme an, dass sie nicht heimgekehrt ist, sie wohnt ja in der Nähe von Stockholm.«

»Im Star Hotel. Ich habe dort ein Zimmer für sie reserviert. Ich habe ihr angeboten, bei mir zu übernachten, aber sie wollte lieber ins Hotel gehen. Dafür muss man Verständnis haben, viele Autoren achten sehr auf ihre Privatsphäre und ihr Privatleben. Ich wünschte mir allerdings, sie hätte sich für mein Gästezimmer entschieden, falls sich herausstellen sollte, dass ihr wirklich etwas zugestoßen ist… großer Gott, ich kann einfach nicht glauben, dass es wahr ist.«

»Wir wissen bis auf Weiteres nicht, was wahr ist«, erläuterte Barbarotti geduldig.

Er dachte, dass das Star Hotel nicht unbedingt die erste Unterkunft war, die ihm in den Sinn gekommen wäre, aber die Bücherwürmer mussten vielleicht Rücksicht auf ihre knappen finanziellen Möglichkeiten nehmen. Sie mussten doch sicher auch ein Honorar zahlen und die Reisekosten übernehmen?

»Ich interessiere mich natürlich für eine ganze Reihe von Dingen«, sagte er. »Ob Ihnen an dem Abend etwas Besonderes aufgefallen ist und so weiter, aber darüber können wir morgen im Präsidium sprechen. Ist Ihnen morgen Vormittag um elf recht?«

Margot Eriksson erklärte, dass ihr das sehr recht sei und sie wirklich hoffe, dass Maria Green möglichst bald wieder wohlbehalten auftauchen werde. Sie sei eine großartige Lyrikerin, eine unserer allerbesten, und damit beendeten sie das Gespräch.

Barbarotti blieb noch weitere zwanzig Minuten in seinem

Büro, in denen er sich seine Notizen durchlas und sich fragte, was zum Teufel da vorging. Danach rief er Kommissar Stigman an und schlug ein Treffen vor.

Stigman erklärte, er sei ihm auf der Stelle willkommen.

Auf der Stelle.

# 19

Die ersten Maßnahmen nach Barbarottis einstündigen Überlegungen mit Kommissar Stigman beschränkten sich auf zwei.

Zum einen wurde eine Pressemitteilung verschickt, zum anderen wurden zwei weitere Kripobeamte zu hundert Prozent auf den Fall angesetzt. Will sagen auf *die Fälle.* Das Ermittlungsverfahren galt weiterhin und vorerst zwei Fällen von *Entführung*, und das ausgewählte Duo bestand aus Lindhagen und Kavafis, Letzterer nicht verwandt mit seinem Namensvetter, dem griechischen Dichter.

Mit der Zeit würde die Truppe deutlich verstärkt werden müssen, nicht zuletzt, um den zu erwartenden Reaktionen in den Medien gerecht zu werden. Zu behaupten, dass lediglich drei Personen damit beschäftigt waren, in einem solchen Fall zu ermitteln, würde zu einem Aufschrei der Empörung führen, aber darüber konnte man sich noch früh genug Sorgen machen. Zwei bekannte Schriftsteller, die sich in Luft aufgelöst hatten; das war auch ohne den Druck vonseiten der Presse schlimm genug.

Innerhalb des Trios wurde die Arbeit so verteilt, dass Lindhagen nach Stockholm und Mittelschweden beordert wurde, Kavafis die Aufgabe erhielt, im Internet eventuelle Berührungspunkte zwischen den beiden vermissten Schriftstellern aufzuspüren sowie an gleicher Stelle alles Mögliche auszugraben, was ihnen weiterhelfen könnte – während Barbarotti zum Star Hotel trottete, das fußläufig fünf Minuten vom Präsidium entfernt lag, um den Ort des letzten Verschwindens in Augenschein zu nehmen. Auf dieser kurzen Strecke konnte er ansonsten feststellen, dass in seinen linken Stiefel Schneematsch eindrang, aber obwohl er an zwei lokal renommierten Schuhgeschäften vorbeikam, versuchte er nicht, Abhilfe zu schaffen. Erst die Pflicht, wie auf den Einkronenmünzen gestanden hatte, die er in mehreren seiner ersten Jahre auf Erden in einer Blechbüchse gesammelt hatte.

Er hatte seine Ankunft telefonisch angekündigt und wurde von der Chefin des Hotels empfangen, einer üppigen Frau in seinem Alter mit einem Verband um ein Handgelenk, der bis zu den Fingern reichte.

»Ich bin auf einer vereisten Stelle ausgerutscht«, erläuterte sie. »Der Räumdienst in dieser Stadt ist unter aller Kritik. Iris Douglas heiße ich, aber alle nennen mich Madame.«

Für eine Sekunde zog Barbarotti in Erwägung, ihr von seinem undichten Schuh zu erzählen, beschloss aber, auf diese Einladung zu einer Interessengemeinschaft zu verzichten. Stattdessen folgte er Madame Douglas schweigend in ihr Büro, das direkt an die Rezeption anschloss, wo eine junge Frau mit neu modulierten Lippen stand und ein wenig schief lächelte. Er schätzte, dass das Schiefe mit dem Neumodulierten zusammenhing, fragte aber nicht. *O tempora, o mores,* dachte er stattdessen, ohne dass ihm wirklich klar war, was das bedeutete. Aber so war es oft mit Gedanken, es war häufig schwierig, sie zu verstehen. Als wären sie einem völlig anderen Schädel entsprungen und nur irrtümlich in seinem gelandet.

Dachte Kommissar Barbarotti und biss sich auf die Zunge,

um mithilfe dieses bewährten Kniffs zur Tagesordnung zurückgeführt zu werden.

»Bitte, nehmen Sie Platz«, sagte Madame. »Was haben Sie da behauptet? Einer unserer Gäste soll verschwunden sein?«

»Exakt.«

Barbarotti setzte sich auf den ihm angewiesenen Plastiksessel. Madame selbst ließ sich ächzend an einem Schreibtisch nieder, der den halben Raum einnahm und ungefähr so aufgeräumt aussah wie sein eigener. Sie schaltete einen Computer ein und setzte eine großformatige Brille auf.

»Und wann?«

»Es ist unklar, ob sie überhaupt ihr Zimmer bezogen hat. Aber wenn, dann am Donnerstagabend … letzte Woche.«

»Wie war der Name?«

»Maria Green. Das Zimmer wurde wahrscheinlich von einer Margot Eriksson gebucht.«

Sie klackerte auf ein paar Tasten, scrollte eine Weile und betrachtete mit gerunzelter Stirn die Informationen auf dem Bildschirm.

»Stimmt genau. Sie hat ihr Zimmer gegen halb zehn bezogen.«

»Und wann ist sie abgereist?«

»Unklar«, antwortete Madame Douglas und zog ihre Brille aus. »Wahrscheinlich hat sie die Schlüsselkarte nur in die Box geworfen, die Rechnung war ja schon bezahlt.«

»Frühstück?«

»Gut möglich. Es ist im Preis inbegriffen, aber wir führen keine Listen.«

»Ich verstehe. Und sie musste auch nichts aus der Minibar bezahlen?«

Die Brille kam wieder auf die Nase, und der Bildschirm wurde erneut studiert.

»Unsere Zimmer haben keine Minibar. Wenn man eine Kleinigkeit zu essen oder zu trinken haben möchte, kann man es an der Rezeption bestellen. Hier habe ich ihre Rechnung… ja, sie hat ein Glas Wein und ein Sandwich bestellt und beides im Voraus bar bezahlt.«

»Nichts, was am nächsten Morgen noch beglichen werden musste?«

»Nein, nichts.«

Barbarotti dachte einen Moment nach, während Madame mit den Fingern wedelte, die aus der Bandage ragten.

»Man muss sie trainieren, sonst kann man das Gefühl in ihnen verlieren«, erklärte sie.

Schön, dass du wenigstens die Finger in Form hältst, dachte Barbarotti voreingenommen.

»Ich würde gern mit dem oder denen sprechen, die in der betreffenden Nacht Dienst hatten«, sagte er. »Ich nehme an, die Rezeption ist rund um die Uhr besetzt?«

»Selbstverständlich«, erwiderte Madame in einem leicht beleidigten Ton. »Dann wollen wir mal sehen. Ja, Malin war am Abend und in der Nacht da… Sie haben sie vorhin an der Rezeption gesehen. Und am Freitagmorgen ist sie von Rasmus abgelöst worden, wie immer um sieben.«

»Verfügen die beiden auch über Nachnamen?«, fragte Barbarotti.

»Natürlich haben sie Nachnamen«, antwortete Madame, jetzt spürbar gereizt. »Ehrlich gesagt heißen sie beide Lindberg. Obwohl sie nicht verwandt sind.«

»Ach was«, sagte Barbarotti. »Aber vielleicht könnte ich mich dann ja sofort mit Malin Lindberg unterhalten? Das heißt, nachdem wir unser Gespräch beendet haben.«

»Sicher. Gibt es noch etwas, womit ich der Polizei behilflich sein kann, ehe wir die nächste Zeugin hereinrufen?«

Barbarotti dachte einen Augenblick nach. »Ja, zumindest bei einer Frage. Hat ein Gast… oder haben vielleicht auch mehrere Gäste in dem Zimmer übernachtet, das Maria Green von Donnerstag auf Freitag bewohnt hat? Also danach.«

Madame studierte erneut den Bildschirm. »Ein dänisches Paar bis Sonntag und ab heute Herr Lehmann aus Deutschland. Herr Lehmann ist Stammgast, er besucht einmal im Monat eine Firma in unserer Stadt, die in deutschem Besitz ist, und übernachtet immer bei uns.«

»Tatsächlich«, sagte Barbarotti. »Dann ist das Zimmer nach Maria Green also… wie oft sauber gemacht worden?«

»Wir putzen natürlich jeden Tag«, antwortete Madame und betrachtete ihn über den Brillenrand hinweg, als zweifelte sie allmählich ernsthaft an seinem Verstand. Oder daran, dass er wirklich der war, für den er sich ausgegeben hatte.

»Wie schön«, sagte er. »Und vielleicht ein bisschen sorgfältiger bei einem neuen Gast? Neue Bettwäsche und so.«

»Sie glauben doch wohl nicht ernsthaft, dass wir einen neuen Gast in benutzter Bettwäsche schlafen lassen?«

»Nicht eine Sekunde«, antwortete Kommissar Barbarotti. »Aber ich würde trotzdem gern einen Blick in das Zimmer werfen.«

»Herr Lehmann hat es bereits bezogen.«

»Hält er sich momentan darin auf?«

»Wahrscheinlich nicht. Er ist in seiner Firma.«

»Na also«, meinte Barbarotti. »Rufen Sie ihn an und klären ihn darüber auf, dass die Polizei für zehn Minuten Zutritt zu seinem Zimmer benötigt. Wenn er das ablehnt, müssen Sie ihm eben ein anderes Zimmer geben.«

»Aber so kann man doch nicht…«

»Sehen Sie, wir untersuchen hier nun einmal ein Verbrechen… ein mögliches Verbrechen.«

»Aber Herr Leh…«

»Und dann darf ich Sie bitten, Frau Lindberg zu einem Gespräch zu holen. Es dürfte wohl am einfachsten sein, wenn wir uns hier unterhalten, nicht?«

Es lag ihm auf der Zunge, die Hoteldirektorin anzuweisen, eine Weile als Rezeptionistin einzuspringen, aber es gelang ihm, sich das zu verkneifen. Die Rollen schienen ohnehin zu ihren natürlichen Positionen zurückgefunden zu haben. Madame stand mit etwas Mühe von ihrem Schreibtischstuhl auf, warf ihm einen finsteren Blick zu und humpelte hinaus, um die junge Frau mit dem schiefen Lächeln zu holen.

Das Gespräch mit Malin Lindberg verlief reibungslos. Sie erzählte, dass Maria Green am Donnerstagabend ein paar Minuten vor halb zehn eingecheckt hatte. Sie hatte sich erkundigt, ob es die Möglichkeit gebe, etwas zu essen zu bekommen, und dass sie dies gern etwas später auf ihr Zimmer bekommen wolle. Die Rezeptionistin hatte ihr versprochen, gegen halb elf mit einem Krabbensandwich und einem Glas Weißwein zu ihr zu kommen. Maria Green hatte im Voraus bezahlt, um am Freitagmorgen einfacher auschecken zu können. Malin Lindberg hatte zum verabredeten Zeitpunkt die Bestellung geliefert, es hatten zwei Krabbensandwiches im Kühlschrank gelegen, sie selbst hatte das andere gegessen, bevor sie sich in dem engen Zimmer hinter der Rezeption hingelegt hatte. Zwei Gäste waren spät eingetroffen, um halb eins, aber ansonsten war es eine ruhige Nacht gewesen. Sie war gegen halb sechs aufgestanden, als das Frühstückspersonal, zwei Angestellte sowie ein Schülerpraktikant, eintraf. Anschließend hatte sie um kurz nach sieben die Verantwortung für die Rezeption an Rasmus Lindberg übergeben.

War in der Nacht jemand gekommen oder gegangen?

Nein, nicht, dass sie es bemerkt hätte. Es war ruhig gewesen.

Aber sie hatte ein paar Stunden geschlafen?

Sicher, aber das war gestattet. Es gab eine kleine Glocke, die bimmelte, wenn jemand hereinkam.

Und die hatte nicht gebimmelt?

Nein, wahrscheinlich nicht.

Wahrscheinlich?

Es handelte sich um ein leises Bimmeln.

Aha? Wann gab es Frühstück?

Wochentags zwischen sieben und zehn.

Hatte sie Maria Green gesehen, nachdem sie ihr das Sandwich und den Wein gebracht hatte?

Nein.

Hatte sie noch etwas hinzuzufügen, das für die Polizei von Interesse sein könnte?

Nein.

Gab es eine Möglichkeit, sein Zimmer und das Hotel zu verlassen, ohne an der Rezeption vorbeizukommen?

O ja. Man musste nur eine der Feuerleitern hinabsteigen, es gab drei von ihnen.

Nach diesen Informationen erklärte Kommissar Barbarotti, das reiche ihm fürs Erste, aber er werde sich gegebenenfalls noch einmal melden.

Die rudimentäre Besichtigung von Zimmer 322, das für Maria Green reserviert gewesen war und das sie zumindest anfangs in der Nacht von Donnerstag auf Freitag beherbergt hatte, brachte nichts Verwertbares. Zumindest nichts, was Barbarotti während seiner sinnlosen fünfminütigen Inspektion entdecken konnte. Es sah aus wie ein gewöhnliches, halbwegs anständiges Hotelzimmer in Nordeuropa eben aussah. Wenn man bedachte, dass es seit dem betreffenden Abend von drei Gästen bewohnt – und ebenso oft geputzt – worden war, wenn er es richtig verstanden hatte –, erschien es wenig wahrscheinlich, dass sich in ihm Hinweise darauf finden lassen würden, was aus dem verschwundenen Gast geworden war. Er konnte jedenfalls keine Blutspuren, vergessene Schusswaffen oder Hieb- und Stichwaffen entdecken.

*Wenn man nicht weiß, wonach man sucht, findet man es so gut wie nie.*

Er erinnerte sich, dass Axel Uhrman, ein alter Lehrmeister während seines ersten Berufsjahres, ihm diese simple Wahrheit immer wieder eingeschärft hatte, und so ungefähr empfand er es in diesem Moment.

Wonach suchte er?

Was war vier Tage zuvor in diesem Raum passiert?

War überhaupt etwas passiert?

Als er das Zimmer verließ, erkannte er zudem, dass es wirklich einfach gewesen wäre, das Hotel unbemerkt zu verlassen, genau wie Malin Lindberg ihm erklärt hatte. Der kurze Flur endete an einer Tür, die direkt zu einer der angesprochenen Feuerleitern hinausführte, die in Wahrheit eine Treppe war. Diese führte in zwei spitzen Winkeln abwärts und endete anderthalb Meter über dem Erdboden, aber für einen einigermaßen beweglichen Menschen würde es kein Problem darstellen, hinunterzuklettern und auf diesem Weg zu verschwinden. Außerdem ließ die Tür sich zumindest von innen ganz leicht öffnen, was für den Fall, dass das Hotel in Flammen stand und der Flur voller Rauch hing, sicher eine hervorragende Idee war.

Barbarotti schärfte sich alles ein und kehrte zur Rezeption zurück, um die Telefonnummern des Frühstückspersonals am vorigen Freitag sowie die von Rasmus mit dem offenbar gängigen Nachnamen Lindberg zu bekommen.

Als auch das erledigt war, verabschiedete er sich von Madame Douglas, drohte ihr an wiederzukommen und machte sich auf den Weg zurück zum Polizeipräsidium. Praktisch sofort musste er feststellen, dass seine undichte Sohle während des Hotelbesuchs nicht dichter geworden war, und weil ihm plötzlich einer der wenigen Ratschläge einfiel, die seine Mutter ihm jemals gegeben hatte – *wenn man warme Füße und einen warmen Kopf hat, ist es so gut wie unmöglich zu erfrieren* –, machte er einen Abstecher in eines der renommierten Schuhgeschäfte und kaufte sich ein neues Paar Stiefel. Richtig schicke, wenn er das selbst sagen durfte, und zum günstigen Preis von 1295 Kronen. Er schlüpfte sofort hinein und überließ die alten dem Schuhhändler.

Nach wie vor hatte er keine Ahnung, was mit der Dichterin Maria Green passiert war. Gleiches galt für ihren Kollegen, den Romancier Franz J. Lunde. Leider Gottes und bedauerlicherweise.

Aber kommt Zeit, kommt Rat.

# 20

»Verflucht«, platzte Inspektor Lindhagen fröhlich heraus. »Die Lage in der Welt ist schwärzer, als sie seit den Zeiten der Pest gewesen ist. In jedem Land spielt ein Arschloch den Heerführer: in der Türkei, in Polen, Brasilien, Ungarn, Russland, Nordkorea … ganz zu schweigen von Afrika und dem cholerischen Spinner im Weißen Haus.«

Barbarotti wartete, während Lindhagen Luft holte.

»Die Demokratie liegt im Sterben, im Nahen und Mittleren Osten gehen die Menschen zugrunde wie die Fliegen, und das Einzige, was in unserem eigenen Königreich funktioniert, ist das organisierte Verbrechen. Das Kalifat hat frischen Mut geschöpft, und das Klima kocht über … und so weiter und so fort. Und womit sollen du und ich uns beschäftigen? Zwei verwirrte Schriftsteller zu finden, die abhandengekommen sind! Gott stehe uns bei, willst du einen Kaffee?«

»Gern, danke«, sagte Barbarotti.

Sie nahmen ihre Tassen und setzten sich in Lindhagens Büro. Es war Viertel vor fünf, aber der Inspektor hatte um eine halbstündige Zusammenfassung der Lage gebeten, bevor es Zeit wurde, das Präsidium zu verlassen, und Barbarotti hatte seinem Wunsch entsprochen.

»Aber ich muss gestehen, dass ich den Fall interessant finde«, erklärte Lindhagen, bevor Barbarotti zu seinem Bericht ansetzte.

»Schießereien zwischen Banden und kriminelle Netzwerke sind nicht einmal ansatzweise interessant … nur bedauerlich, vorhersehbar und anstrengend. Du darfst mir gern widersprechen, wenn ich mich irre.«

»Du irrst dich nicht«, sagte Barbarotti.

»Der Wirtschaftsliberalismus ist der eigentliche Dünnpfiff im System, habe ich recht? Was soll man da machen?«

»Ich weiß es nicht«, sagte Barbarotti. »Und was die beiden Vermisstenanzeigen angeht, habe ich nur wenig zu berichten. Es sieht ganz so aus, als wäre es Maria Green gelungen, das Star Hotel relativ spurlos zu verlassen … so relativ spurlos, wie Lunde vor zwei Wochen aus dem Bergman verschwunden ist.«

»Hm«, sagte Lindhagen.

Barbarotti trank einen Schluck minderwertigen Kaffee und erzählte kurz von seinem Besuch im Star Hotel.

»Hm«, wiederholte Lindhagen, als er fertig war. »Und das ist alles?«

»Ich muss noch mit einem Rezeptionisten sprechen«, sagte Barbarotti. »Vielleicht weiß er ja etwas. Und mit ein paar hundert Besuchern in der Stadtbibliothek und draußen im Versammlungshaus Gardeby natürlich … jedenfalls auf lange Sicht.«

»So ist das Leben«, sagte Lindhagen. »Aber lass uns nicht gleich die Flinte ins Korn werfen. Für mich steht morgen ein Roadtrip an. Man hat mir Wolfson als Reisebegleiter angeboten, aber ich glaube, ich verzichte. Er ist ein bisschen anstrengend, findest du nicht auch? Er soll sich lieber um die Massenbefragungen kümmern.«

Es war Lindhagen gewesen, der die gekürzte Variante von Anwärter Wennergren-Olsson erfunden hatte. Also den Namen, nicht den Anwärter selbst, der auf Strümpfen stolze einhundertneunzig Zentimeter groß war.

»Vielleicht am einfachsten, wenn du allein fährst«, sagte Barbarotti. »Und wohin geht die Reise?«

Lindhagen sah in seinem Notizblock nach. »Nach Stockholm und Södermanland, aber vorher nach Ravmossen und Västerås ... dort geht es um Lunde. Dann wegen Green nach Lindesberg, aber von den Leuten dort habe ich noch keine Rückmeldung bekommen. Sie sind ja mal da und mal dort aufgetreten, unsere lieben Schriftsteller, bevor sie ... tja, bevor sie sich bei uns in Luft aufgelöst haben. An der Sache ist schon etwas faul.«

»Kann man wohl sagen«, meinte Barbarotti.

»Und sie sind auf die eine oder andere Art bedroht worden ... eine verdammt bizarre Geschichte, ich kann mich nicht erinnern, dass ich so etwas schon einmal erlebt habe.«

»Ich auch nicht«, sagte Barbarotti. »Was tut sich eigentlich bei den Medien? Wir haben doch eine Pressemitteilung herausgegeben?«

»Ich glaube, Stigman spricht gerade mit dem Schwedischen Fernsehen«, sagte Lindhagen. »Oder mit den Rundfunknachrichten oder einem privaten Sender? Jedenfalls steht schon einiges im Netz, es wird also viel Wirbel um die Sache gemacht. Aber es kann natürlich nicht schaden, wenn die Leute in Ravmossen wissen, was passiert ist, bevor ich morgen zu ihnen komme. Die Bibliothek hat alle, die an dem Abend Lunde zugehört haben, gebeten, sich zu melden ... genau wie in Västerås, jedenfalls habe ich sie darum gebeten.«

»Ein bisschen kurzfristig vielleicht?«

»Stimmt, aber man weiß nie.«

»Und Växjö?«, fiel Barbarotti ein. »Da war doch Maria Green.«

»Da fahre ich auf dem Heimweg vorbei«, erklärte Lindhagen. »Von Stockholm aus. Und bei ihrer Kate im Wald. Ein krankgeschriebener Inspektor vom Präsidium auf Kungsholmen wird mich begleiten.«

»Krankgeschrieben?«

»Ja, aber anscheinend ist er wieder auf den Beinen.«

»Gut«, sagte Barbarotti.

»Das hoffe ich«, sagte Lindhagen. »Wir werden mit der Zeit bestimmt auf alles Mögliche zurückkommen müssen, wenn wir einen Ausgangspunkt gefunden haben. Aber wir wissen, dass Dichterin Green die letzte Nacht vor ihrem Verschwinden im Star Hotel verbracht hat?«

Barbarotti nickte.

»Aber ob sie bis zum Morgen dort war, ist unklar?«

»Bis auf Weiteres«, sagte Barbarotti.

»Du meinst, der Typ von der Rezeption könnte sie gesehen haben?«

»Oder ein anderer Hotelgast. Ich nehme an, wir werden alle ausfindig machen und befragen müssen.«

»Ganz schön viele Leute«, sagte Lindhagen seufzend. »Was ist mit ihrem Auto? Sie ist doch mit dem Auto angereist?«

»Nicht mehr da. Es gibt einen kleinen Hotelparkplatz, dort könnte sie es abgestellt haben. Aber der Wagen ist genauso verschwunden wie sie selbst.«

»Das heißt, sie könnte an dem Morgen weggefahren und … tja, ganz woanders verschwunden sein? In Oslo oder Berlin oder wo auch immer.«

»Das Auto könnte aber auch ausgebrannt im Wald stehen«, sagte Barbarotti. »Dann haben wir genau den gleichen Modus Operandi.«

»Du kannst ja schöne Worte«, meinte Lindhagen. »Aber du weißt nicht, ob sie gefrühstückt hat?«

»Nein. Das hast du mich schon gefragt.«

»Entschuldige«, sagte Lindhagen und kratzte sich mit

einem Stift hinter dem Ohr. »Es gibt eine ganze Menge, was wir nicht wissen. Aber was denkst du? Worum geht es hier? Ein einsamer Irrer, dem alle Schriftsteller ein Dorn im Auge sind … aus irgendeinem Grund?«

»Zumindest manche«, sagte Barbarotti. »Nun, das ist schon denkbar … eine missverstandene und verletzte Gestalt, die ein einziges Buch veröffentlicht und miese Kritiken bekommen hat. Oder dessen Manuskript abgelehnt wurde, sodass er sein Meisterwerk niemals veröffentlichen durfte.«

»Oder ein Bücherhasser«, schlug Lindhagen vor und zog eine Grimasse. »Irgendein armer Kerl, der niemals lesen gelernt hat. Heutzutage ist es doch so beliebt zu hassen, aber vielleicht sollten wir uns das Raten sparen. Schließlich haben wir in Wahrheit nicht die geringste Ahnung, was mit Lunde und Green passiert ist.«

»Vollkommen richtig«, sagte Barbarotti. »Wir wissen nichts.«

»Vielleicht hatten sie ein heimliches Verhältnis und haben beschlossen, gemeinsam zu einer Insel in der Südsee abzuhauen … aber das ist wohl nicht sehr wahrscheinlich.«

Barbarotti zuckte mit den Schultern. »Nein, nicht besonders.«

»Haben die beiden sich gekannt?«

»Keine Ahnung. Das müssen wir herausfinden.«

»Wir müssen ganz schön viel herausfinden«, sagte Lindhagen.

»Da hast du recht«, erwiderte Barbarotti. »Aber ich denke, uns bleibt nichts anderes übrig als loszulegen?«

»Aller Anfang ist schwer«, sagte Lindhagen.

Nach der Besprechung mit Lindhagen rief Barbarotti Erik Kavafis an, um zu kontrollieren, ob er noch im Haus war.

Das war er. Kavafis, der sich seit einem halben Jahr Kriminalinspektor nennen durfte, war niemand, der vorzeitig seinen Posten verließ; sein heimlicher Plan lautete, seine Laufbahn in ungefähr dreißig Jahren als Landespolizeichef zu beenden, und da durfte man nicht auf der faulen Haut liegen. Er hatte den Nachmittag am Computer verbracht und nach Informationen über Franz J. Lunde und Maria Green gesucht, und als Barbarotti sein Zimmer betrat, war er gerade dabei, eine Zusammenfassung zu schreiben.

»Wenn du dich noch zehn Minuten geduldest, kannst du sie auf Papier haben«, erklärte er. »Es gibt eine Menge sehr unterschiedlicher Informationen, ich weiß natürlich nicht, wie viel sie wert sind, aber ich hoffe, du findest ein paar Punkte, die du unter die Lupe nehmen kannst. Das ist ein ziemlich seltsamer Fall, oder was sagt der Herr Kommissar?«

»Der Herr Kommissar sagt, dass er das auch so sieht«, antwortete Barbarotti. »Wenn es überhaupt ein Fall ist.«

»Meiner Einschätzung nach ist es einer«, wagte Kavafis zu sagen. »Jedenfalls deutet Lundes ausgebranntes Auto darauf hin. Das ist bestimmt nicht von allein in Brand geraten.«

Nein, vermutlich nicht, dachte Barbarotti und nickte. Zu verschwinden war an sich kein Verbrechen, dafür zu sorgen, dass ein anderer verschwand, war es definitiv. Und es sah ganz nach Letzterem aus. Genau, wie Kavafis behauptet hatte.

»Natürlich«, sagte er. »Ich gehe in die Kantine und warte da. Kommst du mit deiner Zusammenstellung zu mir, wenn du fertig bist?«

»Ja, klar«, antwortete Kavafis und wandte sich erneut seiner Tastatur zu.

Bin ich jemals so ehrgeizig gewesen, fragte sich Barbarotti, als er das Büro verlassen hatte. Vor dreißig Jahren oder so?

Doch, wahrscheinlich schon. Und als er in sich hineinhorchte, entdeckte er, dass auch jetzt etwas in ihm tickte. Eine Art irritierende Ungewissheit. Eine wunde Stelle im Schädel. Denn genau, wie Lindhagen gesagt hatte: Es war ein verdammtes Rätsel, was mit Franz J. Lunde und Maria Green passiert war.

Und Rätsel waren dazu da, gelöst zu werden. Auf Fragen mussten Antworten gefunden werden.

Ich muss zusehen, dass ich Ordnung in die Sache bringe, beschloss er. Dafür habe ich schließlich diesen Job.

Guter Gedanke, Herr Kommissar.

Zwei Stunden später war er wieder am Ufer des Kymmen. Das Gespräch mit dem Rezeptionisten Rasmus Lindberg hatte nicht viel gebracht. Natürlich hatte er am Freitagmorgen den einen oder anderen Gast gesehen, als diese auscheckten oder auf dem Weg zum Frühstücksraum waren oder von dort zurückkehrten. Aber niemanden, der dem Foto von Maria Green ähnelte, das Barbarotti ihm hinhielt. Das könne er natürlich nicht hundertprozentig beschwören, aber schätzungsweise zu siebenundneunzig, achtundneunzig Prozent. Barbarotti hatte ihn daraufhin gefragt, ob er möglicherweise Mathematiker sei, und in der Tat: Rasmus Lindberg studierte Mathematik an der Hochschule, wenn er nicht im Hotel arbeitete. So viel dazu.

Die Villa Pickford lag ebenso dunkel vor ihm wie bei seinem Aufbruch am Morgen. Und warum sollte es auch anders sein? Düster und irgendwie brütend. Sanft vorwurfsvoll; er nahm sich vor, in Zukunft mindestens eine oder zwei Lampen anzulassen, um der automatischen Attacke von Schwermut zu entgehen, wenn er sein Zuhause vor sich sah.

Wenn ich im nächsten Leben ein Haus werde, möchte ich

die ganze Zeit Menschen in mir haben, dachte er, als er aus dem Auto gestiegen war und in seinen neuen Stiefeln den matschigen Weg zur Haustür hinabschlitterte. Es taute seit zwei Tagen, und die Wetteraussichten bis Weihnachten prophezeiten Regen und frische Winde.

Wie sah es wohl in Sydney und Umgebung aus?

Was das Wetter anging, gab es keinen Grund zu klagen, klärte Eva Backman ihn auf, als er sie kurz darauf telefonisch erreichte. Ansonsten war es jedoch, wie es eben war. Sie klang kein bisschen hoffnungsvoll, und er begriff, dass sie ihre Anwesenheit dort unten infrage stellte. Sie berichtete, dass es halb sechs Uhr morgens sei, dass sie noch immer in der schlichten Pension wohne und ihr Verhältnis zu Sohn und Schwiegertochter ziemlich viel zu wünschen übrigließ. Es wäre anders gewesen, wenn das Paar sich getrennt hätte, wovon sie ausgegangen war, als sie beschloss, nach Australien zu fliegen. Aber die häusliche Gewalt, worum es dabei auch gegangen sein mochte, war offenbar gelöscht und zu den Akten gelegt worden. Niemand freute sich über ihre Anwesenheit, schon gar nicht ihre Schwiegertochter, und sie überlegte, für ein paar Tage in die Blue Mountains zu fahren, um einen Tapetenwechsel zu bekommen und die Lage mit etwas Abstand zu analysieren.

»Komm nach Hause«, sagte Barbarotti.

Und daraufhin kam es heraus.

»Es geht nicht nur darum. Ich glaube, wir zwei, du und ich, müssen mal eine Weile getrennt sein.«

»Was?«, sagte Barbarotti.

»Ich meine … ich meine nicht, dass ich mich scheiden lassen will oder so. Überhaupt nicht, aber in letzter Zeit ist es uns nicht besonders gut gegangen. Der Meinung bist du ja wohl auch, oder? Und deshalb könnte es eine gute Idee sein, dass …«

Sie verstummte. Wahrscheinlich suchte sie nach Worten; das tat er auch. Aber da kamen keine. Es vergingen fünf Sekunden, vielleicht auch zehn. So lang wie Aale. Aale, die sich über den halben Erdball erstreckten, von Kymlinge bis nach Manly nahe Sydney, und er dachte, dass es einer dieser Augenblicke war, in denen nichts von all dem, was man vorher getan hatte, noch zählte. Alle Worte und Taten, alle mehr oder weniger sorgsam überdachten Entscheidungen und Liebeserklärungen hatten auf einmal ihren Wert verloren und waren in ein schwarzes Loch gesogen worden. Er würde bald sechzig werden und war neugeboren.

»Gunnar«, sagte sie. »Hab keine Angst, das ist nicht deine Schuld. Ich komme zurück, aber wenn ich schon einmal so weit weg bin, denke ich, dass es nicht schaden kann, wenn wir eine Weile getrennt sind. Ich liebe dich, aber im letzten Jahr hat das mit uns nicht funktioniert … im Grunde seit dem letzten Herbst nicht mehr. Vielleicht hat es damit zu tun, dass ich diesen Jungen erschossen habe, ich weiß es nicht … aber gib mir noch ein paar Wochen, bitte, Gunnar.«

Sie schluchzte auf, und er dachte, dass … was dachte er eigentlich? Dass sie vollkommen recht hatte? Dass ihm dieselben Gedanken durch den Kopf gegangen waren? Allerdings nur untergründig, weil er zufällig ein Mann war. Es stimmte jedenfalls, dass es vor gut einem Jahr angefangen hatte. Eva hatte damals einen jungen Mann erschossen; wahrscheinlich hatte sie gleichzeitig zwei anderen jungen Menschen das Leben gerettet, eine Gleichung, die ein wenig Trost hätte spenden sollen, es aber nicht tat.

So ungefähr. Ungefähr auf die Art hatte es funktioniert. Oder eben nicht funktioniert; während der Vorfall untersucht wurde, hatten sie sich vom Dienst befreien lassen und zwei Monate im Norden Gotlands verbracht, in Inspektor Lindhagens Haus im Kirchspiel Rute, und das war eine gute Zeit gewesen. Zumindest Barbarotti hatte mit dem Gedanken gespielt, dass man sich dorthin zurückziehen könnte, wenn der richtige Zeitpunkt gekommen war. An einen solchen Ort, *am grünen Rand der Welt* … er erinnerte sich nicht mehr, woher die Formulierung stammte, aber je älter er wurde, desto größer schien ihre Anziehungskraft auf ihn zu werden. Oder um Inspektor Lindhagens poetische Ader zu bemühen: weg vom wirtschaftsliberalen Dünnpfiff!

Er war sich ziemlich sicher, dass Eva es genauso sah. Im tiefsten Inneren. Sie hatten sogar darüber gescherzt, sich als Privatschnüffler selbstständig zu machen. *Fårösunds Detektei*, es war nicht nur ein handgemaltes Schild über einer nach Teer duftenden Holztür in dem Ort am Fähranleger gewesen, was so ansprechend gewirkt hatte, es war die ganze Idee von einem Leben in einem entlegenen Winkel der Welt. Sofern solche noch existierten. Einen Schritt zur Seite zu treten.

»Hallo! Bist du noch da?«

»Ja, ich bin noch da. Ich bin nur in Gedanken versunken … das kam so unerwartet.«

»Das verstehe ich, Gunnar. Es ist plump von mir, es dir auf diese Weise zu sagen, aber es hat sich eben so ergeben. Und ich komme zurück … wenn du mich dann noch haben willst?«

»Ich will dich haben.«

»Danke. Ich melde mich in ein paar Tagen wieder … aus den Blue Mountains, es soll schön sein da oben. Ich liebe dich, Gunnar.«

»Ich liebe dich.«

Danach wurde nichts mehr gesagt. Hinterher machte er

sich Gedanken über diese drei Wörter, die wichtigsten und gleichzeitig abgegriffensten und am häufigsten missbrauchten, die es gab.

Beschwörung oder nicht Beschwörung? Noch eine solide Frage.

Um seine Grübeleien in eine andere Arena zu verlegen, ließ er sich mit einer Tasse Tee und Inspektor Kavafis' Zusammenfassung im Erker nieder. Er stellte fest, dass es – gelinde gesagt – ein reichlich miserabler Tag gewesen war, ein Tag, an dem er einen besseren Kontakt zu allem Möglichen benötigt hätte, vor allem zum Himmel. Er beschloss, einen Finger in die Bibel zu stecken, wenn es Zeit wurde, ins Bett zu gehen. Worum hatte er vor ein paar Tagen gebeten? *Zuversicht, Weisheit* … und noch etwas, er wusste nicht mehr, was. Neue Stiefel waren gut, aber vermutlich waren größere Veränderungen erforderlich als das.

Aber jetzt lasse ich das ruhen, dachte er. Jetzt konzentriere ich mich auf naheliegende polizeiliche Angelegenheiten und hoffe, dass Eva nicht vorhat, auf die gleiche Art zu verschwinden, wie gewisse Schriftsteller es in letzter Zeit tun.

# 21

Am Ende waren es drei Stunden gewesen und drei Seiten voller Notizen.

Er las sich die Fragen und Schlussfolgerungen der Nacht am folgenden Morgen durch, während er frühstückte (inklusive Vitamin-D-Tablette) und dem Regen auf den Fensterblechen lauschte. Fragen gab es viele, Schlussfolgerungen wenige. Aber das spielte keine Rolle, wichtig war, dass er alles zu Papier gebracht hatte.

So war es schon immer gewesen. Schon in den frühen Jahren als Kriminalanwärter, Ende der Achtzigerjahre, hatte er gemerkt, dass aufgeschriebene Worte eine Art Klarheit mit sich brachten. Fragen, die steuerlos im Kopf umhertrieben, fiel es schwer, den Weg zu ihren Antworten zu finden, aber wenn er sie auf weißes Papier bannte, hatten sie zumindest keine Chance, ihm zu entgleiten. Am Vorabend hatte er zwanzig Stück zusammenbekommen, aber als er sie nun studierte, erkannte er, dass sie weitverzweigt waren und er bei keiner einzigen einer Antwort nahe war. Aber warum sollte man auch Fragen aufschreiben, deren Antworten man kannte?

An einem düsteren Frühstückstisch konnte man es so weit bringen, dass man die wichtigsten herausgriff und versuchte, sie nach Dringlichkeit zu ordnen. Will sagen, die unklarsten Unklarheiten ausfindig machte, die einem am stärksten die

Sicht versperrten und in Angriff genommen werden mussten, damit es überhaupt möglich war weiterzukommen. Er blätterte im Notizbuch um und begann sie aufzulisten.

*Verbindung zwischen Lunde und Green?*
*Darüber hinaus, dass beide Schriftsteller waren und von einer Art Stalker (vermutlich demselben?) verfolgt wurden. Maßnahme: Lass Kavafis noch einen Tag arbeiten.*
*Die Orte ihrer bisher letzten (allerletzten?) Auftritte?*
*Die Stadtbibliothek in Kymlinge beziehungsweise das Versammlungshaus draußen in Gardeby. Hatte es unter den Zuhörern einen möglichen Täter gegeben? Maßnahme: Rede mit jedem, der dort gewesen ist, an beiden Orten!*
*Maria Green?*
*Maßnahme, um etwas mehr in der Hand zu haben: Finde Personen, die ihr nahestehen, und rede mit ihnen. Zum Beispiel mit dem Sohn und ihrem früheren Mann. Ein ausführliches Gespräch mit Mirja Laine und dem Lektor.*
*Ravmossen, Växjö, Lindesberg und Västerås?*
*Maßnahme: Nichts unternehmen, Lindhagens Bericht abwarten.*
*Die beiden Hotels in Kymlinge – Bergman und Star?*
*Verschiedene Maßnahmen: Untersuche beispielsweise, wer gewusst haben kann, wo Lunde beziehungsweise Green übernachten würden. Kann jemand ihnen einfach gefolgt sein? Und warum gab es keine Spuren von einer Art Tumult in den beiden Zimmern?*

Er starrte die letzte Frage an – *Tumult* war in diesem Zusammenhang vielleicht nicht das richtige Wort, aber war es wirklich vorstellbar, dass beide verschwundenen Schriftsteller ihre Zimmer vollkommen freiwillig verlassen hatten? Und wenn es so war, worauf deutete das hin?

Eine ausgezeichnete Überlegung und ein wichtiger Unterschied zum Beispiel im Vergleich zu *mit Waffengewalt*, dachte Barbarotti, aber an diesem Punkt wurde seine sublime Analyse vom Klingeln des Handys unterbrochen. Er sah, dass es Monsieur Chef, Herr Kommissar Stig Stigman, war, entdeckte, dass sein Frühstück sich in die Länge gezogen hatte, meldete sich aber trotzdem.

Die Staatsanwältin würde in fünfundvierzig Minuten vor Ort sein, erfuhr er. Der Fall liege auf Barbarottis Tisch, sodass es wirklich schön wäre, wenn er sich pronto zum Präsidium bequemen könne, damit sie Gelegenheit hätten, ein paar Worte zu wechseln. Also sofort. Mit anderen Worten, unverzüglich. Fragen?

Barbarotti hatte keine Fragen. Schluckte den letzten Bissen eines Käsebrots mit einem Schluck kalt gewordenem Kaffee hinunter, putzte sich die Zähne und brach auf. Schaltete keine Lampen aus.

Im Auto rief er Margot Eriksson an und erklärte, man verfolge jetzt eine andere Taktik. Sie brauche nicht zum Polizeipräsidium zu kommen, aber stattdessen wäre es gut, wenn er am Nachmittag in Gardeby mit ihr sprechen könne.

Im Versammlungshaus, ja genau.

Margot Eriksson versicherte ihm, das sei kein Problem. Nicht das geringste. Um vierzehn Uhr vielleicht? Um diese Uhrzeit sei sie mit Sicherheit aus Kymlinge zurück.

Um zwei, bestätigte Barbarotti.

Die Staatsanwältin hieß Ebba Bengtsson-Ståhle. Barbarotti hatte auch früher schon mit ihr zusammengearbeitet, und es hatte keine Komplikationen gegeben. Sie hatte sich noch nicht sonderlich in den Fall eingearbeitet, was vor allem daran lag, dass es darüber noch nicht viel zu lesen gab. Aber Barbarotti erstattete Bericht, und sie verabredeten, sich ein paar Tage später erneut zu treffen, wenn man Los hoffentlich hinter sich gelassen hatte. Die Besprechung war nach vierzig Minuten vorbei, Stigman trug eine blaue Krawatte, und sein Beitrag hatte darin bestanden zu betonen, wie wichtig es sei, dass man Fortschritte mache. Zumindest in der folgenden Woche müsse man mit einem großen medialen Interesse rechnen und werde Journalisten und Öffentlichkeit praktisch täglich mit Neuigkeiten bei Laune halten müssen. Neuigkeiten, die Fortschritte bedeuteten. Die Optimismus verströmten und besagten, dass … nun, dass Fortschritte erzielt worden seien. Täglich.

Staatsanwältin Bengtsson-Ståhle und Kriminalkommissar Barbarotti nickten einmütig und erklärten, sie hätten verstanden und seien der gleichen Meinung. Da es vorerst keinen Tatverdächtigen gab, möglicherweise nicht einmal eine Tat – nur den Verdacht auf zwei Entführungsfälle, was an sich schlimm genug war –, wurde beschlossen, dass Barbarotti die Rolle als Leiter der Ermittlungen übernehmen sollte. Zumindest bis auf Weiteres.

»Du musst das auf die Reihe kriegen«, erklärte Stigman, als sie allein waren. »Nach außen hat der Fall höchste Priorität, aber intern vorerst nicht, wenn du verstehst, was ich meine. Verstehst du, was ich meine?«

Barbarotti versicherte, dass er auch das verstehe, aber nun müsse er arbeiten. Er habe eine Reihe wichtiger Treffen geplant und stelle es seinem Chef frei, sich Angelegenheiten zu widmen, die nach außen und nach innen Priorität genossen. Dem Bandenkrieg in Rocksta und so weiter und so fort.

»Diese Banden«, murmelte Stigman. »Diese Banden.«

Ihm hatte ein Gespräch unter vier Augen mit Margot Eriksson vorgeschwebt, aber es war ein Trio von Damen, das ihn im Versammlungsheim Gardeby in Empfang nahm. Sie standen auf der Eingangstreppe, als sein Wagen auf den großen Kiesplatz bog, schienen alle um die siebzig zu sein und sahen sehr ernst aus. Als wollten sie sich im Vorfeld einer ungewöhnlich traurigen Beerdigung mit dem Pfarrer treffen.

»Wir fanden, dass wir genauso gut alle drei kommen könnten«, erklärte Margot Eriksson und stellte ihm ihre Lektüreschwestern aus dem Lesezirkel vor. »Wir haben die Lesung organisiert, eigentlich waren wir zu viert … aber eine von uns war verhindert. Wir haben das Gefühl, dass wir gemeinsam die Verantwortung tragen. Das ist ja alles ganz schrecklich. Sie haben nach wie vor keine Spur von ihr?«

Barbarotti bestätigte, dass dies leider zutreffe. Spurlos verschwunden. Aber um das zu ändern, sei er nun vor Ort. Und natürlich hätten die Damen sich nichts vorzuwerfen; wenn Maria Green wirklich etwas zugestoßen war, steckten mit Sicherheit andere Kräfte dahinter. Jetzt sei ihm daran gelegen, möglichst viele Details über die Lesung am Donnerstagabend zu erfahren. Vielleicht sei es das Beste, wenn sie sich ins Haus begeben könnten?

Das konnten sie. Es war alles vorbereitet. Auf einem Tisch standen Kaffee und Gebäck, sie setzten sich, und ohne dass Barbarotti irgendwelche Fragen stellen musste, begannen die Damen, vom Abend des fünften Dezembers zu erzählen. Von Maria Greens wunderbarer Präsentation ihres literarischen Werks, insbesondere ihrer bisher letzten Gedichtsammlung

*Achtzehn Gespräche mit einem Pferd, wenn ich eins hätte.* Von ihrer gefühlvollen Lesung und dem warmen Anklang, den sie beim Publikum gefunden hatte. Es sei ein wirklich geglückter Abend gewesen. Die Stimmung sei magisch, der Applaus lang und herzlich gewesen. Hinterher habe die Autorin Bücher signiert, zum Dank ein Heimatbuch erhalten und Gardeby verlassen, um nach Kymlinge zu fahren und wie verabredet im Star Hotel zu übernachten.

Barbarotti hörte aufmerksam zu, machte sich Notizen, warf einige Fragen ein und erklärte schließlich, dass es interessant wäre, ein wenig über das Publikum an dem Abend zu erfahren. Wie viele gekommen waren und wie die Zusammensetzung aussah? Nach Alter, nach Geschlecht.

Margot Eriksson wusste Bescheid. Abgesehen vom Trio der Veranstalter hatten sich siebenundfünfzig zahlende Zuschauer im Saal befunden. Fünfzig Frauen und sieben Männer. Durchschnittsalter um die siebzig, wahrscheinlich keiner jünger als dreißig. Ungefähr so sah es in der Regel aus. Barbarotti erkannte, dass er diese Zahlen schon einmal gehört hatte, aber es war besser, eine Frage zweimal zu stellen, als sie ganz zu vergessen.

»Eine Reihe bekannter Gesichter vielleicht?«, fragte er.

»Viele«, antwortete Margot Eriksson. »Das ist eigentlich immer so.«

»Wie viele könnten Sie namentlich nennen, wenn ich Sie darum bitten würde? Über den Daumen gepeilt.«

»Mindestens die Hälfte«, antwortete Margot Eriksson nach einer kurzen Denkpause.

»Mehr«, behauptete eine der anderen Damen, deren Namen er vergessen, sich aber aufgeschrieben hatte. »Fünfunddreißig, vierzig, würde ich schätzen. Wenn unsere klugen Köpfe zusammenarbeiten.«

»Mit Sicherheit vierzig«, meinte die dritte Dame. »Jedenfalls wir drei zusammen. Ich habe ehrlich gesagt ein paar Bilder gemacht, wenn es Sie interessiert.«

»Bilder?«, sagte Barbarotti. »Von den Zuschauern?«

»Ja. Mehrere von Maria Green natürlich, aber ich habe auch in die andere Richtung geknipst… wenn es den Herrn Kommissar interessiert. Nur mit meinem Handy, aber ein paar sind richtig gut geworden, wenn ich das selbst sagen darf.«

»Die interessieren mich außerordentlich«, versicherte Barbarotti. »Könnten wir vielleicht…?«

Selbstverständlich und gewiss. Gut und gern eine Stunde saßen die drei Damen und Barbarotti zusammen und studierten fünf Handyfotos von den Zuschauern, die zu der Lesung am Donnerstagabend gekommen waren. Also insgesamt sechzig, sie selbst eingeschlossen, und am Ende hatten die scharfäugigen Damen sich auf die Namen von dreiundvierzig Personen geeinigt. Sie in zwei weiteren Fällen eingekreist als *die Frau, die mit Ivar Lintonen zusammenwohnt,* beziehungsweise als *Kerstin Fornebods neuer Mann, wie auch immer er heißt.*

Summa summarum fünfundvierzig Identifikationen.

Von den verbliebenen fünfzehn gab es bei elf einigermaßen deutliche Aufnahmen der Gesichter, während vier lediglich in Gestalt von Stirnen und Haaren, Schulterpartien, Pullover bekleideten Armen und ähnlichen Details vertreten waren.

Aber trotzdem, dachte Barbarotti, als man in der individuellen Durchsicht so weit gekommen war, wie es eben ging, trotzdem haben wir elf unbekannte Gesichter, die zu ebenso vielen unbekannten Menschen gehören, und es sollte möglich sein, mit dieser Gruppe weiterzuarbeiten. Es war eine angenehm niedrige Zahl, wenn man es zumindest vorläufig wagte, die Namen auszuschließen, die den Bücherwürmern bekannt waren.

Eine Gruppe. Auf die man in dieser Anfangsphase den Suchscheinwerfer richten konnte.

Oder?

Er ignorierte den auftauchenden Zweifel. Und wenn man noch kühner siebte, er konnte sich den Gedanken nicht verkneifen – ausgehend von der statistischen Wahrheit, dass die meisten Mörder Männer sind –, landete man bei der phänomenal leicht zu bewältigenden Zahl drei.

Wieso Mörder?

Er ignorierte auch diesen Einwand.

Zwei Männer mit Gesichtern, ein Mann ohne, dachte er stattdessen. Denn man konnte ja wohl voraussetzen, dass eine hohe Stirn mit einem noch höheren und schütteren Haaransatz sowie einer tweedartigen Jackettschulter zu einem Männchen gehörte?

Als er darauf zeigte und die drei Bücherwürmer fragte, stellte sich heraus, dass sie der gleichen Meinung waren wie er. Natürlich handelte es sich um einen Mann!

»Aber meint der Herr Kommissar wirklich, dass er glaubt, dass …?«, setzte eine seiner energischen Mitstreiterinnen an, aber er konterte auf der Stelle mit einem routinierten: »Es ist noch zu früh, dazu etwas zu sagen. Viel zu früh.«

Und nachdem er die Bilder auf sein eigenes Smartphone heruntergeladen hatte und die Identifikationsliste sicher in seiner Aktentasche lag, bedankte Kommissar Barbarotti sich. Stieg in den Wagen und nahm wieder Kurs auf Kymlinge.

Ein überraschend ergiebiger Ausflug, dachte er, als er das Versammlungshaus Gardeby im Rückspiegel verschwinden sah. Wenn es in dieser Geschichte tatsächlich einen Täter gab, und davon sollte man vielleicht ausgehen, war es durchaus möglich, dass er ein Bild vom Gesicht der betreffenden Person ins Präsidium mitbrachte. Oder jedenfalls seine Stirn und den hohen Haaransatz.

Wahrlich nicht schlecht.

Dass dies ein beinahe rekordverdächtig optimistischer Gedanke war, sollte man allerdings auch nicht vergessen.

# 22

»Aber war Fränzchen Lundes Stalker nicht eine Frau?«, erkundigte sich Inspektor Lindhagen, als sie endlich per Handy Kontakt hatten.

»In gewisser Weise«, antwortete Barbarotti.

»Man kann nicht in gewisser Weise eine Frau sein«, sagte Lindhagen. »Moment, das kann man heutzutage vielleicht doch. Wie meinst du das?«

»Lunde ist sich in dem, was er schreibt, ein bisschen unsicher über das Geschlecht«, erläuterte Barbarotti. »Wenn ich mich richtig erinnere. Es könnte also auch ein Typ gewesen sein, der sich als Frau verkleidet hat.«

»Wie war das bei der Gestalt, die in Växjö aufgetaucht ist … bei der Dichterin?«

»Unklar. Ich werde Mirja Laine fragen, was sie weiß. Ich habe sie gestern Abend nicht erreicht.«

»Die Freundin, die sie als vermisst gemeldet hat?«

»Ja.«

»Das sollte oberste Priorität haben«, sagte Lindhagen.

»Absolut«, sagte Barbarotti. »Aber ich möchte, dass du auf jeden Fall die Bilder verwendest, die ich dir geschickt habe. Lass die Veranstalter an den anderen Orten schauen, ob sie ein Gesicht wiedererkennen. Insbesondere diese elf, von denen wir keine Namen haben … und ganz besonders die zwei Männer, die ich markiert habe.«

»Ich habe sie schon mit einer gewissen Schärfe studiert«, sagte Lindhagen. »Auch die halbe Stirn. Aber auch nicht ohne eine gewisse Skepsis.«

»Das höre ich«, sagte Barbarotti. »Aber vergiss das und tu, was ich dir sage.«

»*Yes,* Boss«, sagte Lindhagen. »Schon kapiert. Wenn sich herausstellt, dass dasselbe Männchen ... oder Weibchen ... sowohl hier als auch da im Publikum gesessen hat, besteht eine recht große Chance, dass da was faul ist.«

»Zumindest, wenn das für Växjö oder Lindesberg gilt«, stellte Barbarotti klar. »Wo Maria Green gelesen hat. Die Bilder aus Gardeby betreffen ja nur sie ... obwohl wir natürlich nicht davon ausgehen, dass wir es mit mehr als einem Täter zu tun haben.«

»Es würde schon reichen, wenn wir einen finden«, sagte Lindhagen. »Meinst du nicht auch?«

»Stimmt, erst recht, wenn man bedenkt, dass es vielleicht überhaupt keinen gibt«, stellte Barbarotti fest. »Kommst du so weit mit?«

»Ich komme mit«, versicherte Lindhagen. »Ravmossen habe ich übrigens schon abgehakt, du bekommst einen Bericht. In etwa einer Stunde bin ich in Lindesberg. Verlass dich auf mich, ich bin nicht so bescheuert, wie ich aussehe.«

»Nein, zum Glück nicht«, sagte Barbarotti und beendete das Gespräch.

Er blieb eine ganze Weile in seinem Büro sitzen und starrte die Bilder aus Gardeby an, während in seinem Kopf Hoffnung und Zweifel miteinander rangen. Konnte es wirklich so einfach sein, dass ... dass es nur darum ging, die Identität eines dieser Gesichter zu ermitteln? Eines der andächtig lauschenden Zuhörer?

Denn so sah es tatsächlich aus, wenn man es mit einem Wort ausdrücken wollte. *Andächtig.* Die Blicke aller waren auf die Dichterin Maria Green gerichtet, deren Rücken in einer roten Strickjacke sich auf zwei Fotos im Vordergrund befand. Es bestand kein Zweifel daran, dass die Zuschauer an ihren Lippen hingen, dass sie ganz Ohr waren und die Worte schätzten, denen sie lauschten.

Er versuchte sich zu erinnern, wann er zuletzt zugehört hatte, als ein Gedicht laut vorgelesen wurde, kam aber zu keiner Antwort. Sondern nur zu einer neuen Frage.

Gab es etwas in Maria Greens Lyrik, das der Schlüssel zu dem sein konnte, was ihr widerfahren war? Wenn man voraussetzte, dass ihr tatsächlich etwas zugestoßen war.

Sollte er sich die Gedichtsammlung besorgen und sie lesen? War das nicht das Mindeste, was man von ihm verlangen konnte? Wie hieß sie noch gleich? *Achtzehn Gespräche mit einem Pferd …* und dann noch drei, vier Worte?

Mit Pferden sprechen? Tja, warum nicht? Mit Menschen hatte er sich sein ganzes Leben unterhalten. Mit eher wechselhaftem Erfolg, wie er zugeben musste.

Aber er verschob diese peripheren Fragen in die Zukunft. Genau wie die Überlegungen zu Lundes *Das feinmaschige Netz* und *Letzte Tage und Tod eines Schriftstellers.* Er würde sich noch früh genug mit der Literatur auseinandersetzen, jetzt wurde es erst einmal Zeit, mit etwas distinkterer Ermittlungsarbeit weiterzukommen.

Zum Beispiel Fragen und Antworten, bei denen ein anderer als er die Fragen beantwortete.

In den späten Nachmittagsstunden sprach er mit drei Menschen, zunächst mit zwei am Telefon, danach mit einer *in vivo,* wie man, wenn ihn nicht alles täuschte, sagte.

Der Erste war Fredrik Green, Assistenzarzt am Universitätskrankenhaus in Lund und Maria Greens Sohn. Er war bereits am Sonntagabend darüber unterrichtet worden, was geschehen war, als Lektor Gunder Widman ihn angerufen und seine Besorgnis zum Ausdruck gebracht hatte.

Der Sohn klang bedrückt, aber vertrauenerweckend, fand Barbarotti. Nützliche Informationen konnte er jedoch nicht beisteuern. Seine Mutter habe er seit Anfang September nicht mehr gesehen, den Herbst über jedoch regelmäßig mit ihr telefoniert. Er habe keine Ahnung, was hinter ihrem Verschwinden stecken könne, und habe auch nichts von dem möglichen Verfolger gehört, den Mirja Laine erwähnt hatte.

Barbarotti fragte, ob Mutter und Sohn sich nahestünden, ob sie Probleme und sensible Fragen zur Sprache brächten, wenn sie sich trafen oder telefonierten, und Fredrik Green räumte ein, dass es damit nicht unbedingt zum Besten stehe. Aber sie hätten dennoch ein gutes und respektvolles Verhältnis, und als sein Zwillingsbruder Kristian zwei Jahre zuvor verunglückte, hätten sie sich gegenseitig gut unterstützt.

Anfang Januar würde Fredrik Green an einer einwöchigen Konferenz in Göteborg teilnehmen, und falls die Situation bis dahin wider Erwarten unverändert war, wenn seine Mutter dann also noch nicht wieder aufgetaucht war, beschlossen sie, sich an einem dieser Tage zu einem Gespräch von Angesicht zu Angesicht zu treffen.

Aber natürlich hoffe man, dass es schon viel früher eine glückliche Lösung geben werde.

Nummer zwei war ebenfalls ein Handygespräch. Er erreichte endlich Mirja Laine, die das Verschwinden von Maria Green angezeigt hatte. Sie erklärte, sie sei auf dem Weg in einen Gerichtssaal, könne aber in ungefähr einer Stunde zurückrufen. Barbarotti nahm den Vorschlag an, und es dauerte nicht mehr als zwanzig Minuten. Ein Zeuge war nicht erschienen und eine Verhandlung verschoben worden. Das kam nicht zum ersten Mal vor.

Er bedankte sich einleitend dafür, dass sie die Polizei kontaktiert hatte, und erklärte im gleichen Atemzug, man arbeite mit allen verfügbaren Kräften an dem Fall.

»Mit allen verfügbaren Kräften?«, fragte Mirja Laine. »Jetzt übertreiben Sie aber ein bisschen, oder?«

»Nein, nein«, behauptete Barbarotti. »Was Maria Green passiert ist, hängt in unseren Augen mit einem früheren Vermisstenfall zusammen. Sie haben vielleicht davon gelesen?«

»Ich habe es gestern in den Nachrichten gesehen«, bestätigte Laine. »Was zum Teufel geht da vor?«

»Schwer zu sagen«, antwortete Barbarotti. »Aber es ist diese Verbindung, über die ich mit Ihnen sprechen möchte. Wissen Sie, ob Maria Green Franz J. Lunde kennt?«

»Das glaube ich eher nicht«, sagte Laine. »Aber Schriftsteller begegnen sich bei allen möglichen Gelegenheiten. Außerdem arbeitet Maria ja in einem Verlag, sodass die Chancen wohl recht groß sind … dass sie sich zumindest begegnet sind, meine ich.«

»Aber sie hat nie von ihm gesprochen?«

»Mit mir jedenfalls nicht. Kann sein, dass sein Name einmal aufgetaucht ist, aber das ist dann auch alles, und wirklich daran erinnern kann ich mich nicht.«

»Wissen Sie, ob sie noch eine andere Vertraute hat? Jemanden, dem sie … nun ja, ihr Herz ausgeschüttet haben könnte?«

Mirja Laine dachte einen Moment nach.

»Das glaube ich ehrlich gesagt nicht. Maria ist ein bisschen eine Eigenbrötlerin, wenn sie noch jemanden hätte, dem sie sich anvertraut, müsste ich das eigentlich wissen. Sie hat natürlich Kollegen im Verlag, aber Freunde und Freundinnen … nein, die sind wohl eher dünn gesät.«

»Männer?«

»Damit ist es das Gleiche, glaube ich. Ich weiß noch, dass sie meinte, von Typen habe sie die Nase voll, als sie sich von Max scheiden ließ. Und sie hat seit … wie lange jetzt … seit etwa zehn Jahren niemanden erwähnt. Aber da mag ich mich irren, und es ist natürlich klar, dass sie irgendwann mit irgendeinem Mann Sex gehabt haben kann, es sind vor allem feste Beziehungen, die nichts für sie sind. Sie legt Wert auf ihre Privatsphäre und ihre Einsamkeit, wenn Sie verstehen, was ich meine?«

Barbarotti bestätigte, dass er zu verstehen glaube, und fragte, ob Mirja Laine seit ihrem letzten Telefonat eventuell etwas Neues eingefallen sei, etwas, das Licht in die Frage bringen könne, was mit ihrer Freundin passiert sei, bekam als Antwort aber nur ein zögerndes Nein.

»Das ist so eigenartig … wenn man auch an Lunde denkt. Kann man sich vorstellen, dass es einen Täter gibt, der völlig willkürlich Schriftsteller auswählt? Jemand, der das geschriebene Wort hasst …«

»Ich habe mit dem Gedanken gespielt, aber wir wollen hoffen, dass es nicht so ist«, wehrte Barbarotti ab. »Was ist mit dieser Gestalt, von der Maria Green in Växjö beschimpft wurde, hat sie noch etwas über die Person gesagt? Zum Beispiel beschrieben, wie er oder sie ausgesehen hat.«

Mirja Laine dachte einen Augenblick nach. »Sie hat gesagt, dass er sie an Nick Knatterton erinnert hat.«

»Nick Knatterton?«

»Ja, das hat sie gesagt. Jedenfalls soll es ein schlanker Typ gewesen sein. Mit einer etwas speziellen Art, sich zu kleiden.«

»Könnte es auch eine als Mann verkleidete Frau gewesen sein?«

Sie zögerte wieder einige Sekunden.

»Ja, jetzt, da Sie es sagen. Ich glaube, sie hat tatsächlich so etwas angedeutet.«

Ausgezeichnet, dachte Barbarotti, dankte Mirja Laine für ihre Zeit und bat wie immer darum, sich wieder bei ihr melden zu dürfen.

Das in vivo geführte Gespräch fand einige Minuten später im Büro des jungen Kavafis statt. Der Inspektor hatte zwei ganze Arbeitstage der Aufgabe gewidmet, nach genau dem zu suchen, was Barbarotti Mirja Laine gefragt hatte. Also nach eventuellen Fäden, mit denen sich die beiden vermissten Schriftsteller verknüpfen ließen.

Allerdings von anderen, allgemeineren Ausgangspunkten ausgehend. Seine Arbeit sei noch nicht abgeschlossen, es sei ihm wichtig, das zu betonen, aber vorläufig lasse sich festhalten, dass Lunde und Green sich bei mindestens fünf Gelegenheiten begegnet waren oder zumindest die Möglichkeit hatten, einander zu begegnen, da sie sich nachweislich zur selben Zeit am selben Ort aufgehalten hatten. Und jedes Mal sozusagen aus beruflichen Gründen.

Kavafis reichte ihm eine Liste, auf der diese Gelegenheiten sorgsam aufgeführt waren und der sich darüber hinaus entnehmen ließ, dass Schriftsteller im Herbst stets kreuz und quer durchs Land reisten, um von sich und ihren Werken zu erzählen.

1. *Buch- und Bibliotheksmesse in Göteborg, 22.–25. September 2011*
2. *Tag des Buchs in Kalmar am 13. November 2012*

3. *Buch- und Bibliotheksmesse in Göteborg, 25.–28. September 2014*
4. *Buchforum in Kopenhagen, 11.–13. November 2016*
5. *Kiruna Literaturfestival, 16.–19. Oktober 2018*

Barbarotti überflog die Liste und fragte Kavafis, ob er eine Ahnung habe, wie viele Schriftsteller bei den verschiedenen Veranstaltungen normalerweise anwesend waren, und Kavafis konnte auch dazu klare Angaben machen. Natürlich.

»In Göteborg können wir von ungefähr tausend Autoren ausgehen, ungefähr neunzig Prozent aus Schweden, zehn aus dem Ausland …«

»Na, super«, sagte Barbarotti.

»In Kopenhagen ist die Zahl auch ziemlich hoch, knapp hundert den Informationen zufolge, die ich gefunden habe. In Kalmar und Kiruna handelt es sich dagegen nur um wenige … zwischen fünf und zehn.«

Barbarotti dachte einen Moment nach, ehe er die Frage abfeuerte, die so intelligent war, dass er über sich selbst staunte.

»Ausgezeichnet. Gute Arbeit, Kavafis. Kannst du mir eventuell auch noch sagen, ob es einen dritten Namen gibt, der bei … sagen wir, bei wenigstens drei dieser Gelegenheiten aufgetaucht ist?«

»Oder bei zwei, wenn wir von Göteborg absehen?«, schlug Kavafis vor. »Nun, darüber habe ich auch schon nachgedacht, aber es dauert ein wenig, die Frage zu beantworten. Wie der Herr Kommissar sicher verstehen wird.«

»Zeit ist das Einzige, wovon wir im Moment reichlich haben«, erwiderte Barbarotti und kam zu dem Schluss, dass er letztlich doch nicht das intelligenteste Wesen im Raum war.

Nahm die Liste mit und wünschte Kavafis viel Glück bei seiner weiteren Arbeit.

# 23

Ein paar Tage später ging er mit Inspektor Lindhagen das verabredete Bier trinken. Es war Samstag, der vierzehnte Dezember, und über das Bier hinaus aßen sie Steaks in Pfeffersauce in einem neuen Lokal namens *Das verbrannte Huhn.* Es dauerte ungefähr einen Schluck und einen Bissen, bis sie anfingen, über die Arbeit zu sprechen.

»Von dieser Geschichte bekomme ich noch Schuppenflechte«, sagte Lindhagen.

»Das kann nicht sein«, sagte Barbarotti. »Ich habe Bekannte mit Schuppenflechte, und man kann sie von allem Möglichen bekommen. Aber nicht von Ermittlungen, die ins Stocken geraten sind.«

»Ich beuge mich der Wissenschaft«, sagte Lindhagen. »Jedenfalls ist es eine Art Juckreiz. Allerdings eher in der Seele als am Körper. Wir leiden anscheinend unter einem regelrechten Stasisyndrom, wenn du verstehst, was ich meine?«

»Stasi?«, fragte Barbarotti.

»Ja, genau. Ich denke an die Menge der Informationen. In der DDR war damals ja jeder Vierte ein Spitzel, und die Zahl der Menschen, die andere denunzierten, war so groß, dass man unmöglich alle eingehenden Informationen bearbeiten konnte. Bei diesen verfluchten Schriftstellern kommt es mir langsam, aber sicher genauso vor. Wir haben mit sagenhaft vielen nutzlosen Zeugen gesprochen – Bibliothekaren, Lektoren, Zuhörern, Hotelgästen, Andersson, Pettersson und Lundström – und wenn es zufällig eine Zeugenaussage geben sollte, die nicht nutzlos ist, übersehen wir sie, weil wir in der Masse der Informationen ersaufen. Kommst du mit, um einen bekannten Bullen zu zitieren?«

»Ich komme mit«, bestätigte Barbarotti. »Und ich gebe dir recht, aber was sollen wir deiner Meinung nach sonst tun, statt mit Leuten zu reden?«

»Denken«, sagte Lindhagen.

»Ich habe den Eindruck, dass du das schon getan hast«, sagte Barbarotti.

»Ich bin dabei«, erwiderte Lindhagen. »Mehr nicht. Aber wenn wir hier schon zusammensitzen und herumlabern, können wir es uns da nicht erlauben, ein bisschen zu spekulieren?«

»Warum nicht?«, sagte Barbarotti. »Ich hatte mir eingebildet, dass es einen Unterschied zwischen Denken und Spekulieren gibt, aber egal.«

»Einen haarfeinen Unterschied«, sagte Lindhagen. »Jetzt sei nicht so verdammt widerspenstig.«

»Ich bitte um Entschuldigung. Du bist auf der Suche nach dem Motiv, oder irre ich mich? Welchen Sinn soll es haben, Schriftsteller aus dem Weg zu räumen. Warum hat man es nicht auf Lokführer oder Hebammen abgesehen?«

»Gut«, sagte Lindhagen. »Jetzt kommst du langsam voran.«

»Also gut, *warum?*«, sagte Barbarotti. »Das ist hier die Frage. Prost.«

»Das trifft den Nagel auf den Kopf«, sagte Lindhagen. »Prost.«

Sie tranken, schwiegen eine Weile und kauten auf ihren Steaks herum. Barbarotti dachte, dass es eigentlich keine sonderlich bemerkenswerte Analyse der Lage war, die Lindhagen da ausgebrütet hatte. In der Anfangsphase von Ermittlungen sah es oft so wirr aus, der Unterschied bestand vor allem darin, dass man diesmal nicht in der Nähe des Tatorts von Haus zu Haus gehen konnte, weil… tja, weil es im Grunde keinen Tatort gab. Jedenfalls hatten sie keinen entdeckt. Ebenso wenig hatten sie Leichen, auf die sie sich stützen konnten, oder wenigstens eine Spur, die darauf hindeutete, dass Verbrechen begangen worden waren. Will sagen, keine *Indizien*, eventuell abgesehen von einem ausgebrannten Auto. Was man hatte, waren eine Drohkulisse und zwei verschwundene Menschen… oder vielleicht auch zwei Drohkulissen, wenn man genau sein wollte.

»Etwas dürftig, dass kein Zeuge in der Lage ist, diesen Stalker besser zu beschreiben«, sagte er. »Wir wissen nicht einmal, ob wir es mit einem Mann oder einer Frau zu tun haben.«

»Wenn wir es mit einem geschlechtsneutralen Täter zu tun haben, dann ist… äh, *die betreffende Person…* jedenfalls politisch korrekt. Das kann man… äh, ihm oder ihr nicht nehmen.«

»Die meisten Mörder sind Männer«, sagte Barbarotti. »Und wir haben nach wie vor drei unbekannte Männer auf dem Foto aus dem Versammlungshaus.«

»Das ist mir bekannt«, sagte Lindhagen und wischte sich Pfeffersauce aus den Bartstoppeln. »Aber ich glaube nicht daran. In Gardeby ist Green keine solche Frage gestellt worden. Was darauf hindeuten könnte, dass *die betreffende Person* überhaupt nicht anwesend gewesen ist, und dann schneiden wir uns ins eigene Fleisch. Aber ich habe drei Theorien, möchtest du sie hören?«

»Nein danke«, sagte Barbarotti. »Aber das werde ich wohl müssen, oder?«

»Vollkommen richtig. Und wenn du sie gehört hast, bekommst du die Chance, eine zu wählen, du kannst einen Kalender des Landesverbands der Farbenblinden für 2020 gewinnen, ich habe aus Versehen zwei gekauft.«

»Wenn das so ist«, sagte Barbarotti.

»Na also. In allen drei Theorien suche ich nach einem Einzeltäter, es gibt auch noch eine vierte Theorie, aber mit der warte ich fürs Erste noch.«

»Fang an, bevor ich einschlafe«, sagte Barbarotti.

»Okay, Meisterdetektiv. Theorie eins: Wir haben es mit einem Analphabeten zu tun. Einem armen Tropf, dem es nie gelungen ist, ein ganzes Buch zu lesen, und der sich deshalb in den Kopf gesetzt hat, so viele Schriftsteller um die Ecke zu bringen, wie er schafft, bis wir ihn erwischen.«

»Das ist so ziemlich das Dümmste, was ich jemals gehört habe«, sagte Barbarotti. »Die wähle ich nicht.«

»Vielleicht ein Schuss in den Ofen«, gab Lindhagen zu. »Nummer zwei geht wie folgt: Lunde und Green sind entführt worden. Sie sitzen irgendwo eingesperrt, während der Täter sich einen Spaß daraus macht, sie zu quälen. Er rächt sich für irgendein Unrecht, das ihm angetan worden ist. In der Welt der Literaten gibt es viele Ellenbogen und viel Neid, das hat man ja gelesen. Alle liegen sich in den Haaren, denk nur mal an diesen Sandkasten Schwedische Akademie! Unser verschwundenes Paar hat nichts miteinander zu tun, aber jedem für sich genommen ist es gelungen, diese Person zu kränken … die logischerweise in derselben Branche tätig ist. Ein gescheiterter und verletzter Kollege. Verdammt gescheitert und verdammt verletzt.«

»Na ja«, sagte Barbarotti.

»Theorie Nummer drei ist im Grunde die gleiche wie Nummer zwei«, fuhr Lindhagen fort. »Der Unterschied ist nur, dass unser Rächer seine Opfer tatsächlich umgebracht und es geschafft hat, sie zu verscharren, sie in einem See zu versenken oder was immer du willst. Und, was sagst du?«

»Sie sind nicht besonders unterschiedlich«, sagte Barbarotti, nachdem er einen Moment nachgedacht hatte. »Und was ist jetzt mit Nummer vier? Aber die kann man nicht wählen?«

»Ich mache eine Ausnahme«, sagte Lindhagen. »Nummer vier lautet schlicht, dass Lunde und Green ein Liebespaar sind. Das habe ich ja schon einmal gesagt. Die beiden sind abgehauen, um ihre Ruhe zu haben. Sitzen auf Kap Verde oder in Thailand, schlürfen Sonne und Weißwein, und ihnen geht es sonst wo vorbei, dass wir uns hier den Arsch aufreißen müssen.«

»Aber sie sind doch beide Singles«, wandte Barbarotti ein. »Warum können sie nicht einfach zusammenziehen wie normale Menschen?«

»Sie sind Schriftsteller«, erklärte Lindhagen. »Komplizierte Gestalten.«

Barbarotti seufzte. »Ich enthalte mich der Stimme. Möchtest du noch ein Bier, mein Glas ist leer?«

Lindhagen antwortete, dass er eventuell noch eins trinken könne, und Barbarotti ging zur Theke.

Aber damit war ihr Arbeitsgespräch noch nicht vorbei. Eine weitere Stunde saßen sie zusammen und drehten und wendeten verschiedene Vermutungen und Aussagen von Leuten, die man im Fall Lunde/Green befragt hatte. Ein konkreter Hinweis auf den möglichen Stalker war nicht aufgetaucht. Vier oder fünf Personen behaupteten, sich an die *impertinente* Frage in Ravmossen zu erinnern, aber keine von ihnen hatte die Frau (den Mann?) gesehen, die sie gestellt hatte.

Was man sicherlich ein wenig seltsam finden konnte. Für die anderen Veranstaltungsorte galt das Gleiche. Niemand hatte Nick Knatterton gesehen. In der Bibliothek in Kymlinge konnte man sich an keine Vorfälle erinnern. Möglicherweise in Västerås, aber nicht in Lindesberg. Zwar schossen aus diversen Richtungen Vermutungen und fantasievolle Hinweise wie Unkraut in die Höhe, aber man war nicht ansatzweise in der Nähe von etwas, das zu einer Personenbeschreibung führen könnte.

Gab es diesen Stalker überhaupt? Und wenn das alles nur freie Fantasien im literarischen Genre waren?

Aber aus zwei Richtungen? Und mit einem Haufen schlechter, aber dennoch ziemlich glaubwürdiger Zeugen?

Und ließ sich die Gleichung einfacher lösen, wenn man einen Verfolger ausschloss? Zwei Schriftsteller waren eindeutig verschwunden, und es musste eine Erklärung dafür geben.

Etwas klarer war möglicherweise das Bild von diesen Schriftstellern geworden, oder *die Bilder*, und in diesem Punkt gab es eindeutig eine gewisse Übereinstimmung in den Aussagen. Beide wurden von ihren Kollegen und Bekannten als ein wenig *schwierig* beschrieben. Keine Charmebolzen, kein Talent für Geselligkeit. »Nur an sich selbst interessiert und ehrlich gesagt ziemlich unsympathisch«, lautete ein Urteil über Franz J. Lunde. Über Maria Green urteilte eine Charakterzeugin, sie trete häufig »arrogant und respektlos« auf und »sie saß auf einem verdammt hohen Ross«. Dass beide ausgeprägte Individualisten waren, unterstrichen viele, und dass sie die Kunst beherrschten, sich in verschiedenen Kreisen Feinde zu machen – vor allem in literarischen und intellektuellen –, verstand sich praktisch von selbst.

Wenn das Motiv für die Entführungen (die Morde?) darin

bestand, eine alte Rechnung zu begleichen, sich für irgendein Unrecht zu rächen, brauchte man nicht mit der Lupe nach denkbaren Kandidaten suchen – auch wenn bisher kein konkreter Name genannt worden war. Zumindest gab es in keinem der beiden Lager einen Erzfeind, und was die Beziehung zwischen Lunde und Green betraf, deutete bisher nichts darauf hin, dass eine solche überhaupt existierte oder existiert hatte. Abgesehen davon, dass sie an diesen Buchveranstaltungen teilgenommen hatten, die Inspektor Kavafis aufgelistet hatte.

Die Medien waren wie erwartet am Ball geblieben, aber da Weihnachten mit Riesenschritten näher rückte und an verschiedenen Orten auf der Welt beunruhigende Dinge geschahen – der Brexit, Hongkong, Iran, Irak … den Klimawandel nicht zu vergessen, ebenso die Frage eines Amtsenthebungsverfahrens gegen den verlogenen Twitterclown im Weißen Haus –, hielt sich das letztlich im Rahmen. Fand jedenfalls Kommissar Barbarotti, der das alles schon kannte und bereits sowohl verdient als auch unverdient an den Pranger gestellt worden war.

»Es bräuchte noch einen«, regte Inspektor Lindhagen an, als sie alle Steine oft genug umgedreht hatten. »Zwei Vermisste erzeugen kein schlüssiges Muster, aber sobald wir bei drei sind, oder besser noch vier, wird ein deutliches Bild entstehen. Ich glaube, das liegt daran, dass die Welt dreidimensional ist. Was meinst du?«

»Ich stimme dir darin zu, dass die Welt dreidimensional ist«, antwortete Barbarotti. »Mindestens.«

»Danke für deine Unterstützung«, sagte Lindhagen.

»Aber ich verbitte mir eine dritte Vermisstenanzeige vor Weihnachten. Und das solltest du auch tun, wenn du nach Gotland fahren willst.«

»In ziemlich genau einer Woche bin ich weg«, sagte Lindhagen und sah auf die Uhr. »Ja, es wäre wirklich zum Heulen, wenn in den nächsten Tagen noch etwas passieren würde. Wie war das, du feierst zu Hause, oder…?«

»Ja, so ist es geplant«, antwortete Barbarotti und merkte erstaunt, dass er sich schämte.

»Auf alles, was nicht Arbeit heißt«, meinte Lindhagen abschließend.

Am darauffolgenden Sonntag veränderte sich die Lage jedoch deutlich.

Zunächst nicht, was den Fall Lunde/Green betraf, aber in seinem Privatleben. Er hatte lange geschlafen und gerade seine Vitamin-D-Tablette geschluckt, als seine Tochter Sara anrief.

»Geänderte Pläne«, erklärte sie, ohne in die Details zu gehen. »Wir wollen Weihnachten in der Villa Pickford feiern. Geht das?«

»Ja… ja sicher.«

»Fährst du wirklich weg?«

»Das habe ich storniert«, log er. »Ich habe so viel Arbeit, dass ich nur zwei Tage frei habe.«

»Aber das ist doch super«, platzte Sara heraus. »Ohne dich würde etwas fehlen. Jenny kommt und Henrik vielleicht auch, aber wahrscheinlich eher nicht, er muss bestimmt zu seiner Mutter nach Strömsund fahren. Ich habe gestern Abend mit ihr gesprochen… mit Jenny, meine ich.«

»Danke«, sagte Barbarotti in Ermangelung von etwas Besserem. »Ich meine, das ist wirklich toll. Wollen wir einen Weihnachtsbaum und Geschenke und so weiter haben?«

»Weihnachtsbaum *yes* und ein Geschenk für Max, das muss reichen. Wir kümmern uns ums Essen, dann kannst du arbeiten, so viel du willst. Andrej hat einen Wurstkurs gemacht.«

»Einen Wurstkurs?«

»Ja. Du kannst dir gar nicht vorstellen, wie lecker eine Wurst sein kann, wenn man sie mit etwas Sorgfalt herstellt. Wir kommen Freitagabend, Heiligabend ist ja erst am Dienstag, also haben wir genügend Zeit für alles. Tschüss, ich hab's gerade ein bisschen eilig. Schön, dass es klappt, und dass du zu Hause bist.«

Sie drückte ihn weg. Er schloss die Augen und dachte, dass die Idee, Heiligabend allein zu verbringen, im Grunde ziemlich idiotisch gewesen war.

Ungefähr sieben Stunden später, als die Dezemberdunkelheit sich wie eine nasse Decke auf die Villa Pickford und ihre Umgebung gelegt hatte und er gerade ein Feuer im Kamin anzünden wollte, um der Dunkelheit Widerstand zu leisten, erreichte ihn der nächste überraschende Anruf.

# 24

»Ja. Gunnar Barbarotti.«

»Kommissar Barbarotti?«

»Ja.«

»Iris Douglas, erinnern Sie sich an mich? Madame!«

Er dachte eine Sekunde nach und sagte, dass er sich erinnere.

»Also aus dem Star Hotel. Sie haben gesagt, dass ich mich melden soll, wenn etwas auftaucht… und jetzt ist es passiert.«

»Aha? Ich höre.«

Sie machte eine Kunstpause und atmete angestrengt in den Hörer.

»Vor einer knappen halben Stunde. Um fünfzehn Uhr zweiundfünfzig, um genau zu sein. Elizaveta Peskovic ist der Name.«

Sie hat eindeutig zu viele Krimiserien gesehen, dachte Barbarotti und unterdrückte ein Seufzen.

»Wer ist Elizaveta Pes…?«

»Peskovic. Eine unserer Putzfrauen.«

»Ich verstehe. Und was ist passiert?«

»Sie hat in Zimmer 322 eine Grundreinigung durchgeführt.«

»Eine Grundreinigung?«

»Ja, das machen wir einmal im Monat. Stellen alles auf den Kopf und schrubben jeden Millimeter.«

»Hervorragend«, sagte Barbarotti. »Schmutzige Hotels sind ein Gräuel. Und 322 ist also das Zimmer, in dem …?«

»In dem diese Green in der Nacht gewohnt hat, als sie verschwunden ist. Und als Elizaveta die Matratze aus dem Bett gezogen hat … ich meine die richtige Bettmatratze, nicht die Auflage … da hat sie dieses Buch entdeckt.«

»Ein Buch?«

»Ja, ein Notizbuch. Im A4-Format, sagt man wohl … jedenfalls rot mit festem Einband, und es hat mit anderen Worten der verschwundenen Dichterin gehört.«

»Äh …«, sagte Barbarotti. »Und woher wissen Sie das?«

»Weil ihr Name auf der Innenseite des Umschlags steht. *Maria Green* steht da. Und sie hat einiges hineingeschrieben … dreißig, vierzig Seiten, schätze ich. Sie muss es einfach unter die Matratze geschoben haben, als sie im Bett gelegen hat.«

»Sind Sie jetzt im Hotel?«

»Ich, Elizaveta und das Buch.«

»Ich bin in einer Viertelstunde bei Ihnen«, erklärte Barbarotti. »Rühren Sie das Buch bitte nicht noch mehr an, als Sie es schon getan haben, und blättern Sie nicht darin.«

»Das weiß ich doch«, stellte Madame Douglas begleitet von einem Schnauben klar.

Elizaveta Peskovic war klein und Barbarotti schätzte, dass sie ungefähr halb so viel wog wie ihre Arbeitgeberin.

Er schätzte außerdem, dass dies in diesem Zusammenhang eine völlig irrelevante Beurteilung war. Die beiden Frauen befanden sich im Büro des Hotels, die Putzfrau stehend, die Hoteldirektorin an ihrem Schreibtisch sitzend. Ganz außen auf einer Ecke dieses Möbelstücks ruhte das besagte Fundstück der Grundreinigung, ein einigermaßen unscheinbar aussehendes Notizbuch. Rot, fester Einband, A4-Format, genau wie Madame angekündigt hatte.

»Bitte, Herr Kommissar«, sagte sie jetzt und wedelte träge mit ihrer immer noch bandagierten Hand. »Ich hoffe, das kleine Ding kann Ihnen bei Ihren Ermittlungen nützlich sein.«

Die süßliche Ironie war unüberhörbar. Als handelte es sich um ein persönliches Geschenk – oder vielleicht um einen leichten Klaps auf den Kopf – von einer rechtschaffenen Bürgerin für eine bedenklich mangelhafte und wenig verdienstvolle Polizeibehörde.

»Ausgezeichnet«, sagte Barbarotti und zog eine Plastiktüte heraus. »Hat sonst noch jemand das Buch berührt?«

»Keiner, glaube ich, nur ich habe…«, tastete sich Elizaveta Peskovic behutsam vor, ehe sie von ihrer Chefin unterbrochen wurde.

»Natürlich nicht. Wir wissen genau, was wir tun, und schludern nicht bei den Details.«

»Wirklich großartig«, sagte Barbarotti. »Wir selbst streben das ehrlich gesagt auch an, sodass ich Sie bitten darf, sich beide morgen im Polizeipräsidium einzufinden, damit wir Ihre Fingerabdrücke abnehmen können. Am liebsten vor elf Uhr, das ist doch kein Problem?«

»Natürlich nicht«, wiederholte Iris Douglas. »Gibt es sonst noch etwas?«

»Im Moment nicht«, sagte Barbarotti. Dass er das mit den Fingerabdrücken genauso gut persönlich hätte erledigen können, da er schon einmal da war, erwähnte er tunlichst nicht. Er hatte nichts gegen die junge Reinigungskraft, aber irgendetwas an der imposanten Hotelchefin ließ den Gentleman in ihm Risse bekommen. Vielleicht gab es in ihrem ausgedörrten Tonfall etwas, was ihn an Helena erinnerte, seine erste Frau, die ihm in unseliger Erinnerung war, und die sich zuletzt drei oder vier Jahre zuvor von einem Flugplatz in Mexiko aus gemeldet hatte.

So viel dazu. Er sah zu, dass das Notizbuch in die Plastiktüte kam, steckte die Tüte in seine Aktentasche und wünschte den beiden Damen einen schönen Sonntagabend.

Es war schon halb acht, als er sich endlich mit einer Kanne Tee und den kopierten Seiten von Maria Greens zurückgelassenen Aufzeichnungen im Erker niederlassen konnte.

*Heute sind seit meinem ersten Geschlechtsverkehr auf den Tag genau dreißig Jahre vergangen.*

So ging es los. Seltsamerweise war der Eintrag auf den vierzehnten und den siebenundzwanzigsten November datiert, und im nächsten Satz wurde erklärt, die Behauptung im ersten Satz sei eine Lüge.

Dichterinnen, dachte Barbarotti, wappnete sich und las weiter.

Es dauert eine ganze Weile, bis er zum Schluss kam. Anderthalb Stunden und drei Tassen Tee, um genau zu sein. Insgesamt handelte es sich um sechsunddreißig handgeschriebene Seiten, und als er die letzten Zeilen gelesen hatte, merkte er, dass er die Zähne zusammenbiss, und dass es in den Schläfen rauschte. Als wäre er hochkonzentriert und leicht frustriert gewesen, weil er versucht hatte, der Handlung und den Verwicklungen eines komplizierten Films zu folgen.

Was wohl in etwa das gewesen war, was er getan hatte, wenn man davon absah, dass es sich nicht um einen Film, sondern um eine Art Bericht über ein Leben handelte. Genauer gesagt um einen Bericht mit einem immer größeren

Schwerpunkt auf den Geschehnissen während einiger kürzlich verstrichener Herbstmonate.

Vielleicht den letzten in besagtem Leben.

Der Gedanke erschien nicht abwegig, denn das Ganze endete ausgesprochen unheilschwanger. Offensichtlich befand sich Maria Green in ihrem Bett im Hotel und schrieb nach ihrer Lesung in dem Versammlungshaus in Gardeby in ihr Notizbuch – als es an ihre Zimmertür klopfte. Möglicherweise … aber er wagte nicht, sich zu einem *wahrscheinlich* hinreißen zu lassen … wurde ihr das bestellte Sandwich mit einem Glas Wein gebracht, und bevor sie aufstand, um zu öffnen, kam sie noch dazu, die allerletzten Worte zu schreiben.

*Ich verdränge das Bild von den fünf Autos, die vier hätten sein sollen, und gehe aufmachen.*
*Over and out.*

Im Satz davor werden sie so bezeichnet. *Die letzten Worte des Tages.*

Aber galt das vielleicht nicht nur für diesen Tag?

Und hatte wirklich die junge Frau von der Rezeption angeklopft? Aber das würde sich hoffentlich überprüfen lassen.

Oder hatte er das schon überprüft? Wie war das noch gleich, hatte die junge Lindberg mit dem schiefen Lächeln gesagt, dass sie das Krabbensandwich und den Wein tatsächlich geliefert hatte? Das hatte sie doch, oder?

Mein Gedächtnis wird immer schlechter, dachte Barbarotti bekümmert. Nicht gut.

Diese Texte, dachte er als Nächstes, nicht weniger bekümmert. Denn es war schon eigenartig. Franz J. Lundes Buch *Das feinmaschige Netz*, das dieser unmittelbar vor seinem Verschwinden seiner Lektorin geschickt hatte. Und jetzt das hier, die zurückgelassenen Aufzeichnungen der Dichterin Maria Green über ihr Leben und eine Person, die sie einen überflüssigen Menschen genannt hatte. Und die es allem Anschein nach auf Maria Green abgesehen hatte.

Jedenfalls hatte sie offensichtlich genau das getan, was Hotelmadame Douglas vermutet hatte. Das Notizbuch unter die Matratze geschoben ... die richtige Bettmatratze ... bevor sie aufstand und die Tür öffnete.

Wo das Buch anschließend zehn Tage liegen blieb, bis es Zeit für die *Grundreinigung* im Monat Dezember wurde.

Aber nicht wegen dieser mehr oder weniger wahrscheinlichen Umstände sträubten sich Kommissar Barbarottis Nackenhaare, sondern wegen dem Gedanken an das fünfte Auto auf dem verlassenen Parkplatz vor dem Versammlungshaus in Gardeby.

# 25

Am Montag war er schon am Frühstückstisch hoch motiviert – einem im Übrigen äußerst rudimentär gedeckten. Um nicht zu sagen, einem ärmlich gedeckten: Kaffee, ein Skorpa, ein Glas Saft, eine Vitamin-D-Tablette. Das Ärmliche hing zweifellos mit Evas Abwesenheit zusammen, aber sie stand an diesem Morgen nicht auf der Tagesordnung.

Er begann mit dem Star Hotel, und zum Glück meldete sich Malin Lindberg an der Rezeption, ohne dass er den Umweg über Iris Douglas machen musste.

»Ich habe nur kurz eine Frage«, erklärte er. »An dem Abend, als Maria Green im Hotel übernachtet hat, da hat sie bei Ihnen doch ein Glas Wein und ein Sandwich bestellt.«

»Ja, genau.«

»Und wie war das dann, haben Sie es später am Abend zu ihrem Zimmer hochgebracht?«

»Ja, um elf. So hatten wir es verabredet. Sie hatte im Voraus bezahlt.«

»Richtig, ich erinnere mich, dass Sie das gesagt haben. Mich interessiert, wie sich das abgespielt hat, als Sie den Wein und das Sandwich abliefern wollten. Haben Sie an ihre Tür geklopft oder …?«

»Ja, natürlich.«

»Und sie hat aufgemacht?«

»Nein, sie hat nicht aufgemacht. Ich habe gedacht, dass sie

vielleicht in der Dusche steht oder auf dem Klo sitzt, deshalb habe ich das Tablett neben ihrer Tür auf dem Fußboden abgestellt. Das machen wir immer so.«

Barbarotti dachte einen Augenblick nach.

»Also ein Tablett mit einem Glas Wein und einem Krabbensandwich?«

»Ja … das hatte sie ja bestellt.«

»Richtig. Und was ist danach mit dem Tablett passiert?«

»Hä?«

»Hat Maria Green das Tablett wieder vor die Tür gestellt, als sie fertig war?«

Er konnte förmlich hören, dass Malin Lindberg mit den Schultern zuckte.

»Keine Ahnung. Nein, das glaube ich nicht … die Putzfrau hat es bestimmt am nächsten Morgen mitgenommen, als sie die Zimmer gemacht hat.«

»Ich verstehe. Wissen Sie zufällig noch, wer Maria Greens Zimmer sauber gemacht hat? Sie haben doch bestimmt nicht nur eine Reinigungskraft?«

»Wir haben vier … und noch zwei, die manchmal einspringen. Aber ich weiß nicht, wer von ihnen an dem Morgen für das Zimmer zuständig war.«

»Aber das lässt sich feststellen?«

»Ich denke schon. Aber da müssen Sie mit Madame sprechen.«

»Das tue ich doch gern«, sagte Barbarotti und bedankte sich herzlich für ihre Hilfe.

Vor dem nächsten Telefonat sprach er ein simples Gebet.

Herr, der Du über alles herrschst, mach jetzt bitte, dass wenigstens einer der hellwachen alten Bücherwürmer draußen in Gardeby an jenem Donnerstagabend der vorvorigen

Wochen Adleraugen hatte … und bemerkt hat, dass auf dem Parkplatz ein unbekanntes Auto stand, als die Poetin Maria Green nach wohl verrichteter Arbeit in Richtung Kymlinge aufbrach. Machst Du mit? Wenn es geht, am liebsten auch noch die Automarke und das Kennzeichen. Vergiss nicht, Marianne von mir zu grüßen. Ich sage schon mal danke, Amen.

Margot Eriksson meldete sich nach einem Klingelton.

»Hier spricht Kommissar Barbarotti. Guten Morgen, ich rufe doch nicht zu früh an?«

»Ganz und gar nicht«, versicherte Margot ihm. »Ich bin immer schon vor sieben auf den Beinen, so ist das, wenn man alt wird.«

»Ich verstehe«, sagte Barbarotti. »Ich habe eine Frage zu dem Abend, an dem Maria Green bei Ihnen im Versammlungshaus war.«

»Natürlich. Warum sollten Sie auch sonst anrufen?«

»Korrekt«, sagte Barbarotti. »Es geht nur um ein Detail, aber es könnte wichtig sein, deshalb möchte ich Sie bitten, gut nachzudenken.«

»Schießen Sie los. Ich denke in der Regel immer, bevor ich spreche.«

»Eine gute Regel, an die sich alle halten sollten. Meine Frage gilt Maria Greens Abfahrt vom Versammlungshaus. Wissen Sie noch, wie viele Autos auf dem Parkplatz standen, als sie gefahren ist?«

»Was?«, sagte Margot Eriksson. »Warum in Gottes Namen wollen Sie das wissen?«

»Es könnte eine gewisse Bedeutung haben«, sagte Barbarotti. »Mehr kann ich Ihnen leider nicht sagen … aus ermittlungstechnischen Gründen. Aber was meinen Sie, wie viele Autos sind es gewesen?«

»Auf dem Parkplatz?«

»Ja.«

Es wurde einige Sekunden still im Hörer.

»Das ist ja eigentlich gar kein Parkplatz, nur ein Kiesplatz.«

»Das spielt keine Rolle. Mir geht es um die Zahl der Autos.«

Weitere Sekunden Stille.

»Wissen Sie, Herr Kommissar, ich habe mich nie sonderlich für Autos interessiert und habe ehrlich gesagt keine Ahnung, wie es an dem Abend vor dem Versammlungshaus ausgesehen hat. Ich würde Ihnen furchtbar gerne helfen, aber es geht nicht.«

»Machen Sie sich deshalb keine Gedanken«, sagte Barbarotti. »Aber vielleicht können Sie mir ja eine Antwort geben, wenn wir die Frage ein wenig anders formulieren. Wie viele Autos hätten dort stehen müssen … wenn wir Maria Greens Wagen und die Autos zählen, mit denen die noch anwesenden Bücherwürmer nach Hause fahren wollten? Als sie gefahren ist, waren vielleicht nur noch die Frauen da, die alles organisiert haben …?«

Margot Eriksson dachte wieder einen Moment nach.

»Es stimmt, dass nur wir noch da waren … Vendela, Sigrid und ich. Und dämlicherweise war an dem Abend jeder von uns mit dem eigenen Auto da, daran erinnere ich mich. Wir wohnen etwas auseinander, fahren oft aber trotzdem zusammen … diesmal aber nicht.«

»Das heißt drei Autos? Und Maria Greens?«

»Ja … ja, das klingt logisch. Aber ich muss darüber nachdenken, ob sonst noch jemand da war, es gab schließlich keinen Grund, auf solche Details zu achten.«

»Natürlich nicht«, sagte Barbarotti. »Darf ich Sie bitten,

bei Vendela und Sigrid nachzufragen, könnten Sie das tun? Sechs Augen sehen schließlich mehr als zwei.«

»Selbstverständlich, das mache ich. Das ist ja alles so furchtbar. Sie glauben also, dass …?«

Barbarotti antwortete nicht.

»Wir tun selbstverständlich alles, was wir können, um zu helfen«, sprach Margot Eriksson weiter. »Geben Sie mir eine Stunde, dann rufe ich Sie zurück, sobald ich die beiden gefragt habe. Erreiche ich Sie unter dieser Nummer?«

Barbarotti erklärte, er werde sich im Laufe des Vormittags wieder bei ihr melden, dankte ihr und spülte aus Versehen eine zweite Vitamin-D-Tablette mit einem Schluck Saft hinunter.

Aber das konnte ja wohl nicht schaden?

*Fünf Autos. Es hätten vier sein sollen.*

Sein Unbehagen wuchs. Und gleichzeitig wurde die Hoffnung, dass seine Gebete erhört würden, immer kleiner.

»Viel schlauer wird man ja nicht … ich jedenfalls nicht. Und die anderen Tanten konnten natürlich auch nichts zu den Autos sagen?«

Inspektor Lindhagen kratzte sich an seinen wochenalten Bartstoppeln. Es war ein paar Minuten vor eins, sie saßen in der Kantine und aßen das Tagesgericht: Weihnachtsbrühwurst mit Kartoffelpüree. Lindhagen hatte soeben Maria Greens zurückgelassene Aufzeichnungen gelesen und behauptet, sie seien genauso schwer verdaulich wie die Wurst.

»Leider nicht«, sagte Barbarotti. »Sie haben sich im Eingang des Versammlungshauses gemeinsam von der Schriftstellerin verabschiedet, da sind sich alle einig. Aber keiner von ihnen ist es gelungen, ihre Abfahrt oder irgendwelche

Fahrzeuge zu beobachten, die ansonsten auf dem Platz standen. Weder Greens, ihre eigenen noch fremde.«

»Das war wohl nicht anders zu erwarten«, erklärte Lindhagen. »Aber es gibt doch keinen Grund anzunehmen, dass sie sich versehen hat? Unsere Dichterin, meine ich.«

»Die meisten Menschen können bis fünf zählen«, sagte Barbarotti.

»Das deckt sich mit meiner Erfahrung«, sagte Lindhagen. »Und welche Schlüsse ziehen wir daraus?«

»Vorläufig keine«, sagte Barbarotti und betrachtete eine Scheibe der Brühwurst. »In dem Auto könnte ja auch ein übrig gebliebener Zuschauer gesessen haben und … was weiß ich, eine geraucht oder mit seiner Geliebten telefoniert haben.«

»Aber ansonsten ohne Dreck am Stecken, meinst du das?«

»Ich weiß nicht, was ich meine. Aber die Tatsache, dass ein nicht identifiziertes Auto vor Ort war, bedeutet nicht gleich, dass darin ein Mörder saß … der vorhatte, unserer gefeierten Dichterin zu folgen und sie umzubringen.«

»Da hast du sicher recht«, sagte Lindhagen. »Außerdem lässt sich das vielleicht klären. Ich finde, wir sollten die Autofrage Kavafis und Wolfson überlassen, sie sind ja ohnehin dabei, das Publikum unter die Lupe zu nehmen.«

»So machen wir es«, stimmte Barbarotti ihm zu. »Aber was in dem Hotelzimmer in den Minuten rund um dreiundzwanzig Uhr passiert ist, darfst du mir gern erzählen.«

»Das kommt noch«, sagte Lindhagen seufzend. »Gib mir etwas Zeit.«

»Sie schreibt, dass es an der Tür klopft und sie hingeht, um aufzumachen.«

»Das habe ich gesehen«, sagte Lindhagen.

»Könnte es die Frau von der Rezeption gewesen sein?«

»Möglich. Oder jemand anderes.«

»Und wer?«

»Ist das hier ein Kreuzverhör, oder sind wir bei fünf Freunde?«, fragte Lindhagen.

»Es ist ein Gedankenaustausch«, antwortete Barbarotti. »Möchtest du meine letzte Scheibe Wurst haben?«

»Nur, wenn du meine letzten zwei nimmst«, sagte Lindhagen. »Wann treffen wir uns mit Stigman?«

Barbarotti sah auf die Uhr.

»Mist. Ziemlich genau in einer halben Minute.«

Stig Stigman war nicht dazu gekommen, den Fund aus Zimmer 322 zu lesen, war aber informiert.

»Vital«, sagte er einleitend. »Zweifelsohne ein vitales Puzzleteil. Was könnt ihr ihm entnehmen?«

»Schwer zu sagen«, meinte Barbarotti. »Es passt ziemlich gut zu dem, was wir schon von Mirja Laine erfahren haben. Was Green ihrer Freundin über den Verfolger erzählt hat, deckt sich mit ihren Aufzeichnungen. Aber sie schreibt natürlich viel mehr über … nun, über ihr Leben, könnte man sagen.«

»Über ihr Leben?«, sagte Stigman und wirkte konsterniert. »Warum denn das?«

»Ich weiß es nicht«, antwortete Barbarotti. »Ich weiß nicht, warum sie diese Seiten geschrieben hat. Vielleicht arbeiten Schriftsteller so? Sie schreiben … irgendwie die ganze Zeit.«

»Das ist ein Gesichtspunkt«, sagte Stigman und zog an seiner blauen Krawatte. »Weitere Gesichtspunkte, bitte.«

»Ihre Eltern waren Zeugen Jehovas«, sagte Barbarotti.

»Hat das etwas mit der Sache zu tun?«, erkundigte sich Stigman.

»Wahrscheinlich nicht«, sagte Barbarotti.

»Man könnte sich vorstellen, dass sie diese Seiten über ihr Leben geschrieben hat, weil sie sich bedroht gefühlt hat«, warf Lindhagen ein. »Sie wollte es für den Fall dokumentiert wissen, dass ihr etwas zustößt.«

»Steht das so in dem Buch?«, fragte Stigman. »Schreibt sie das?«

»Nicht direkt, wenn ich mich richtig erinnere«, antwortete Lindhagen. »Aber es wird irgendwie angedeutet. Oder was meinst du?«

Er wandte sich Barbarotti zu, der zustimmend brummte.

»Es hängt mit etwas in ihrer Vergangenheit zusammen«, sagte Stigman, nachdem er einige Sekunden nachgedacht hatte. »In neun von zehn Fällen liegt die Lösung in der Vergangenheit des Opfers, vergesst das nicht. Ihr müsst nur suchen.«

Er sollte in der Mittelstufe Vorlesungen über Polizeiarbeit halten, dachte Barbarotti.

»Noch wissen wir nicht einmal, ob sie ein Opfer ist«, bemerkte Lindhagen.

»Korrekt«, sagte Stigman. »Aber wir müssen davon ausgehen. Genau wie im Fall Lunde. Wir haben es mit zwei verschwundenen Schriftstellern zu tun, beide sind mit einer Art Verfolger konfrontiert gewesen, ehe sie sich in Luft aufgelöst haben, und angesichts dieser Lage gehen wir bei unserer Arbeit von der Hypothese aus, dass sie tot sind. Auch wenn wir offiziell von Entführungen sprechen. Stimmt ihr mir zu? Versteht ihr, was ich sage?«

Barbarotti nickte. Lindhagen nickte und kratzte sich erneut an den Bartstoppeln.

»Täterprofil«, fuhr Stigman fort. »Ich möchte, dass ihr euch darüber ernsthaft Gedanken macht und morgen Anhaltspunkte dafür vorlegt. Was für ein Typ steckt hinter dem

Ganzen? Mit was für einer Sorte Mensch haben wir es zu tun? Welches Motiv hat er oder sie? Kommt ihr mit? Motiv!«

»Ich komme mit«, sagte Lindhagen. Barbarotti sah aus dem Fenster und stellte fest, dass es schneite.

»Also schön«, sagte Stigman. »Ihr arbeitet weiter. Ich werde heute Nachmittag die Aufzeichnungen der Dichterin lesen. Arbeitet weiter wie gewohnt. Neue Besprechung morgen um elf Uhr. Elf Uhr. Fragen?«

Keine Fragen.

Als er gerade die Schreibtischlampe ausschalten und sein Büro für diesen Tag verlassen wollte, rief Mirja Laine an. Er hatte ihr am Morgen eine Kopie von Maria Greens zurückgelassenem Text geschickt, und jetzt hatte sie ihn gelesen.

»Schön«, sagte Barbarotti. »Und was sagen Sie dazu?«

»Gut geschrieben«, antwortete Mirja Laine. »Hat mich zu Tränen gerührt und schaudern lassen. Und wenn Sie sich Gedanken über diesen Abend vor ihrem Verschwinden machen, trifft der Text gut, wie es sich angefühlt hat. Sie war eindeutig besorgt, ich wünschte, ich hätte ihr gesagt, dass sie auf dieses Versammlungshaus pfeifen soll. Aber ich konnte ja nicht ahnen …«

»Kann man nicht verlangen, dass Sie das ahnen«, erwiderte Barbarotti. »Aber Ihnen sind beim Lesen keine speziellen Ideen gekommen? Die uns weiterbringen könnten.«

Mirja Laine dachte einen Augenblick nach. »Da fällt mir spontan nichts ein«, sagte sie. »Aber ich habe den Text heute Nachmittag auch nur einmal durchgelesen. Ich komme darauf zurück, wenn ich den Text noch einmal gelesen habe. Morgen oder übermorgen. Aber wie läuft es bei Ihnen, haben Sie Spuren?«

Barbarotti gestand, dass es damit ziemlich dünn aussehe,

aber man arbeite auf breiter Front und mit der ganzen Mannschaft.

»Das glaube ich ganz sicher«, gab Mirja Laine zurück, und ohne zu ergründen, was sich möglicherweise in ihrem Kommentar verbarg, dankte er ihr für das Gespräch und erklärte, er freue sich, wieder von ihr zu hören.

Er fuhr durch Dunkelheit und Schneefall, der in Regen überging, nach Hause. Wieder ein Tag. Er erkannte, dass er seit dem Frühstück nicht mehr an Eva gedacht hatte. Es war, wie es war, wenn die Zeit reif war, würde sie heimkehren, und dann mussten sie herausfinden, wie es ihnen miteinander ging. Es brachte nichts, jetzt darüber nachzugrübeln. Wenn ihn nicht alles täuschte, waren es noch fünf Tage bis zur Wintersonnenwende. Acht bis Heiligabend.

Er dachte, dass der Fall der vermissten Schriftsteller in gewisser Weise zur Jahreszeit passte. Wer würde nicht gern Ende Dezember verschwinden und bis April oder Mai untertauchen? In den Winterschlaf gehen oder in irgendeine nette Küstenortschaft auf der südlichen Halbkugel reisen. In kurzen Hosen in einer Taverne am Hafen sitzen und einen guten Roman lesen. Oder warum nicht zur Abwechslung eine Gedichtsammlung?

Vielleicht etwas, was er Monsieur Chef am nächsten Tag vorschlagen könnte. *Also, ich habe vor, den Fall zu lösen, indem ich die gesammelten Werke beider Schriftsteller mitnehme und für ein paar Wochen nach Südafrika fahre. Indem ich jede Zeile lese, die sie geschrieben haben, um auf diese Weise zu ermitteln, was ihnen zugestoßen ist. Hast du irgendetwas einzuwenden, du beschlipster Hanswurst?*

Und plötzlich lächelte er in der Dunkelheit am Lenkrad. Auch wenn er diese Worte vermutlich niemals aussprechen würde, tat es gut, sie sich in seiner Einsamkeit eine Weile auf der Zunge zergehen zu lassen. Was hatte Maria Green noch in ihren Aufzeichnungen geschrieben? Etwas darüber, dass sich nichts wirklicher anfühlte als die Worte. Die Dinge zu Papier zu bringen verschaffe einem Klarheit.

So ist es, und manchmal muss man sie nicht einmal aufschreiben, dachte Barbarotti, als er vor seinem hell erleuchteten Haus am Ufer des Kymmen parkte. Es reicht völlig, sie eine Weile im Kopf zu behalten.

Natürlich, denn am Anfang war das Wort.

Und wirklich nichts anderes, wenn er es richtig verstanden hatte.

## *Unterwerfung – eins*

*Wann überschreitet man eine Grenze?*

*Oder: Wann entdeckt man, dass man es getan hat?*

*Die Fragen waren einerseits sinnlos, weil die Antworten darauf keinen Einfluss auf die Zukunft haben würden. Andererseits waren sie von Bedeutung; sie erzählten etwas über ihn. Darüber, wer er war, und über seinen Charakter. Über den innersten Kern.*

*Er befand sich in einem anderen Zustand als einige Monate zuvor, das stand außer Frage. Eine neue innere Landschaft war entstanden; unabhängig davon, ob er noch zehn oder vierzig Jahre zu leben hatte, würde er auf diese Zeit, diese Wochen immer als eine Wegscheide zurückblicken.*

*Dennoch konnte er die Entscheidung nicht finden. Den Punkt, an dem er eine Entscheidung in der Hand hatte und das eine oder das andere wählte. Das war merkwürdig. Er presste sein Gesicht gegen die kalte Fensterscheibe und starrte in die kompakte Dunkelheit hinaus. So unmöglich es war, in der Nacht auch nur den schwächsten kleinen Lichtpunkt zu finden, so unmöglich war es, diesen Grenzübergang zu entdecken. Die Weggabelung. Die Entscheidung.*

*Ist es so, dachte er, strich ein Streichholz an und zündete die halb heruntergebrannte Kerze auf dem Tisch an. Ist es so, dass wir die wichtigen Ereignisse im Grunde erst verstehen, wenn wir sie in der Rückschau betrachten? Wenn sie schon eingetroffen sind? Wenn es zu spät ist?*

*Und ist es so, dass wir uns selbst belügen, wenn wir vor der Wahl stehen? Haben wir solche Angst, uns zu etwas zu entschließen, dass wir es einfach geschehen lassen? Ein Nein kostet Kraft. Eine Weigerung verlangt Mut, deshalb schließen wir mitten im Moment die Augen und lassen zu, dass es passiert?*

*Und warum, dachte er, warum denke ich ein Wir, wenn es doch nur um ein Ich geht?*

*Die Sehnsucht des einsamen Wolfs nach seinem Rudel? Der Versuch des Irren, gesund zu erscheinen?*

*Und einst war er tatsächlich nicht allein.*

*Er ist auch hierin nicht allein, weiß Gott nicht. Aber er ist ein Anhang, ein Weichling, der zu schwach war, um sich zu widersetzen.*

*Er saß noch eine Weile im dünnen Lichtschein der Kerze, dann blies er die Flamme aus und ging ins Bett.*

*Eines Tages werden sie feststellen, dass ich verloren bin, dachte er. Eines Tages werden die Dinge enden.*

*Noch einmal.*

# V.

# Februar – April 2020

# 26

Jack Walde lag in der Badewanne und schrieb eine Kritik.

Wie immer mit Bleistift und in ein schlaffes Schreibheft aus dem Gymnasium. Fünfunddreißig Jahre zuvor waren ein Schulkamerad und er in das Schreibwarenlager der Schule eingebrochen und hatten gestohlen, was sie an Schulutensilien mitschleppen konnten. Zum Beispiel vier Stapel grünweiße Schreibhefte, wie sie die meisten Menschen heutzutage nicht einmal mit der Kohlenzange anfassen würden.

Drei dieser Stapel waren an Walde gefallen, insgesamt sechzig Hefte, von denen er bis zu diesem Tag Ende Februar in seinem dreiundfünfzigsten Lebensjahr mindestens die Hälfte vollgekritzelt hatte.

Buchbesprechungen, nur das, nichts sonst. Er hatte die Stapel wiederentdeckt, als er bei seiner ersten Frau ausgezogen und zur gleichen Zeit von einer der größten Zeitungen Schwedens als Kulturjournalist unter Vertrag genommen worden war. Unklar blieb, welche geheime Art von Korrespondenz zwischen seiner Exfrau und einem schlaffen Schreibheft herrschte, aber irgendetwas war es. Jedenfalls geschah es ein paar Monate vor der Jahrtausendwende.

Über den Daumen gepeilt an die zweihundertfünfzig Rezensionen; ein Viertel anerkennend, drei Viertel ablehnend. Es gab so viele erbärmlich schlechte Schriftsteller, und wenn es ihm gelang, ein paar von ihnen im Keim zu ersticken, umso besser. Er tat der Kultur einen Gefallen, der sich sehen lassen konnte.

Das Werk an diesem Tag stammte von einer Debütantin, einer jungen Frau mit einem halb adligen Namen aus einer südlichen Provinz. Der Roman, denn der Text wurde als ein solcher betrachtet, trug den Titel *Ekzem zur Mittsommerzeit* und handelte, denn der Verlag war der Ansicht, dass es eine Handlung gab, von zwei Schwestern, die in den neunziger Jahren mit drogensüchtigen Eltern in ärmlichen Verhältnissen in einer Ortschaft in Småland oder Blekinge aufwuchsen. Die Sprache war, weiterhin laut Verlagstext, kühn und innovativ und die Beschreibung des frühreifen Erwachsenwerdens der Mädchen zutiefst berührend und trotz ihrer existentiellen Düsternis hoffnungsvoll.

Verflucht, dachte Jack Walde und trank einen Schluck aus dem Cognacglas, das auf dem Badewannenrand stand. Verriss auf Höhe der Fußknöchel. Sie wird für den Rest ihres Lebens nicht einmal mehr ein Haiku schreiben.

Er suchte einen Moment, bis er ein vernichtendes abschließendes Urteil fand – *Dieser geistlose, prätentiös verkünstelte und quälend schlecht geschriebene sogenannte Roman verdient einzig und allein, in tiefe und beschämte Vergessenheit zu geraten* –, und zog den Stopfen aus der Badewanne.

Jack Walde wurde im Revolutionsjahr 1968 in Uppsala geboren. Seine Eltern waren Linke und Akademiker, und er hatte eine drei Jahre jüngere, autistische Schwester namens Janis. Nach dem Abitur an der Kathedralschule 1986 (ein Jahr früher als üblich, aber nicht ungewöhnlich bei hochbegabten Menschen) studierte Jack ein paar Jahre Philosophie (theoretische und praktische) und Literaturwissenschaft in seiner Heimatstadt und legte sein Examen ab. 1989. Im gleichen

Jahr ging er, gut eine Woche nach dem Fall der Mauer, mit seiner damaligen Freundin nach Berlin. Sie zogen in eine WG in Kreuzberg, einem Stadtteil, dem Jack treu blieb – wenngleich an verschiedenen Adressen und mit verschiedenen Frauen –, bis er ein knappes Jahrzehnt später nach Schweden zurückkehrte.

In Berlin fand er seine Muse. Besser gesagt, die Stadt Berlin selbst wurde zu seiner Muse. Die Dynamik, der Puls, die Avantgarde, der Kontakt zu jungen Künstlern, Musikern und Schriftstellern, zu Eigenbrötlern mit Talent für Geselligkeit, zu frühreifen intellektuellen Weltverbesserern … ja, das Berlin der Neunzigerjahre wurde ganz einfach zu seiner *raison d'être*. Er rauchte wie ein Schlot, trank Rotwein und diskutierte nächtelang über Politik, Kunst, Film und Literatur. Er las Hegel, Klimke und Schopenhauer auf Deutsch. Er arbeitete in Bars, demonstrierte gegen alles zwischen Himmel und Erde, und er schrieb: Kulturartikel für die Zeitung *Aftonbladet* und Essays für die Schublade.

Aber nicht nur für die Schublade. Im Herbst 1992 erschien in einem großen schwedischen Verlag sein erstes Buch. Es war eine Sammlung philosophischer Flaneurbetrachtungen mit dem Titel *Sokratische Streifzüge*, die in der Presse unisono als ein meisterhaftes Debüt gefeiert wurde. Ungefähr zur gleichen Zeit lernte er auch Madeleine kennen und gab viel von seinen Sturm-und-Drang-Manieren auf. Er begann ernsthaft, den demokratischen Grundgedanken und den Gesellschaftsvertrag infrage zu stellen, und schlug eine verstärkt elitäre Bahn ein. Madeleine war aus dem noblen Stockholmer Vorort Djursholm geflohen, und sie wurden schnell ein Paar, das aus der Menge herausstach. Durch ihre exquisite Art, ihre Ansichten. Sie führte eine eigene Firma, in der sie Kleider für Menschen mit Gespür für Stil entwarf, und war ziemlich wohlhabend, vor allem am Maßstab Kreuzbergs gemessen. Auch wenn sie sich durch ihre Flucht in gewisser Weise von ihrer Familie distanziert hatte, distanzierte die Familie sich doch nicht von ihr. Sie und Jack zogen in eine große Wohnung in der Burgstraße in Berlin Mitte, und das Geld für die kostspielige Möblierung kam weder von *Aftonbladet* noch von dem großen Verlag, sondern aus Djursholm.

Es war, wie es war, und alles hat seine Zeit; als Jacks zweites Buch – *Des Gentlemans fester Händedruck* – nur ein Jahr nach seinem ersten erschien, war er fünfundzwanzig und auf einem guten Weg, den kultivierten Zynismus zu entwickeln, der seither zu seinem Markenzeichen geworden war. *Ein Glas Zyankali im intellektuellen Gebrabbel der Gegenwart*, wie ein Kritiker es ausdrückte.

Fünf Jahre später trafen zwei Todesfälle ein – Madeleines Vater (Selbstmord) und Jacks Mutter (Krebs) verstarben nur wenige Tage hintereinander –, und das Paar kehrte nach Schweden zurück. Zog in eine Wohnung in der Banérgatan in Stockholm und zog zwei Jahre später auseinander. Es waren keine Kinder produziert worden, was eine gemeinsame Entscheidung gewesen war. Jack kaufte die Wohnung in der Heleneborgsgatan im Stadtteil Södermalm, in der er eine Ehe und zwei Jahrzehnte später noch immer wohnte.

Die neue Ehefrau hieß Louise und unterrichtete im Fach Gender Studies an der Hochschule Södertörn. Im Februar 2002 gebar sie ihm einen Sohn, der den Namen Balthazar bekam. Das Paar trennte sich zehn Jahre später, ohne sich scheiden zu lassen; jeder lebte für sich, was beiden sehr gut passte, insbesondere, da sie sich so gut wie nie begegneten. Balthazar wohnte mal bei ihm, mal bei ihr, und Jack freute sich insgeheim, dass der Junge sich immer stärker zu einem

Solitär entwickelte, der das meiste in der Gegenwart verachtete. Die Schule, die Lehrer, die Politiker, die Gleichaltrigen, die Bettler und die Migranten.

Eine Woche, bevor Jack Walde aus der Badewanne stieg, nachdem er den Entwurf zu seinem Lustmord an *Ekzem zur Mittsommerzeit* verfasst hatte, war Balthazar achtzehn und volljährig geworden. Ausnahmsweise hatten sie das Ereignis zu dritt gefeiert: Vater, Mutter, der frischgebackene Erwachsene. Sie hatten in der Brasserie im Opernhaus gesessen, mit Champagner und Wein aus der Bourgogne angestoßen, und zum Dessert hatten die Eltern ihr gemeinsames Geburtstagsgeschenk überreicht: die Schlüssel zu einer Zweizimmerwohnung in der Strindbergsgatan im Stadtteil Gärdet. Wie sein Vater würde Balthazar ein Jahr früher als üblich Abitur machen und beabsichtigte, sich anschließend in ein Jurastudium zu stürzen. Vorausgesetzt, seine Noten waren dafür gut genug, was zweifellos der Fall sein würde. Seit er in die Vorschule gekommen war, hatte er Jahr für Jahr mit Abstand die besten Noten in der Klasse bekommen.

Jack Walde widmete seinem Sohn und seiner von ihm getrennt lebenden Gattin einen zerstreuten Gedanken, während er sich anzog und an den Computer setzte. Ein Blick auf die Uhr sagte ihm, dass er mehr als zwei Stunden Zeit hatte, um seine Kritik ins Reine zu schreiben, ehe er sich ins Stadtzentrum begeben musste, um mit seinem Lektor essen zu gehen.

»Geht es dir gut?«, fragte Gunder Widman, als sie an einem Tisch im Restaurant Nisch in der Dalagatan Platz genommen hatten. »Der Stift glüht, hoffe ich?«

Das war eine Standardfloskel, und Jack Walde beschränkte sich darauf, den Mund zu verziehen.

»Es wird dich freuen zu hören, dass *Die Jungfrauenfalle* soeben die Marke von einhunderttausend Exemplaren im Hardcover überschritten hat. Wir drucken nächste Woche eine fünfte Auflage, und die Taschenbuchausgabe erscheint passend zu Mittsommer … nicht schlecht, findest du nicht?«

»Still, verdammt«, antwortete Walde und sah sich besorgt in dem voll besetzten Lokal um. »Hast du den Verstand verloren?«

»Schon gut, schon gut«, erwiderte Gunder Widman lächelnd. »Glaubst du, sie haben hier Mikrofone unter dem Tisch, oder was ist los mit dir? Es gibt keinen Grund, sich Sorgen zu machen.«

»Man weiß nie, wer mit gespitzten Ohren am Nachbartisch sitzt«, sagte Walde mit leiser Stimme und lehnte sich etwas näher zu seinem Lektor vor. »Hast du hunderttausend gesagt?«

Widman nickte. »Es ist deutlich mehr als der Vorschuss hereingekommen. Wann lieferst du den nächsten Band? Wie verabredet im April oder Mai?«

»Er ist praktisch in trockenen Tüchern«, sagte Walde. »Ich halte mich an den Abgabetermin. Du hältst dich an unsere Absprache.«

Der Grund für diese kryptische Konversation war eine vor nicht allzu langer Zeit etablierte Krimiautorin namens Tora Tilly. Bis zu diesem Februar 2020 hatte sie vier Bücher veröffentlicht, oder besser gesagt *ein Quartett haarsträubend spannender Thriller im Milieu der Oberschicht*, die sich in Schweden und den zwölf Ländern, die bislang die Rechte erworben hatten, verkauft hatten wie warme Semmeln. Der Autorenname war ein Pseudonym, und obwohl fleißig spekuliert wurde, war es ein gut gehütetes Geheimnis, wer wirklich hinter den Geschichten über die erotisch ausschweifend lebende Privatdetektivin Lorna Lewis steckte, wohnhaft auf Djurgården, aber mit der Welt als Arbeitsfeld, und ihrer nicht minder ausschweifend lebenden Assistentin Henrietta van der Kluft.

Genau genommen gab es nur zwei Personen, denen die Antwort auf dieses Rätsel bekannt war, und das waren die beiden Herren, die in diesem Moment an einem Fenstertisch im Restaurant Nisch in der Dalagatan jeder ein Glas Cava gereicht bekamen.

»Noch drei Bücher, dann zieht sie sich genauso unbekannt zurück, wie sie es bei ihrer Geburt war«, versicherte Gunder Widman. »*We have a deal.* Prost, mein Lieber.«

Es gab gute Gründe für diese Abmachung. Wenn die Öffentlichkeit Kenntnis davon bekäme, dass sich der gefürchtete Literaturkritiker und äußerst wählerische Schriftsteller Jack Walde – einmal nominiert für den Literaturpreis des Nordischen Rats, einmal für den Augustpreis, und ein unumstrittener Kandidat für die Schwedische Akademie (in gut unterrichteten Kreisen wurde angenommen, dass man ihm bereits einen Platz angeboten hatte, den er angesichts der Turbulenzen der letzten Jahre in der Akademie jedoch abgelehnt hatte) – hinter Schwedens derzeit am häufigsten diskutierten Pseudonym verbarg, hätte er sich für immer lächerlich gemacht, zum Gespött der Leute und zu einem literarischen Witz der schlimmsten Sorte. Wenn es etwas gab, was der Kritiker Walde mehr als alles andere verachtete, war es das Krimigenre.

Ja, eine Enthüllung würde eine solche Schande bedeuten, dass er, als er vor ein paar Monaten schweißgebadet aus einem Albtraum erwacht war, in dem die brutale Wahrheit ans Licht gekommen war, erkannte, in einer solchen Situation würden ihm nur zwei Handlungsalternativen bleiben: Exil oder Selbstmord.

Oder beides.

Aber Geld ist nun einmal Geld. Die Abmachung zwischen Widman und Walde sah so aus, dass der Lektor einen großzügig bemessenen Teil der Einnahmen aus dem Verkauf der Bücher erhielt, so großzügig, dass er vorigen Herbst mit seiner Frau und den drei Kindern von einem Reihenhaus in Täby in eine Achtzimmervilla im vornehmeren Bromma umziehen konnte.

Sie kannten sich seit Langem, der Schriftsteller und der Lektor, seit ihrer Zeit in Uppsala, als sie beide Literaturwissenschaft studierten. Der großgewachsene und energische Walde, der hagere und elegante Widman, ein ganz eigenes Gespann, das schon damals, Ende der postmodernistischen Achtziger, in dem Ruf stand, zwei ausgeprägte Begabungen zu besitzen, weshalb jedem von ihnen glänzende Zukunftsaussichten im Kulturbereich vorhergesagt wurden.

Vorhersagen, die, nicht zuletzt in Waldes Fall, den Nagel auf den Kopf getroffen hatten.

Die Mahlzeit im Nisch zog sich in die Länge, und als Walde in den feuchten Februarabend hinaustrat, war es schon nach elf. Er hatte sich bereits für einen Spaziergang entschieden, um seinem System etwas frische Luft zuzuführen, vielleicht irgendwo einzukehren, um ein letztes Glas zu trinken und anschließend am Hauptbahnhof ein Taxi zu nehmen. Er winkte Widman zum Abschied zu, als dieser in einen Wagen stieg, der ihn nach Hause nach Bromma befördern würde, und dachte, dass es schön war, ausnahmsweise einmal richtig betrunken zu sein. So angenehm sorglos und leichten Sinnes wie in jungen Jahren.

Er bog links in die Dalagatan und ging sie bis zum Norra Bantorget hinab. Überlegte, ob es eigentlich Mittwoch oder Donnerstag war, kam aber nur zu der Antwort, dass dies keine Rolle spielte. Er war ein freier Geist, der sich über solche Petitessen wie Wochentage keine Gedanken zu machen brauchte. Ein Aristokrat, der … der in einer Welt voller Speichellecker, eingebildeter Influencer und allgemein indolenter Idioten nach seinen eigenen Vorstellungen lebte.

Und der seine eigenen Regeln aufstellte. Verdammt.

Zur Hölle mit allen Kretins!, dachte Jack Walde, und vermutlich sagte er es auch laut. Er begann, inspiriert Schillers und Beethovens *An die Freude* zu pfeifen, und zertrat gleichzeitig einen Kopfhörer, den irgendeine Vorortnull auf Höhe des Krankenhauses Sabbatsberg auf dem Bürgersteig verloren hatte.

Das Clarion, beschloss er. Erst ein Gin Tonic im Hotel Clarion, danach ein Taxi nach Hause.

Es sei denn, es stößt eine Lady dazu.

Es wurden zwei Drinks, weil der geistig behinderte Bartender es geschafft hatte, dem ersten mit einer Masse zerstoßenem Eis den Garaus zu machen. Und während er mit Nummer zwei auf einer schlecht beleuchteten Couch saß und beinahe anfing, sich nach einer Zigarette zu sehnen … nein, nach einem dünnen schwarzen Zigarillo, so sollte es natürlich sein, einem Cortéz oder Hugo Brill … kam eine Lady und setzte sich neben ihn. Nicht eng neben ihn, nicht so, dass Körperkontakt entstand, aber trotzdem.

Aber trotzdem … Jack Walde richtete sich auf der Couch auf und versuchte, nüchtern und kultiviert auszusehen, während er über eine passende Anfangsfloskel nachdachte. Ein Zitat natürlich, das verstand sich in einer Situation wie dieser von selbst. Die Lady wirkte ziemlich kurvenlos und jungenhaft, weshalb er zwischen Karin Boye und Edith Södergran schwankte, aber bevor er so weit war, lehnte sie sich zu ihm hinüber und kam mit ihrem Mund seinem Ohr so nahe, dass er sich für den Bruchteil einer Sekunde einbildete, sie hätte vor, ihn zu küssen oder ihn zumindest erotisch zu lecken, und dann flüsterte sie:

»TB. Du hast TB doch nicht vergessen?«

Anschließend stand sie hastig auf und verschwand mit raschen Schritten zum Ausgang hinaus.

Es gelang Jack Walde nur um Haaresbreite zu vermeiden, dass er sich auf den schwarzen Glastisch vor ihm übergab.

# 26

Es vergingen drei Tage oder fünf. Der Februar endete und der März übernahm. In Stockholm war das Wetter grau, unveränderlich und verharrte bei null Grad. Es wurde immer mehr über diese neue Epidemie namens *Corona* gesprochen und geschrieben, die inzwischen zu einer Pandemie hochgestuft worden war, aber Jack Walde scherte sich nicht weiter darum. Er ging nicht aus, saß Tag für Tag daheim und schrieb, einen Kulturartikel über die späten Dramen Werner Wallendorffs, ein paar Zeilen in seiner nächsten Essaysammlung *Licht der Nacht* und vier Kapitel in Tora Tillys fünftem Fall *Die nackte Lüge.*

Irgendwo im Hinterkopf hatte er in diesen Tagen die Sache mit TB. Er kam zu keinem Schluss, konnte sich nicht entscheiden, ob man ihm wirklich auf einer Couch im Hotel Clarion diese Worte ins Ohr geflüstert oder ob er das nur geträumt hatte. Er hatte nur vage Erinnerungen daran, wie er an dem Abend nach dem Essen im Nisch mit Widman nach Hause gekommen war. Er musste ein Taxi genommen haben, und dass er tatsächlich zwei Drinks im Clarion genommen hatte, stand außer Frage. Aber er war sehr betrunken gewesen, und warum eine magere Lady zu ihm gekommen sein und sich neben ihn gesetzt haben sollte, nur um ihm diese halb vergessenen Initialen ins Ohr zu spucken, ja, das war wirklich eine gute Frage. Um nicht zu sagen ein Rätsel, und je mehr Abstand er zu dem Zwischenfall bekam, desto sicherer war er, dass er sich überhaupt nicht ereignet hatte. Er hatte geträumt, so sah es aus. Kein Grund zur Sorge, nicht der geringste.

Am vierten oder sechsten Tag verließ er seine Wohnung. Er nahm ein Taxi nach Gröndal, wo seine Schwester Janis in einem Heim lebte. Einen Monat nach dem Tod ihrer Mutter Ende der Neunzigerjahre war sie dorthin gezogen und seither in dem Heim geblieben.

Sie sprach nicht. Hatte seit dem Jahrtausendwechsel kein Wort mehr gesagt, fühlte sich aber allem Anschein nach wohl mit den täglichen Abläufen und der Umgebung im Seele und Herz, wie das Heim hieß. Jack besuchte sie in der Regel einmal im Monat, und jeder Besuch folgte dem gleichen Ritual. Er kam nach dem Mittagessen, sie spielten fünf Partien Sudoku, bei denen sie gegeneinander antraten, und waren passend zum Nachmittagskaffee um halb vier fertig.

Wie üblich gewann Janis alle fünf Durchgänge. Jedes Mal war sie nach etwa zwanzig Minuten fertig – wenn bei ihm noch etwa zehn Kästchen leer waren – und wirkte angesichts dieses Ausgangs zwar zufrieden, aber nicht überrascht. Jack staunte und dachte, ebenfalls wie immer, daran, was für eine unglaubliche und vergeudete Intelligenz sich im Kopf seiner Schwester verbarg, hatte aber vor langer Zeit die Hoffnung aufgegeben, irgendwie an sie heranzukommen. Oft dachte er an sie als das Ding oder auch als der Stein der Weisen.

Bevor er das Heim verließ, wurde er zu einer Frau hineingerufen, die sich Direktorin nannte. Sie erklärte ihm, seine Schwester gehöre im Hinblick auf Corona zu etwas, das *Risikogruppe* genannt werde, und dass man ihn deshalb bitte, sie wegen des Infektionsrisikos bis auf Weiteres nicht mehr zu besuchen. Die staatliche Gesundheitsbehörde habe entsprechende Empfehlungen veröffentlicht, und man beabsichtige, sie zu befolgen.

Blödsinn, dachte Jack Walde. Viren können mir nichts anhaben. Aber er hütete seine Zunge, und wenn er so einen legitimen Grund bekam, seine Treffen mit Janis ausfallen zu lassen, hatte er nichts dagegen.

Von Gröndal fuhr er zur Zeitung. Tratschte eine Weile mit ein paar Kollegen über diverse Dilettanten in der Branche sowie über die Pandemie, die Gott sei Dank dem ewigen Herumreiten auf der Lage in der Schwedischen Akademie ein Ende gemacht zu haben schien. Er informierte den Leiter des Feuilletons darüber, dass der Wallendorff-Artikel am nächsten Tag fertig sein würde, und nahm einen neuen Roman mit, den er besprechen sollte. Noch ein Debütant. Das Frühjahr war traditionell die Jahreszeit der Debütanten, die richtigen Autoren warteten bis zum Herbst.

Der Roman hieß *Matsch,* war sechshundert Seiten lang, wurde als *neudekonstruktivistisch* beschrieben, und er freute sich nicht darauf, ihn zu lesen.

Während das Wetter in der Hauptstadt sich weiterhin anfühlte wie eine chronische Krankheit, saß er einige Tage später im Königlichen Dramatischen Theater und sah einen Versuch, aus Strebins Kurzroman *Der Lüsterne* Theater zu machen. Der Versuch fand auf der kleinen Bühne statt und war einigermaßen missglückt, auch wenn den Leuten in den Sitzreihen um ihn herum zu gefallen schien, was sie sahen. Jack Walde war ein wenig frustriert, weil er keine vernichtende Kritik in der Zeitung würde schreiben dürfen, denn das war schon geschehen. Allerdings nicht auf eine verdienstvoll tödliche Art; wenn ihn nicht alles täuschte, hatte einer seiner Kollegen das Stück gelobt, als es im Januar Premiere hatte, und den jungen Regisseur, wie auch immer er hieß, »einen Hoffnungsträger, den man im Auge behalten sollte«, genannt. Walde beschloss, den Kollegen bei Gelegenheit zumindest darauf anzusprechen. Vielleicht war er bestochen worden oder hatte eine Gehirnblutung erlitten.

An seiner Seite hatte Walde bei der Vorstellung seinen Sohn Balthazar, der auch nichts Gutes über das Stück zu sagen hatte, das eine gute Stunde lang auf der kleinen Bühne gegeben wurde. Höchstens, dass es kurz war.

Das gute Urteilsvermögen seines Sohns zeigte sich, als sie nach dem Ende der Vorstellung im Restaurant KB ein Steak Tatar und ein Bier zu sich nahmen. Jack fragte seinen Sohn, wie es ihm im Stadtteil Gärdet gefiel, wo er seit zwei Wochen als sein eigener Herr wohnte, und Balthazar erklärte, alles sei zu seiner vollsten Zufriedenheit. Sie unterhielten sich eine Weile über Corona, verschiedene Zukunftspläne, vor allem für den Sommer, vor allem Balthazars, und als sie gerade die Rechnung bekommen hatten, kam eine taktvolle Frage, die Jack Walde später bis tief in die Nacht den Schlaf rauben sollte.

»War es neulich abends nett im Clarion?«

»Was?«

»Mit dieser Braut auf der Couch. Sie ist ziemlich schnell abgehauen, ich nehme an, du hast ihr deine Meinung gesagt. Sie sah ja nun wirklich nicht besonders gut aus.«

»Wie … was zum Teufel?«, brachte Jack Walde heraus.

»Ja, entschuldige, aber ich saß mit ein paar Freunden weiter hinten an der Bar. Du hast ein bisschen betrunken ausgesehen, deshalb wollte ich nicht zu dir gehen und dich in Verlegenheit bringen.«

Jack Walde gelang es, ein Lächeln zustande zu bekommen. »*Shit happens*«, erklärte er. »Ich war mit ein paar Leuten vom Verlag essen. Wollte noch einen Absacker trinken … und mit dieser Lady hatte ich wirklich nichts zu tun.«

»Okay«, sagte Balthazar. »Kein Ding.«

Jack Walde bezahlte, Vater und Sohn verließen die Gaststätte und trennten sich auf der Straße.

Aber es war schon zum Heulen, dass man niemals seine Ruhe hatte.

Der Monat März entwickelte sich zu etwas, was er nie zuvor erlebt hatte. Das Coronavirus, mittlerweile mit dem Beinamen Covid-19, lähmte plötzlich die ganze Welt. Länder schlossen ihre Grenzen. Schlossen Schulen, schlossen Restaurants, schlossen Unternehmen. Menschenansammlungen wurden verboten, Sportveranstaltungen auf unbestimmte Zeit gestoppt. Die Olympiade wurde verschoben, Theater dichtgemacht und Menschen wurden aufgefordert, ihr Zuhause nicht zu verlassen, oder es wurde ihnen verboten. Die heimtückische Seuche forderte Opfer in der ganzen Welt, und sämtliche Nachrichten, die über die Ticker in die Welt gekabelt wurden, handelten von dieser Pandemie, die binnen kürzester Zeit einen apokalyptischen Status erreicht hatte. Man reiste nicht mehr, die Fluggesellschaften gingen eine nach der anderen in Konkurs. Das Hotelgewerbe und die Tourismusbranche starben den Seuchentod. In allen Medien wurden Todeszahlen verglichen, als ginge es um einen internationalen Wettbewerb. In Schweden hielt die Staatliche Gesundheitsbehörde täglich eine Pressekonferenz ab, die Menschen gingen nicht mehr zu ihren Arbeitsplätzen und wurden stattdessen angewiesen, daheimzubleiben, im Homeoffice zu arbeiten und generell soziale Kontakte zu vermeiden. Der Premierminister erklärte, es gehe vor allem darum, die Alten und Schwachen zu schützen, aber das interessierte das Virus nicht. Die Alten und Schwachen starben wie die Fliegen in Altenheimen, die jahrzehntelang nach dem Prinzip minimaler Kosten betrieben worden waren, und das Pflegepersonal war völlig erschöpft. Es wurden Infektions- und Sterbekurven gezeichnet und finanzielle Hilfsprogramme in einem nie gekannten Umfang verteilt.

Die Welt brach nach und nach zusammen.

Jack Walde blieb in der gebotenen *splendid isolation* zu Hause. Verfolgte die Nachrichten über Todesopfer, zuckte mit den Schultern und schrieb. Ging erst wieder am Rudolftag, dem siebenundzwanzigsten, aus dem Haus, und bei dieser Gelegenheit kam es daraufhin zur nächsten unliebsamen Begebenheit. Rudolf war Jack Waldes zweiter Vorname, nach seinem Großvater, der schon als Jugendlicher freiwillig am Spanischen Bürgerkrieg teilgenommen hatte und im Familienclan eine Art Held war. Weil der Held wider Erwarten noch lebte, mittlerweile einhundertzwei Jahre alt, besuchte Jack ihn an seinem Namenstag immer in der Skånegatan auf Höhe des Vitabergspark, wo er seit den Sechzigerjahren wohnte.

So auch in diesem Jahr. Walde spazierte durch menschenleere Straßen quer durch Södermalm und traf Rudolf den Älteren in guter Verfassung in seiner Wohnung an. Sie einigten sich darauf, bloß kein Wort über das Virus zu verlieren. Stattdessen tranken sie Kaffee und Cognac und aßen Marzipantorte, und als Rudolf der Jüngere die Skånegatan verließ, wo sein Namensvetter glücklich in seinem Bett schnarchte, wagte er die Prognose, dass der Greis sicher noch vier, fünf Jahre zur Schar der lebenden Helden gehören würde. Wenn nicht noch länger. Es waren mächtigere Dinge erforderlich als ein kleines, aufgebauschtes Virus, um einen Kämpfer um die Ecke zu bringen, der sowohl den Spanischen Bürgerkrieg als auch alles Mögliche andere überlebt hatte.

Der Mann tauchte vor dem Urban Deli am Nytorget aus dem Nichts auf. Walde konnte sich kein genaues Bild von ihm machen, sah nur, dass er eine Schirmmütze und eine Brille trug und einen Hipsterbart hatte. Vermutlich auch einen altmodischen Lodenmantel, aber das war eine höchst unsichere Beobachtung. Das Ganze ging zu schnell.

»Entschuldigen Sie bitte, ich soll dem Herrn das hier übergeben.«

Er hielt ihm einen Umschlag hin. Klein, blassgrau, unauffällig. Walde nahm ihn gedankenlos an, und der Mann verschwand die Nytorgsgatan hinauf.

»Hallo?«

Doch der Bote beschleunigte nur seine Schritte und wurde rasch von der leeren Stadt verschluckt. Walde blieb mit dem Umschlag in der Hand zurück. Dachte einen Augenblick nach, steckte ihn in die Innentasche seines Mantels und schüttelte den Kopf. Dann setzte er seinen Weg durch Södermalm fort und schlitzte ihn erst auf, sobald er in der Heleneborgsgatan die Tür hinter sich geschlossen hatte.

Die Botschaft war handgeschrieben und nur zwei Sätze lang. Dreizehn Wörter plus Initialen.

*Du lebst wie ein Parasit vom guten Willen. Aber deine Tage sind gezählt. TB*

TB? Verdammt, was zum Teufel ging hier vor?

Er zerriss den Brief und den Umschlag in kleine, winzig kleine Fetzen, überlegte einen Augenblick, sie hinunterzuschlucken, begnügte sich dann aber damit, sie in den Müll zu werfen.

# 27

Es gab weiße Flecken auf Jack Waldes Wissenskarte, die gab es mit Sicherheit. Aber es waren Flecken, auf deren Erforschung er verzichtet hatte, weil sie ihn nicht interessierten.

Dazu gehörte beispielsweise der Sport. Dazu gehörten auch Motoren, Popmusik und alles, was in irgendeiner Form mit Freizeitaktivitäten im Freien zu tun hatte. Aber bei den Gebieten, auf denen Wissen etwas wert war, empfand er es immer als eine kleinere oder größere Niederlage, wenn er nicht wenigstens solide Einsichten besaß. In seinem letzten Halbjahr auf dem Gymnasium war er einmal in einer Philosophiestunde dabei ertappt worden, den Unterschied zwischen den Begriffen *a priori* und *a posteriori* bei Immanuel Kant nicht erklären zu können, und die Erinnerung an diesen peinlichen Moment im Klassenzimmer veranlasste ihn noch heute, mehr als dreißig Jahre später, manchmal tiefe und aufrichtige Scham zu empfinden.

Die Lücken, die weißen Flecken von Bedeutung, wurden mit den Jahren jedoch immer seltener, und er war überzeugt, wenn man nur gewisse sinnlose Themengebiete ausschlösse, würde er in jeder beliebigen Quizsendung im Fernsehen den ersten Preis einsacken. Dies sei vor dem Hintergrund gesagt, dass er praktisch nie etwas im Fernsehen sah, in diesem dümmsten und infantilsten von allen Medien.

Aber es gab ein Unwissen, das schlimmer war als alles

andere und das darin bestand, seine eigene Rolle in dem Schauspiel nicht zu verstehen, das man das Leben nennt. Sich in verschiedenen Zusammenhängen zu verlieren, hierarchischen oder horizontalen oder irgendwo dazwischen, wie es ja meistens der Fall war. Und an diesen letzten Tagen im März, nach dem Vorfall am Rudolftag und dem Zwischenfall im Clarion, der nur einen Monat zurücklag, setzte ihm ein solches nagendes und frustrierendes Unwissen zu.

Was zum Teufel ging hier vor, um Klartext zu reden?

Und dabei dachte er nicht an Covid-19. Sondern an TB.

Das stand natürlich für Trine Bang, das konnte sich sogar ein Juso ausrechnen. Aber Trine Bang war Geschichte, keine hübsche Geschichte, aber für immer und ewig zu den Akten gelegt. An einem Abend auf der Schwelle zum April suchte er aus einer der Schreibtischschubladen die dänische Todesanzeige heraus.

*Trine Margarete Bang*
** 15. Juli 1990*
*† 20. Januar 2017*

*Geliebt und vermisst*
*Mutter, Vater, Bruder*
*Freunde*

*Die größte Trauer auf Erden ist,*
*den Menschen zu verlieren,*
*der einem am Herzen liegt*

Die Anzeige war ihm rein zufällig in die Finger gekommen. Er hatte sich in Malmö aufgehalten, um einen französischen Schriftsteller zu interviewen, und am Morgen nach verrichteter Arbeit und bevor er den Zug zurück nach Stockholm nehmen würde, waren beim Hotelfrühstück alle schwedischen Zeitungen im Umlauf gewesen. Er hatte sich deshalb mit einer Ausgabe von *Politiken* von der anderen Seite des Sunds begnügen müssen, in der ihm rein zufällig der Todesfall ins Auge gefallen war. Eher eine Bestätigung als eine Neuigkeit.

Ein paar Wochen später hatte er bei einem Gespräch mit einem dänischen Kollegen erfahren, dass die junge Autorin sich offenbar das Leben genommen hatte. In einem von Kopenhagens Vororten von ihrem Balkon im zehnten Stockwerk gesprungen war. Nicht offiziell natürlich, aber so klang es ja immer, wenn Menschen beschlossen, Selbstmord zu begehen.

Er blieb eine Weile sitzen, dachte zurück und versuchte, sich an alles Mögliche zu erinnern, ehe er die Todesanzeige zusammenknüllte und in den offenen Kamin warf. Binnen weniger Sekunden war der dünne Zettel vernichtet, aber das Unwissen blieb.

Aber wer schnell aufgibt, sollte sich schämen. Wenn man ein größeres Problem nicht lösen kann, lohnt es sich zuweilen, es in eine Anzahl kleinerer aufzuteilen.

Er begann mit dem offensichtlichsten. Wenn wirklich jemand, ob Mann oder Frau, das eine oder andere wusste, was diese Person nicht wissen sollte, wie, um Himmels willen, war es diesem neckischen Menschen dann gelungen, sich ihm auf diese flagrante Art zu nähern, wie es geschehen war. Zweimal! Einmal auf einer Couch an einem späten Abend im Hotel Clarion am Norra Bantorget, einmal in der Skånegatan auf Höhe des Nytorget.

Bei keiner dieser Gelegenheiten hatte er sich an einem Ort

befunden, an dem seine Anwesenheit erwartbar gewesen war oder wo man damit rechnen konnte, ihm zu begegnen. Oder?

Und trotzdem, trotzdem war es passiert.

Das konnte ja wohl kaum ein Zufall sein. Die Lady auf der Couch und der Mann mit der Schirmmütze hatten beide gewusst, wo sie ihn ansprechen konnten, alles andere war undenkbar.

*Ergo?*

Ja, *ergo* was, verdammt?

Er warf ein paar Holzscheite in den Kamin, schenkte sich ein Glas Portwein ein und machte es sich in Großvater Rudolfs altem Schaukelstuhl gemütlich, den dieser ein paar Jahre zuvor leid gewesen war und seinem Namensvetter und Enkel an ihrem gemeinsamen Namenstag geschenkt hatte.

Und dank dieser Erinnerung und dieses Sitzmöbels kam Jack Walde auf die Lösung zu einem seiner Teilprobleme. Jedenfalls zu einer recht wahrscheinlichen Lösung.

Es hatte in der Zeitung gestanden. So simpel war das. Vor ziemlich genau einem Jahr hatte er eine Kolumne über seine regelmäßigen Besuche bei Großvater Rudolf geschrieben. Eine Betrachtung über das Älterwerden, über ein relativ klares, altes Gehirn in einem relativ schlecht funktionierenden, alten Körper, über Gespräche mit jemandem, der kurz nach dem Ende des Ersten Weltkriegs geboren worden war und es bei klarem Verstand geschafft hatte, das fürchterliche zwanzigste Jahrhundert und die kaum weniger fürchterlichen ersten zwei Jahrzehnte des dritten Jahrtausends nach Christus zu überstehen.

Noch dazu gut gelaunt sowie mit einer heiligen Wut auf alle, die sie verdient hatten, keiner sei genannt (doch, ein paar), keiner vergessen (doch, vielleicht schon der eine oder andere?).

Und in seiner Glosse (er suchte sie heraus und überprüfte es) hatte er sowohl den Rudolftag und die Skånegatan als auch den üblichen Nachmittagsspaziergang über den Nytorget durch Södermalm erwähnt.

Jedes Jahr, seit der alte Mann neunzig geworden war.

Folglich, fasste Jack Walde zusammen, folglich reichte es völlig, dass der bemützte Lodenmanteltyp mit einem Brief auf einer Bank unterhalb der Sofiakirche Platz nahm und wartete. Oder an einem Fenstertisch in einem der vielen Lokale am Nytorget.

So sah die Lösung aus. Will sagen, was den Mützenmann mit dem Brief anging.

Wer er war?

Eine ganz andere Frage. Er stellte sie vorerst zurück und ging dazu über, sich Gedanken über die Lady im Clarion zu machen. Woher wusste sie, dass er auf dieser verdammten Couch sitzen würde (noch dazu bewacht von seinem Sohn, was ihr sicher nicht bewusst gewesen war), und das ausgerechnet an diesem Abend im Februar? Er war dort spontan eingekehrt. Eine Eingebung nur, oder war es etwa so, dass sie … dass sie ihm gefolgt war?

Vom …?

Moment, dachte Jack Walde, immer langsam mit den jungen Pferden. Lass dich nicht von deiner eigenen sublimen Kombinationsgabe mitreißen. Es war zwar möglich, dass sie sich schon oben am Nisch herumgetrieben hatte, aber wenn es so war, ließ sich nicht ausschließen, dass sie ihn dort rein zufällig erblickt hatte. Als er die Dalagatan hinabschlenderte … denn das war doch der Weg gewesen, den er an diesem wankenden Abend eingeschlagen hatte?

Und dann hatte sie sich entschlossen, die Gelegenheit zu nutzen. Sie hatte ihm nichts bereits Geplantes übergeben.

Ihm nur diese unverschämten Worte ins Ohr geflüstert, von denen er hinterher geglaubt hatte, er hätte sie geträumt.

Oder nicht?

Ja, klaro, um wie das gemeine Volk zu sprechen. Genau so hatte es sich abgespielt.

Zufrieden mit seinen beiden Schlussfolgerungen schenkte Jack Walde sich ein neues Glas Portwein ein, trank einen Schluck und erkannte praktisch sofort, dass es eine Zufriedenheit war, die – im Lichte der wesentlich bedrohlicheren und weiterhin unbeantworteten Fragen – ebenso schnell verblasste wie eine Fußspur im Wasser.

Wer? Welche? Welchen Sinn hatte das?

# 28

Jack Walde hatte keine Angst, an einem heimtückischen kleinen Virus zu sterben – oder sich auch nur mit ihm anzustecken.

Überhaupt war *Angst* ein Begriff und ein Gefühl, das ihm ausschließlich auf einer abstrakten Ebene bekannt war. Der Gedanke, als Krimiautor entlarvt zu werden, war ein gutes Beispiel für eine solche theoretische Angst. Aber da dies niemals geschehen würde, musste er sich nicht ernsthaft mit ihr auseinandersetzen.

Was er nach den Ereignissen im Clarion und am Nytorget nach und nach erlebte, war etwas anderes. Etwas radikal anderes, grundverschieden und fast körperlich, und er erkannte, dass wahre Angst zu den existentiellen Kategorien gehörte, die man sich nicht vorstellen konnte, wenn man sie nicht am eigenen Leib erfahren hatte. So wie Todesangst, Verliebtheit und Hungersnot.

Sie kam auf mehrere Arten zum Ausdruck – Zittern, Schweißausbrüche, Durchfall und Anfälle plötzlicher Atemnot (nichts davon hatte mit dem Virus zu tun, da war er sich ganz sicher) – und obwohl in der Woche nach dem Rudolftag nichts passierte, wurde sie stärker. Sie ging außerdem mit der aufgezwungenen Wachsamkeit einher – nicht der pandemischen, die alle Menschen walten ließen, je schneller die Zahl der Todesfälle anstieg und je mehr die schwedische Strategie infrage gestellt wurde, sondern mit dem Gefühl einer privaten Bedrohung, die irgendwo in seiner Nähe schwebte. Eine oder mehrere unbekannte Personen wollten ihm schaden und konnten jederzeit zuschlagen. Es war ihm unmöglich, sich durch die Stadt zu bewegen, ohne ständig auf der Hut zu sein. Überall konnte der nächste Angriff erfolgen; im Grunde gab es nur einen Ort, an dem er sich einigermaßen sicher fühlte. In seiner Wohnung.

Eventuell auch an seinem Schreibtisch bei der Zeitung, zumindest theoretisch. Aber da die Staatliche Gesundheitsbehörde die Leute ständig ermahnte, von zu Hause aus zu arbeiten – und weil praktisch alle seine Kollegen der Ermahnung Folge leisteten –, tat Jack Walde es auch. Unter dem Deckmantel der Coronastrategie vermied er es schlicht, abgesehen von einem kurzen (maximal zwanzig Minuten langen) Spaziergang jeden Vormittag bei hellem Tageslicht, aus dem Haus zu gehen. Ein einziges Mal fuhr er mit dem Taxi von der Heleneborgsgatan zur Zeitung, überlegte es sich jedoch anders, noch ehe er aus dem Auto gestiegen war, und bat den Fahrer, ihn wieder heimzufahren. Er gewöhnte sich an, die Tür abzuschließen, ließ die Lampen die ganze Nacht hindurch an und ließ sich Lebensmittel vom Hemköp-Supermarkt am Hornstull nach Hause liefern. Wein und Spirituosen hatte er reichlich auf Lager, und am Gründonnerstagmorgen, dem neunten April, beschloss er, auch den Vormittagsspaziergang abzublasen und das ganze Osterwochenende keinen Fuß vor die Tür zu setzen. Wenn es nicht anders ging, konnte er sich die Zeit immer noch damit vertreiben, *Matsch* zu lesen, der Roman lag auf seinem Nachttisch, aber er hatte sich noch nicht dazu aufraffen können, ihn aufzuschlagen. Das Buch sollte am Welttag des Buches am dreiundzwanzigsten April erscheinen, und am gleichen Tag sollte auch seine

Kritik gedruckt werden. Also in zwei Wochen. Sechshundertachtundvierzig Seiten, es war noch schlimmer, als er es sich vorgestellt hatte.

Aber gesagt, getan, Entschluss und Handlung sind eins beim Manne. Der Autor hieß Kasper Kornbalk, war laut Verlagstext in der vorderen Umschlagklappe 1965 geboren und arbeitete als Zahnarzt in Hallsberg. Älter als ich, dachte Walde, nahm das Buch, ein Glas Wein und ein Pastramisandwich und ließ sich im Lesesessel vor dem offenen Kamin nieder. Nun, dachte er außerdem, der Autor war wenigstens ein Mann, und wenn er schon fünfundfünfzig Jahre alt war, sollte er immerhin auf eine gewisse Lebenserfahrung zurückgreifen können. Walde hatte, auch wenn er das niemals zugeben würde, seit dem MeToo-Herbst eine gewisse Antipathie gegen Schriftstellerinnen entwickelt, vor allem gegen jüngere und hübsche.

Aber auch ein Zahnarzt aus der Provinz Närke konnte natürlich schlecht schreiben, und es wäre absolut von Vorteil, falls sich herausstellen sollte, dass das Buch richtig schlecht war. Zum einen musste er es dann nicht ganz lesen, zum anderen machte es viel mehr Spaß, eine vernichtende Kritik zu schreiben als eine wohlwollende.

Gegen seinen Willen fesselte ihn die eigenartige Geschichte, die der Debütant Kornbalk gestaltete, jedoch ziemlich schnell. Es ging, zumindest oberflächlich betrachtet, um einen realen Mordfall (jedenfalls wurde behauptet, er habe sich tatsächlich ereignet) in der Gegend von Kumla Ende der Fünfzigerjahre. Aber es war alles andere als ein Kriminalroman. Der Autor beschrieb vielmehr die Reaktionen unterschiedlicher Menschen auf das Verbrechen, wie sie, jeder auf seine Art, von dem Geschehen betroffen waren, und insbesondere, wie der Mörder selbst, noch unentdeckt, nach seiner blutigen Tat weiterlebte.

Und wie dieser Übeltäter allmählich zu der Erkenntnis gelangte, dass er in Wahrheit vollkommen richtig gehandelt hatte, als er seinem Onkel, einem der schlimmsten Peiniger der Gegend, den Kopf abgeschlagen hatte. Aber es gab schließlich noch mehr Peiniger auf der Welt, warum sollte er sich also mit nur einer Liquidierung begnügen?

Gut, dachte Jack Walde, als er einige Minuten nach Mitternacht auf Seite 122 aufhörte zu lesen. Verdammt gut.

Der Karfreitag verlief ähnlich wie Gründonnerstag. Walde saß abwechselnd im Sessel und im Schaukelstuhl, machte Feuer im Kamin, trank bis achtzehn Uhr Wein, danach Portwein und las weiter *Matsch*. Das Handy klingelte ab und zu, aber er ging nicht dran, nicht einmal bei Nummern, die er kannte. Es kann nicht schaden, die Außenwelt auf Distanz zu halten, dachte er, und die Fortsetzung des Buchs hielt tatsächlich, was die Einleitung versprochen hatte. Die eine oder andere Randanmerkung hatte er natürlich, ein etwas zu üppiger Gebrauch des Semikolons zum Beispiel, aber als er auf Seite 308 zum Ende des zweiten Teils kam, hatte er bereits beschlossen, dass es eine positive Besprechung werden musste, die erste in diesem Jahr. Das bedeutete auch, dass er den Roman zu Ende lesen musste, aber dafür blieben ihm noch ein paar Stunden des Karfreitags sowie die drei Tage des Osterwochenendes, sodass ihm das keine Sorgen machte. Gegen dreiundzwanzig Uhr verließ er den offenen Kamin und begab sich mit seinem schweren Buch ins Schlafzimmer, wo er weiterlas, bis er einschlief und den Roman auf den Fußboden fallen ließ.

Eine Stunde später erwachte er und hob das Buch auf. Die Nachttischlampe war noch an, woraufhin er dachte, dass er ruhig noch ein paar Seiten weiterlesen konnte. Die Hauptfigur des Buchs, ein komplexer Knecht namens Sebulon, befand sich auf Seite 349 und mehreren folgenden in einem Zustand tiefer Unschlüssigkeit, weil ein anderes Individuum für die beiden Morde verurteilt worden war, die Sebulon begangen hatte, aber als Jack Walde von Seite 357 zu 358-359 umblätterte, hätte ihn fast der Schlag getroffen.

Im Buch steckte ein kleines gelbes Post-it, auf dem in großen und kraftvollen Druckbuchstaben stand:

DER TOD SCHON WARTET DEINER. TB

Walde zuckte zusammen wie von einem kräftigen elektrischen Schlag getroffen. Schlug mit dem Kopf gegen das gusseiserne Kopfende des Betts und wurde ohnmächtig. *Matsch* landete erneut auf dem Boden.

Er wusste nicht, wie viel Uhr es gewesen war, als er ohnmächtig wurde, aber als er aufwachte, war es halb sechs. Das Zimmer lag in völliger Dunkelheit, nur die dünnen, selbstleuchtenden Ziffern seines Weckers starrten ihn wütend an, und für einige Sekunden war er überzeugt, dass es bereits passiert war.

*Der Tod schon wartet deiner.*

Aber er atmete, zwar ungewöhnlich angestrengt, aber trotzdem. Atmete man nach dem Tod weiter? Er konnte seine Hände zu Fäusten ballen und Arme und Beine bewegen. Das Gesicht schien noch da zu sein, die Zunge lag richtig im Mund, trocken und geschwollen, die Augen ließen sich öffnen und schließen. Auch wenn er im Dunkeln nichts sah.

Ansonsten intensive, dumpf pulsierende Kopfschmerzen. Er tastete mit der Hand und fand die erloschene Nachttischlampe, die heruntergerissen auf dem Fußboden lag. Das schwere Buch lag direkt daneben, wahrscheinlich waren sie gemeinsam zu Boden gefallen.

Vorsichtig schlug er die Decke zur Seite, gelangte langsam und bedächtig in eine sitzende Position, danach in eine stehende und schlurfte zum Fenster. Zog die dicken Vorhänge auf und begegnete einem grauen, aber freigiebigen Dämmerungslicht, das ihm in die Augen stach und ihn zwei Schritte rückwärts taumeln ließ.

Die Welt da draußen ist noch da, dachte Jack Walde. Ich lebe noch.

Aber *Der Tod schon wartet deiner?*

*Matsch*? Dieses verfluchte Buch. Das Post-it! TB!

Schnell wich alles Blut aus seinem Kopf, oder vielleicht geschah auch das Gegenteil, und er wurde mit einer allzu großen Menge Blut gefüllt. Jedenfalls wurde ihm sehr schwindlig, die Kopfschmerzen pochten heftig in seinem Schädel, und er kehrte schleunigst zum Bett zurück, in das er stürzte wie ein Ochse nach dem Bolzenschuss.

Er blieb jedoch bei Bewusstsein. Ein Bewusstsein, in dem sich der Begriff Angst soeben in deren ältere Schwester verwandelte. Das *Grauen.*

Gut zehn Minuten lag er regungslos auf dem Rücken. Mental gelähmt, unfähig, einen klaren Gedanken zu fassen. Überrollt von einem Zug.

Doch kein Gefühl währt ewig, und allmählich zog sich sogar die große Schwester *Grauen* zurück. Ihm war jedoch klar, dass dies nur für kurze Zeit geschah; sie war ein Raubtier, ein weibliches Monster, das sich in seiner Höhle nur kurz zur Ruhe gebettet hatte. Mit der kleinen Schwester *Angst* als Wachposten und ohne die Absicht, ihn in Frieden zu lassen.

Ein verflucht dämliches Bild, stellte der immer noch lebende Literaturkritiker in ihm fest, und wahrscheinlich war es dieser gesunde Gedanke, der ihn veranlasste, sich wieder wie ein denkender Mensch zu verhalten.

Und Fragen zu stellen. Vernünftige Fragen.

Wie konnte sich eine Mitteilung in Zahnarzt Kornbalks Debütroman eingeschlichen haben? Ein Buch, das er aus der Redaktion mitgenommen hatte vor … wie lange war das jetzt her? Eine Woche? Zehn Tage? Er erinnerte sich nicht. Von wem hatte er es bekommen? Vom Leiter des Feuilletons persönlich, wenn ihn nicht alles täuschte … doch, das stimmte. Er hatte affektiert gelacht und die Dicke bedauert, aber erklärt, die anderen Mitarbeiter hätten alle Hände voll zu tun.

*Matsch* hatte sicher schon eine ganze Weile in der Redaktion gelegen, ehe er sich des Buchs annahm. Jeder hätte die Möglichkeit gehabt, darin zu blättern. Hieß das mit anderen Worten, dass es jemand bei der Zeitung war, der …?

Er wollte diesen Gedanken nicht denken. Er erschien ihm wie der Gipfel des Abwegigen. Stattdessen griff er nach dem Buch, um sich den verdammen Zettel näher anzusehen. *Der Tod schon …*

Er blätterte eine Weile, wusste nicht mehr, wo er genau gewesen war, gab aber nach ein paar Minuten auf. Der Zettel schien aus dem Buch gefallen zu sein, und er begann, auf dem Fußboden und unter dem Bett zu suchen.

Nichts.

Da war kein Zettel.

Nicht im Buch, nicht auf dem Boden, nicht zwischen der Bettwäsche.

Er wiederholte die Prozedur. Das Buch. Der Fußboden. Das Bett.

Was zum Teufel?, dachte Jack Walde. Drehe ich allmählich durch, oder was ist hier los?

Und dann traf ihn die Erkenntnis. Die einzig mögliche Erklärung.

Er hatte geträumt.

Das war ein Ding. Bei der Lady im Clarion war es ihm im Grunde gelungen, sich selbst davon zu überzeugen, dass sie nie dort gewesen war – dass er nur von ihr geträumt hatte –, bis Balthazar ihm im KB diese entlarvende Frage gestellt hatte.

Und nun war er wieder an dem Punkt, aber diesmal sozusagen mit umgekehrten Vorzeichen. Das blassgelbe Post-it mit seiner bedrohlichen Botschaft hatte alle Kennzeichen der Wirklichkeit besessen. Sein Auftauchen beim Umblättern, seine Großbuchstaben in Druckschrift, seine *Realität*. Er konnte sich schwach erinnern, dass er den Zettel berührt hatte, ihn vielleicht sogar von der Buchseite gelöst und zwischen Daumen und Zeigefinger gehalten hatte. Und wenn …

Und wenn er ihn verschluckt hatte?

Er erinnerte sich klar und deutlich, dass ihm der Gedanke vorgeschwebt hatte, als er ein paar Wochen zuvor den Brief des Mützenmanns zerrissen hatte. Damals hatte er sich damit begnügt, die Papierschnipsel in den Müll zu werfen, aber was sagte ihm eigentlich, dass diesmal nicht der gleiche Gedanke aufgetaucht war? Und dass er ihn nicht in die Tat umgesetzt hatte?

Konnte man vergessen, dass man vor ein paar Stunden ein Post-it gemampft hatte?

Jack Walde beschloss, dass dies eine Frage war, die sich nicht beantworten ließ.

War er dabei, ernsthaft verrückt zu werden?

Eine andere Frage, die vergeblich nach einer Antwort rief.

# 29

Eine Woche verging. In Stockholm kamen einige Frühlingstage mit Temperaturen um die zwanzig Grad. Die Pandemie ging mit unverminderter Kraft weiter. Die Zahl der Todesfälle stieg, die Menschen hielten Abstand, es gab keine Nachrichten mehr, die nichts mit Corona zu tun hatten. Jack Walde vollendete *Die nackte Lüge* – wie immer auf seiner alten Schreibmaschine der Marke Olivetti, damit es keine digitalen Verbindungen zwischen ihm und Tora Tilly gab. Er schickte das vierhundert Seiten lange Manuskript in einem gut zugeklebten Pappkarton mit der Aufschrift *Kuchenrezepte aus der Volkshochschule Frövi* per Kurierdienst an Gunder Widman – ohne seinen Fuß vor die Tür setzen zu müssen – und dachte, dass er mit dieser simplen Handlung dafür gesorgt hatte, dass sein Vermögen um weitere Millionen wuchs. Das war nicht zu verachten.

Es tauchten keine neuen Drohungen TB betreffend auf, und in manchen gesegneten Momenten gelang es ihm, sich einzubilden, dass es vorbei war.

Dass es sich bei dem Ganzen nur um eine Art Schreckschuss gehandelt hatte und sonst nichts.

Doch es gelang ihm nur für kurze Momente, an diesem optimistischen Gedanken festzuhalten. Während der nicht gesegneten Zeit wütete nagende Angst in ihm, und in den Nächten, den spärlich bemessenen Stunden, in denen er überhaupt noch Schlaf fand, hatten ihn die Albträume meistens völlig in ihrer Gewalt.

Hinterhältige Ladys, die ihm das Ohr abbissen und ihm ihre Drohungen direkt ins Gehirn flüsterten, Mützen tragende Männer mit Dolchen unter den Mänteln, Post-its, die auftauchten und wieder verschwanden. Und in einer Nacht, der schlimmsten von allen, musste er erleben, wie er seine Schwester ermordete. Er erwürgte sie mit bloßen Händen, und unmittelbar bevor sie starb, sah sie ihm tief in die Augen und sprach ihr erstes Wort seit zwanzig Jahren.

*Falsch.*

Am Freitag, den siebzehnten April, verließ er dennoch seine Wohnung, in der er sich mehr als eine Woche ohne Kontakt zur Außenwelt aufgehalten hatte. Er nahm ein Taxi zum fast völlig verwaisten Zeitungsgebäude und lieferte eine sehr wohlwollende Besprechung des Debütromans *Matsch* sowie den bestellten Artikel über Werner Wallendorffs späte Werke ab. Beide Artikel ausgedruckt auf Papier – im Einklang mit einem Prinzip, nach dem er seit Langem als Einziger handelte –, um sie am nächsten Werktag durch digitale Versionen zu ergänzen.

Er blieb ein paar Stunden in der menschenleeren Redaktion, saß an seinem Schreibtisch und beantwortete zahlreiche Mails, denen er im Laufe der Woche keine Beachtung geschenkt hatte. Als sein Kollege Staffan Lidberg unerwartet auftauchte, verwickelte er ihn in ein Gespräch – Pandemie und nochmal Pandemie, natürlich – und ließ nach einer Weile eine Frage fallen. Gewissermaßen en passant.

»Apropos, Franz J. Lunde, weißt du zufällig, wie es ihm geht? Schreibt er an etwas Neuem?«

»Lunde? Der ist doch verschwunden, weißt du das nicht?«

»Verschwunden?«

»Ja, sicher. Seit Dezember, wenn ich mich nicht irre. Weiß der Henker, was mit ihm passiert ist. Genau wie die Lyrikerin Green… du weißt schon, Maria Green. Wie hast du es geschafft, das zu verpassen?«

Jack Walde spürte, wie der Boden unter ihm kurz bebte und ein heftiges Schaudern seinen Köper durchfuhr. Ein Tsunami von der Sohle bis zum Scheitel und wieder hinab.

»Das ist ja…«, brachte er heraus. »Nein, davon habe ich nichts gehört. Was hast du gesagt, wann ist das gewesen?«

Lidberg dachte nach.

»Irgendwann Ende letzten Jahres. Im Dezember oder vielleicht auch November, ich weiß es nicht mehr. Aber das stand doch in jedem Käseblatt und kam dauernd im Radio und Fernsehen… ja, ich glaube, es war nicht lange vor Weihnachten.«

»Ich war den ganzen Dezember verreist«, erklärte Walde. »In Brasilien und Argentinien. Ich bin erst Mitte Januar zurückgekommen.«

»Da war die Sache bestimmt schon wieder vom Radar verschwunden«, meinte Lidberg und zuckte mit den Schultern. »Und in Südamerika hat das mit Sicherheit keine größere Aufmerksamkeit erregt. Hast du denn keine schwedischen Nachrichten gelesen?«

»Ein Grund, warum man wegfährt, ist doch, dass einem das erspart bleibt«, meinte Walde.

»Da gebe ich dir recht«, sagte Lidberg und schnitt eine Grimasse, die Zustimmung signalisierte. »Wie auch immer, jedenfalls glaube ich, dass Lunde und Green immer noch vermisst werden. Ich kann mich nicht erinnern, gelesen zu haben, dass sie wieder aufgetaucht sind. Jedenfalls eine verdammt dubiose Geschichte… oder verdammt dubiose Geschichten, wenn es sich um zwei verschiedene handelt. Warum fragst du nach Lunde?«

»Das war … ach, das war nur eine Kleinigkeit. Es spielt keine Rolle.«

»Okay«, sagte Staffan Lidberg. »Tja, ich muss jetzt los. Ich wünsche dir ein schönes Wochenende, schließlich ist Frühling, verdammt! Trotz der momentanen Lage, man kann ihn sich ja durchs Fenster anschauen.«

»Das geht schon vorbei«, erwiderte Jack Walde, ohne dass ihm klar war, ob er den Frühling oder Corona meinte. Oder etwas ganz anderes.

Als er wieder auf seinem Schreibtischstuhl niedersank, wunderte er sich, dass es ihm gelungen war, das Gespräch mit Lidberg zu führen, ohne die Fassung zu verlieren. Offenbar besaß er mehr Kraft und wusste besser, das Gesicht zu wahren, als ihm bewusst gewesen war, aber das war in der Situation, die jetzt herrschte, natürlich nur ein schwacher Trost. Ein äußerst schwacher.

Die Situation, die jetzt herrschte, dachte er. Was meine ich damit? Was ist das für eine Situation? Ich sehne mich nach der Situation, die nicht ist … oder tue ich das nicht?

Sein Gehirn war im Leerlauf. Lunde verschwunden, was in aller Welt bedeutete das? Und Maria Green, die Dichterin, auch das noch. Das hatte … das hatte vor Weihnachten sicher für Schlagzeilen gesorgt. Vermutlich war Jack Walde der einzige Mensch im Land, der von dem Ganzen nichts mitbekommen hatte. Zumindest der einzige in Kulturkreisen.

Er blieb noch eine weitere Stunde in der Redaktion, wo er die Nachrichten im Dezember über die beiden vermissten Schriftsteller überflog. Offensichtlich waren sie, unabhängig voneinander, vom Erdboden verschwunden, nachdem sie bei Lesungen vor der literarisch interessierten Öffentlichkeit über die Mühen des Schreibens und ihre Bücher gesprochen hatten. Walde selbst biss bei diesem Typ von kommerziellem Spektakel nie an; er war zwar zu Beginn seiner Karriere ab und zu bei sogenannten Tagen des Buchs oder in einem literarischen Salon aufgetreten. Aber das war lange her, seine Position als wählerischer Prosaautor und Kritiker vertrug sich schlecht mit dieser Art von Unterhaltung. Lunde und Green waren allem Anschein nach im Abstand von ein, zwei Wochen verschwunden, nachdem sie bei zwei verschiedenen Veranstaltungen in Westschweden aufgetreten waren; der eine in der Bibliothek von Kymlinge, die andere in einem zwanzig Kilometer entfernten Versammlungshaus.

Abgesehen von Lundes ausgebranntem Auto, das man in der Nähe von Kymlinge gefunden hatte, fehlte von den Autoren jede Spur. Obwohl beide offenbar schriftliche Berichte über ihre Erlebnisse in der Zeit vor dem jeweiligen Verschwinden hinterlassen hatten.

Verdammt seltsam, dachte Walde, das hört sich an wie ein richtig schlechtes Drehbuch zu einem Fernsehspiel. Dieser Gedanke wurde jedoch auf schockierende Weise widerlegt, als er las, dass beide einem Verfolger ausgesetzt gewesen waren, einer Art Stalker, und es ganz so aussah, als hätte dieser Verfolger zugeschlagen. Jedenfalls basierten die Ermittlungen der Polizei auf dieser Theorie.

Er schluckte, kniff die Augen zu, öffnete sie wieder und zwang sich weiterzulesen.

Das Motiv? Da tappte man im Dunkeln. Der Leiter der Ermittlungen, ein gewisser Kommissar Barbarotti, hatte Mitte Januar, als alle Feiertage überstanden waren, erklärt, man habe leider niemanden in Verdacht und ebenso wenig sogenannte Indizien sichern können. Man könne nicht einmal mit

Sicherheit sagen, dass hinter dem Verschwinden der Autoren ein Verbrechen stecke, außerdem gebe es nichts, was die beiden vermissten Personen miteinander verbinde.

Abgesehen davon, dass sie beide Schriftsteller waren. Und ungefähr zur gleichen Zeit aus dem gleichen begrenzten geografischen Gebiet verschwunden waren.

Jack Walde fuhr den Computer herunter und fragte sich, ob er in der Lage sein würde aufzustehen. Sie waren *verfolgt* worden. Ein *Stalker*. Großer Gott.

Aber nichts über Initialen, nichts über eine Verbindung zu einer gewissen Trine Bang. Normalerweise, dachte Jack Walde, normalerweise würde ich zur Polizei gehen.

Aber wenn man etwas über diesen Fall sagen konnte, dann, dass er *nicht* normal war. Eher war das Gegenteil der Fall, und vorerst erschien es ihm noch zu früh, einen Außenstehenden in die Vorgänge einzuweihen. Zu früh und zu riskant.

Nicht wahr, fragte sich Jack Walde. Ich glaube an den einsamen Menschen?

Erneut hatte er die Kraft, sich zusammenzureißen, bestellte ein Taxi und kehrte in die Heleneborgsgatan und seinen sicheren heimischen Winkel zurück. Als er die Tür zu seiner Wohnung in der vierten Etage öffnete, fiel ihm sofort der Brief auf der Türmatte ins Auge. Außerdem erkannte er im selben Moment, dass es sich nicht um eine gewöhnliche Postsendung handeln konnte, weil der Briefträger bereits da gewesen war, bevor Walde zur Zeitung aufgebrochen war.

Die Bestätigung dafür, worum es ging, erhielt er, als er am Küchentisch Platz genommen, das simple Kuvert aufgeschlitzt und die nicht ganz so simple Mitteilung gelesen hatte.

*Wir sollten uns morgen Abend treffen. Wenn du ein paar Minuten nach zehn zum The Bishops Arms in der Hornsgatan kommst, hast du noch eine Chance, deine Haut zu retten. Wenn du fernbleibst, musst du die Konsequenzen tragen. TB*

Jack Walde las die Botschaft mindestens fünfmal, ehe er einen Entschluss fasste. Der einsame Mensch war letzten Endes nicht in Stein gemeißelt.

Er zog sein Handy heraus und wählte Balthazars Nummer.

# VI.

## April 2020

# 30

Gunnar Barbarotti und Eva Backman waren im Auto unterwegs nach Stockholm.

Es war Dienstag, der einundzwanzigste April, und Barbarotti war mehr als frustriert. Es ging nicht um Corona, worüber jeder frustriert war – eine Pandemie, die vernünftigen Experten und diversen Möchtegernexperten zufolge die Welt für alle Zeit verändern würde. Zum Schlechteren oder zum Besseren.

Oder gar nicht.

An diesem speziellen Morgen wurde das Virus von einem verschwundenen Schriftsteller in der königlichen Hauptstadt übertroffen. Das heißt, was Barbarotti persönlich anging; er ahnte, dass diese Gewichtung so war, als würde man sich während eines Vulkanausbruchs mit einem Schachproblem beschäftigen, aber das half ihm nicht. Man musste den eigenen Garten bestellen.

Sie waren um halb acht losgefahren, aber er hatte seit vier Uhr wach gelegen. Gegen halb fünf hatte er Eva geweckt und begonnen, Fragen zu stellen.

War sie wach?

Konnten sie nicht ebenso gut aufstehen und sich auf den Weg machen?

Hatte sie das Gefühl, sich ausreichend in den Fall eingearbeitet zu haben?

Was glaubte sie, was für ein Irrer hinter dem Ganzen steckte?

Warum war zwischen den ersten beiden Fällen und dem dritten so viel Zeit vergangen? Ungefähr vier Monate, was hatte das zu bedeuten?

War noch Joghurt im Kühlschrank, oder sollte er aufstehen und einen Haferbrei kochen?

Wie sicher konnte man sich eigentlich sein, dass Jack Waldes Verschwinden tatsächlich etwas mit Lunde und Green zu tun hatte? War nicht auch denkbar, dass es sich um einen … wie hieß das noch?

»Einen Nachahmungstäter?«, erwiderte Eva Backman und gähnte. »Denkst du daran?«

»Genau«, sagte Barbarotti. »Jemand, der Jack Walde loswerden wollte und die Gelegenheit genutzt hat, den gleichen … Mod wie zum Teufel heißt das?«

»Modus Operandi«, schlug Eva Backman ihm vor. »Sind in deinem Schädel gar keine Wörter mehr?«

»Es ist noch ein bisschen früh«, sagte Barbarotti. »Aber ich denke, wir stehen auf und machen uns auf den Weg.«

»Ja, ja«, sagte Eva Backman. »Ich merke, dass du das denkst.«

Hinter Jönköping machten sie eine Pause. Tankten und tranken Kaffee und blickten auf die blaue Fläche des Vättern hinaus. Die große Raststätte verfügte über fünfzig Tische, an sechs saßen Gäste. Wenn wir keine Polizisten wären, dachte Barbarotti, während Eva Backman sich frisch machen ging, könnten wir ein Paar sein, das auf dem Weg zum Flughafen Arlanda ist, um in die USA zu fliegen und Verwandte in Minnesota zu besuchen. Oder das zu einer Beerdigung in Gävle fährt.

Wenn man einmal davon absah, dass es kaum noch Flüge gab. Wie es mit Beerdigungen aussah, wusste er nicht. Vielleicht verwahrte man ja alle Toten in unterirdischen Kühlräumen und wartete, dass die Pandemie vorbeiging. Vielleicht fanden Beisetzungen als Übertragungen im Netz statt. Warum nicht? Er betrachtete die restlichen sieben Kaffeetrinker, zwei Paare, drei Singles, weiträumig verstreut in Übereinstimmung mit den Empfehlungen der Gesundheitsbehörde. Still und leicht beschämt, wie es schien; auf Reisen zu sein war nichts, was man auf die leichte Schulter nahm. Nicht einmal in diesem langgestreckten Land des nicht Zuviel und nicht Zuwenig, das sowohl die mildesten Restriktionen als auch mit die meisten Todesfälle pro hunderttausend Einwohner in der gesamten westlichen Welt hatte.

Er seufzte. Man weiß so wenig über Menschen, die man nur in einer Raststätte sieht, dachte er. Virus hin oder her. Anonymer als hier wird es nicht.

Aber sie waren nun einmal Kriminalpolizisten. Daran gab es nichts zu deuteln. Außerdem entsandt mit einem dienstlichen Auftrag. Und er erkannte, dass er es nicht anders hätte haben wollen. Jedenfalls nicht, wenn es um den aktuellen Fall ging. Der dritte verschwundene Schriftsteller! *Ein makelloses Mysterium* lautete die Schlagzeile einer der größeren Zeitungen in ihrer Internetausgabe am Vorabend, und Barbarotti kam nicht umhin, dem zuzustimmen.

Jack Walde war zwar vor allem als Kritiker und Kulturjournalist bekannt, weniger als Schriftsteller, und Barbarotti war zwar gereizt – aber Ersteres war nebensächlich, Letzteres eine Art gutartige Gereiztheit. Unbeantwortete Fragen, die das ganze Frühjahr über träge in seinem Hinterkopf gedümpelt hatten, bekamen unvermittelt so etwas wie … ja, wie sollte man es nennen? Neue Nahrung? Aktualität? Irgendwann vor Weihnachten hatte Lindhagen gesagt, ein dritter Fall sei nötig, um weiterkommen zu können (weil die Welt dreidimensional war), und jetzt hatte man einen dritten Fall. In einer Zeit, in der eskalierende Klimakatastrophen, braun-blaue, rechtsnationale Winde, psychopathische Präsidenten, sterbende Demokratien und so weiter und so weiter … sich plötzlich damit abfinden mussten, hinter einem Virus zurückzustehen, das offenbar genügend Kraft besaß, um die ganze Menschheit zu lähmen … Ja, vor dem Hintergrund dieser Ouvertüre zum totalen Kollaps hatte jemand es für eine gute Idee gehalten, einen weiteren Schriftsteller zu entfernen … gutes Wort, dachte Barbarotti, *entfernen.* Jedenfalls einen Menschen der schreibenden Zunft.

Den anspruchsvollen und gefürchteten Literaturpapst Jack Walde.

Und warum, konnte man sich fragen. Warum sollte einen das interessieren? Warum seine Energie auf periphere Kultursnobs vergeuden, wenn hinter der nächsten Ecke Harmagedon wartete? Als würde man … ja, als würde man sich auf einem sinkenden Schiff darüber beschweren, dass die Kabine nicht ordentlich geputzt war.

Oder, wie gesagt, Schachprobleme unter dem Vulkan.

Und trotzdem, dachte Barbarotti. Trotzdem will ich wissen, worum es hier geht. Wer dahintersteckt und auf welche Weise diese Geschichte ein Kommentar ist zum … zum Rätsel des Menschen und seiner Unzulänglichkeiten.

Was ist der Sinn, o Herr, Du mein Schöpfer?, formulierte er eloquent, während er die Augen schloss und auf dem klinisch sauber gewischten Tisch vor sich die Hände faltete. Der Sinn des einen wie des anderen? Habe ich das richtig verstanden, dass es völlig unabhängig von der Lage in dieser

Welt meine Aufgabe ist, dem unbekannten Schicksal dieser Schriftsteller auf den Grund zu gehen?

Nicht auf den Grund zu gehen, antwortete unser Herrgott. Das ist schlecht ausgedrückt. Aber du sollst herausfinden, was passiert ist.

Ich bin ja dabei, entschuldigte sich Barbarotti. Aber das ist gar nicht so leicht.

Keiner hat behauptet, es sei leicht, erwiderte unser Herrgott, und danach brach mit Evas Rückkehr von ihrem Toilettenbesuch die Verbindung ab.

»Worüber grübelst du nach?«, wollte sie wissen. »Du siehst aus wie ein leerer Nistkasten. Möchtest du noch einen Kaffee?«

Sie hatten zurückgefunden.

Wenn man es ein wenig vereinfacht ausdrücken wollte. Eva war bis zum achten Januar in Australien geblieben, die letzten zwei Wochen umgeben von Bränden, die sich anschickten, den ganzen Kontinent zu verwüsten. Noch ein Zeichen dafür, dass es jetzt wirklich ernst war. Dass das Klima Amok lief und nicht länger eine Frage von diesen und jenen Ansichten war. Ein Vorspiel zu Covid-19. Sie hatte ihm von dem berühmten Schild in der Buchhandlung in einer kleinen Stadt erzählt, die größtenteils von den Flammen zerstört worden war:

*Postapokalyptische Belletristik finden Sie jetzt in der Sachbuchabteilung*

Und vielleicht waren es Evas Erlebnisse in ihrer letzten Woche *Down Under*, als sie sah, wie der Himmel sich rot färbte und die Luft sich kaum atmen ließ, die sie veranlassten, den Blick von ihrem eigenen Elend zu heben und alles neu zu bewerten – das waren ihre eigenen Worte, ihre eigene Beschreibung davon, wie das Innere von einem schrecklichen Äußeren beeinflusst werden kann. Wenn das wirklich Wichtige sichtbar wird. Sie war in letzter Minute aus dem kleinen Ort nördlich von Sydney evakuiert worden, in dem sie in einer einfachen Pension gewohnt hatte, und am nächsten Tag hatte sie erfahren, dass der Ort nicht mehr existierte. Die vier Menschen, die sich den Anordnungen der Behörden widersetzt hatten und geblieben waren, hatten in den Flammen alle den Tod gefunden.

»Ich hätte nicht gedacht, dass die Welt untergehen muss, damit dein Wille gebrochen wird«, hatte Barbarotti dies kommentiert und sich vor der Aubergine geduckt, die sie gerade in der Hand hielt und die im nächsten Moment durch die Luft schoss wie ein wütender Zeppelin.

»Ich liebe dich«, hatte sie erklärt, als sie sah, dass sie ihr Ziel verfehlt hatte. »Und du hast mich wirklich verdient.«

Jedenfalls waren sie wieder versöhnt. Die Krise in ihrer Beziehung war überstanden, er hatte sie sogar dazu gebracht, die Bibel zu lesen und ihn zu fragen, wie zum Teufel es möglich sein sollte, sich seinen Glauben in einer Welt zu bewahren, die aussah, wie sie es tat.

»Kennst du eine bessere Medizin gegen das Elend?«, hatte er entgegnet, und auf diese Frage hatte sie ihm keine Antwort gegeben.

Aber heute, an diesem frühlingswarmen Apriltag, standen keine Lebensanschauungsdiskussionen auf der Tagesordnung. Auch nicht die Apokalypse oder das Privatleben. Im Gegenteil: Es ging um ihre Arbeit. Um qualifizierte Polizeiarbeit und die Frage, was mit einem gewissen Jack Rudolf Horatio Walde geschehen war.

»Wie kann man sein Kind nur Horatio taufen?«, fragte Eva, als sie sich in der Gegend von Ödeshög oder vielleicht auch Mjölby befanden.

»Gute Frage«, antwortete Barbarotti. »Aber im Moment vielleicht nicht die dringendste.«

»Und was ist die dringendste?«

Barbarotti dachte einen Moment nach. »Wenn wir das große Rätsel, was mit Walde passiert ist… und mit Lund und Green… überspringen, sollte sie wohl lauten, was wir tun sollen, um voranzukommen, sobald wir in Stockholm sind.«

»Als Erstes Sarah Sisulu, wenn ich recht sehe. Wie ist sie denn so?«

»Gut«, sagte Barbarotti. »Schwarz, schön und smart.«

»Und jung, nehme ich an?«

»Knapp dreißig, würde ich schätzen. Aber ich bin ihr nur einmal begegnet.«

»Es ist gut, dass es weibliche Bullen gibt«, sagte Eva Backman. »Vor allem, wenn sie smart sind. Mir ist egal, ob sie schwarz, schön und jung sind. Und danach sind der Sohn und der Lektor dran, also…« Sie studierte ein Blatt Papier. »Der Sohn heißt Balthazar, tja, ich nehme an, wenn man selbst Horatio heißt, liegt es nahe, seinen Jungen Balthazar zu taufen. Es kommt einem vor, als wären wir in etwas speziellen Kreisen gelandet, findest du nicht?«

»Der Lektor heißt Gunder Widman«, entgegnete Barbarotti. »So kann man auch in Blomstermåla heißen.«

»In Blomstermåla?«

»Nur ein Beispiel.«

»Ich verstehe. Wie weit ist es noch?«

»Zwei Stunden, denke ich.«

»Okay. Ich mache ein bisschen die Augen zu. Heute hat

mich jemand mitten in der Nacht geweckt. Du versprichst mir ja, dass du nicht am Steuer einschläfst.«

»Ich bin hellwach wie ein Adler«, sagte Barbarotti.

Zweieinhalb Stunden später saßen sie in Sarah Sisulus Büro im Polizeipräsidium auf Kungsholmen. Außer ihnen und der jungen Kriminalanwärterin war ein Kommissar Pallander anwesend. Er war ein großer Herr mit schütterem Haar und einer runden, braun getönten Brille. Er schien um die siebzig zu sein, fand Barbarotti, und damit ein Teil dessen, was inzwischen eine *Risikogruppe* genannt wurde, aber wahrscheinlich war er jünger. Schließlich gab es für einen Kriminalpolizisten keinen Grund, nach der Pensionierung noch zu arbeiten.

»Palle ist hier, weil er der Jugend nicht traut«, erklärte Sarah Sisulu, als sich alle die Hände desinfiziert hatten.

»Ich bin hier, weil ich die Anweisung erhalten habe, dabei zu sein«, wandte der Kommissar ein. »Meine hundertjährige Erfahrung in Ermittlungsarbeit ist in diesem Zusammenhang natürlich völlig uninteressant.«

»Wir sind auch im Mittelalter geboren worden«, sagte Eva Backman. »Außerdem kommen wir vom Land.«

»Wir wollen die Flinte nicht gleich ins Korn werfen«, meinte Pallander. »Und kein verdammtes Gelaber über die Pandemie, wenn ich bitten darf.«

Nach diesen einleitenden Pirouetten sowie vier Bechern schwarzem Kaffee wurde es Zeit, die Arbeit aufzunehmen.

# 31

»Wie gesagt, wir haben schon mit einigen Leuten gesprochen«, berichtete Sarah Sisulu. »Ich habe den Sohn und die Frau getroffen… besser gesagt, seine frühere Frau, sie sind zwar nicht geschieden, leben aber getrennt. Palle hat mit Gunder Widman geredet, der ein guter Freund und Waldes Lektor ist, und mit zwei Kollegen Waldes bei der Zeitung. Widman ist auch Maria Greens Lektor, aber das wisst ihr ja. Nun, das ist bis jetzt wohl das Wichtigste. Wir sind erst Sonntagabend eingeschaltet worden und haben nur einen Tag an der Sache gearbeitet… anderthalb, um genau zu sein.«

»Was mich betrifft, nur telefonische Kontakte«, ergänzte Kommissar Pallander. »In Anbetracht der Lage.«

»Der Lage?«, sagte Barbarotti.

»Der schwarze Tod«, antwortete Pallander.

»Ja, natürlich«, sagte Barbarotti.

»Keine Spuren?«, fragte Eva Backman.

Sisulu schüttelte den Kopf.

»Keine Spuren, keine Theorien, keine Ideen«, sagte Pallander.

»Schön«, meinte Barbarotti. »Dann wissen wir, wo wir stehen.«

»Festhalten können wir bis jetzt trotzdem«, sprach Sarah Sisulu weiter, »dass Jack Walde letzten Samstag irgendwann nach siebzehn Uhr verschwunden ist. Da hat er mit seinem

Sohn telefoniert, und danach hat ihn keiner mehr gesehen oder von ihm gehört. Natürlich können noch Zeugen auftauchen, die ihn zu einem späteren Zeitpunkt gesehen haben, aber bis dahin gilt siebzehn Uhr am Samstag, den achtzehnten April. Er war um zweiundzwanzig Uhr mit Balthazar im Pub The Bishops Arms verabredet, ist dort aber niemals aufgetaucht.«

»Vor dem Gespräch am Samstag hatten sie mehrmals telefoniert«, ergänzte Pallander. »Walde hat sich in der gleichen Angelegenheit schon Freitagabend bei dem Jungen gemeldet.«

»Und der Grund dafür, dass sie sich treffen wollten, war …?«, fragte Barbarotti. »Kann nicht schaden, wenn ihr das noch einmal wiederholt.«

»Dass Walde sich dort mit seinem Stalker treffen wollte«, sagte Pallander. »Oder wie man das nennen möchte. Es war eigentlich keine Verabredung zwischen Vater und Sohn. Walde wollte, dass Balthazar auf Distanz blieb, um zu überwachen, was passierte, er soll ziemlich besorgt gewesen sein.«

Er zog seine Brille aus und wischte sich die Augen mit einem Taschentuch ab. Barbarotti nahm an, dass er irgendein Problem mit den Augen hatte, fragte aber nicht.

»Wissen wir, ob Walde sich überhaupt auf den Weg zu diesem Pub gemacht hat?«, erkundigte er sich stattdessen. »Ob er sich ein Taxi bestellt hat oder so?«

»Er hat wahrscheinlich kein Taxi bestellt«, sagte Sarah Sisulu. »Jedenfalls nicht bei der Taxizentrale Stockholm … und über die ist er sonst immer gegangen, sagt sein Sohn. Aber es ist natürlich denkbar, dass er sich an dem Abend für ein anderes Taxiunternehmen entschieden hat, dem gehen wir gerade nach. Übrigens fahren viele Autos gar nicht, die Menschen sind nicht mehr unterwegs.«

»Wie weit ist es von Waldes Wohnung zu diesem Pub?«, fragte Eva Backman.

»Er liegt knapp einen Kilometer entfernt«, sagte Pallander und brachte die Brille wieder an ihren Platz. »Er kann natürlich auch beschlossen haben, zu Fuß zu gehen.«

»Aber keiner hat gesehen, wie er seine Wohnung verlassen hat?«, fragte Barbarotti.

»Bis jetzt haben wir niemanden gefunden, der ihn nach siebzehn Uhr gesehen hat.«

»Und um diese Uhrzeit hat er von zu Hause angerufen, da sind wir uns sicher? Von keinem anderen Ort?«

»Der Sohn behauptet das.«

»Eine Nachbarin sagt, sie glaubt, dass um neunzehn Uhr Licht in seiner Wohnung gebrannt hat«, warf Sarah Sisulu ein. »Aber das ist höchst unsicher. Sie hat das nur von der Straße aus gesehen, und die Wohnung ist im vierten Stock, sie sind direkte Nachbarn. Er könnte das Licht natürlich auch angelassen haben, obwohl er nicht zu Hause war.«

»Ihr seid doch sicher da gewesen und habt nachgesehen?«, fragte Backman.

Sarah Sisulu nickte. »Ja, klar. Ganz oberflächlich nur …, keine Spuren davon, dass dort etwas passiert ist. Und es stimmt, dass an ein paar Stellen Lampen an waren.«

Kommissar Pallander räusperte sich umständlich. »Eins dürfen wir nicht vergessen. Es ist nicht gesagt, dass Walde mit euren beiden Vermissten zusammenhängt. Der Zeitfaktor spricht zum Beispiel dagegen, immerhin sind fast vier Monate vergangen. Aber wir arbeiten bis auf Weiteres nach der Theorie, dass es einen Zusammenhang gibt, deshalb sitzt ihr hier.«

»Danke, das haben wir verstanden«, sagte Barbarotti. »Und wenn jetzt wieder ein Verfolger mitmischt, ist das ein ziemlich deutliches Zeichen. Wisst ihr schon etwas über diese Person?«

»Wir haben nur Informationen von seinem Sohn«, erklärte Sarah Sisulu. »Aber es ist nicht viel, und vielleicht ist es besser, dass ihr mit ihm darüber sprecht, wenn ihr euch trefft? Ohne vorgefasste Meinung sozusagen.«

»Da ist etwas dran«, gab Barbarotti zu.

»Ja, wir treffen uns später noch mit seinem Sohn und dem Lektor«, sagte Eva Backman. »Aber nicht mit den Zeitungsleuten. Was hatten die zu sagen?«

Pallander runzelte die Stirn und dachte einen Moment nach, ehe er antwortete.

»Da war etwas mit Walde… möchte ich behaupten. Ich habe mit seinem Chef beim Feuilleton und mit einem Kollegen gesprochen, und beide sagen das Gleiche. Verdammt vage nur, aber er soll in der letzten Zeit nicht ganz er selbst gewesen sein. Auch wenn sie sich zurzeit kaum sehen, Journalisten arbeiten in diesen Zeiten am liebsten zu Hause. Es ist natürlich denkbar, dass sie das jetzt sagen, weil sie wissen, dass er verschwunden ist… mit dem Wissen, was passiert ist, sozusagen, aber ich glaube, es ist etwas dran. Meiner Einschätzung nach ist Walde immer ein selbstsicherer Typ gewesen, manchmal auch aufgeblasen und arrogant, aber zumindest der Kollege hat angedeutet, dass er in den letzten Wochen wesentlich kleinlauter geklungen hat. Sie haben ein paarmal telefoniert und sich vor ein paar Tagen in der Redaktion gesehen.«

»Kleinlauter?«, sagte Barbarotti.

»Das war das Wort, das er benutzt hat«, erwiderte Pallander.

»Also war irgendetwas«, sagte Barbarotti.

»Wahrscheinlich. Und dass es mit diesem sogenannten

Stalker zusammenhängt, ist natürlich keine besonders gewagte Vermutung… aber trotzdem nur eine Vermutung, vergiss das nicht.«

»Ich werde es mir merken«, versprach Barbarotti und sah auf die Uhr. »Aber ich glaube, wir müssen jetzt los, sonst verpassen wir noch unsere Verabredungen. Neue Besprechung morgen Vormittag?«

»Schlag zehn auf dem Zeiteisen«, bestätigte Sarah Sisulu.

»Die Floskel hast du von mir«, sagte Pallander.

»Ist doch schön für dich, dass du auch etwas beisteuern kannst«, sagte die junge, schwarze, schöne, smarte Kriminalanwärterin.

Balthazar Walde war auch schwarz, allerdings nur, was Kleidung und Haare betraf. Ansonsten war er ein dünner, schlaksiger Jüngling mit einer schrägen Haartolle, die das halbe Gesicht bedeckte, und mit einer mürrischen Miene in dessen sichtbarer Hälfte.

Angespannt, dachte Eva Backman, als sie sich vorgestellt und in einem leeren Café in der Strindbergsgatan im Stadtteil Gärdet niedergelassen hatten. Vielleicht nicht der ideale Ort, um ein ernsthaftes Gespräch zu führen, aber sie hatten geöffnet, und Balthazar wohnte in der Nähe, sodass sie seinem Wunsch nachgekommen waren. Schließlich war sein Vater spurlos verschwunden, und seine Anspannung hatte in entspannter Atmosphäre eine größere Chance, sich zu legen, als in einem Polizeipräsidium.

»Dann wohnen Sie also nicht mehr zu Hause?«, fragte sie. »Sie gehen in die Abschlussklasse des Gymnasiums, habe ich das richtig verstanden?«

»Bin im Distanzunterricht. Was hat das hier damit zu tun, wo ich wohne?«, antwortete Balthazar.

»Vermutlich gar nichts«, sagte Eva Backman. »Sie wollen, dass wir direkt zur Sache kommen?«

»Ja, bitte. Ich habe schon mit einem anderen Bullen gesprochen.«

»Das wissen wir«, sagte Barbarotti. »Und das ist auf Ihre Initiative hin geschehen?«

Balthazar trank einen Schluck Tee, antwortete aber nicht.

»Machen Sie sich Sorgen, dass Ihrem Vater etwas passiert sein könnte?«, fragte Eva Backman.

»Ja, was denken Sie?«

»Ich denke, dass Sie sich Sorgen machen, und dass Sie der Polizei ganz allgemein negativ gegenüberstehen. Stimmt das?«

»Warum sollte ich eine positive Einstellung haben?«

»Weil wir hier sitzen, weil wir versuchen wollen herauszufinden, was mit Ihrem Vater passiert ist. Zum Beispiel.«

»Okay«, murmelte Balthazar Walde. »Sorry.«

»Ich weiß, dass Sie das alles schon einmal erzählt haben«, sagte Barbarotti. »Aber ich muss Sie bitten, es noch einmal zu tun. Also, Ihr Vater hat Sie am Freitagabend mit einem recht speziellen Anliegen angerufen. Was wollte er?«

Balthazar kaute einen Moment auf seiner Unterlippe, ehe er antwortete.

»Er wollte, dass ich ihm bei etwas helfe. Es gab jemanden, der ihn verfolgte.«

»Verfolgte?«

»Ja. Oder wie man das nennen soll.«

»Weiter.«

»Er sollte die Person im The Bishops Arms treffen, das ist ein Pub in der Hornsgatan, und er wollte, dass ich da sitze und checke, was sich tut. Ich bin hingefahren und habe da ab 21:30 Uhr herumgehangen, sie wollten sich um zweiundzwanzig Uhr treffen … aber er ist nicht gekommen. Ich bin ungefähr bis dreiundzwanzig Uhr geblieben, habe ein paarmal versucht, ihn anzurufen, aber er ist nicht drangegangen.«

»Und dann?«, fragte Eva Backman.

»Dann bin ich nach Hause gefahren. Habe ihn noch ein paarmal angerufen, aber er war nicht da.«

»Waren Sie in der Wohnung?«

»Ja klar, ich habe noch einen Schlüssel. Bin erst vor einem Monat hierhergezogen. Davor habe ich abwechselnd bei meinen Eltern gewohnt.«

»Wie sah es bei ihm zu Hause aus? Ist Ihnen etwas Besonderes aufgefallen?«

»Nein, es sah eigentlich so aus wie immer. Ich habe mir ein Brot gemacht und einen Zettel auf den Küchentisch gelegt.«

»Was haben Sie auf den Zettel geschrieben?«

»Dass er sich bei mir melden soll. Ich habe gedacht, dass er vielleicht sein Handy verloren hat.«

»Und irgendwann haben Sie dann beschlossen, die Polizei anzurufen?«

»Mm.«

»Wann war das ungefähr?«

»Abends um neun.«

Barbarotti übernahm. »Diese Person, die Ihren Vater verfolgt haben soll, was hat er Ihnen über ihn erzählt … oder über sie?«

Balthazar dachte einen Moment nach. Sah auf den Tisch hinab und schien Probleme zu haben, sich zu entscheiden.

»Ich habe sie ja gesehen«, sagte er schließlich.

»Sie?«, sagte Barbarotti erstaunt. »Sie haben sie gesehen. Wie kommt das?«

Balthazar seufzte schwer und warf seine langen Haare mit

einer Handbewegung aus dem Gesicht. »Ich habe das bei dem anderen Bullen nicht erwähnt. Ich weiß nicht, warum … oder doch, das weiß ich schon.«

»Aha?«, sagte Barbarotti und wartete.

»Ich wollte es nicht ansprechen. Es ist ein bisschen peinlich … für meinen Vater, meine ich.«

»Schön, dass Sie jetzt nichts mehr darauf geben, dass es peinlich ist«, sagte Eva Backman. »Es ist wichtiger, dass wir so viele Informationen bekommen wie möglich.«

»Danke, das kapiere ich«, sagte Balthazar. »Es ist so, dass ich diese Frau und meinen Vater einmal zufällig gesehen habe. Vor zwei Monaten, im Hotel Clarion am Norra Bantorget. Als er mich am Freitag anrief, habe ich ihn gefragt, ob sie das ist, und er hat gesagt, dass sie es ist. Oder dass er das zumindest glaubt.«

»Also eine Frau«, sagte Barbarotti. »Können Sie die Frau beschreiben? Wie war die Situation, in der Sie die beiden zusammen gesehen haben?«

»Es war nur ganz kurz. Mein Vater saß im Clarion auf einer Couch, ein paar Kumpels von mir und ich saßen ein Stück weiter weg an der Bar. Er hat uns nicht gesehen, er war ein bisschen blau. Diese Braut ist gekommen und hat sich neben ihn gesetzt und ihm etwas ins Ohr geflüstert … glaube ich. Er hat ihr wahrscheinlich gesagt, dass sie abhauen soll, und das hat sie getan.«

»Wie sah sie aus?«

»Ziemlich dünn … wie ein Junge, aber ich konnte mir kein richtiges Bild von ihr machen.«

»Kleider? Haarfarbe?«

»Eine dunkle Jacke … glaube ich. Auch dunkle Haare, ziemlich kurz geschnitten. Aber ich kann sie wirklich nicht beschreiben.«

»Würden Sie die Frau wiedererkennen?«

Balthazar zögerte einige Sekunden, ehe er den Kopf schüttelte. »Ich glaube nicht.«

»Okay«, sagte Eva Backman. »Hat Ihr Vater gewusst, dass Sie ihn beobachtet haben?«

»Ja, ich habe es ihm eine Woche später erzählt.«

»Sah es so aus, als würde er die Frau kennen?«

»Nein. Im Gegenteil, er wollte nichts von ihr wissen.«

»Ich verstehe. Aber woher wissen Sie, dass sie seine Verfolgerin gewesen ist?«

»Das hat er mir gesagt, als wir am Freitag oder Samstag telefoniert haben. Aber er war sich nicht sicher, ob es wirklich eine Frau war … oder dass sie es war, ich weiß es nicht genau. Es sind noch mehr Sachen passiert.«

»Okay. Sprechen Sie weiter.«

»Er hat erzählt, dass in der Nähe des Nytorget ein Typ auf ihn zugekommen ist. Er hat etwas Bedrohliches gesagt und ist verschwunden. Also ein Mann, aber mein Vater hat behauptet, es hätte genauso gut eine Frau sein können, die sich als Mann verkleidet hat. Zierlich und dünn … oder dass es auch umgekehrt gewesen sein könnte, dass das im Clarion ein Mann war … verkleidet als Frau.«

»Wissen Sie, was genau diese Person gesagt haben soll?«, fragte Barbarotti.

»Nein, das hat mein Vater mir nicht erzählt. Nur dass es eine Drohung gewesen ist.«

»Wissen Sie, wann das gewesen ist?«

»Ich glaube, er hat gesagt, vor ein paar Wochen, vielleicht vor einem Monat.«

»Okay. Wie sieht es aus, haben Sie das gestern der Polizei gesagt?«

»Ich habe das Hotel Clarion und die Sache am Nytorget

erwähnt. Ich habe nur nicht erzählt, dass ich im Clarion gewesen bin.«

»Gibt es noch etwas? Sie haben gesagt, dass mehr passiert ist.«

»Nur den Brief. In dem gestanden hat, dass er zum The Bishops Arms kommen soll.«

»Hat er erzählt, was in ihm gestanden hat?«

»Nein.«

»Und Sie haben ihn nicht gesehen?«

»Nein.«

»Während Sie in dem Pub gesessen und auf Ihren Vater gewartet haben, ist Ihnen da jemand aufgefallen, der an die Frau erinnerte, die Sie im Clarion gesehen haben?«

»Nein«, antwortete Balthazar überraschend schnell. »Ich habe daran gedacht, aber da war keiner, der ihr ähnlich gesehen hat … auch wenn mir von ihrem Aussehen wie gesagt nicht viel in Erinnerung geblieben ist. Außerdem waren nur wenige Leute im Pub. So ist das ja im Moment … man soll zu Hause sitzen und Luftlöcher glotzen.«

Barbarotti schlug seinen Notizblock zu, in den er kein einziges Wort geschrieben hatte, und sah Eva an. »Hast du im Moment noch Fragen?«

»Ja, eine«, sagte Eva. »Wenn ich es richtig sehe, ist Ihr Vater vor dem Treffen am Samstagabend ziemlich besorgt gewesen. Trotzdem hat er sich an Sie gewandt, statt zur Polizei zu gehen. Haben Sie eine Ahnung, warum?«

Balthazar zögerte, und seine Augen flackerten, ehe er antwortete.

»Ehrlich gesagt habe ich ihn das auch gefragt, aber er hat nur gelacht und etwas in der Art gesagt, dass … ja, dass es so ernst dann wohl doch nicht ist.«

»Das hat er so gesagt … dass es nicht so ernst ist?«

»Ja.«

»Und trotzdem wollte er, dass Sie im Pub sitzen und beobachten, was passiert?«

»Ja, ich weiß. Ich fand das seltsam, aber wir haben nicht darüber gesprochen.«

»Schön«, sagte Eva Backman. »Ich denke, das reicht fürs Erste. Aber wenn Ihnen noch etwas einfällt, was wir wissen sollten, möchten wir, dass Sie sich bei uns melden. Hier ist eine Telefonnummer, Sie können jederzeit anrufen.«

Sie reichte ihm eine Karte, und Balthazar nahm sie an. Warf einen Blick darauf und steckte sie in die Brusttasche seines schwarzen Hemds.

»Darf ich Sie etwas fragen?«

»Natürlich.«

»Warum kümmern Sie sich um die Sache? Sie arbeiten doch gar nicht in Stockholm, oder?«

»Ja, das stimmt«, sagte Eva Backman. »Wir arbeiten in Kymlinge. Aber wir bearbeiten zwei Fälle, die diesem ähneln.«

»Geht es …?«

»Ja?«

»Geht es um diese Schriftsteller, die vor Weihnachten verschwunden sind?«

Seine Stimme zitterte kurz, als er die Frage stellte, und zum ersten Mal sah er aus wie der Mensch, der er eigentlich war. Ein Jugendlicher, der höllische Angst davor hatte, dass sein Vater tot sein könnte.

»Es ist nicht gesagt, dass die Fälle zusammenhängen«, sagte Barbarotti. »Aber wir können diese Möglichkeit auch nicht ausschließen.«

Und nach dieser Feststellung bedankten sich die beiden zugereisten Kommissare dafür, dass Balthazar Walde sich die

Zeit genommen hatte, ihre Fragen zu beantworten. Wenn er sich nicht melde, werde die Polizei sich bestimmt bei ihm melden. Und zwar recht bald, man wolle so schnell wie möglich Klarheit in diese unangenehmen Dinge bringen.

Nicht wahr?

Doch, das fand der junge Walde auch.

# 32

Als sie zum Valhallavägen hinunterkamen, war es siebzehn Uhr und Kommissar Barbarotti ließ vernehmen, dass er Hunger hatte.

»Was willst du mir damit sagen?«, erkundigte sich seine Kollegin und Lebensgefährtin. »Wir haben in einer halben Stunde noch einen Termin.«

»Das ist mir bekannt«, sagte Barbarotti. »Aber ich finde, den sollten wir verschieben. Wir müssen erst ein bisschen nachdenken.«

Eva Backman blieb stehen und überlegte.

»Okay. Das finde ich auch. Ruf an und frag, ob wir stattdessen morgen Vormittag kommen können… nein, warte, sag ihm, dass wir morgen kommen. Er muss zusehen, dass es geht.«

Barbarotti nickte. Dann rief er Lektor Widman an und erklärte, es seien gewisse unvorhersehbare Komplikationen aufgetaucht, und dass sie sich freuten, ihn stattdessen am nächsten Tag zu treffen.

Um zehn Uhr in seinem Büro im Verlag, wenn sich das einrichten lasse?

Es ließ sich einrichten.

Was bedeutete, dass die morgige Besprechung mit Sisulu und Pallander um zwei Stunden verschoben werden musste. Er rief Sisulu an.

Auch das ließ sich einrichten. Flexibilität war ihre Paradedisziplin.

Pallander?

Hatte andere Vorzüge.

Etwa hundert Augenblicke später hatten sie im Hotel Reisen an der Skeppsbron eingecheckt und saßen an einem Tisch in dem halb leeren, aber geöffneten Restaurant Tradition, an das Barbarotti sich noch von seinem Besuch im Dezember erinnerte, und das zu Fuß nur zwei Minuten von ihrem Hotel entfernt lag.

»Wir essen erst etwas, danach folgen wir seinen Fußspuren«, sagte Barbarotti. »Von der Heleneborgsgatan, wo auch immer die liegt, bis zu dem Pub in der Hornsgatan.«

»Wir wissen nicht einmal, ob er von zu Hause weggekommen ist«, wandte Eva Backman ein.

»Doch, weggekommen ist er bestimmt«, sagte Barbarotti. »Und wir wissen mit Sicherheit, dass er nicht angekommen ist.«

»Und deshalb glaubst du, dass er ermordet und unentdeckt in irgendeinem Rinnstein auf dem Weg liegt?«

»Exakt. So denke ich mir das. Ich vertraue unseren Kollegen hier nicht richtig. Den naheliegendsten Ablauf haben sie garantiert nicht geprüft. Vergiss nicht, dass dieser Stadtteil in früheren Zeiten Messerstecher-Söder genannt wurde.«

»Du meine Güte«, sagte Eva Backman. »Aber ich komme mit, damit du dich nicht verläufst. Aber nur, wenn wir vorher essen.«

»Danke«, sagte Barbarotti. »Dann fühle ich mich sicher.«

»In der Zwischenzeit sollten wir über den Zusammenhang reden. Zwischen Fall eins, zwei und drei. Sind die Parallelen nicht wirklich auffällig?«

»Absolut«, sagte Barbarotti. »Ich nehme an, du meinst, dass alle drei ganz offensichtlich etwas zu verbergen hatten?«

»Unter anderem«, sagte Eva Backman. »Drei Personen werden bedroht … oder zumindest verbal angegriffen … alle drei sind Schriftsteller, und keiner von ihnen wendet sich an die Polizei. Liegt es da nicht auf der Hand, dass sie Dreck am Stecken haben?«

»Hm«, sagte Barbarotti. »Aber ist es der gleiche Dreck? Verstehst du, was ich meine?«

»Natürlich verstehe ich das. Und ich hoffe sehr, dass es der gleiche Dreck ist. Wenn nicht, wird das Ganze wesentlich komplizierter. Schade, dass wir nicht wissen, was Waldes Verfolger zu ihm gesagt hat … oder was er in dem Brief geschrieben hat. Du glaubst nicht, dass er noch in seiner Wohnung liegt?«

»Das sollen Sisulu und Pallander herausfinden«, sagte Barbarotti. »Sie müssen schließlich auch ihr Scherflein beitragen. Da kommt der Weißkohlauflauf.«

Jack Waldes Wohnung lag in der Heleneborgsgatan 40, und als Backman und Barbarotti vor dem Hauseingang aus dem Taxi stiegen, hatte die Dämmerung eingesetzt. Das Gebäude schien an die hundert Jahre auf dem Buckel zu haben, war aber ausgesprochen gut erhalten und lag nur einen Katzensprung vom Wasser der Riddarfjärden entfernt. Einen Katzensprung in die andere Richtung türmte sich die Högalidskyrkan auf, und Barbarotti kam zu dem Schluss, dass in diesen Vierteln Menschen wohnten, die Geld hatten. Messerstecher-Söder gehörte eindeutig der Vergangenheit an oder war woanders hingezogen.

Sie hatten sich nicht erklären lassen, welche Wohnung Waldes war, wussten nur, dass sie im vierten Stock lag, aber ihr Plan war an diesem Abend auch nicht, eine Hausdurchsuchung vorzunehmen oder einzubrechen.

Stattdessen wollten sie den Fußweg eines Opfers rekonstruieren – so hatte es zumindest Eva Backman verstanden. Sie dachte darüber nach, ob Barbarotti nur einen seiner weniger geglückten Einfälle gehabt hatte, oder ob das Unterfangen sinnvoll war. Sie neigte eindeutig zu Ersterem, behielt ihre Zweifel aber für sich.

»Interessant«, sagte sie. »Hast du schon eine Idee, welchen Weg er genommen hat? Über die Kirche da, oder?«

»Nein, die scheint auf einer Anhöhe zu liegen«, sagte Barbarotti und studierte die Karte im Handy. »Er ist bestimmt um sie herumgegangen. Ja, meinem GPS zufolge geht man rechts um die Kirche herum, Pålsundsgatan steht da, glaube ich… und dann ist man in neun Minuten beim Pub. Okay, dann wollen wir mal, halt die Augen offen und sieh dich nach Anhaltspunkten um.«

»Du denkst an Blutflecken, Zigarettenkippen und Ähnliches?«

»Exakt. Oder Körperteile. Und Patronenhülsen.«

Sie setzten sich gemächlichen Schritts schweigend in Bewegung und standen nach gut zehn Minuten vor dem The Bishops Arms in der Hornsgatan.

»Es tut mir furchtbar leid«, sagte Eva Backman, »aber ich habe nicht einen einzigen noch so kleinen Hinweis entdeckt.«

»Ich auch nicht«, sagte Barbarotti. »Aber das spielt keine Rolle.«

»Das spielt keine Rolle? Jetzt muss ich den Meisterdetektiv bitten, mir zu erklären, was er damit meint.«

»Wie viele Menschen hast du gesehen?«

»Aha?«, sagte Eva Backman. »Nicht viele. Du meinst, dass…?«

»Ich habe zwei gezählt«, sagte Barbarotti. »Und beide waren ziemlich weit weg. Es ist nicht einmal einundzwanzig Uhr. Als Walde diesen Weg gegangen ist, war es mit Sicherheit später am Abend und dunkler. Plus Corona, da so gut wie jetzt. Gehen wir rein?«

Sie betraten den traditionell eingerichteten Pub, setzten sich in eine der zehn freien Sitznischen und bestellten bei einem düsteren Kellner ein ziemlich exklusives und ziemlich teures IPA. Dass die Kneipenkultur in der Coronakrise schwer litt, war unverkennbar. In einem Pub am Tisch bedient zu werden, wie die Regeln es derzeit verlangten, ist wie bergauf Slalom fahren, dachte Eva Backman, beschloss aber, weder diese Problematik noch die Wanderung in den Fußspuren des Opfers zur Diskussion zu stellen.

Weil es wichtigere Fragen zu erörtern gab.

Zum Beispiel Gunder Widman.

»Zwei von drei haben ihn als Lektor gehabt«, sagte sie. »Bei ihm müsste logischerweise einiges an Informationen zu holen sein.«

»Du denkst an Berührungspunkte?«, sagte Barbarotti.

»Ja, zwischen Maria Green und Jack Walde. Wenn wir nach wie vor glauben, dass es solche Berührungspunkte gibt. Und wo landen wir, wenn wir das nicht glauben?«

»In einer Wüste«, sagte Barbarotti. »Ohne Karte oder GPS. Deshalb beschließen wir lieber, dass die drei Fälle zusammenhängen.«

»Gut«, sagte Eva Backman. »Man sollte es sich so einfach machen, wie es nur geht. Hast du nicht gesagt, dass Kavafis eine Liste zusammengestellt hat? Worum ging es dabei?«

Barbarotti trank einen Schluck und sah für einen Moment zufrieden aus. »Lecker. Was hast du gesagt?«

»Kavafis' Liste.«

»Richtig… nun, er hat aufgelistet, zu welchem Zeitpunkt sich Lunde und Green am selben Ort befunden haben. Das heißt, bei Buchveranstaltungen. Sie können natürlich zehnmal zur gleichen Zeit Skansen besucht haben und seit den Achtzigerjahren jeden Sommer Mittsommer in Ludvika gefeiert haben oder was auch immer. Aber das ist uns egal. Ich habe die Liste sicher irgendwo, aber es ist besser, dass er eine neue schickt… wenn man es sich einfach machen möchte.«

Eva Backman lächelte. »Wir brauchen sie jedenfalls, bevor wir uns morgen mit Widman treffen. Am besten wäre es natürlich, wenn er schon heute Abend einen Blick auf sie werfen könnte, damit er genügend Zeit hat zu untersuchen, ob Walde vielleicht irgendwo dazukommt. Skansen oder so…«

»Ich schicke Kavafis eine SMS«, sagte Barbarotti.

»Es ist 21:30 Uhr.«

»Er ist jung und dynamisch. Kein Problem.«

Das war es wirklich nicht. Die Antwort von Erik Kavafis kam zehn Minuten später; sie studierten kurz das Verzeichnis über Orte und Zeitpunkte, bevor Barbarotti es an Lektor Widman mit dem Kommentar weiterschickte, dass sie gerne wissen wollten, wo Jack Walde sich an diesen Tagen aufgehalten hatte. Sollte ein Lektor darüber nicht im Bilde sein?

*Buch- und Bibliotheksmesse in Göteborg,*
*22.–25. September 2011*
*Tag des Buchs in Kalmar am 13. November 2012*
*Buch- und Bibliotheksmesse in Göteborg,*
*25.–28. September 2014*
*Buchforum in Kopenhagen, 11.–13. November 2016*
*Kiruna Literaturfestival, 16.–19. Oktober 2018*

»Entschuldige bitte, dass ich darauf hinweise«, sagte Eva Backman. »Aber es kommt mir so vor, als würden wir nach Strohhalmen greifen.«

»Man nimmt, was man kriegen kann«, erwiderte Barbarotti.

»Sicher, das weiß ich. Die Not kennt kein Gebot, außerdem bin ich nicht von Anfang an dabei gewesen. Aber der Spaziergang hierher und diese Liste, ist das nicht alles ein bisschen … dünn? Was ist das eigentlich für eine Gestalt, nach der wir suchen? Was glaubst du?«

Barbarotti trank noch einen Schluck und schwieg eine Weile.

»Ich weiß nicht, was ich glauben soll. Und ich gebe dir recht, dass es sich im Moment eher um ein blindes Tasten als ein Suchen handelt. Aber wenn wir Herrn Walde etwas besser ins Visier nehmen, wird sich bestimmt etwas ergeben. Pallander und Sisulu müssen dafür sorgen, dass zumindest die Nachbarn befragt werden. Es könnte ja zum Beispiel sein, dass jemand ihn gesehen hat, als er am Samstag seine Wohnung verlassen hat.«

»In der besten aller Welten«, sagte Eva Backman.

»Leben wir nicht in der?«, fragte Barbarotti erstaunt. »Aber egal, am interessantesten ist, dass das ganze Trio anscheinend etwas auf dem Gewissen hatte … weil keiner von ihnen die Polizei gerufen hat, als sie sich bedroht fühlten. Stimmt's?«

Eva Backman nickte. »An dem Punkt sind wir schon gewesen. Der gleiche Dreck, wenn du dich erinnerst?«

»Ach ja«, sagte Barbarotti seufzend. »Jetzt trinken wir aus und nehmen ein Taxi zum Hotel. Ich schlafe gleich ein, das liegt sicher daran, dass ich so intensiv nachdenke. Du wirst sehen, wenn wir morgen ausgeruht sind, lösen wir den Fall.«

»Natürlich tun wir das«, stimmte Eva Backman ihm zu und schlürfte die letzten kostbaren Tropfen ihres India Pale Ale.

# 33

DRITTER SCHRIFTSTELLER VERSCHWUNDEN

Stand auf der Titelseite der einen Boulevardzeitung.

BEKANNTER KRITIKER SPURLOS VERSCHWUNDEN

verkündete die andere.

Möglicherweise hatte Gunder Widman diese düsteren Botschaften – genau wie Backman und Barbarotti – während seines morgendlichen Spaziergangs oder auf der U-Bahn-Fahrt zu seiner Arbeit bei dem großen Verlag wahrgenommen. Ihm zufolge erst sein dritter Besuch im Verlag innerhalb eines Monats, weil er wie die meisten seiner Kollegen die Empfehlungen der Gesundheitsbehörde befolgte und zu Hause arbeitete.

Er war jedenfalls erkennbar mitgenommen, als er die beiden Kommissare in sein Zimmer bat. Zwar war er gut gekleidet und frisch rasiert, aber die dunklen Ringe unter seinen Augen ließen auf nur wenige Stunden Schlaf schließen. Vielleicht auf gar keine, außerdem fand Barbarotti, dass sein Händedruck sich anfühlte wie ein Dorschfilet, das zu viele Nächte im Regen gelegen hatte. Oder etwas in der Art; woher kamen all diese unerwünschten Bilder und Vergleiche? Möglicherweise keine gute Frage, aber trotzdem eine Frage. Und wäre im Übrigen nicht eher ein Ellbogengruß angebracht gewesen?

»Ich stehe unter Schock«, begann der Lektor. »Bitte, nehmen Sie Platz. Was geht hier nur vor?«

»Eine äußerst relevante Frage«, antwortete Barbarotti seinem eigenen Gedankengang folgend. »Was denken Sie?«

Widman breitete die Hände in einer verlorenen Geste aus. »Ich kapiere gar nichts. Ich dachte, es wäre vorbei … ich meine, was immer mit Lunde und Maria passiert sein mag, es sind seither doch mehrere Monate vergangen … und jetzt auch noch Jack! In diesen verfluchten Zeiten. Das ist unfassbar, völlig unfassbar!«

»Ich habe gehört, dass Jack Walde ein guter Freund von Ihnen ist«, sagte Eva Backman. »Dass Sie nicht nur eine berufliche Beziehung verbindet, stimmt das?«

»O ja, wir kennen uns seit über dreißig Jahren«, bestätigte der Lektor. »Wir haben in den Achtzigern gemeinsam in Uppsala studiert.«

Barbarotti hatte sich aus Anlass von Maria Greens Verschwinden mehrmals mit Gunder Widman unterhalten, aber immer nur am Telefon, und ihn überraschte der Eindruck von Hilflosigkeit, den dieser adrette Mann vermittelte, als sie sich nun Auge in Auge begegneten. Dass ihn Jack Waldes Schicksal, wie auch immer es aussehen mochte, schwer getroffen hatte, stand außer Frage. Fast so, als gehörte er zur Familie, dachte Barbarotti. Aber so empfindet man natürlich manchmal, wenn man mehr als das halbe Leben eng befreundet gewesen ist.

»Uns ist bewusst, wie schwer das für Sie ist«, sagte er. »Aber wir müssen Sie trotzdem bitten, uns einige Fragen zu beantworten, das verstehen Sie doch sicher?«

»Selbstverständlich, selbstverständlich«, sagte Widman.

»Sie müssen entschuldigen, wenn ich ein wenig neben mir stehe … ich werde natürlich alles tun, was in meiner Macht steht, um Ihnen zu helfen. Schließlich kenne ich Jack besser als die meisten anderen. Er …«

Widman verstummte und schien nach Worten zu suchen.

»Ja?«, sagte Eva Backman. »Sprechen Sie weiter.«

»Er hat nicht viele Freunde, das wollte ich nur sagen.«

»Dafür aber vielleicht Feinde?«, sagte Barbarotti.

Gunder Widman seufzte. »Ja, leider.«

»Können Sie das etwas genauer erklären?«, bat Eva Backman ihn.

»Ja, natürlich … hrrm, Entschuldigung. Ich nehme an, dass es letztlich nicht so heikel ist. Jack ist kein einfacher Mensch. Er ist extrem intelligent und sagt, was er denkt, erst recht, wenn etwas seinem Urteil nicht standhält. Das macht ihn zu einem gefürchteten Kritiker, und er hat sich Feinde gemacht. Er kann ziemlich boshafte Dinge schreiben, aber er sieht es als seine Aufgabe, kritisch und scharfsinnig zu sein und den Leuten keinen Honig ums Maul zu schmieren. Vor allem in Schriftstellerkreisen gibt es sicher den einen oder anderen, der ihn gerne stoppen würde, wenn er könnte.«

»Stoppen?«, sagte Barbarotti. »Welche Bedeutung legen Sie in das Wort?«

Widman dachte einen Augenblick nach.

»Vielleicht nicht gerade umbringen, aber wenn Jack seine Arbeit als Kulturjournalist beenden und ins Ausland gehen würde, dann würden ihm die meisten keine Träne nachweinen. Es tut mir leid, das sagen zu müssen, aber so sieht es leider Gottes aus. Er ist ein brillanter, aber unbequemer Mann des Worts. Ein sehr unbequemer.«

»Ich verstehe«, sagte Barbarotti. »Gilt das auch für seine eigenen Bücher?«

»Absolut«, erklärte Widman mit Nachdruck. »Er ist kompliziert, hält aber ein Niveau, an das kaum ein anderer heranreicht. Zumindest nicht in unserem Land.«

»Und seit wann sind Sie sein Lektor?«

»Seit seinem dritten Buch, *Gebetsruf für Schwachsinnige*. Er hat ziemlich jung sein erstes Buch veröffentlicht, als er noch in Berlin lebte, und ich war zu der Zeit noch gar nicht in der Verlagsbranche. Aber seither arbeiten wir zusammen … ungefähr seit der Jahrtausendwende.«

»Sie sehen sich ziemlich oft?«, fragte Eva Backman.

Widman schüttelte den Kopf. »Nein, nicht besonders oft. Jack ist kein geselliger Mensch. Er hasst Feste, er ist ungern mit anderen Menschen zusammen, nur um mit ihnen zusammen zu sein. Wir treffen uns, wenn es hochkommt, einmal im Monat … oder alle zwei Monate … meistens gehen wir dann etwas essen und trinken ein paar Gläser und unterhalten uns über … nun, ehrlich gesagt über Bücher. Was wir gelesen haben und woran wir gerade arbeiten, jeder für sich.«

»Und wann haben Sie sich zuletzt gesehen?«

Gunder Widman dachte nach. »Das ist schon eine ganze Weile her … Ende Februar, glaube ich … oder Anfang März. Wir sind zusammen essen gegangen.«

»Aber Sie haben danach Kontakt zu ihm gehabt? Über Mail und Telefon?«

»Ein paarmal vielleicht … nicht öfter.«

»Wie haben Sie erfahren, dass er verschwunden ist?«

»Durch die Polizei. Man hat mich angerufen, das war … vorgestern.«

»Waren Sie überrascht?«

»Natürlich war ich überrascht … mehr als das, wie gesagt, ich war schockiert. Schließlich hatte ich das mit Maria im Hinterkopf … und mit Lunde. Ja, das Ganze kommt mir immer noch unfassbar vor. Gibt es irgendwelche Hinweise? Was für ein Typ steckt dahinter… denn es ist doch derselbe? Das habe ich jetzt irgendwie vorausgesetzt…«

Sein Blick pendelte zwischen den Kommissaren, als erwartete er tatsächlich eine klare Antwort. Aber das Einzige, was er bekam, war ein sanftes Schulterzucken und ein »vielleicht, vielleicht auch nicht« Barbarottis.

»Kennen Sie auch Waldes Frau und Sohn?«, fragte Eva Backman.

»Ich bin ihnen natürlich begegnet«, sagte Widman. »Vor allem früher, als sie noch zusammenlebten, aber ich glaube, ich habe keinen von beiden seit… ja, seit mindestens zwei Jahren gesehen.«

»Wann haben die beiden sich getrennt?«

»Vor fünf Jahren vielleicht… vielleicht auch sieben, die Zeit vergeht schneller, als man denkt.«

»Das kenne ich«, stimmte Barbarotti ihm zu. »Können Sie uns etwas über die Beziehung Jack Waldes zu seinem Sohn sagen… er heißt Balthazar, nicht wahr?«

»Ich glaube, sie haben ein ganz gutes Verhältnis«, sagte Widman nach einer kurzen Pause. »Und wenn ich die Polizei richtig verstanden habe, hat er am Samstag auf Jack gewartet… in dem Pub. Nicht?«

Und welche polizeiliche Überlegung hat die Kollegen veranlasst, den Lektor darüber in Kenntnis zu setzen, dachte Barbarotti. Aber es hatte sicher keine entscheidende Bedeutung.

»War Ihnen bekannt, dass Walde von jemandem verfolgt wurde?«, fragte er.

»Erst als die Polizei es mir erzählt hat«, erklärte Widman. »Bis dahin habe ich nichts davon gewusst. Aber anscheinend hat er mit Balthazar darüber gesprochen, und das ist ja wohl der Grund dafür…«

Er verstummte, aber Barbarotti bedeutete ihm, seinen Gedankengang zu beenden.

»…der Grund dafür, dass sein Verschwinden den anderen beiden ähnelt. Maria Green und Lunde?«

»Das ist eine Theorie«, sagte Eva Backman, »aber es gibt mehrere. Übrigens, können Sie uns sagen, an welchem Tag Sie und Walde sich das letzte Mal gesehen haben?«

»Das kann ich nachsehen«, sagte Widman und fischte einen kleinen Kalender aus seiner Tasche. Blätterte einen Moment darin und fand die richtige Seite. »Das war am siebenundzwanzigsten Februar. An einem Donnerstag… wir haben im Nisch gesessen, das ist ein Restaurant in der Dalagatan. Damals konnte man noch auswärts essen gehen.«

Eva Backman notierte sich das Datum und warf Barbarotti einen fragenden Blick zu.

»Ach ja«, sagte er. »Die kleine Liste, die wir Ihnen geschickt haben, sind Sie dazu gekommen, sie sich anzuschauen?«

Der Lektor griff nach seinem Handy und scrollte eine Weile.

»Ich selbst habe keinen Überblick über Jacks Termine«, sagte er. »Aber man hat mir bestätigt, dass er weder in Kalmar noch in Kiruna gewesen ist. Die Buchmesse in Göteborg… ja, es ist gut möglich, dass er beide Male dort war, aber da fragen Sie besser bei seiner Zeitung nach. Kopenhagen… keine Ahnung. Es ist natürlich denkbar, dass er das Buchforum besucht hat, es ist eine ziemlich etablierte Veranstaltung, aber dann bestimmt als Kulturjournalist, nicht als Schriftsteller. Da kann Ihnen vielleicht auch die Zeitung weiterhelfen.«

»Vielen Dank«, sagte Barbarotti. »Wir werden dem nachgehen. Wenn wir schon mit dem Gedanken spielen, dass es eine Verbindung zwischen den drei Fällen gibt, können Sie uns sagen, ob Walde eine besondere Beziehung zu den beiden anderen hat? Zum Beispiel zu Maria Green, sie arbeitet immerhin hier im Verlag …«

Er bemerkte, dass zwischen Gedanke und Mund eine Anpassung der Zeitform stattfand. Aus *arbeitete* wurde *arbeitet*. Offensichtlich mit einer gewissen Automatik, vielleicht weil die Situation und die Konventionen es erforderten; man nahm Menschen erst das Leben, wenn sie tot waren. Nachweislich tot.

Gunder Widman schüttelte den Kopf. »Sie sind sich natürlich begegnet, aber dass sie in irgendeiner Weise befreundet sein sollen … nein, das glaube ich nicht.«

»Und Lunde?«

»Bei ihm ist es genauso. Jedenfalls ist mir nichts anderes bekannt. Wie gesagt, Jack ist ein ziemlich einsamer Mensch. Er will es so haben, er ist scharfsinnig und nimmt kein Blatt vor den Mund, sodass geselliges Beisammensein nichts für ihn ist. Bei Empfängen Konversation zu machen ist mit Sicherheit das Schlimmste, was er sich vorstellen kann. Wir feiern hier im Verlag gelegentlich Feste, das gehört dazu, aber er kommt nie, obwohl er immer eingeladen wird.«

»Frauen?«

»Wenn er sich mit jemandem trifft, behält er es für sich.«

»Arbeitet er an einem neuen Buch?«

Lektor Widman verzog flüchtig den Mund, als hätte er für eine Sekunde den Ernst der Lage vergessen. »Jack ist ziemlich verschwiegen, wenn es um sein eigenes Schreiben geht, aber ich weiß zufällig, dass er an etwas über Königin Kristina und Descartes arbeitet … Sie wissen schon, der Typ, der im Stockholmer Schloss erfroren ist.«

»Ach der«, sagte Barbarotti. »Wissen Sie, ob er ein Tagebuch geführt hat … ich meine Walde, nicht der Philosoph?«

»Nicht, dass ich wüsste. Das glaube ich aber eher nicht.«

Barbarotti zuckte mit den Schultern. »Möchten Sie noch etwas ergänzen, was uns weiterbringen könnte?«

Widman dachte einige Sekunden nach. »Nein, im Moment nicht. Aber wenn mir etwas einfällt, verspreche ich Ihnen, dass ich mich melde… also bei Ihnen?«

»Oder bei der Stockholmer Polizei, das spielt keine Rolle. Wir stehen in Kontakt.«

»Ich hoffe wirklich, dass Jack bald wieder auftaucht«, sagte der Lektor abschließend, stand auf und hielt seinen Besuchern die Tür auf. »Er ist trotz seiner Eigenheiten ein sehr guter Freund.«

»Spaziergang oder Taxi?«, fragte Barbarotti, als sie aus dem großen Verlagshaus getreten waren.

»Spaziergang«, sagte Eva Backman. »Es ist immerhin Frühling, und auf den Bürgersteigen ist reichlich Platz. Bist du jetzt klüger?«

»Wenn überhaupt, dann nicht viel«, bekannte Barbarotti. »Andererseits aber auch nicht unwissender. Und du?«

»Die Henne und das Ei«, sagte Eva Backman. »Ist Walde einsam, weil er boshaft ist? Oder ist er boshaft, weil er einsam ist? Der Gedanke ist mir durch den Kopf gegangen, aber das spielt hier vielleicht keine Rolle?«

»Unklar«, erwiderte Barbarotti. »Aber ich würde wahrscheinlich auch Partys und Feste meiden, wenn ich alle anderen Gäste schon einmal in die Pfanne gehauen hätte. In der Bibel steht zwar, *der Herr bereitet vor mir einen Tisch im Angesicht meiner Feinde*, aber man braucht einen stählernen Glauben, um daran Platz zu nehmen.«

»Und den hast du nicht?«

»Nur manchmal.«

»Ich verstehe. Übrigens mache ich auch nicht gerne Konversation. Aber das heißt ja nicht gleich, dass ich boshaft bin? Aber egal, ich werde aus diesem Fall einfach nicht schlau … Was tust du?«

»Ich telefoniere nur kurz und checke etwas«, sagte Barbarotti, der stehen geblieben war und in seinem Handy nach einer Nummer suchte.

Er fand sie, wählte, aber es meldete sich niemand – erst eine Viertelstunde später, als sie sich auf Höhe des Rathauses befanden. Er stellte eine Frage, dann zwei weitere, musste eine Weile auf die Antworten warten, aber als sie gekommen waren, bedankte er sich, drückte das Gespräch weg und wirkte zufrieden.

»Glaubst du, ich habe nicht kapiert, worum es ging?«, sagte Eva Backman. »Du hast kein besonders gutes Pokerface, und ehrlich gesagt habe ich dafür gesorgt, dass wir das Datum erfahren haben.«

»Äh …?«, sagte Barbarotti.

»Du hast gerade gehört, dass es derselbe Abend war, stimmt's? Walde war mit seinem Lektor essen, danach ist er ins Clarion gegangen und hat noch einen Drink genommen. Und ist seinem Verfolger begegnet. Obwohl …«

»Was denn *obwohl*?«, fragte Barbarotti leicht gereizt.

»Obwohl ich nicht verstehe, welche Bedeutung das für den Fall haben soll.«

»Ich auch nicht«, seufzte Barbarotti. »Aber ich finde es ganz interessant.«

»Und Widman?«

»Du meinst, ob er mit ins Clarion gegangen ist?«

»Ja.«

»Wahrscheinlich nicht. Balthazar hat ihn jedenfalls nicht gesehen, und Jack Walde hat allein auf der Couch gesessen, bis … bis diese Person aufgetaucht ist.«

»So viel dazu?«

»Ja, so viel dazu.«

Schweigend setzten sie ihren Weg die Hantverksgatan hinauf fort.

»Na ja«, sagte Eva Backman nach ein, zwei Minuten. »Etwas schlauer sind wir schon, nicht?«

»Wenn du darauf bestehst«, sagte Barbarotti. »Ein bisschen. Aber jetzt wollen wir mal hören, was die Genies im Präsidium zu berichten haben.«

# 34

Die Genies im Präsidium waren dieselben wie am Vortag. Das junge smarte und das alte hässliche.

»Willkommen zurück«, sagte Pallander. »Habt ihr den Fall gelöst?«

»Wir sind auf einem guten Weg«, antwortete Barbarotti. »Es fehlen nur noch ein paar kleine Puzzleteile. Wir haben gedacht, dass ihr uns bei denen helfen könnt.«

»Das tun wir furchtbar gern«, versicherte Sarah Sisulu. »Aber können wir vorher erfahren, welchen Eindruck ihr von Sohn und Lektor gewonnen habt?«

Backman und Barbarotti berichteten eine halbe Stunde von den gewonnenen Eindrücken, vor allem von Balthazar Waldes Enthüllung, dass er die Person gesehen hatte, die mit ziemlicher Sicherheit identisch war mit dem Individuum, das sie in Ermangelung einer anderen Bezeichnung als *Verfolger* bezeichneten.

»Das ist ja schön, dass ihr es geschafft habt, diese Information aus ihm herauszuholen«, kommentierte Kommissar Pallander. »Im Moment ist an eine Identifikation natürlich nicht zu denken, aber es ist gut, das in der Hinterhand zu haben, wenn wir irgendwann einen Verdächtigen haben.«

»Diese Woche wird das wohl nichts mehr«, sagte Sarah Sisulu. »Aber könnte Balthazar noch mehr wissen? Sollen wir ihn für eine ausführlichere Befragung hierher bitten?«

»Ich denke, damit solltet ihr noch warten«, meinte Barbarotti. »Schließlich geht es um seinen Vater. Er hat etwas gegen Polizisten, und ihn zu sehr unter Druck zu setzen, bringt gar nichts.«

Anwärterin Sisulu nickte zustimmend. Kommissar Pallander wischte sich die Augen.

Was Gunder Widman anging, herrschte im Großen und Ganzen Einigkeit innerhalb des Quartetts. Der Lektor verfügte vermutlich über keine weiteren Informationen außer denen, die er ihnen bereits mitgeteilt hatte, und ein weiterer Kontakt zu ihm konnte ruhig ein paar Tage warten. Er war sehr besorgt wegen dem, was seinem guten Freund zugestoßen sein könnte, und wenn in seinem Schädel überhaupt etwas von Wert für die Ermittlungen auftauchen sollte, war es wahrscheinlicher, dass dies geschah, wenn er Abstand gewonnen und sich etwas beruhigt hatte.

Über den Gang in den Fußspuren des Opfers und den Besuch im The Bishops Arms hüllten sich die Kommissare vom Land in Schweigen. Es war nicht gesagt, dass man sich in der Hauptstadt auf so ausgeklügelte Fahndungsmethoden verstand, und weder Backman noch Barbarotti nahmen an, dass dies der richtige Moment war, um sie zu belehren.

Welchen Beitrag konnten die Ermittler mit Heimvorteil leisten?

Einen großen, zumindest quantitativ. Jack Waldes Wohnung in der Heleneborgsgatan war genau untersucht worden. Man hatte nichts Konkretes gefunden, aber seinen Computer beschlagnahmt, und ging davon aus, binnen Kurzem Zugang zu ihm zu bekommen. Der Mobilfunkanbieter war eingeschaltet worden, um zu überprüfen, ob es eventuell eine Korrespondenz gab, die man sich vielleicht näher ansehen sollte; ideal wäre natürlich, wenn der Verfolger und Walde auch auf die Art in Kontakt gestanden hätten, aber an ein solches traumhaftes Szenario glaubte im Grunde keiner von ihnen. Sechzehn Nachbarn waren befragt worden, die in den entscheidenden Stunden zwischen siebzehn und zweiundzwanzig Uhr am Samstagabend allesamt sowohl blind als auch taub gewesen waren. Ein pensionierter Oberst im gleichen Häuserblock behauptete zwar, Walde von seinem Fenster zur Straße aus gegen achtzehn Uhr beobachtet zu haben, aber leider stellte sich heraus, dass es dabei um den Freitag ging – und darüber hinaus um eine ganz andere Person, nämlich einen gewissen Paul Polanski, einen der bereits erwähnten Nachbarn, der eine gewisse äußerliche Ähnlichkeit mit dem verschwundenen Kritiker aufwies.

Die Befragung der verschiedenen Stockholmer Taxiunternehmen war abgeschlossen und hatte ergeben, dass Jack Walde mit fast hundertprozentiger Sicherheit am ganzen Samstag nicht Taxi gefahren war. Wenn er sich an jenem Abend überhaupt hinausbegeben hatte, dürfte er zu Fuß unterwegs gewesen sein. Er besaß kein Auto, dagegen ein Fahrrad der Marke Pegasus, das seit mindestens zwei Jahren mit platten Reifen im Keller des Hauses stand.

»Man könnte jemanden abstellen, um sozusagen in seinen Fußspuren zu wandeln«, fiel Pallander ein. »Von seiner Wohnung zu dem Pub. Es bringt wahrscheinlich nichts, aber schaden kann es auch nicht.«

»Keine schlechte Idee«, fand Barbarotti.

Wenn man auf Informationen und Beobachtungen aus war, die sie weiterbrachten und den Ermittlungen auf die Sprünge halfen, war das Ergebnis qualitativ dagegen eher mager.

»Es könnte natürlich sein«, schlug Sarah Sisulu vor, »dass Walde beschlossen hat unterzutauchen. Wegzufahren und sich ein paar Tage zu verstecken… wir müssen mal prüfen, ob seine Kreditkarte oder sein Handy seit Samstag benutzt worden sind.«

»Wann wissen wir das?«, erkundigte sich Eva Backman. »Genauer gesagt.«

»Heute Abend oder spätestens morgen.«

»Ich bin skeptisch«, sagte Barbarotti. »Es erscheint mir wenig wahrscheinlich, dass er seinen Sohn losschickt, um ein Treffen zu überwachen, von dem er schon im Voraus wusste, dass es nicht stattfinden würde. Aber man weiß natürlich nie…«

»Er könnte kalte Füße bekommen haben«, meinte Pallander. »Das ist schon vorgekommen.«

»Das würde bedeuten, er wäre in Panik geraten«, sagte Eva Backman. »Und dann meldet er sich anschließend tagelang nicht bei seinem Sohn. Nein, keine Chance, so wie ich es sehe.«

»Aber was zum Teufel glauben wir dann?«, fragte Pallander gereizt. »Dass er zu diesem Pub gegangen und unterwegs ermordet worden ist?«

»Exakt«, sagte Barbarotti. »Ich bin zu dem Schluss gekommen, dass genau das passiert sein muss. Und wenn er nicht ermordet worden ist, dann ist er jedenfalls… nun, *entführt* worden.«

»Entführt!«, schnaubte Kommissar Pallander. »Und wie genau soll sich das abgespielt haben, wenn ich fragen darf.«

»Ich bin dabei, mir das anzuschauen«, antwortete Barbarotti. »Kann ich dich anrufen, wenn ich fertig bin?«

Anwärterin Sisulu platzte in schallendes Gelächter heraus. Kommissar Pallander verließ den Raum.

Eine Stunde später saßen sie wieder im Auto.

»Du bist beliebt auf Kungsholmen«, sagte Eva Backman. »Zumindest bei der Jugend.«

»Das ältere Genie kann nichts dafür, dass er etwas zu kurz gekommen ist«, sagte Barbarotti. »Beim nächsten Mal werde ich mich besser benehmen.«

»Du glaubst, es wird ein nächstes Mal geben?«

»Keine Ahnung. Aber wir werden auch in Zukunft dieses Doppelkommando auf Distanz akzeptieren müssen. Es wäre besser, wenn Walde so schlau gewesen wäre, in Kymlinge zu verschwinden.«

»Man soll nie zu viel verlangen«, erwiderte Eva Backman. »Übrigens haben wir vergessen, ihnen die Liste von Kavafis zu geben. Wenn sie sich wieder mit der Zeitung in Verbindung setzen.«

»Nicht vergessen«, sagte Barbarotti. »Das können wir zu Hause telefonisch regeln. Es geht ja nur um Göteborg und Kopenhagen – nur da könnten alle drei gleichzeitig gewesen sein. Außerdem bin ich mir nicht sicher, ob das überhaupt eine Rolle spielt. Zumindest bei Walde scheint es ja einige zu geben, die ihn tot sehen wollen. Solche elitären Platzhirsche leben gefährlich, das liegt in der Natur der Sache.«

»Du meinst, sein Fall muss nicht unbedingt mit den beiden anderen zusammenhängen?«

Barbarotti dachte einen Moment nach. »Ich weiß nicht, was ich meine. Was meinst du?«

Eva Backman lachte auf. »Jetzt hör aber auf, Herr Kommissar. Ich bin doch bei den anderen Fällen nicht dabei gewesen und bei diesem Ausflug nur mitgefahren, damit du jemanden zum Reden hast. Als dein Sidekick oder wie das heißt. Ich habe keine Meinung.«

»Wenn du so weitermachst, stecke ich Stigman, dass du

eine ziemlich trübe Tasse bist, die die Ermittlungen behindert.«

Die trübe Tasse lächelte und legte eine Hand auf seinen Oberschenkel. »Es ist jedenfalls gut zu wissen, dass du bei dieser Sache keinen Schiffbruch erleiden wirst.«

Keinen Schiffbruch erleiden?, dachte Barbarotti einen halben Tag später, als er mitten in der Nacht aufwachte.

Ja, das war natürlich eine fromme Hoffnung. Und weil es ihm auch eine Viertelstunde später noch nicht gelungen war, wieder einzuschlafen, stand er auf, kochte sich eine Tasse Tee und ließ sich auf dem traditionellen Analyseplatz im Erker nieder.

Wie stellt man das an, lautete die erste Frage. Wie stellt man sicher, dass man mit diesem Frachter keinen Schiffbruch erleidet? Wenn nirgendwo Land in Sicht ist, wie gelingt es einem dann, wenigstens den richtigen Kurs zu finden?

Er merkte, dass ihn Lindhagens länger zurückliegende Bemerkung ärgerte, drei Fälle ergäben ein besseres Muster als zwei. War das nur etwas gewesen, das man in die Runde warf, weil es schlau klang, oder war da etwas dran? Auf welche Weise konnte Jack Waldes Schicksal, wie auch immer es aussehen mochte, zur Klärung der Frage beitragen, was mit Franz J. Lunde und Maria Green passiert war?

Und umgekehrt, wenn man auf Lunde und Green zurückgriff, was sagte einem dieses Wissen dann über den dritten Vermissten?

Ich bin ziemlich gut darin, Fragen zu stellen, dachte Barbarotti. Zumindest mir selbst, wenn ich nachts nicht schlafen kann.

Und vielleicht gab es ja in jeder Ermittlung einen Punkt, an dem diese Methode reichte. Nachts auf einem Stuhl zu sitzen, die relevanten Fragen zu stellen, sie mit korrekten Antworten zu versehen und so das ganze Rätsel zu lösen. Einen Mörder zu finden oder worum es gerade ging. Plötzlich fiel ihm der Begriff *Borkmanns Punkt* ein, von dem der alte Van Veeteren bei ihrer einzigen Begegnung gesprochen hatte. Wenn ihn nicht alles täuschte, meinte der Begriff genau das: das spezifische Stadium der Ermittlungen, in dem man nicht länger suchen musste und sich darauf beschränken konnte zu analysieren, was man bereits wusste.

In der Regel spürte man es tatsächlich, wenn man an diesen Punkt gelangt war, hatte der Alte behauptet. Aber vorerst, dachte Barbarotti, hat man ihn in diesem Fall … besser gesagt, in diesen drei Fällen, noch nicht erreicht.

Immerhin etwas. Zu wissen, dass man nicht genug weiß, ist ja auch eine Art Wissen.

Und wo konnte man die Informationen finden, die einem fehlten?

In seinem Kopf tauchte die Floskel *it's all in the family* auf, und er fragte sich, ob das nur ein nächtliches Irrlicht oder relevant war. Wen gab es beispielsweise in Jack Waldes Familie, mit dem er zu sprechen versäumt hatte?

Der Sohn war abgehakt. Mit der ausgezogenen Ehefrau hatte einer der Kollegen in Stockholm gesprochen, er wusste nicht mehr, wer. Darüber hinaus hatte Walde eine Schwester, die offenbar stark autistisch war und in einem Heim lebte, zwei verstorbene Eltern sowie einen gut hundertjährigen Großvater. Wenn ihn nicht alles täuschte, war das alles. Konnte es da etwas geben? Konnte abgesehen von den verstorbenen Eltern eine dieser Personen wertvolle Informationen über das eine oder andere besitzen, die verhinderten, dass dieser Kahn Schiffbruch erlitt?

Er trank einen Schluck Tee, schloss die Augen und begann

tatsächlich, sich ein Segelboot vorzustellen (besser als ein Ruderboot, wenn man auf hoher See war), das auf türkisfarbenem Wasser auf dem Weg zu einer kartierten, aber noch unsichtbaren Inselgruppe war (*Solution Islands*, warum nicht?). Je länger er die Augen geschlossen hielt, desto klarer wurde zudem, dass er der Befehlshaber auf dieser schlanken Jacht war … Und ungefähr in dem Moment, als die Sonne im Westen endgültig am Horizont unterging, beschloss er, die drei blinden Passagiere über Bord zu werfen. Einen Großvater, eine Exfrau, eine Schwester, sie hatten nichts auf diesem Schiff zu suchen, und zufrieden mit diesem Entschluss und dieser Handlung konnte er endlich eine Mütze wohlverdienten Schlaf finden.

Wenn die Bedingungen stimmen, lässt sich auch in einem Korbsessel eine halbe Nacht hervorragend schlafen.

# 35

Kommissar Stig Stigman starrte ihn an.

»Was ist mit dir?«

»Rückenschmerzen«, sagte Barbarotti. »Hab diese Nacht in einem Korbsessel geschlafen, kann ich nicht empfehlen.«

Er ließ sich mühsam auf einen gewöhnlichen Stuhl sinken und nickte den anderen am Tisch zu; Staatsanwältin Bengtsson-Ståhle, den Inspektoren Lindhagen und Toivonen sowie Inspektor Kavafis. Die alle den empfohlenen Abstand von anderthalb Metern einhielten.

»In den Medien ruft man nach Ergebnissen«, verriet Stigman ihnen. »Das ist sogar durch den Coronawall zu hören. Also, welche Ergebnisse könnt ihr uns vorlegen?«

Die Tür ging auf und Eva Backman schloss sich ihnen an. Sie setzte sich auf den letzten freien Stuhl im Raum und bescherte Barbarotti damit ein paar Sekunden Bedenkzeit.

»Das eine oder andere«, erklärte er. »Aber nichts, was reif ist für unsere Freunde aus der Nachrichtenbranche.«

»Ist es eventuell reif für diese Versammlung?«, fragte Stigman, ohne den Mund mehr als einen Millimeter zu öffnen. »Wenn ich richtig sehe, sind hier keine Journalisten anwesend. Kein einziger. Mit anderen Worten, null.«

»Ja, gut, also schön«, sagte Barbarotti. »Wir sehen uns mit einem komplexen Fall konfrontiert, der von diversen Fragezeichen umgeben ist. Das größte dieser Fragezeichen ist natürlich, inwiefern unser letztes Opfer etwas mit den zwei vorherigen zu tun hat.«

»Du redest wie ein verfluchtes Buch«, warf Toivonen ein. »Aber sprich ruhig weiter.«

»Danke«, sagte Barbarotti. »Die literarischen Kontakte der letzten Zeit haben auf mich abgefärbt. Jedenfalls denke ich, wir sollten von der Hypothese ausgehen, dass Walde mit Lunde und Green zusammenhängt. Wenn es nicht so ist, heißt das, Walde ist Sache der Stockholmer Polizei und geht uns nichts an.«

»Was in gewisser Weise eine hervorragende Lösung wäre«, sagte Stigman. »Wir müssen hier einiges andere anpacken, ich muss wohl nicht näher darauf eingehen, wie groß unsere Arbeitsbelastung im Moment ist? Bomben und Granaten. Aber, hrrm, deshalb können wir die Verantwortung natürlich nicht einfach so auf andere abwälzen. Wir müssen uns unserer Verantwortung stellen. Was sagt die Staatsanwältin? Was sagen Sie?«

Ebba Bengtsson-Ståhle versuchte ein Lächeln zu übertünchen, und setzte ihre dünne Brille auf. »Ich stehe mit dem Staatsanwalt in Stockholm in Verbindung, der für diesen Fall vorläufig zuständig ist. Aber für das Ermittlungsverfahren ist natürlich die Polizei zuständig… in Stockholm und bei uns in einem engen Austausch, das ist ja nicht ungewöhnlich. Und solange wir den Gedanken an einen Zusammenhang nicht fallen lassen können, arbeiten wir so weiter. Barbarotti bleibt Leiter der Ermittlungen und hält Kontakt zu einem…«, sie konsultierte ihr Notebook, »zu einem Kommissar Pallander in Stockholm. Ich nehme an, Sie sind sich begegnet?«

»Ach ja«, antwortete Barbarotti.

»Ich bin ihm auch begegnet«, fiel Lindhagen ein. »Vor

Weihnachten. Achtzig Jahre alt plus minus fünf und kein Ass, aber er hat eine gute Assistentin.«

»Das deckt sich mit meiner Einschätzung«, sagte Barbarotti. »Und die Theorie von einem Zusammenhang stützt sich auf zwei Punkte. Zum einen sind alle drei Vermissten Schriftsteller, zum anderen sind sie vor ihrem Verschwinden von jemandem verfolgt worden. Sowohl Lunde als auch Green haben schriftliche Zeugnisse hinterlassen, aber das könnte auch ein Zufall gewesen sein. Etwas Vergleichbares haben wir bei Walde nicht gefunden. Aber er hat seinem Sohn von der Lage erzählt, kurz bevor er von uns gegangen … ich meine, bevor er verschwunden ist … dadurch wissen wir davon.«

»Noch Fragen?«, sagte Stigman und sah sich in der Runde um. »Fragen?«

Es gab sicherlich Fragen und auch die eine oder andere Antwort, aber als die Besprechung vorbei war, spürte zumindest Barbarotti, dass er nichts dagegen hätte, wenn Pallander … oder lieber Sarah Sisulu … aus Stockholm anrufen und erklären würde, man habe Jack Walde quicklebendig bei seiner Bekannten im Vorort Fittja gefunden. Oder er sei eines natürlichen Todes gestorben (Covid-19), zum Beispiel in einem der vielen coronaverseuchten Altenheime der Hauptstadt. Aber so alt war er natürlich noch nicht, es war sein Großvater, der über hundert war.

Es kam kein solcher Anruf, aber die Situation verbesserte sich trotzdem deutlich, als er sich mit Eva Backman und Inspektor Lindhagen zu weiteren Überlegungen zurückziehen durfte.

»Es ist so, liebe Kollegen«, ergriff Lindhagen das Wort, »dass es eine Formulierung gibt, die ich zutiefst verabscheue, und sie lautet, *mehrgleisig ermitteln*. Jeder erbärmliche Chef, den ich während meiner tausendjährigen Karriere als Bulle hatte, hat mir gesagt, ich müsse *mehrgleisig ermitteln*, und ich habe mit dieser verdammten Methode nie auch nur einen einzigen Fall gelöst. Da lobe ich es mir, *eingleisig zu ermitteln*!«

»Das musst du uns ein bisschen genauer erklären«, meinte Eva Backman.

»Gern«, sagte Lindhagen. »Man entscheidet sich, einem Gleis, also einer Spur zu folgen, und geht ihr nach, bis man am Ziel ist. Entweder zu einer Lösung oder zu einer Wand gelangt. Sollte es eine Wand sein, besorgt man sich eine neue Spur und fängt wieder von vorn an. Versteht ihr?«

»Brillant«, sagte Barbarotti. »Wie kommt es, dass du nicht an der Polizeihochschule unterrichtest?«

»Das ist mir auch ein Rätsel«, gestand Lindhagen. »Aber ihr versteht, was ich meine, was das andere Rätsel angeht: die Schriftsteller, die sich in Luft aufgelöst haben?«

»Ich bin ja nicht von Anfang an dabei gewesen«, sagte Eva Backman. »Aber ich habe mich ziemlich gut eingearbeitet und nehme an, du meinst, dass wir einen von zwei Wegen wählen sollen. Wir entscheiden uns entweder dafür … warte, ich muss ein bisschen nachdenken.«

»Frei denken ist groß, richtig denken ist größer«, sagte Barbarotti.

»Woher hast du das denn jetzt schon wieder?«, wollte Lindhagen wissen.

»Das steht an der Wand einer Universitätsaula«, antwortete Barbarotti. »In Uppsala, glaube ich. Und?«

»Also«, ergriff Eva Backman erneut das Wort. »Wir setzen voraus, dass wir es mit einem einzigen Verfolger zu tun haben … demselben in allen drei Fällen. Und weil unsere

Schriftsteller offenbar alle ein wenig unsympathisch waren, will sagen Individuen, die es geschafft haben, sich Feinde zu machen, könnte es so sein, dass der Täter … oder die Täterin … ein bisschen zu viel einstecken musste von diesem Trio, von jedem Einzelnen, und beschlossen hat, dass es jetzt reicht. Oder …«

»Gute Einleitung«, sagte Lindhagen. »Oder?«

»Oder hinter dem Ganzen steckt etwas Spezifischeres.«

»Was heißt spezifisch?«, sagte Barbarotti.

Eva Backman begann, auf dem Whiteboard, das im Raum hing, Kreise zu malen, hörte aber wieder auf und stellte sich stattdessen ans Fenster.

»Ein Vorfall«, sagte sie. »Etwas, das diese drei erlebt haben, und darüber hinaus … eine vierte Person. Das ist der eigentliche Knackpunkt, die eigentliche Ursache für alles. Dafür, dass Person Nummer vier loslegt mit ihrem … tja, ich weiß nicht recht … ihrem *Rachefeldzug*, könnte man sagen?«

»Vergeltungsaktion klingt noch besser«, sagte Lindhagen.

»Es spielt vielleicht keine Rolle, wie wir es nennen«, meinte Backman.

»Da hast du recht«, sagte Lindhagen.

»Es könnte auch eine Person Nummer fünf geben«, bemerkte Barbarotti. »Oder acht oder zwölf … die vorhaben, sich eine weitere Gruppe von Schriftstellern zu schnappen.«

»Umso besser ist die Idee, den Fall vor Weihnachten zu lösen«, sagte Lindhagen. »Aber sollen wir uns dafür entscheiden … für, wie hast du dich ausgedrückt? Für das Spezifischere?«

»Als wir uns das letzte Mal darüber unterhalten haben, hast du etwas von Mustern gefaselt«, erinnerte Barbarotti ihn.

»Vergiss es«, sagte Lindhagen. »Übrigens glaube ich, das

ist das Gleiche. Und, was machen wir? Welchem schmalen Gleis wollen wir folgen?«

Eine Weile blieb es still. Eva Backman sah einfach nur skeptisch aus, und Barbarotti fand, dass Lindhagens Argumentation ziemlich hohl war. Gleichzeitig erschien es ihm sinnvoll, sich für das eine oder das andere zu entscheiden, aus dem einfachen Grund, dass es kompliziert war, auf mehreren Wegen gleichzeitig zu marschieren.

Oder Gleisen.

»Ich bin dabei«, sagte er nach einer Weile. »Nehmen wir einmal an, dass wir bereit sind, mit einer intensiven eingleisigen Fahndung zu beginnen. Wenn wir das tun, schlage ich vor, dass wir auf *den spezifischen Vorfall* setzen. Und das nicht nur, weil es mir interessanter vorkommt. Eva und ich haben in Stockholm darüber gesprochen, genauer gesagt darüber, dass keiner aus unserem Trio zur Polizei gegangen ist, was darauf hindeuten könnte, dass sie alle etwas zu verbergen haben, und am naheliegendsten dürfte sein, dass …«

»… sie das Gleiche verbergen wollen«, ergänzte Eva Backman. »Diese Argumentation finde ich tatsächlich ziemlich logisch, aber ich denke trotzdem, dass wir uns diskret verhalten sollten. Es kann nicht schaden, den Anschein zu erwecken, dass wir wie wild mehrgleisig ermitteln.«

»Einen ganzen Rangierbahnhof abarbeiten«, sagte Lindhagen und lächelte zufrieden. »Ich beuge mich der gebündelten Weisheit meiner Kollegen. Dann müssen wir uns nur noch auf die Suche nach diesem Vorfall machen. So verdammt schwer kann das doch nicht sein, oder?«

Barbarotti merkte, dass jemand im Raum seufzte, und erkannte staunend, dass er es selbst war.

# 36

»Ich habe eine Antwort des Feuilletonchefs bekommen«, sagte Eva Backman. »Zumindest eine vorläufige Antwort. Aber er meldet sich in ein paar Stunden noch einmal, wenn er die Sache genauer untersucht hat.«

Barbarotti sah von seinem Bildschirm auf und versuchte, den Rücken zu strecken.

»Aua! Du meinst die Zeitung?«

»Genau. Du bist heute Nacht herzlich willkommen, im Bett zu schlafen. Jedenfalls glaubt er, dass Walde 2016 in Kopenhagen und auf einer der Buchmessen in Göteborg gewesen ist. Er schaut nach, was mit der anderen ist. Das klingt doch ganz vielversprechend.«

»Kopenhagen oder Göteborg?«, sagte Barbarotti. »Dann stehen wir sozusagen vor einer neuen Wegwahl… um das schmalste Gleis und diesen hypothetischen Vorfall zu finden. Kopenhagen klingt in meinen Ohren netter.«

»Netter?«, sagte Eva Backman. »Was machen wir hier eigentlich?«

»Ich glaube, es ist eine Art Ermittlung«, sagte Barbarotti. »Aber Dänemark hat meines Wissens die Grenze nach Schweden geschlossen, das könnte ein Problem sein. Vielleicht lassen sie so sympathische Bullen wie uns ja hinein, obwohl wir Schweden sind?«

»Ja, mein Gott, was für Zeiten«, erwiderte Eva Backman

seufzend. »Die Leute dürfen nicht mehr zu ihren Sommerhäusern fahren, und in ganz Europa findet kein einziges Fußballspiel statt.«

»Es ist, wie es ist«, sagte Barbarotti. »Jedenfalls haben wir eine interessante Mail von Sisulu in Stockholm bekommen. Du weißt schon, diese smarte, junge …«

»Danke, ich glaube, ich erinnere mich an sie. Und was ist so interessant?«

Barbarotti wandte sich wieder seinem Computer zu. »Nun, sie fragt, ob wir darüber nachgedacht haben, dass es sich auch um zwei Täter handeln könnte. Wie soll eine einzelne Person Jack Walde auf dem kurzen Fußweg zwischen seiner Wohnung und diesem Pub am Samstag übermannt und entführt haben, fragt sie sich. Wenn wir uns vorstellen, dass es sich so abgespielt hat. Ohne eine Spur zu hinterlassen … Anscheinend sind Pallander und noch jemand den gleichen Weg gegangen, den wir genommen haben, und haben nichts entdeckt. Ich finde, das ist ein vernünftiger Gesichtspunkt. Waren sie zu zweit?«

Eva Backman dachte nach und nickte. »Zwei Täter? Stimmt, damit könnte sie richtigliegen. Wenn jemand Walde einfach erschossen … oder erstochen hätte … und ihn einfach liegen gelassen hätte, wäre es etwas anderes. Aber ihn anschließend auch noch wegzuschaffen … schwierig.«

»Genau. Eine Leiche in ein Auto zu bugsieren und wegzufahren. Wenn du mich fragst, klingt das kaltblütig und professionell.«

»Was hältst du von zwei gekauften Profis?«

»Daran möchte ich lieber gar nicht erst denken«, sagte Barbarotti. »Und wenn wir an die diskreten Zwischenfälle in den Bibliotheken vor Weihnachten denken, passt das auch nicht richtig … völlig unmöglich ist es trotzdem nicht.«

»Man muss nicht immer die gleiche Methode anwenden, wenn man drei Menschen umbringt«, sagte Eva Backman. »Wir sollten es jedenfalls im Hinterkopf behalten. Dass es bei Walde zwei Täter gewesen sein könnten.«

»Glaubst du, sie sind alle drei tot?«

Eva Backman runzelte die Stirn. »Wie gesagt, ich bin nicht von Anfang an dabei gewesen. Das solltest du besser einschätzen können.«

»Ja, das ist wahr«, sagte Barbarotti. »Aber ich habe Rückenschmerzen.«

Die Information des Feuilletonchefs der großen Tageszeitung traf zwei Stunden später ein. Es ließ sich mit Sicherheit sagen, dass Jack Walde 2014 die Buchmesse in Göteborg besucht hatte; er hatte zwei Artikel geschrieben und drei Nächte im Park Hotel übernachtet. Möglicherweise hatte er auch die Messe drei Jahre zuvor besucht, dann aber nicht im Auftrag der Zeitung.

Beim Buchforum in Kopenhagen im November 2016 war er an mindestens zwei Tagen gewesen, hatte einen zusammenfassenden Bericht über die Veranstaltung geschrieben sowie drei Autoren interviewt, einen aus Dänemark, einen aus Norwegen, einen aus Schweden. Der schwedische Vertreter war nicht identisch mit Maria Green oder Franz J. Lunde, die sich an den aktuellen Tagen ebenfalls in Kopenhagen aufhielten.

So viel dazu, dachte Barbarotti, als er die Informationen erhalten hatte. Wie war das noch gleich mit den Größenunterschieden zwischen Kopenhagen und Göteborg? Also mit der Größe der Veranstaltungen, denn dass in der dänischen Hauptstadt wesentlich mehr Menschen lebten als in der schwedischen Westküstenmetropole, war ihm klar. Er suchte Kavafis' Informationen heraus. Göteborg: tausend Autoren, tausend Fachbesucher (Journalisten, Verlagsangestellte und Bibliothekare), hunderttausend gewöhnliche Besucher (zum Beispiel Leser, zum Beispiel Politiker, die kulturell interessiert wirken wollten).

Kopenhagen: ungefähr ein Zehntel davon.

In Ordnung, dachte Barbarotti. Keine schwere Wahl, wenn wir uns schon für den schmalen Weg entschieden haben. Das heißt, wenn sie einen hineinlassen.

Er machte einige zögerliche Rückenübungen, beschloss, nach Hause zu fahren, und hoffte, dass Eva Backman mit den beiden Plänen einverstanden sein würde: der dänischen Hauptstadt und der Villa Pickford.

Als sie ihr schlichtes Essen verspeist hatten, aufgewärmte Fischsuppe vom Vortag, und vor dem Fernseher Platz genommen hatten, warf Eva eine Frage in den Raum.

»Dieser Lunde, war es nicht so, dass er schon einmal verschwunden ist?«

»Stimmt. Wieso?«

»Wann war das?«

»Ich erinnere mich nicht genau. Warum willst du das wissen?«

Sie dachte eine Weile nach – während der Nachrichtensprecher im Fernsehen über die Coronalage in Schweden und der Welt berichtete, über neue Hilfspakete für krisengeplagte Branchen, über Kritik an der Staatlichen Gesundheitsbehörde und der schwedischen Strategie, aber auch über zwei neue Sprengstoffanschläge in Stockholm, unterlegt mit Bildern von Glassplittern, zerstörten Fahrrädern und Laubengängen ohne Schutzgeländer.

»Ich finde, wir sollten ausschalten.«

»Von mir aus gern«, sagte Barbarotti und klickte die neueste Wirklichkeit in der Hauptstadt weg. »Also, was geht dir zu Lunde durch den Kopf?«

»Der Zeitpunkt. Im Verhältnis zu Kopenhagen.«

»Du meinst, dass …?«

»Ja. Können wir nicht wenigstens mit dem Gedanken spielen? Wenn wir schon eingleisige Fahndung betreiben.«

»Ich gehe nachsehen«, sagte Barbarotti und erhob sich mühevoll von der Couch.

»Tu das, dann massiere ich dir anschließend den Rücken.«

»Du bist ein Engel.«

»Ich werde dich bestimmt nicht mit Samthandschuhen anfassen. Sonst hat es keinen Sinn.«

»Ich habe das Recht, es mir anders zu überlegen«, sagte Barbarotti und schlurfte zum Arbeitszimmer.

Zwei Minuten später kehrte er mit etwas zurück, das vermutlich eine grimmige Falte zwischen den Augenbrauen sein sollte. Jedenfalls vertikal und ziemlich attraktiv, fand Eva Backman. Sie signalisierte sowohl Denkfähigkeit als auch Tatkraft. Schade nur, dass seine Körperhaltung so schlecht war, aber das lag wohl am Rücken.

»Das ist in der Tat ganz interessant«, sagte er. »Lunde hat sich von Mitte Januar bis Mitte März von allen ferngehalten, und zwar 2017, mit anderen Worten nur ein paar Monate nach Kopenhagen … aber warum das eine mit dem anderen zusammenhängen soll, verstehe ich nicht.«

»Ich auch nicht«, erwiderte Eva Backman. »Ich finde nur, wir sollten es im Kopf behalten.«

»Ich habe so viele lose Gedanken in meinem Schädel, ich bräuchte …«

»Was bräuchtest du?«

Barbarotti dachte nach. »Eine gute Planskizze, um sie zusammensetzen zu können … ja, genau.«

»Ist das nicht der springende Punkt bei der eingleisigen Ermittlung à la Lindhagen?«, schlug Eva Backman vor. »Wir setzen alles auf eine Karte und schaufeln alle kleinen Gedanken zu einem einzigen großen zusammen!«

Barbarotti glättete die Falte an der Stirn und versuchte sich stattdessen an einem intelligenten, aber entspannten Lächeln.

»Exakt. Die Kopenhagenspur hat eine Erfolgsaussicht von ungefähr zwei Prozent, und das klingt natürlich ziemlich hoffnungslos. Aber die Wahrheit ist auch sonst nicht größer, wenn man … wenn man die achtundneunzig Prozent Spekulationen und Lügen bedenkt, von der sie stets umgeben ist.«

»Brillant«, sagte Eva Backman. »Schreib das auf, dann sorge ich dafür, dass es später auf deinen Grabstein kommt. Jetzt wirst du massiert.«

# 37

Regen klatschte gegen das Fenster von Barbarottis Büro im Polizeipräsidium von Kymlinge. Es war früher Vormittag am Freitag, dem vierundzwanzigsten April, und die Ankunft des Frühlings hatte einen Riss bekommen. Er saß da und dachte an die berühmte Zeile, dass es in allem einen Riss gebe. Einen Riss, der das Licht hereinlasse; die meisten dachten, das wären Leonard Cohens Worte, er selbst meinte sich dagegen erinnern zu können, dass sie von Oscar Wilde stammten.

Dass ihm ausgerechnet diese klugen Worte durch den Kopf gingen, lag nicht an dem Frühlingsriss, sondern daran, dass er gerade mit einem dänischen Kollegen telefoniert hatte, einem gewissen Jesper Larsen bei der Kopenhagener Polizei. Barbarotti hatte ihm erklärt, wobei er seine Hilfe benötigte, und als es dem Kollegen endlich gelungen war, sein Anliegen zu verstehen, hatte er zwei Fragen gestellt: 1) Hatte Barbarotti vielleicht eine Gehirnblutung erlitten? 2) Hatte die schwedische Polizei keine wichtigeren Probleme? Zum Beispiel die Bekämpfung eines Virus?

Auf die erste Frage hatte Barbarotti geantwortet, es sei durchaus möglich, dass in seinem Schädel etwas kaputt sei, was dann aber angeboren sein musste. Bei Frage zwei verteidigte er sich damit, dass schwedische Polizisten sich siebzigmal am Tag die Hände wüschen, aber dennoch Zeit hätten, sich für die Kultur einzusetzen – sowie damit, dass man nach einer neuen Methode vorgehe, die *eingleisige Fahndung* genannt werde.

Jesper Larsen hatte eine halbe Minute gelacht, am Ende aber versprochen zu schauen, was er zustande bekommen könne.

Barbarotti betrachtete den Regen, während er über das dänische Lachen nachgrübelte, und dachte, dass es durchaus berechtigt gewesen war. Selten oder nie hatte er sich bei Ermittlungen so verloren gefühlt. In zehn Minuten fand eine Pressekonferenz statt, und da er der Leiter dieser Ermittlungen war, wurde von ihm erwartet, dass er etwas Optimistisches dazu sagte, wie die Polizei bei den Ermittlungen vorankam. Reichte da diese Zeile von Wilde/Cohen?

Er glaubte es nicht.

Sie lief dann trotz allem ganz passabel, die Pressekonferenz; das konnte er festhalten, als er eine gute Stunde später wieder in seinem Büro saß und erneut zum Starren in den Regen übergegangen war. Eingleisige Fahndung hatte immerhin den Vorteil, dass man behaupten konnte, die Polizei verfolge eine Spur, was sich bedeutend besser anhörte, als zu behaupten, man arbeite mehrgleisig und ermittle in alle Richtungen. Letzteres wurde leicht so gedeutet, dass man im Dunkeln tappte, und dass die erwähnte Spur vermutlich in eine völlig falsche Richtung führte, musste man ja nicht an die große Glocke hängen.

Bevor Anfang der Woche das Problem mit Jack Walde aufgetaucht war, hatte der Fall der beiden zuvor verschwundenen Schriftsteller das ganze Frühjahr über im Winterschlaf gelegen. Jedenfalls mehr oder weniger, es war nichts Neues aufgetaucht, das die Ermittlungen vorangebracht hätte, sie waren zwar nicht eingestellt worden, aber langsam in das

Stadium hinübergeglitten, das gemeinhin *Dornröschenschlaf* genannt wurde. Nicht tot, bloß schlafend und darauf wartend, die mittlerweile (zumindest in den Medien) extrem populäre Bezeichnung *cold case* übergestülpt zu bekommen.

Doch jetzt waren auf einmal ganz neue Töne zu hören, und weil für eine halb oder ganz schlafende Ermittlung nichts erquickender ist als *ein neuer Mord im gleichen Stil* (sozusagen, dachte Barbarotti und gähnte; man wurde wirklich nicht wacher davon, stillzusitzen und regelmäßig fallenden Niederschlag zu beobachten), wurde es Zeit, zurückzugehen und zu versuchen, sich das eine oder andere in Erinnerung zu rufen. Was er nach reiflicher Überlegung und mithilfe einer mentalen Anstrengung, die sich sehen lassen konnte, in Angriff nahm.

Also Franz J. Lunde und Maria Green.

Die sich beide, zu Recht, als Schriftsteller bezeichnen konnten.

Die beide im Spätherbst aus Hotels in Kymlinge verschwunden waren. Zwar aus verschiedenen Hotels, aber unter ansonsten ähnlich unklaren Umständen.

Die sich beide mit einer Art Verfolger konfrontiert gesehen hatten. Möglicherweise demselben.

Die beide schriftliche Berichte über die Zeit hinterlassen hatten, bevor sie vom Erdboden verschluckt wurden. Berichte unterschiedlicher Art, aber trotzdem.

Die beide in dem Ruf standen, schwierig zu sein, und die deshalb mit Sicherheit den einen oder anderen potentiellen Feind hatten.

Die allem Anschein nach beide etwas zu verbergen hatten.

Die sich beide im November 2016 für ein paar Tage in Kopenhagen aufgehalten hatten. (Auch in Göteborg zwei Jahre zuvor, aber dieses Detail lag vorläufig auf Eis.)

Barbarotti begnügte sich vorerst mit diesen aufgefrischten Erinnerungsnotizen und stellte sich die Frage, die sich ganz selbstverständlich aus ihnen ergab.

In welchen Punkten stimmte Jack Waldes Schicksal mit dem seiner Vorgänger überein?

Er brauchte nicht lange, um festzustellen, dass es frappierende Ähnlichkeiten in allen Punkten gab bis auf zwei. Der abweichende Punkt eins war, dass Walde kein schriftliches Zeugnis hinterlassen hatte. Zumindest hatte man nichts dergleichen gefunden. Die Information über einen Verfolger stammte stattdessen von seinem Sohn. Der zweite Unterschied bestand darin, dass Walde an einem anderen Ort verschwunden war. Stockholm statt Kymlinge.

Hatten diese Abweichungen eine Bedeutung?

Mit einem gerüttelten Maß an Selbsterkenntnis wurde Barbarotti bewusst, dass er nicht einmal die Frage verstand. Was hieß hier *Bedeutung?* Aber dieser Gedankensprung fand wiederum statt, weil eine andere Frage auftauchte.

Warum waren sie überhaupt verschwunden?

Warum waren sie nicht einfach umgebracht worden? (Wenn sie denn wirklich tot waren.)

Mit anderen Worten: Welches Motiv konnte ein Täter dafür haben, dass seine Opfer sich in Luft auflösten? Warum wurden sie nicht einfach ermordet und liegen gelassen? Zum Beispiel in einem Hotelzimmer oder einem Rinnstein.

Außerordentlich scharfsinnige Fragestellung, dachte Kommissar Barbarotti und rief Kommissarin Backman an.

»Ich verstehe, was du meinst«, erklärte sie fünf Minuten später, als sie in sein Zimmer gekommen war. »Und die Antwort auf die Frage, die am ehesten auf der Hand liegt, ist nicht unbedingt die richtige.«

»Was?«, sagte Barbarotti.

»Die Antwort, die auf der Hand liegt, könnte falsch sein.«

»Ja, das habe ich gehört«, sagte Barbarotti. »Aber was ist die Antwort, die auf der Hand liegt?«

»Dass es den Mörder entlarven würde, wenn wir die Opfer fänden, natürlich. Oder dass sie uns zumindest eine Menge Anhaltspunkte liefern würden. An einer Leiche findet man fast immer Spuren.«

»Das habe ich auch schon gehört«, stimmte Barbarotti ihr zu. »Aber wenn das nicht die richtige Antwort auf die Frage ist, was folgt daraus?«

»Du möchtest mit dem Gedanken spielen, dass es dafür eine andere Erklärung gibt?«

»Hast du das nicht angedeutet? Also schön, wir spielen mit dem Gedanken. Welche Vorschläge hast du?«

Eva Backman sah in den Regen hinaus. »Verdammt, das schüttet vielleicht«, sagte sie nach einer Weile.

»Das brauchst du mir nicht zu sagen«, meinte Barbarotti. »Was wir benötigen, sind ein paar Ideen. Wenigstens eine. Warum sind diese Schriftsteller spurlos verschwunden? Wenn sie tot sind, warum sind sie außerdem versteckt worden?«

»Jemanden umzubringen ist leicht«, sagte Eva Backman. »Eine Leiche zu beseitigen ist schwierig.«

»Erst recht von einer Straße mitten in Stockholm«, sagte Barbarotti. »Selbst wenn sie pandemiebedingt menschenleer ist … oder aus einem Hotelzimmer wo auch immer auf der Welt. Und?«

Eva Backman wandte den Blick vom Regen ab und drehte sich um. »Ich weiß es nicht … aber ich habe so ein Gefühl, dass ich eine Antwort finde, wenn ich nur etwas nachdenken darf.«

Barbarotti überlegte einen Moment. »Das ist interessant«, sagte er. »Wenn man weiß, dass es um die Ecke eine korrekte Antwort gibt und es nur darauf ankommt, sich etwas in Geduld zu üben.«

»Ich glaube, so hat Einstein gedacht«, sagte Eva Backman.

»Sicher, wir haben einiges gemeinsam, er und ich«, erwiderte Barbarotti. »Wollen wir essen gehen?«

Am Samstag und Sonntag fanden gewisse Verschiebungen statt. Der Regen hörte auf, und das Frühjahr übernahm von Neuem das Ruder. Gunnar Barbarotti erkannte, dass er vergessen hatte, seinen Holznachen zu teeren, obwohl es bald Mai war, und verbrachte am Samstagnachmittag zwei Stunden mit dieser angenehmen Beschäftigung. Das flachbodige Boot würde sicher auch in diesem Jahr nicht seetüchtig sein, aber das war egal. Wichtig war nicht das Ergebnis der Arbeit, sondern die Arbeit selbst. Das langsame, regelmäßige Pinseln, der Teerduft, sich im Freien unter einem hohen Himmel aufhalten zu dürfen, umgeben von optimistischem Vogelgesang, blauenden Sternhyazinthen, knospenden Knospen an Büschen und Sträuchern, wie auch immer sie hießen, und eine Erde, die unter den Füßen buchstäblich anschwoll … obwohl die virenverseuchte Welt anscheinend aus dem letzten Loch pfiff, oder zumindest die Menschheit … ja, das war wirklich Balsam für eine ausgelaugte Bullenseele.

Eva schleppte Gartenmöbel ins Freie, sie tranken den Kaffee am Nachmittag in einer spürbar wärmenden Sonne, und er dachte, dass er im nächsten Leben dafür sorgen würde, den ganzen Winter in den Winterschlaf zu gehen, von Geburt an finanziell unabhängig zu sein und in Pension zu gehen, sobald er seine Schullaufbahn beendet hatte.

»Er wird auch dieses Jahr wieder auf den Grund sinken, oder?«, fragte Eva, als der Nachen fertig geteert war.

»Das hoffe ich«, sagte Gunnar Barbarotti.

Etwas später, als sie ins Haus umgezogen waren, traf eine Nachricht aus Manly nahe Sydney in Australien ein. Es war eine ungewöhnlich lange Mail von Kalle an seine liebe Mutter, in der er ihr mitteilte, dass er auf dem Heimweg sei. Das Gericht habe ihn für ein geringfügiges Drogenvergehen zu drei Monaten gemeinnütziger Arbeit verurteilt. Er werde von Mai bis Juli eine Ausbildung bei der Feuerwehr durchlaufen, habe danach aber vor, nach Schweden zurückzukehren – wenn es dann noch Fluggesellschaften gab – und noch einmal bei null anzufangen. Die Ehe mit Siren werde wahrscheinlich aufgelöst werden, darauf hätten sie sich geeinigt, und Sirens Plan laute, Australien zur gleichen Zeit zu verlassen wie Kalle und nach Norwegen zurückzukehren. Kalle entschuldigte sich dafür, dass Evas Aufenthalt im Dezember einiges zu wünschen übriggelassen habe, aber es sei für sie alle eine schwierige Phase gewesen.

In der Mail stand nichts darüber, wie das Sorgerecht für den kleinen Floral geregelt werden sollte, aber Eva tröstete sich damit, dass sie auf jeden Fall ein besseres Gefühl dabei hatte, ein Enkelkind in Norwegen zu haben als in Australien.

»Er ist weicher geworden«, sagte sie außerdem über Kalle. »Es ist weniger von seinem Vater in ihm, mehr von mir.«

»*The more of you, the better*«, kommentierte Barbarotti.

»Sagte der Bauer am Hochzeitstag zu seiner fetten Frau«, kommentierte Backman.

Was die Polizeiarbeit betraf, stellte sich im Laufe des Wochenendes eine wahre Flut an Mails von Sarah Sisulu aus

Stockholm ein. Es wurde deutlich, dass solche Petitessen wie Wochenendabende und Feiertage die junge, schwarze Schöne nicht von der Arbeit abhielten. Selbst unter den gerade herrschenden Bedingungen nicht.

Und so konnte man festhalten, dass Jack Walde im Zusammenhang mit seinem Verschwinden eine Woche zuvor von keiner Überwachungskamera bildlich festgehalten worden war. Von diesen gab es in Södermalm relativ viele, aber keine in der Nähe seiner Wohnung in der Heleneborgsgatan und keine auf dem Weg, den Walde eventuell genommen hatte, als er sich zum Pub The Bishops Arms in der Hornsgatan bewegte. Wenn er diesen Weg überhaupt gegangen oder zu ihm aufgebrochen war, um sich seinem Schicksal zu stellen.

Es gab eine Menge Fragezeichen, aber man hatte trotzdem begonnen, die Leute zu befragen, die an dem angenommenen Fußweg wohnten, eine Befragung, die allerdings bisher (Sonntagabend, achtzehn Uhr) nicht von Erfolg gekrönt gewesen war.

Des Weiteren war das Personal im Hotelkomplex Clarion am Norra Bantorget befragt worden, das heißt, alle, die am siebenundzwanzigsten Februar im Restaurantteil im Erdgeschoss gearbeitet hatten, aber zu erwarten, dass ein Barkeeper oder Kellner sich zwei Monate später an einen oder zwei periphere Gäste erinnerte, war ziemlich viel verlangt.

Fand zumindest Kommissar Barbarotti, dem es gelegentlich schon schwerfiel, sich zu erinnern, mit wem er eine Stunde zuvor in der Cafeteria des Präsidiums gesprochen hatte.

Aber gut, dachte er, als Eva und er sich am Montagmorgen ins Auto setzten, um zur Arbeit zu fahren, die Mühlen mahlen.

Gleichzeitig erkannte er, dass ungefähr fünf Monate vergangen waren, seit er Anfang Dezember im Zug nach Stockholm gesessen hatte, um sich eingehender mit den Umständen rund um das Verschwinden des Schriftstellers Franz J. Lunde zu beschäftigen.

Fünf Monate waren wiederum so viel wie einhundertfünfzig Tage. Seine Gedanken wandten sich nach innen und nach oben, und er stellte eine einfache und bescheidene Frage:

Durfte man die fromme Hoffnung hegen, dass die Mühlen sich entschlossen, in der nächsten Zeit schneller zu mahlen?

Eine Antwort der höheren Macht, mit der er sich regelmäßig austauschte, meinte er jedoch nicht wahrzunehmen. Das hatte er auch gar nicht erwartet. Unser Herrgott betrachtete zwar aus alter Gewohnheit, was mit seiner Schöpfung geschah, vor allem die oftmals bizarren Aktivitäten der Menschen (einst, im Anbeginn der Zeit nach seinem Abbild erschaffen), aber er war immer enthaltsamer geworden, wenn es darum ging, in das Geschehen einzugreifen.

Für rein kriminelle Betätigungen gab es im Übrigen in jedem zivilisierten Land eine Polizei, damit sie dafür sorgte, dass Recht und Ordnung aufrechterhalten wurden. Nicht wahr?

Allerdings.

## *Ground Zero – zwei*

*Wir landen an einem Tisch mit einem Männerquartett, zwei von ihnen sind mir halbwegs bekannt, zwei unbekannt. Für sie sind alle Unbekannte. Weißwein und Bier. Anfangs ernst, während die Minuten verrinnen immer weniger ernst. Die zwei Unbekannten sind wahrscheinlich ein schwules Pärchen, sie verlassen uns nach einer Weile. Zurück bleiben die beiden Männer um die fünfzig, ich selbst und die Debütantin, die so verdammt frech und lustig ist, dass ich mich alt fühle und neidisch bin. Nach einer Stunde habe ich genug, leere mein Glas und erkläre, dass ich ins Bett gehe. Die Debütantin zögert, aber nur ganz kurz, und einer der Männer geht zur Bar, um neue Getränke zu holen. Ich sage, gute Nacht und wir sehen uns morgen beim Frühstück. Als ich auf den Aufzug warte, singt Janis Joplin in der Bar »Me and Bobby McGee«. Es ist das beste Lied der Welt, aber ich kehre trotzdem nicht um.*

# VII.

## Mai 2020

# 38

»Was ist das?«

Barbarotti sah auf. »Ein paar Informationen von unseren Freunden in Dänemark. Du siehst nicht glücklich aus.«

Lindhagen schloss die Tür hinter sich, zog einen Stuhl zu sich heran und setzte sich in gebührendem Abstand. »Ich komme gerade aus dem Krankenhaus. Er ist bei Bewusstsein, traut sich aber nicht, den Mund aufzumachen. Verdammt, hast du so was schon einmal gehört?«

»Rockerclub?«

»Nennen sich ›Die Schlagringe‹. Handlanger der Bandidos. Aber ich will nicht darüber sprechen. Dieser Zeuge stirbt lieber dreimal, als den Mund aufzumachen. Was sind das für Freunde, die wir in Dänemark haben?«

Barbarotti ließ das dünne Heft quer über den Schreibtisch flattern, und Lindhagen fing es auf.

»Jesper Larsen bei der Kopenhagener Polizei. Ich habe ihn vor ein paar Jahren kennengelernt und einen Fall für ihn gelöst. Wir sind in Kontakt geblieben, ich habe ihn um Hilfe gebeten, und jetzt ist sie gekommen.«

»Eine Hand wäscht die andere?«

»Könnte man sagen. Das da ist jedenfalls das Programmheft des Buchforums in Kopenhagen im November 2016. Mit Informationen über alle teilnehmenden Autoren. Einschließlich unserer alten Bekannten Franz J. Lunde und Maria Green.«

Lindhagen blätterte in dem Heft und nickte. »Könnte nicht schaden, wenn wir ein bisschen vorankommen. Die Zeit vergeht … ja, sieh einer an, hier haben wir sie ja. Quicklebendig und kein bisschen verschwunden. Ich muss schon sagen, sie sehen ziemlich ernst aus.«

»Das gehört zum Berufsbild«, sagte Barbarotti. »Ein Schriftsteller soll die gesammelte Angst der Welt auf seinen Schultern tragen. Wenn man fröhlich aussieht, ist man nicht seriös.«

Lindhagen kratzte sich am Kopf. »Wie viele sind es?«

»Fünfunddreißig«, sagte Barbarotti. »Vor allem Dänen natürlich, aber auch ein paar skandinavische Nachbarn und zwei Engländerinnen. Sowie eine Gruppe weniger etablierter Autoren … die mit Fotos sind die bekanntesten, und auf die konzentrieren wir uns.«

»Fünfunddreißig?«, sagte Lindhagen.

»Ja, wenn ich mich nicht verzählt habe.«

»Und was hast du jetzt vor? Alle aufsuchen und vernehmen?«

»Eine gute Idee. Hast du einen anderen Vorschlag?«

Lindhagen ließ ein heiseres Lachen hören. »Ja, verflucht«, sagte er. »Darf ich dabei sein, wenn du das Stigman vorschlägst?«

»Darum wollte ich dich bitten«, sagte Barbarotti. »Ich kann bestimmt irgendwo eine schusssichere Weste auftreiben.«

»Hm«, sagte Lindhagen. »Ich glaube, er ist heute im Homeoffice, das wird also nicht nötig sein. Aber wie machen wir jetzt weiter?«

»Ich habe schon darüber nachgedacht«, sagte Barbarotti. »Ich glaube, das ist eine passende Aufgabe für Kavafis.«

»Aufgabe?«, sagte Lindhagen. »Was denn für eine Aufgabe?«

»Er arbeitet ziemlich selbstständig«, sagte Barbarotti. »Ich gebe ihm zwei Tage. Er bekommt diese fünfunddreißig Schriftsteller und meinen dänischen Kontakt, und dann sehen wir weiter.«

»Klingt wie eine ziemlich gute Abkürzung«, sagte Lindhagen.

»Das ist keine Abkürzung, das ist eine eingleisige Strecke.«

»Ja, natürlich«, sagte Lindhagen. »Aber das ist im Grunde das Gleiche.«

»Was du nicht sagst«, erwiderte Barbarotti.

Inspektor Kavafis, der wie halb Schweden während der Pandemie im Homeoffice arbeitete, zumindest an den meisten Tagen, erhielt seinen konspirativen Auftrag von Kommissar Barbarotti um vierzehn Uhr am dreizehnten Mai, einem Mittwoch. Er wurde außerdem angewiesen, alles andere fallen zu lassen und dies Monsieur Chef, Kommissar Stigman, gegenüber nicht zu erwähnen, weil ... tja, weil es eine delikate Angelegenheit war.

Wenn der Inspektor verstehe?

Erik Kavafis verstand zu hundert Prozent.

Bericht am Freitag um vierzehn Uhr.

Er verstand auch das. Achtundvierzig Stunden, kein Problem. Er begann damit, die Autoren aufzulisten, zunächst nach ihrer Herkunft, anschließend nach ihrem Alter. Dänemark fünfundzwanzig. Schweden drei. Norwegen zwei. Island zwei. Großbritannien zwei. Finnland einer. Summa summarum fünfunddreißig, genau wie der etwas wirre, aber doch zahlenkundige Kommissar Barbarotti erklärt hatte.

Sechzehn Männer, neunzehn Frauen. Inspektor Kavafis folgerte daraus, dass die Frauen heutzutage nicht nur als Kulturkonsumenten dominierten, sie waren auch dabei, als Produzenten das Kommando zu übernehmen. Aber darum ging es hier nicht.

Die Ältesten von allen waren eine dänische Autorin Jahrgang 1936 sowie die eine der beiden Isländerinnen, die ein Jahr später geboren war.

Die Jüngsten: zwei Däninnen, beide Debütantinnen, die eine 1988 geboren, die andere 1990. Dann folgte ein Sprung zu einem sehr bärtigen Dichter aus Odense, der bereits 1979 das Licht der Welt erblickt hatte, genau ein Jahrzehnt, bevor Erik Kavafis zur Welt gekommen war.

Er betrachtete die Fotos der beiden jungen Däninnen und überlegte, welche von ihnen er sich als seine Freundin vorstellen könnte. Zu seinem eigenen Erstaunen kam er zu dem Schluss, dass ihm beide gefielen. Nicht, dass er sich mehr als eine Freundin gewünscht hätte, aber er begriff, dass es nicht ganz falsch war, was viele behaupteten, nämlich dass die Frauen in dem kleinen Land auf der anderen Seite des Sundes etwas Besonderes an sich hatten. Blond, mit langen Hälsen und so weiter und so fort.

Inwiefern eine feste Beziehung mit seiner angestrebten Karriere bei der Polizei vereinbar wäre, war natürlich eine ganz andere Frage. Aber da er nun schon eine Reihe von Jahren bei der Polizei von Kymlinge gearbeitet hatte und wie geplant zum Kriminalinspektor befördert worden war, sah er allmählich ein, dass es trotz allem einen Unterschied zwischen einem katholischen Priester und einem Gesetzeshüter gab. Einen nicht unerheblichen Unterschied.

Aber fort mit diesen peripheren Gedanken. Er sah auf die Uhr und beschloss, noch zwei Stunden zu arbeiten. Griff nach Stift und Notizblock und begann zu googeln.

Gegen elf Uhr am Freitagvormittag war die Liste komplett. Oder zumindest so komplett, wie man verlangen konnte. Er begab sich zum Präsidium, begegnete Barbarotti um die Mittagszeit in der spärlich besetzten Kantine und fragte, ob der Kommissar etwas dagegen habe, den Bericht ein wenig früher als verabredet zu bekommen. Barbarotti antwortete, das sei kein Problem, sie könnten sich in einer Viertelstunde in seinem Büro treffen. Er wolle nur vorher noch versuchen, den orientalischen Hähnchenauflauf zu verdrücken.

Kavafis, der Vegetarier war, wünschte ihm viel Glück.

»Also gut«, begann Barbarotti sechzehn Minuten später. »Du trinkst wahrscheinlich immer noch keinen Kaffee, was ich gut verstehen kann. Was hast du zu berichten?«

»Einiges«, antwortete Kavafis. »Aber ich kann ehrlich gesagt nicht einschätzen, was wir davon weiterverfolgen sollten.«

»Manchmal bleibt einem nichts anderes übrig, als zu raten«, sagte Barbarotti. »Manchen gefällt es, das Intuition zu nennen.«

»Vor allem hinterher, nicht wahr?«, sagte Kavafis. »Wenn man richtig geraten hat.«

»Genau«, lobte ihn Barbarotti. »Du wirst irgendwann noch Landespolizeichef.«

»Ich weiß«, sagte Kavafis, ohne rot oder verlegen zu werden. »Wie auch immer, fünfunddreißig Autoren haben an der Veranstaltung vor dreieinhalb Jahren in Kopenhagen teilgenommen. Abgesehen von unseren beiden Vermissten sind seither drei gestorben. Jack Walde war ja als Journalist da und steht nicht im Programm.«

»Danke, das ist mir bekannt«, sagte Barbarotti und blätterte in dem dünnen Heft. »Wer ist gestorben?«

»Eine Isländerin und eine Dänin, beide über achtzig, das ist also nicht besonders auffällig.«

»Du hast drei gesagt«, meinte Barbarotti.

»Ja, die dritte, die nicht mehr lebt, ist tatsächlich die Jüngste von allen gewesen. Eine Dänin, Trine Bang…«

Barbarotti fand sie. Eine junge, blonde Frau mit hohen Wangenknochen und einem scharfen Blick. Irgendwie durchdringend und gleichzeitig leicht spöttisch. Er erinnerte sich an Sarah Sisulu in Stockholm und dachte, dass diese Frau ihr genaues Gegenteil und dennoch genauso schön war.

»Warum ist sie tot?«, fragte er. »Sie wurde doch erst 1990 geboren.«

»Selbstmord«, sagte Kavafis. »Sie ist im Januar 2017 von ihrem Balkon gesprungen. Sie war noch keine siebenundzwanzig…«

»Und woher weißt du das? Das steht ja wohl kaum im Netz?«

»Doch, das tut es. Es ist mit der Zeit herausgekommen. Ein paar Monate nachdem es passiert ist, wurde ihr Bruder von einer Zeitung interviewt. Die Familie hatte offenbar gemeinsam beschlossen, damit an die Öffentlichkeit zu gehen.«

»Ich verstehe«, sagte Barbarotti. »Hast du über die anderen auch so viele Informationen gesammelt?«

»Ich habe einiges über einen Teil von ihnen«, erläuterte Kavafis. »Ich habe mir die Freiheit genommen, Prioritäten zu setzen.«

»Aha?«, staunte Barbarotti. »Prioritäten? Und welche Methode hast du angewandt, um diese Prioritäten zu setzen?«

Inspektor Kavafis dachte einen Augenblick nach, ehe er antwortete.

»Intuition«, sagte er. »Entschuldige, ich meine, ich habe geraten.«

Barbarotti blieb den restlichen Nachmittag mit dem Programm des Buchforums und Kavafis' Aufzeichnungen an seinem Schreibtisch. Las sich durch, was der Inspektor über jeden einzelnen Autor geschrieben hatte, stellte fest, dass er Franz J. Lunde und Maria Green übersprungen hatte, was wohl in der Natur der Sache lag, stellte aber auch fest, dass es ihm schwerfiel, sich zu konzentrieren. Statt weiterzulesen, kehrte er zu dem Bild der jungen Dänin zurück, die sich im Januar 2017 das Leben genommen hatte, nur zwei Monate nach der Veranstaltung in Kopenhagen und weniger als ein halbes Jahr nach ihrem Debüt als Autorin.

Warum?

Warum springt man von einem Balkon, nachdem man gerade den Durchbruch in einem Beruf geschafft hatte, in dem es extrem viel Konkurrenz gab? Und der attraktiv war, wenn man die Art von Begabung besaß.

Er wusste nicht zu sagen, ob es sich um Intuition oder um einen Schuss ins Blaue handelte, aber so oder so kam ihm das plötzlich wie eine äußerst berechtigte Frage vor.

Warum?

Er griff nach seinem Handy und rief Jesper Larsen an.

# 39

Es hatte einige Zeit gedauert, Kommissar Stigman zu überzeugen, aber am Ende hatte es geklappt. Es war trotz allem Pandemie, und das Christi-Himmelfahrts-Wochenende stand mit Brückentag und vielversprechenden Wettervorhersagen vor der Tür. Auch wenn die Arbeitsbelastung bei der Kriminalpolizei groß war, erwartete niemand Großtaten. Und je größer die Zahl der Mitarbeiter war, die dem Präsidium fernblieben, desto größer war natürlich auch die Chance, dass es sich nicht zu einem Hotspot für das verfluchte Virus entwickeln würde. Stigman fasste diesen Gedanken niemals in Worte, aber man hörte ihn zwischen den Zeilen.

»Macht euch einfach auf den Weg«, erklärte er resigniert (am Telefon, da er auch an diesem Tag zu Hause arbeitete). »Ich hoffe, sie lassen euch hinein, und wenn sie das tun, wird es höchste Zeit, dass ihr den Fall ein für alle Mal löst. Höchste Zeit, verstehst du, was ich sage? Löst den Fall!«

Barbarotti erklärte, genau das habe er vor.

Möglicherweise hatte er die Idee gehabt, Arbeit mit Vergnügen zu verbinden und sich ein paar Tage Urlaub in der dänischen Gemütlichkeit zu gönnen – Strøget, Nyhavn, Louisiana und so weiter –, aber es musste bei der Idee bleiben. Öffentliche Verkehrsmittel kamen in diesen seltsamen Zeiten auch nicht infrage, sodass sie am feiertäglichen Donnerstagnachmittag das Auto nahmen und nach Süden fuhren, ein paar Stunden später in ihrer Eigenschaft als Polizeibeamte bei einem dienstlichen Einsatz über die Brücke gelassen wurden und gegen einundzwanzig Uhr im Ascot Hotel nahe dem Rådhuspladsen einchecken konnten.

»Wenigstens war es nicht schwer, ein Zimmer zu bekommen«, erklärte Barbarotti, als sie sich eine Zwergflasche Rotwein aus der Minibar teilten.

»Jedes Übel bringt auch etwas Gutes mit sich«, sagte Eva Backman. »Womit ich nicht diesen Wein meine.«

Der erste Kriminalbeamte Jesper Larsen war zwei Meter groß und besaß einen vollkommen kahlen und gut polierten Kopf. Fünfzig Jahre alt, schätzte Eva Backman, plus minus fünf. Einhundertzwanzig Kilo, plus minus zehn. Er empfing sie in seinem Büro im Polizeihauptquartier am Polititorvet und erklärte, er freue sich, Barbarotti wiederzusehen, und freue sich noch mehr zu sehen, dass er eine so reizende Frau habe, aber natürlich bedauere er, dass sie in einer so tristen Angelegenheit gekommen seien.

Aber sie seien alle Polizisten, sodass man sich über den Anlass des Besuchs vielleicht nicht wundern müsse?

»Der Tod ist unser kleinster gemeinsamer Nenner«, sagte Barbarotti.

»Das dürfte für alle Menschen gelten«, erwiderte Jesper Larsen. »Wenn man es recht bedenkt.«

»Die werten Herren sind ja heute wahre Frohnaturen«, sagte Eva Backman. »Das ist in diesen Zeiten nicht das Schlechteste.«

»Hrrm, ja«, sagte Jesper Larsen und öffnete die Mappe, die vor ihm auf dem Schreibtisch lag. »Aber jetzt reden wir nicht weiter über Corona, ich glaube, dass sich das Virus allein schon dadurch verbreitet, dass man darüber redet.«

»Interessante Theorie«, sagte Eva Backman. »Aber ich bin ganz deiner Meinung, wir sollten uns stattdessen auf unser Anliegen konzentrieren. Warum beschließt eine junge, erfolgreiche und schöne Frau, sich das Leben zu nehmen?«

*»Something is rotten in the state of Denmark«,* bemerkte Jesper Larsen.

»Auf der anderen Seite des Sunds auch«, sagte Barbarotti. »Deshalb sitzen wir ja hier.«

»Nun, letzten Endes sind wir eben doch Brudervölker«, sagte Jesper Larsen und blätterte in der Mappe. »Aber das mit Trine Bang ist schon eine traurige Geschichte, das ist sie wirklich. Und wie ich schon sagte, die Polizei ist gleich zu Anfang eingeschaltet gewesen… ich meine, in den Wochen unmittelbar nachdem es passiert ist. Im Januar und Februar 2017. Sie war doch so jung, und es erschien einem so sinnlos. Aber sie war offenbar depressiv.«

»Und warum?«, fragte Eva Backman. »Warum war sie depressiv?«

»Es ist schwierig, depressiv zu sein, wenn man jung ist«, sagte Barbarotti. »Wesentlich einfacher, wenn man älter ist, da ist es fast schon ein Teil der Lebensbedingungen.«

Jesper Larsen breitete die Arme aus. »Das mag sein. Wir haben jedenfalls nie herausgefunden, warum es ihr schlecht ging. Aber anscheinend konnten ihre Freunde bezeugen, dass es so war. Ich habe mit der Sache nie etwas zu tun gehabt, aber wenn ihr möchtet, könnt ihr euch heute Nachmittag mit einer Kollegin von mir treffen. Mette Pedersen, sie weiß wesentlich mehr als ich. Ich habe gedacht, sie wäre heute Morgen im Haus, aber sie ist anderweitig beschäftigt. Kommt um eins, wenn das passt?«

»Das passt«, versicherte Barbarotti. »Aber du hast auch etwas Material in dieser Mappe?«

Jesper Larsen nickte. »Wenn jemand von einem Balkon springt und dabei zu Tode kommt, werden bei uns grundsätzlich Ermittlungen aufgenommen. Ist das bei euch nicht genauso?«

»Meistens«, antwortete Barbarotti. »Vor ein, zwei Jahren hatten wir sogar einen regelrechten Trend, es wurde von den *Balkonmädchen* gesprochen. Gemeint waren junge Frauen, die auf die Art umgekommen sind, es waren ziemlich viele, und es ging in der Regel um die Familienehre ... und es konnte nicht immer geklärt werden, ob sie wirklich freiwillig gesprungen sind.«

»Das kenne ich«, sagte Jesper Larsen. »Es ist zum Kotzen, um Klartext zu reden.«

»Aber hat ein solcher Verdacht auch bei Trine Bang bestanden?«, fragte Eva Backman.

Jesper Larsen zuckte mit seinen breiten Schultern. »Das weiß ich nicht. Nach dem, was in der Mappe steht, wohl eher nicht, aber es kommt ja durchaus vor, dass nicht alles schriftlich festgehalten wird. Ich schätze, dass Mette Bescheid weiß, in ein paar Stunden bekommt ihr also hoffentlich eine Antwort.«

»Ein halbes Jahr vorher hatte sie ihr erstes Buch veröffentlicht«, sagte Eva Backman. »Ein ziemlich gefeiertes Debüt, wenn ich das richtig sehe?«

»O ja«, sagte Jesper Larsen. »Die Kritiker waren sich einig, ihr wurde eine glänzende Karriere vorhergesagt. Aber es wurde auch die Ansicht geäußert, dass gerade das sie fertiggemacht haben könnte.«

»Jetzt komme ich nicht ganz mit«, gestand Barbarotti.

»Man spricht vom Syndrom des zweiten Buchs«, erläuterte Jesper Larsen. »Oder des zweiten Albums, wenn es um Musik geht. Manchmal fällt es halbwegs leicht, erfolgreich zu debütieren, aber anschließend mit dem nächsten Werk zu zeigen, dass man das Niveau halten kann, ist verflixt noch mal wesentlich schwieriger … wie gesagt, manche macht es fertig.«

»Davon habe ich gehört«, sagte Eva Backman. »Aber sprach in Trine Bangs Fall etwas dafür, dass das auch auf sie zutraf?«

»Wie gesagt, das weiß ich nicht«, entschuldigte sich Jesper Larsen. »Aber vor ihrem Tod hat sie offenbar an einem Band mit Erzählungen gearbeitet. Zwei der Geschichten sind posthum veröffentlicht worden, und ich glaube, sie sind positiv aufgenommen worden … aber über eine verstorbene Autorin sagt man vielleicht auch nichts Schlechtes? Erst recht nicht, wenn es sich um eine junge Frau handelt.«

»In manchen Zusammenhängen hat der Tod seinen Charme«, sagte Barbarotti.

Jesper Larsen schüttelte den Kopf. »Die Art von Todesromantik finde ich wirklich widerlich. Aber ich muss euch fragen, warum ihr hier sitzt. Verschwundene Schriftsteller … das klingt in meinen dänischen Ohren ein bisschen seltsam. Was treibt ihr da? Ich dachte, ihr wärt vollauf mit Bomben und Bandenkriminalität beschäftigt? Und dieser Sache, über die wir nicht reden wollen.«

»Das stimmt schon, darauf kannst du dich verlassen«, sagte Eva Backman. »Dass ein paar Schriftsteller verschwinden, ist für uns nur das Tüpfelchen auf dem i.«

Jesper Larsen verzog den Mund zu einem Grinsen und wandte sich an Barbarotti. »Und dass es einen Anhaltspunkt in Kopenhagen geben soll, ist nur … wie hast du das genannt? … ein Nebengleis?«

»Eingleisige Fahndung«, sagte Barbarotti. »Manchmal muss man es eben auf gut Glück versuchen.«

»Der Meinung bin ich auch«, sagte Jesper Larsen und sah auf die Uhr. »Ich versuche es ständig auf gut Glück. Aber in ein paar Minuten muss ich jemanden vernehmen. Ich schlage vor, wir essen gemeinsam zu Mittag, dann könnt ihr euch anschließend mit Mette Pedersen treffen.«

»Hört sich gut an«, sagte Eva Backman. »Ihr habt wahrscheinlich ein Restaurant im Haus?«

»Das haben wir«, bestätigte Jesper Larsen mit einem schiefen Grinsen. »Aber wenn wir Gäste haben, meiden wir es tunlichst. Gegenüber vom Eingang dieser Festung liegt auf der anderen Straßenseite eine Gaststätte, die tatsächlich wieder aufgemacht hat. Ole's, ihr könnt sie nicht übersehen. Sagen wir um zwölf dort?«

»Ausgezeichnet«, sagte Barbarotti. »Viel Glück bei der Vernehmung.«

Nach einer Reihe belegter Brote und jeweils einem Glas Carlsberg nahm Mette Pedersen sie in Empfang, eine hagere, grauhaarige Frau mit einer Stimme, die einem verriet, dass sie in ihrem Leben hunderttausend Zigaretten geraucht und des Öfteren ein Bier getrunken hatte. Sie erklärte, sie sei Dänemarks älteste aktive Polizistin und freue sich darauf, in einem guten Monat in Pension zu gehen.

Aber das solle erst dann ein Grund zum Trauern sein. Jetzt gehe es um Trine Bang und eine ganz andere Art von Trauer.

»Du hast die Ermittlungen geleitet?«, fragte Barbarotti. »Ist das richtig?«

»Es ist etwas übertrieben, das eine Ermittlung zu nennen«, antwortete Mette Pedersen. »Es war nur ein höchst pflichtschuldiger Einsatz. So arbeiten wir hier bei Selbstmord. Tut ihr das nicht?«

»Doch«, sagte Barbarotti. »Man will ja sichergehen. Aber

hast du uns etwas zu sagen über diesen … Einsatz? Wir sind für jedes Detail dankbar.«

Mette Pedersen betrachtete die beiden zugereisten Kollegen mit einem halb amüsierten, halb ernsten Blick.

»Ja, Jesper hat mir die Lage erklärt … dass ihr einem ziemlich dünnen Faden folgt. Aber das ist eure Sache, und ich werde euch erzählen, welchen Eindruck ich von der tragischen Geschichte Trine Bangs hatte. Sie ist von ihrem Balkon im zehnten Stock gesprungen, und das hat sie getan, weil sie nicht mehr leben wollte. Depressionen oder irgendeine psychische Störung, ich bin kein Psychiater. Verdammt tragisch natürlich, aber solche Dinge kommen nun einmal vor.«

»Ist irgendetwas passiert, das der Auslöser gewesen ist?«, fragte Eva Backman. »Manchmal gibt es das ja.«

»Möglich, dass es so etwas gegeben hat«, antwortete Mette Pedersen. »Aber das haben wir nicht näher untersucht. Das war nicht unsere Aufgabe. Unser Auftrag lautete lediglich festzustellen, ob es sich um einen Selbstmord handelte, und sonst nichts.«

»Und das habt ihr festgestellt?«

Mette Pedersen zögerte, aber nur eine Sekunde. »Ja, das haben wir. In Ermangelung von etwas anderem.«

»In Ermangelung von etwas anderem?«, sagte Barbarotti.

Mette Pedersen seufzte. »Ihr wisst doch, wie das ist, oder? Wenn es nichts gibt, das auf etwas anderes hindeutet, entscheidet man sich eben für die einfachste Lösung.«

»Aber?«, sagte Barbarotti.

»Es gibt immer ein *Aber*. Wäre Trine Bang ein Rockstar oder die Premierministerin gewesen, hätten wir vielleicht tiefer gegraben, aber sie war weder das eine noch das andere.«

»Hat sie mit jemandem zusammengelebt? Hatte sie Kinder?«

»Keine Kinder. Sie lebte allein. Hatte ein halbes Jahr zuvor einen Mann verlassen. Sie hatten drei Jahre gemeinsam in der Wohnung gelebt.«

»Hast du mit ihm gesprochen?«

»Selbstverständlich. Er hat mittlerweile eine Familie und wohnt in Schweden. Schullehrer.«

Barbarotti nickte. Eva Backman übernahm.

»Und du bist dir sicher, dass sie sich das Leben genommen hat?«

»Ziemlich sicher.«

»Gab es irgendwelche seltsamen Dinge?«

»Es gibt immer seltsame Dinge.«

»Und welche waren es in Trine Bangs Fall?«

Mette lachte kurz und freudlos auf. »Ihr gebt nicht auf, was?«

»Stimmt«, sagte Barbarotti. »Wir sind nicht in diese schöne Stadt gekommen, um aufzugeben. Es wäre nett, wenn du uns auf die Sprünge helfen könntest.«

Mette Pedersen lachte erneut, wurde dann aber ernst. Dachte einige Augenblicke nach.

»Okay, es gab zwei Dinge, die seltsam waren.«

»Und zwar?«

»Erstens, ihr Computer war verschwunden. Zweitens, das Türschloss des Mietshauses war beschädigt …«

Barbarotti und Backman wechselten einen Blick.

»Beschädigt?«, fragte Barbarotti.

»Aufgebrochen. Ein, zwei Tage vorher.«

»Sprich weiter«, bat Eva Backman.

»Dem ist nicht viel hinzuzufügen. Wir haben weder das eine noch das andere jemals klären können. Aber es war schon seltsam, dass der Computer weg war und … na ja, dass die Eingangstür offen stand, hieß natürlich, dass jeder ins

Haus gelangen konnte. Ein zwölfstöckiges Gebäude, glaube ich. Keine schöne Gegend, ich meine mich zu erinnern, dass sie eine Wohnung in Aussicht hatte, die näher am Stadtzentrum gelegen hätte… aber daraus ist ja dann nichts geworden.«

»Habt ihr die Nachbarn befragt?«, wollte Barbarotti wissen.

»Selbstverständlich.«

»Können wir die Adresse bekommen?«

»Selbstverständlich. Viel Glück.«

Sie wurden von einem Beamten ins Hotel zurückgefahren. Gute Nachbarschaft und gute Zusammenarbeit über den Sund hinweg, so lautete die offizielle Linie; Eva Backman überlegte, dass dies heutzutage auch absolut nötig war. Wenn dem organisierten Verbrechen die Grenzen zwischen den Ländern egal waren – jedenfalls vor der Coronaepidemie –, musste die Polizei ihrem Beispiel folgen.

Wenngleich diese spezielle Angelegenheit wahrscheinlich äußerst wenig mit organisierter Kriminalität zu tun hatte.

»Du hast doch nicht etwa vor, dahin zu fahren?«, fragte sie, als sie in ihr Zimmer gekommen waren.

»Wohin?«

»Zu diesem zwölfstöckigen Haus?«

»Nein«, sagte Barbarotti. »Ich wollte nur den Anschein erwecken, dass wir nichts dem Zufall überlassen.«

»Gut«, sagte Eva Backman. »Es erscheint mir wesentlich klüger, die Lage bei einem Essen zu analysieren.«

»Wenn wir ein offenes Restaurant finden«, sagte Barbarotti.

»Ich googele«, sagte Eva Backman.

# 40

Sie fanden ein Restaurant, und das Essen war vorzüglich. In Butter gebratener Heilbutt, frischer Spargel und neue Kartoffeln. Dazu ein Chablis.

Bei der Analyse hakte es dagegen gewaltig. Eine junge dänische Schriftstellerin nahm im November 2016 an einem Literaturfestival in Kopenhagen teil. Zwei Monate später nahm sie sich das Leben. Ein Trio aus schwedischen Literaten, das bei der gleichen Veranstaltung anwesend gewesen war, verschwand drei Jahre später spurlos, der Letzte erst im April 2020.

Deutete eigentlich irgendetwas darauf hin, dass das eine mit dem anderen zu tun hatte?

Nein, laut Eva Backman.

Na ja, laut Gunnar Barbarotti. Was war mit ihrem Computer?

Gestohlen von einem Nachbarn, der den Tumult ausgenutzt hat, schlug Eva Backman vor. Oder von ihrem früheren Freund.

Welchen Tumult?

Der losging, als sie gesprungen ist?

Und das Türschloss?

In solchen Vierteln ist in jedem dritten Hochhaus das Schloss kaputt.

Du hast Vorurteile.

Ich bin Realistin. Außerdem geht es bei unseren Ermittlungen um drei Vermisste in Schweden, nicht um einen vermuteten Selbstmord in Dänemark.

Pause in der Analyse. Ein Schluck Chablis.

Wiederaufgenommene Analyse: Wenn man nun doch auf die Idee käme, diesem einen Gleis noch etwas weiter zu folgen, welche Maßnahmen könnte man sich dann vorstellen?

Da gibt es eigentlich nur eine Methode, meinte Eva Backman.

Du meinst die anderen Autoren, erkundigte sich Gunnar Barbarotti. Sich mit ihnen in Verbindung zu setzen und nachzuhören, ob sie etwas beobachtet haben?

»Genau«, sagte Eva Backman seufzend. »Und dafür bin ich nicht zu haben.«

»Du denkst, dass wir dafür etwas mehr in der Hand haben sollten?«, fragte Barbarotti.

»Nein«, sagte Eva Backman, »dafür müssen wir *viel* mehr in der Hand haben. Jetzt zahlen wir und gehen ins Hotel zurück.«

Am Samstag, unterwegs auf der E6, kehrten Barbarottis Gedanken mehrfach zur Theorie der eingleisigen Fahndung zurück, die Lindhagen propagiert hatte. Entweder man lag richtig oder man stieß auf eine Wand, hatte er gesagt. Und wenn man auf eine Wand stieß, setzte man zurück und entschied sich für ein neues Gleis.

Ein neues Gleis?

Verfluchter Unsinn, dachte er. Wo in aller Welt sollte man ein solches finden, nachdem man gegen eine Felswand geknallt war? Er hatte gelesen, dass der letzte Ermittlungsleiter im Mordfall Olof Palme beabsichtigte, seine Lösung des Falls noch vor Mittsommer zu präsentieren, vierunddreißig

Jahre nach dem Mord, bei diesen Ermittlungen musste es also einen regelrechten Rangierbahnhof mit zahllosen Gleisen gegeben haben. Aber ein ermordeter Premierminister wog natürlich schwerer als ein paar verschwundene Schreiberlinge.

Das einzig Positive, das im Fall besagter Schreiberlinge auftauchte, hatte eher das Kaliber eines Strohhalms als eines Eisenbahngleises, und es war Eva Backman, die ihn daran erinnerte.

Dazu kam es jedoch erst am Sonntag, als sie in der Fliederlaube saßen und vorsommerlich zum Klang von Hummeln, Amseln und eines Kuckucks am anderen Ufer des Sees frühstückten. Kuckuck, Kuckuck, ruft's aus dem Wald.

»Der Fall kommt diese Woche im Fernsehen. In dem Magazin für ungelöste Fälle, man weiß nie.«

Das stimmte. Barbarotti hatte es fast vergessen, aber ein paar Wochen zuvor hatte ein Fernsehmoderator angerufen und erklärt, man habe vor, den Fall vor dem Sommer noch einmal aufzugreifen. Nicht als großen Programmpunkt, nur für zwei Minuten kurz vor Ende der Sendung. Sie hatten schon im Januar einen längeren Beitrag ausgestrahlt, aber nichts mehr, nachdem auch Jack Walde verschwunden war.

Aber jetzt war es so weit.

»Stimmt«, sagte Barbarotti. »Tja, man weiß nie. Das zählt dann wohl eher als eine maximale Variante mehrgleisiger Fahndung, aber egal.«

Das Programm wurde erst am Donnerstagabend gesendet, es war die letzte Folge vor der Sommerpause, und am folgenden Tag, am Freitagnachmittag, dem neunundzwanzigsten Mai, rief ihn Sarah Sisulu aus Stockholm an.

»Wir haben vielleicht etwas«, teilte sie ihm mit.

Mit einer gewissen unterdrückten Erregung, fand Barbarotti. Aber vielleicht deutete er auch nur sein eigenes Inneres.

»Aha?«

»Ein Typ, der sagt, dass er etwas gesehen hat.«

»Ich verstehe. Was hat er gesehen?«

»Er scheint ein bisschen speziell zu sein, aber ich glaube ihm.«

»Was hat er gesehen?«

»Walde und Lunde.«

»Walde und Lunde?«

»Ja.«

»Und?«

»Mehr wollte er am Telefon nicht sagen. Nur, dass er glaubt, es sei wichtig. Er ist übers Wochenende auf einer Hochzeit im Norden, in Pajala. Am Montag wieder in der Stadt. Ich werde mich mit ihm treffen, aber ich denke, es könnte nicht schaden, wenn du dazukommst.«

Barbarotti dachte hastig nach.

»Zoom oder Skype?«

»Ich hasse das.«

»Pallander?«

»Ist krankgeschrieben. Hat sich Mittwoch das Bein gebrochen. Beim Fußballspielen mit seinem Enkelkind.«

»Er darf sich mit Enkelkindern treffen?«

»Er ist ehrlich gesagt erst fünfundsechzig. Die Empfehlung der Gesundheitsbehörde gilt nur für Leute über siebzig. Wir sind zu dritt, nur du und ich und der Zeuge.«

»Also gut«, sagte Barbarotti. »Ich komme.«

»Schön«, sagte Sarah Sisulu. »Dann sagen wir Montag um siebzehn Uhr in meinem Büro. Ich wünsche dir ein schönes Wochenende.«

»Danke, gleichfalls.«

## *Unterwerfung – zwei*

*Wieder eine schlaflose Nacht. Auf der Uhr auf dem Nachttisch ist es Viertel nach vier, und um diese Zeit kann man eigentlich nur aufgeben. Er hat das ganze Frühjahr schlecht geschlafen, aber in den letzten Wochen ist die Sache völlig aus dem Ruder gelaufen. Oft liegt er bis kurz vor dem Morgengrauen wach, und wenn er die Stunde des Wolfs zwischen drei und vier hinter sich gelassen hat, ohne ein Auge zuzumachen, ist die Nacht verloren.*

*In den einzelnen Stunden, in denen es ihm dennoch gelingt zu schlafen, kommen die Albträume. Oder besser gesagt der Albtraum, denn drei von vier Malen ist es der gleiche. Zumindest das gleiche Thema mit Variationen.*

*Die verfluchten Leichen. Ganz gleich, was er auch anstellt, es gelingt ihm einfach nicht, sie zu verstecken, es kommen Leute zu Besuch, alte Bekannte aus grauer Vorzeit, Schulkameraden und so, und plötzlich stehen sie vor dem Misthaufen, und ein weißer Knochen oder ein ganzer Fuß ragt aus der Scheiße heraus. Einmal sogar ein Kopf, eigenartig gut erhalten mit Wangen und Lippen, Augen und Haaren, und er versteht, im Traum und hinterher, dass die alte Wahrheit, dass Körper sich in Dung auflösen, völliger Unsinn ist.*

*Wenn er hinausgeht und in wachem Zustand nachsieht, braucht er auch nicht viele Schaufeln Mist abzutragen, bis er auf das eine oder andere halbwegs intakte Körperteil stößt. An manchen Stellen noch bekleidet, er nimmt an, dass der Dung zu alt ist. Wahrscheinlich hat der Misthaufen hier seit Jahrzehnten gelegen, alle chemischen Prozesse sind längst zum Erliegen gekommen, und der Haufen ist in jeder entscheidenden Hinsicht tot. Tatsächlich lebloser als die Leichen, die er inzwischen enthält, denn in diesen sterblichen Überresten geschieht nach wie vor einiges. Vor allem in dem letzten Toten, schließlich ist er vor ein paar Wochen noch lebendig gewesen.*

*Wenigstens werden wohl die Körperflüssigkeiten austrocknen, und die Würmer sehen hoffentlich zu, dass sie das Skelett gründlich sauber fressen. Auch wenn das Zeit braucht. Alles braucht Zeit. Und trotzdem kommt es ihm manchmal, vor allem in den schlaflosen Nächten, so vor, als würde sie stillstehen.*

*Er steht auf. Öffnet die Vorhänge und blickt auf die wogenden rapsgelben Felder hinaus. Das Meer lässt sich vage als Luftspiegelung im Morgennebel erahnen, es liegt zwei Kilometer entfernt, und er überlegt, ob er das Fahrrad nehmen oder sich damit begnügen soll zu gehen. Es ist leichter, an Gedanken festzuhalten, wenn man zu Fuß geht, aber er weiß nicht, ob er das überhaupt will. An den Gedanken festhalten … oder ob er zulassen will, dass sie sich verflüchtigen.*

*In gewisser Weise ist es vorbei, und ihm bleibt nur noch, ihr ihren letzten Willen zu erfüllen, was vielleicht das Schwierigste überhaupt ist. Aber die Entscheidung liegt ohnehin nicht in seiner Hand, er ist bloß ein Erfüllungsgehilfe, der die Anweisungen befolgt, die er bekommt. Wohl oder übel.*

*Er schiebt die morsche Haustür auf und tritt in die laue Luft hinaus, mit einer Mischung aus schwachen Vorsommerdüften weht eine leichte Brise heran, die ihn beinahe froh stimmt. Es wird ein Sommer kommen, und wenn er vorbei ist, wird er ein anderer Mensch sein und… da weitermachen können, wo alles unterbrochen wurde.*

*Er nimmt ein Paar Handschuhe mit und geht los. Der Bootsmotor muss überprüft werden, und er will sich die Hände nicht mit Öl beschmieren. Vielleicht wird er gezwungen sein, das Ungetüm auf einer Schubkarre heimzurollen oder es zur Inspektion in die Stadt zu bringen.*

*Aber es besteht kein Grund zur Eile. Sie hat davon gesprochen, dass das Ende naht, aber er ist sich nicht einmal sicher, ob das Boot Verwendung finden wird. Das ist nicht seine Entscheidung, nichts ist seine Entscheidung gewesen, wie hätte es das sein sollen? Hat er in seinem ganzen Leben jemals irgendetwas entschieden?*

*Kein Mensch wird mich verstehen, denkt er, als er über die erste kleine Erhebung gekommen ist und nun wirklich das Meer zwischen den fliehenden Nebelschleiern erblickt.*

*Aber es wird sich auch kein Mensch die Mühe machen müssen.*

# VIII.

## Juni 2020

## 41

Beim dritten Mal wird alles gut, dachte Gunnar Barbarotti, als er im Stadtteil Kungsholmen aus dem Auto stieg.

Zweifellos aus gegebenem Anlass. Zweimal war er zuvor in die Hauptstadt gereist, seit diese zähe Angelegenheit ein paar Wochen vor Weihnachten begann. Jetzt war es Juni, und wenn ein Fünkchen Wahrheit in der alten Behauptung lag, dass man die Fälle, die man nicht am Anfang der Ermittlungen löst, niemals löst, gab es wenig Anlass zu Optimismus. Ein halbes Jahr war nun einmal ein halbes Jahr.

Auch wenn die Dänemarkspur keinen Durchbruch gebracht hatte, fiel es ihm schwer, sie fallenzulassen. Auf der Fahrt nach Stockholm hatte er sich eingeredet, dass es zumindest nichts gab, was gegen sie sprach. Sie musste nicht zwingend eine Sackgasse sein. Trine Bangs Selbstmord *konnte* mit dem unbekannten Schicksal der drei schwedischen Schriftsteller zusammenhängen. Das Gegenteil war nicht bewiesen.

Er erkannte, dass seine Argumentation fast schon kindisch war, aber da er nun einmal der war, der er war, durften die Gedanken so lange in seinem Kopf bleiben, wie es ihnen gefiel. *Fragen, die man nicht aufhören kann zu stellen, haben wahrscheinlich eine gewisse Bedeutung,* hatte er irgendwo aufgeschnappt, allerdings leider mit dem Zusatz: *oder sie sind sinnlos.*

Doch an diesem Tag ging es offensichtlich um etwas völlig anderes. Unklar, worum, denn über den Zeugen, der nach der Fernsehsendung am Donnerstag bei der Polizei angerufen hatte, wusste er nur, dass er ein Mann namens Ivar Stark war, dass er Rentner war und zwei der drei vermissten Schriftsteller in einer Situation beobachtet hatte, die für die Polizei angeblich interessant war. So lauteten die knappen Informationen, die Herr Stark Sarah Sisulu telefonisch übermittelt hatte – die ihn als speziell, aber gleichzeitig glaubwürdig und besonnen einschätzte.

Weiß der Teufel, dachte Barbarotti und nahm Kurs auf das Polizeipräsidium. Aber wie gesagt, diese Dreizahl hatte etwas, das man nicht mit dem Bade ausschütten sollte.

Ivar Stark sah aus wie ein Verkäufer in einem Herrenbekleidungsgeschäft einer schwedischen Kleinstadt in den frühen Sechzigerjahren. Gunnar Barbarotti hatte ungefähr zu dieser Zeit gerade Schnuller und Windeln hinter sich gelassen und konnte sich nicht erinnern, in seinen ersten Lebensjahren jemals ein solches Etablissement besucht zu haben, aber trotzdem. Vielleicht hatte er es in einem alten Film gesehen.

Jedenfalls ein granitgrauer Anzug aus Terylen, ein hellblaues Hemd aus Charmeusenylon sowie eine grüne Krawatte aus Nappaleder. Barbarotti wusste nicht, woher er die Namen dieser textilen Abarten kannte, nahm vorläufig jedoch an, dass er sie in einem früheren Leben aufgeschnappt hatte. Er begrüßte den recht kleinen, aber äußerst adretten und durchtrainierten Mann mit dem gebotenen Ellbogen, wiederholte dies mit der jungen Smarten, obwohl er sie lieber umarmt hätte, und setzte sich auf den dritten Stuhl im Raum.

»Ausgezeichnet«, sagte Sarah Sisulu. »Dann können wir anfangen? Darf ich Sie, Herr Stark, bitten, dass Sie uns zunächst kurz erzählen, wer Sie sind, bevor wir auf die Beobachtung eingehen, über die Sie uns in Kenntnis setzen wollen. Ich möchte Sie außerdem darüber aufklären, dass wir dieses Gespräch aufnehmen.«

Sie machte eine Geste zu dem Aufnahmegerät, das vor ihr auf dem Tisch lag.

»Danke«, sagte Ivar Stark und streckte sich. »Mein Name ist Ivar Stark, ich bin zweiundsiebzig Jahre alt und Schiffsmakler emeritus.«

Barbarotti nahm an, dass ein Schiffsmakler Schiffe makelte, und dass er die akademische Bezeichnung *emeritus* stibitzt hatte, weil das besser klang als *früherer*.

»Ich lebe einen großen Teil des Jahres im Ausland«, fuhr Ivar Stark fort. »Meist in Spanien und vor allem während des Winterhalbjahres, aber ich habe auch eine kleine Bleibe in Gamla stan und eine Motorsegeljacht draußen in Dalarö. Momentan darf man ja kaum aus dem Haus gehen, geschweige denn reisen, aber das interessiert mich nicht die Bohne. Ich habe ausgezeichnete Augen, ein gutes Urteilsvermögen und lese viel, vor allem seit ich mich aus dem Berufsleben zurückgezogen habe.«

»Und wann war das?«, fiel Sarah Sisulu ihm ins Wort. »Wann sind Sie in Pension gegangen?«

»Ich bin nicht in Pension gegangen«, antwortete Herr Stark und legte den Kopf leicht in den Nacken. »Ich habe mich pensionieren lassen, das ist ein gewisser Unterschied. Das war vor sechs Jahren, 2014. Ich habe immer einfach gelebt und dafür gesorgt, dass ich meine Schäfchen im Trockenen habe.«

Es ließ sich nicht ausmachen, ob Letzteres ein Scherz sein sollte; wenn man sein Leben der Aufgabe gewidmet hatte, mit Schiffen zu handeln, sollte es einen ja eigentlich eher zum Nassen hinziehen. Aber Barbarotti verzichtete darauf, die eventuell lustig gemeinte Bemerkung zu kommentieren. Genau wie Sarah Sisulu, sie bedeutete dem Makler emeritus nur mit einem Kopfnicken weiterzusprechen.

Was er auch tat, nachdem er zunächst mit Daumen und Zeigefinger über seinen sorgsam getrimmten Schnurrbart gestrichen hatte.

»Ich habe mir immer zugutehalten können, dass ich eine ausgezeichnete Beobachtungsgabe besitze, und die Tatsache, dass ich hier sitze, ist diesem Umstand geschuldet«, erklärte er ernst. »Es hat mit einer Beobachtung zu tun, die ich im Dezember 2016 gemacht habe. Genauer gesagt am fünfzehnten, einem Donnerstag. Normalerweise halte ich mich um diese Jahreszeit nicht in Schweden auf, aber meine greise Mutter kränkelte, und ich hatte Spanien einige Tage zuvor verlassen. Meine Heimreise erwies sich als wohlbedacht, denn sie starb Heiligabend, und ich konnte an ihrem Sterbebett wachen. Sie ist achtundneunzig geworden. Mit anderen Worten kurz nach Ende des Ersten Weltkriegs zur Welt gekommen.«

»Können wir uns vielleicht auf diese Beobachtung konzentrieren«, schlug Anwärterin Sisulu vor.

»Natürlich, hrrm. Das Ganze hat sich in einem Café in Gamla stan abgespielt, es heißt Under kastanjen und liegt an dem Platz Brända tomten. Der Name bezieht sich natürlich auf den imposanten Kastanienbaum, der dort steht. Meine kleine Wohnung befindet sich in der Själagårdsgatan nicht mehr als hundert Meter entfernt, und wenn ich in der Stadt bin, frühstücke ich gelegentlich in dem Café. Zumindest vor Corona. Es ist dort immer ruhig und angenehm, es ist nie von Touristen bevölkert… ja, ein ausgezeichneter Ort, wenn man mit einer Zeitung und einem Tee seine Ruhe haben will. Und das will man ja. Ich trinke keinen Kaffee, was wahrscheinlich daran liegt, dass ich mich in meinem Leben so oft in England aufgehalten habe … übrigens auch in Schottland … aber das hat natürlich nichts mit dieser Sache zu tun.«

Nein, vermutlich nicht, dachte Barbarotti und unterdrückte ein Gähnen.

»An diesem Morgen, also dem fünfzehnten Dezember 2016, entschied ich mich, mit meinem Frühstückstablett die Treppe hinunterzusteigen, denn das Café verfügt auch über einen Raum im Untergeschoss, und dort unten ist es fast immer leer. Kann sein, dass da mal ein Student sitzt und an seinem Computer arbeitet, aber mehr Leute sind dort selten. An dem Morgen, von dem ich spreche, hielten sich allerdings zwei Personen in diesem unteren Raum auf, und ich habe sie beide erkannt. Es waren der Schriftsteller Franz J. Lunde und der Kritiker Jack Walde. Wie ich eingangs erwähnt habe, lese ich einiges an Belletristik und kann mir gut Gesichter merken. Lunde wohnt außerdem in Gamla stan, sodass ich ihm des Öfteren in den Gassen begegnet bin. Jedenfalls saßen die beiden Herren dort unten an einem Tisch, als ich mit meinem Tablett die Treppe herunterkam, und mir war augenblicklich klar, dass sie nicht gestört werden wollten. Sie steckten die Köpfe über dem Tisch eng zusammen und unterhielten sich flüsternd, und gleichzeitig eine Spur … nun, wirklich erregt. Es dauerte ein paar Sekunden, bis sie meine Ankunft bemerkten, aber als sie es taten, reagierten beide mit einer gewissen Bestürzung. Ich schätzte es sofort so ein, dass sie befürchteten, ich könnte etwas von ihrem Gespräch mitgehört haben … was ich außer wenigen Worten nicht getan hatte, und noch ehe ich dazu kam, mein Tablett auf einem Tisch abzustellen, wandte Jack Walde sich an mich und forderte mich auf, sie in Frieden zu lassen. Ja, er benutzte tatsächlich genau diese Worte. ›Seien Sie so gut und lassen Sie uns in Frie den‹, sagte er. ›Da oben ist bestimmt noch reichlich Platz.‹ Ich fand das natürlich ziemlich unverschämt, aber statt mich mit ihnen anzulegen, machte ich lieber auf dem Absatz kehrt und stieg wieder die Treppe hinauf.«

Er verstummte und strich sich wieder über den Schnurrbart. Als wollte er sich vergewissern, dass während seines langen Wortschwalls kein Haar in Unordnung geraten war.

»War das alles?«, fragte Barbarotti.

»Das war alles«, bestätigte Ivar Stark.

»Vielen Dank«, sagte Sarah Sisulu. »Interessant. Was Sie gerade erzählt haben, ist mit anderen Worten vor dreieinhalb Jahren passiert. Wie kommt es, dass Sie sich mit dieser Information jetzt an uns wenden?«

Der Schiffsmakler emeritus Ivar Stark betrachtete die junge Anwärterin mit einer Miene skeptischen Erstaunens.

»Weil ich erst jetzt Grund dazu habe«, antwortete er. »Ich bringe meine Beobachtung aus dem Dezember 2016 natürlich mit den merkwürdigen Vermisstenfällen in Verbindung … auf die ich erst kürzlich aufmerksam worden bin, das möchte ich unterstreichen. Eine Notiz in einer Zeitung, glaube ich, aber vor allem das Fernsehprogramm letzte Woche. Ich bin dieses Jahr ungewöhnlich spät nach Schweden zurückgekehrt, vor zwei Wochen erst, es ist in diesen Viruszeiten nicht ganz einfach zu reisen. Da unten in der Sonne verzichte ich in der Regel darauf, das alte Schwedenland im Auge zu behalten … was die meisten anderen tun. Sie haben ihr Heimatland verlassen, scheinen sich aber ständig nach ihm zu sehnen. Hrrm.«

Er machte eine Pause, aber als weder Sisulu noch Barbarotti seine Worte kommentierten, ergriff er wieder das Wort.

»Und an diesem Wochenende war dann die Hochzeit in Pajala, meine Nichte hat einen Samen geheiratet, man stelle sich das vor, aber er ist anscheinend ein durchaus anständiger Bursche, und wir sind auf keinen Fall in der Nähe der Fünfzigpersonengrenze gewesen. Wie auch immer, als ich am Donnerstag den Beitrag im Fernsehen gesehen habe, mit den Bildern der drei, die verschwunden sind, habe ich mein Intermezzo in der Kastanie sofort mit dem Fall in Verbindung gebracht.«

»Entschuldigen Sie«, sagte Barbarotti. »Zwischen den Ereignissen ist schließlich ziemlich viel Zeit vergangen, ich meine, zwischen dem Vorfall im Café und dem ersten Verschwinden. Was bringt Sie dazu, das eine mit dem anderen in Verbindung zu bringen?«

Ivar Stark dachte einige Sekunden nach.

»Ihr Verhalten«, sagte er dann. »Es war völlig offensichtlich, dass Lunde und Walde an dem Morgen zusammensaßen und konspirierten. Sie hatten etwas Lichtscheues an sich, etwas, das nicht einmal meine bescheidene Anwesenheit duldete. Wenn ich mir einen Vergleich gestatten darf, sahen die beiden aus wie zwei klassische Schurken in einem alten Film. Und als mir jetzt in diesem Programm zu Ohren gekommen ist, dass …«

Er wusste für einen Moment nicht weiter, aber Barbarotti und Sarah Sisulu blieben still. Ließen ihm Zeit, die richtigen Worte zu finden.

»Entschuldigung, ich möchte nicht, dass Sie verpassen, worauf ich hinauswill. Als ich also gehört habe, dass die Polizei keine direkte Verbindung zwischen diesen drei Schriftstellern erkennen kann … inklusive der Dichterin … tauchte auf der Stelle die Erinnerung aus der Kastanie in meinem Kopf auf. Ich denke, Sie werden mir zustimmen, dass mein Erlebnis der Behauptung widerspricht, dass es keine Verknüpfung gibt? Walde und Lunde waren tief in etwas Unlauteres verwickelt, seien Sie bitte so freundlich, meinen Worten Glauben zu schenken!«

Barbarotti dachte, dass er in seiner Laufbahn auf viele Arten von Informanten gestoßen war, aber selten oder nie auf jemanden mit dieser Ausstrahlung. Ivar Stark war nicht gewohnt, dass man ihm widersprach. Was aus seinem Mund kam, tat er das nicht rein zufällig, erst recht nicht, wenn er mit Vertretern des Polizeicorps sprach. Ihn infrage zu stellen hieß, seinen eigenen Verstand infrage zu stellen.

»Habe ich das vorhin richtig verstanden, dass es Ihnen gelungen ist, einige Worte des Gesprächs zwischen Walde und Lunde mitzuhören?«, fragte er.

Ivar Stark nickte. »Das ist richtig, aber das war höchst unbedeutend. Nur eine Frage von Walde: ›Mehr hat sie nicht gesagt?‹«

»Mehr hat sie nicht gesagt?«

»Ja.«

»Und das ist alles, was Sie gehört haben?«

»Ja, das ist alles. Aber ich bin mir sicher, dass es genau diese Worte waren.«

»Und Sie haben keine Ahnung, auf wen sich das Wort *sie* bezog?«

»Wenn ich das wüsste, hätte ich es Ihnen mitgeteilt.«

»Natürlich«, warf Sarah Sisulu ein. »Haben Sie die beiden Herren beobachtet, als sie das Café verließen?«

»Nein, ich saß in der oberen Etage hinter einer Ecke. Sie können sich hinausgestohlen haben, ohne dass ich es bemerkt habe.«

»Haben Sie die beiden noch einmal zusammen gesehen?«

»Niemals.«

»Beurteilung, bitte«, sagte Sarah Sisulu zehn Minuten später.

»Sie deckt sich mit deiner«, sagte Barbarotti. »Eine schräge Gestalt, aber ich bin geneigt, ihm zu glauben.«

»*Mehr hat sie nicht gesagt?* Was für ein erbärmlicher Anhaltspunkt!«

Barbarotti dachte einen Augenblick nach. »Vielleicht doch nicht so erbärmlich. Sie haben über eine Frau gesprochen.«

»Zu dem Schluss komme ich auch.«

»Jetzt müssen wir nur noch herausfinden, wer sie ist.«

»Nur? Es stehen mindestens fünf Milliarden zur Auswahl.«

»Wenn wir Indien und China ausschließen, sind es nur noch drei.«

Sarah Sisulu lachte entzückt.

»Na, dann. Michelle Obama und mich kannst du auch streichen. Ich bin mir sicher, dass keine von uns in den Fall verwickelt ist.«

»Hervorragend«, sagte Barbarotti. »Dann sind wir so gut wie am Ziel. Darf ich dich heute Abend zum Essen einladen?«

Sie betrachtete ihn einige Sekunden mit einer Falte in der Stirn.

»Nicht, wenn du etwas von mir willst.«

»Von dir will?«, platzte Barbarotti heraus. »Spinnst du? Ich könnte dein Vater sein.«

»Wohl kaum«, sagte Sarah Sisulu. »Mein Vater ist pechschwarz.«

# 42

*Mehr hat sie nicht gesagt?*

Während der ersten guten Stunde seiner Rückfahrt nach Kymlinge drehte und wendete er diese scheinbar einfache Frage. Oder wie gesagt, das Wort *sie.* Wer damit gemeint war. Auch nach dem Ausschluss aller Chinesinnen und Inderinnen (sowie von Sarah Sisulu und Michelle Obama) gab es ziemlich viele, unter denen man wählen konnte. Wenn er sich wünschte, dass es sich um eine von zweien handelte – Maria Green oder Trine Bang –, hatte das mit großer Wahrscheinlichkeit nichts damit zu tun, wie es wirklich war.

*Mehr hat sie nicht gesagt?* Fünf aufgeschnappte Wörter aus einem dreieinhalb Jahre zurückliegenden Cafégespräch.

Ein Strohhalm? Dann aber einer der dünneren Sorte.

Außerdem … eine Schlussfolgerung, zu der er und Sisulu beim Essen am Vorabend gekommen waren, in einem Lokal, das nur wenige hundert Meter vom Polizeipräsidium entfernt lag, dessen Namen er aber schon wieder vergessen hatte … außerdem sprach wohl nicht viel dafür, dass Waldes und Lundes Treffen im Café Under kastanjen etwas mit Greens Verschwinden mehrere Jahre später zu tun hatte? So lichtscheu ihre Begegnung auch gewesen sein mochte.

Oder?

Nein, das erschien eher abwegig. Ivar Stark war in vieler Hinsicht ein ausgezeichneter Zeuge, aber eins und eins zusammenzuzählen, war letztlich Sache der Polizei. Insbesondere Kommissar Barbarottis, da er im Fall der verschwundenen Schriftsteller nach wie vor und mit ungebrochener Kraft als Leiter der Ermittlungen galt.

Er seufzte und betrachtete im Vorbeifahren einen Raben, der auf einem Straßenschild saß, das ihn darüber informierte, dass er bald in Örebro sein würde.

War der Rabe in der nordischen Mythologie nicht der Vogel der Weisheit?

Er beschloss, nicht zu viel in die Zeichen hineinzuinterpretieren, die auf seinem Weg verstreut auftauchten. Vielleicht war es im Übrigen auch nur eine Krähe gewesen.

Und trotzdem, dachte er ein paar Stunden später, als er wieder in seinem Büro im Präsidium von Kymlinge saß. Trotzdem hatte er das Gefühl, Borkmanns Punkt passiert zu haben. Es war nicht nötig, weiteren Informationen hinterherzujagen, jetzt kam es darauf an zu analysieren, was bereits vorlag.

Ob das – genau wie die *Sie*-Frage – reines Wunschdenken war, musste natürlich auch in Erwägung gezogen werden. Nach einem kurzen Gebet und einem gewissen Zögern trottete er zu seiner Kollegin und Lebensgefährtin, um zu hören, ob sie die Sache ergründen konnte. Sie telefonierte endlos lang, aber er dachte, dass der Herrgott die Eile nicht erschaffen hatte, nahm auf einem Stuhl Platz und wartete.

»Hallo, mein Prinz«, sagte sie, als sie fertig war. »Entschuldige, dass du warten musstest. War es nett beim König und der Königin?«

»Sie waren beschäftigt«, sagte Barbarotti. »Aber es ist mir trotzdem gut gegangen. Allerdings brauche ich jetzt Hilfe.«

»Dann bist du bei mir an der richtigen Adresse. Shoot.«

»Haben wir Borkmanns Punkt passiert oder nicht?«

»Was?«

»Du weißt schon... Borkmanns Punkt, von dem Van Veeteren gesprochen hat.«

»Ach, richtig. Der Moment, ab dem man nur noch seine grauen Zellen anstrengen muss. Der Punkt, an dem man aufhören kann, durch Gassen zu laufen und nach Blutspuren und Zigarettenkippen zu suchen... meinst du diesen Punkt?«

»Genau«, sagte Barbarotti. »Ich habe das Gefühl, dass wir ihn erreicht haben. Wie siehst du das?«

Eva Backman lehnte sich auf ihrem Stuhl zurück und musterte ihn mit einem bekümmerten Lächeln. »Woher um Himmels willen soll ich das wissen? Du musst schon wenigstens so gut sein, mir zu erzählen, was du in Stockholm erfahren hast.«

»Gern«, sagte Barbarotti, atmete tief durch und berichtete ihr von seinem Gespräch mit dem Schiffsmakler emeritus Ivar Stark.

»Interessant«, meinte Eva Backman, als er fertig war. »Nicht der gewöhnlichste Mensch der Welt, nehme ich an. Dieser Herr Stark.«

»Auch nicht der zweitgewöhnlichste«, erwiderte Barbarotti seufzend. »Aber wenn wir ihm seine Geschichte trotzdem glauben, und ich denke, das sollten wir tun... tja, wohin führt uns das? Mir ist klar, dass es ein Teil sein kann, das zu einem ganz anderen Puzzle gehört oder zu gar keinem Puzzle, aber ich habe so ein Gefühl, dass... ach, ich weiß auch nicht.«

Eva Backman dachte nach, kam aber nicht dazu, etwas zu sagen, weil Barbarottis Handy klingelte. Er zog es heraus und betrachtete das Display.

»Einundvierzig, was ist das für eine Ländervorwahl?«

»Äh«, sagte Eva Backman. »Keine Ahnung… jedenfalls Europa.«

Barbarotti nickte und nahm das Gespräch an. Eva Backman hörte zu, als er *ach, hallo* und *natürlich erinnere ich mich an Sie* sowie einiges anderes sagte, um das Gespräch nach einer Minute mit *ja, natürlich, selbstverständlich verspreche ich, mich zu melden* zu beenden.

»Wer?«

»Das war Viktoria Lunde. Franz J. Lundes Tochter, sie wollte wissen, wie es bei uns läuft… ich habe dir doch erzählt, dass ich mich vor Weihnachten mit ihr getroffen habe?«

»Ich glaube schon«, sagte Eva Backman. »Wo lebt sie?«

»In der Schweiz«, sagte Barbarotti. »Der italienischen, sie klang etwas niedergeschlagen.«

»Aus naheliegenden Gründen, nehme ich an«, sagte Eva Backman. »Aber du hast doch bestimmt mehr als einmal mit ihr gesprochen?«

Barbarotti nickte. »Anfangs schon. Aber seit Februar nicht mehr, glaube ich. Obwohl das vielleicht der Weg ist, den wir einschlagen sollten.«

»Welcher Weg?«

»Ein bisschen zurückgehen. Wir haben uns in letzter Zeit sehr auf Walde konzentriert… ja, Lunde ist natürlich dank Ivar Stark wieder aufgetaucht, aber es könnte sich lohnen, die Ordner von Dezember und Januar noch einmal durchzugehen. Was meinst du?«

Eva Backman runzelte die Stirn. »Meinst du etwa, dass du und ich das tun sollten?«

»Eine sehr gute Idee«, sagte Barbarotti. »Wie kommst du nur auf so etwas?«

»Den Rest der Woche«, sagte Stig Stigman eine halbe Stunde später. »Das bedeutet drei Tage, danach müsst ihr euch in eurer Freizeit damit herumschlagen. Ihr seid in einem halben Jahr keinen Schritt vorangekommen, wie kommt ihr darauf, dass ihr das jetzt tut?«

»Ich bin nicht ein halbes Jahr dabei gewesen«, stellte Eva Backman klar.

»Danke, das ist mir bekannt«, erwiderte Stigman gereizt. »Aber ich habe Dänemark zugestimmt, und ihr fahrt alle zwei Wochen nach Stockholm. Es wird Zeit für Ergebnisse. Versteht ihr, was ich euch sage? Ergebnisse!«

»Selbstverständlich«, sagte Barbarotti. »Ich gehe davon aus, dass wir den Fall passend zu Mittsommer gelöst haben.«

»Hast du es auf den Ohren?«, erkundigte sich Stigman. »Ich habe drei Tage gesagt. In drei Tagen ist der Nationalfeiertag, nicht Mittsommer.«

»Ja, ja«, sagte Barbarotti. »Ich habe verstanden. Aber Rom wurde auch nicht an einem Tag erbaut.«

»Wie bitte?«, sagte Stigman. »Was zum Teufel hat Rom mit der Sache zu tun?«

»Nicht viel«, erklärte Barbarotti und stand auf. »Außer dass alle Wege dorthin führen.«

»Originell«, murmelte Stigman und blätterte in dem Kalender, der vor ihm auf dem Schreibtisch lag. »Ich freue mich auf einen Abschlussbericht am ... mal sehen ... am Montagnachmittag nächste Woche. Abschlussbericht, habt ihr das auch verstanden, oder soll ich es euch schriftlich geben?«

»Uns ist alles klar«, versicherte Eva Backman und zog Barbarotti aus Monsieur Chefs Büro.

»Du darfst ihn nicht reizen«, sagte sie, als sie die Tür hinter sich geschlossen hatte. »Das ist kontraproduktiv.«

»Reizen?«, sagte Barbarotti. »Wer hat hier jemanden gereizt? Jetzt legen wir los. Was meinst du, wo sollen wir anfangen?«

Eva Backman sah aus dem Fenster und dachte einen Moment nach. »Ich finde, wir fangen damit an, dass wir nach Hause fahren. Wir nehmen das ganze Material mit und arbeiten im Homeoffice, so lautet nach wie vor die Empfehlung der Gesundheitsbehörde.«

»Drei Tage zu Hause«, sagte Barbarotti. »Das ist eine hervorragende Idee. Der erste Tag ist übrigens erst morgen.«

Aber sie fingen dann doch schon am Dienstagabend an, weil Barbarotti darauf bestand.

»Zumindest ich habe vor, sofort loszulegen«, erklärte er. »Und als Erstes werde ich eine Liste zusammenstellen.«

»Eine Liste worüber?«

»Über die Personen, mit denen ich in allen drei Fällen gesprochen habe … zumindest die wichtigsten. Ich wette, dass … hm.«

»Ja? Was willst du wetten?«

»Dass ich entdecken werde, dass einer von ihnen gelogen hat, vielleicht auch zwei, und wenn wir uns das jetzt im Nachhinein ansehen, wird das der Schlüssel sein zu … ja, zum Ganzen.«

»So ist es natürlich«, sagte Eva Backman. »Während du in Ruhe deine Liste zusammenstellst, mache ich uns in der Zwischenzeit ein paar Brote. Wir setzen uns raus, oder?«

»Warum soll man woanders sitzen, wenn der Flieder blüht?«, sagte Barbarotti. »Die Laube wird unser Hauptquartier, solange die Mücken fernbleiben. Und je älter ich werde, desto mehr liebe ich es, Listen zu erstellen. Ist das nicht merkwürdig?«

»Du hast so deine Macken«, antwortete Eva Backman.

Anderthalb Stunden später waren zwei Lachsbrote verspeist, zwei Dosen Bier geleert und die vorläufige Liste zusammengestellt worden. Außerdem hatte er sie zu Papier gebracht, weil das Wissen so am effektivsten abgerufen werden konnte.

»Ist sie chronologisch geordnet?«, fragte Eva Backman.

»Mehr oder weniger«, sagte Barbarotti.

»Na gut«, sagte Eva Backman.

»Lies«, sagte Barbarotti.

Und Eva Backman las.

*Franz J. Lunde*
*Rachel Werner, Lektorin*
*Linnea Närpi, Schwester*
*Viktoria Lunde, Tochter*
*Benny Kohlberg, Freund*

*Maria Green*
*Mirja Laine, Freundin*
*Gunder Widman, Lektor*
*Fredrik Green, Sohn*
*Margot Eriksson, Bücherwurm*
*Max Andersson, Exmann*

*Jack Walde*
*Gunder Widman, Lektor und Freund*
*Balthazar Walde, Sohn*
*Louise Mattsson, Exfrau*
*Staffan Lidberg, Kollege bei der Zeitung*
*Oscar Stenhäll, Feuilletonchef der Zeitung*

*Sonstige*

*Trine Bang, tote dänische Schriftstellerin*
*Jesper Larsen, dänischer Polizist*
*Mette Pedersen, dänische Polizistin*
*Ivar Stark, ehemaliger Schiffsmakler*
*Personen in Hotels in Kymlinge, z. B. Madame Douglas*
*Eine Reihe von Bibliotheksangestellten und um die hundert Zuhörer… sowie ein (mindestens) Stalker/Täter/Verbrecher/Mörder?*

»Warum hast du auch unsere Kollegen in Kopenhagen auf die Liste gesetzt?«, fragte Eva Backman nach der ersten Lektüre. »Stehen sie wegen irgendetwas unter Verdacht?«

Barbarotti schüttelte den Kopf. »Nein, abgesehen von dem Letzten auf dieser Liste steht keine der Personen unter Verdacht… im Moment jedenfalls nicht… außer vielleicht, Desinformation betrieben zu haben. Bewusst oder unbewusst. Haben sie es bewusst getan, heißt das, sie lügen. Aber sie könnten auch das eine oder andere bedeutsame Detail geliefert haben, ohne dass es uns aufgefallen ist. Ich muss zurückgehen und versuchen, mich bei jedem Einzelnen an möglichst viel zu erinnern.«

»Ich verstehe«, sagte Eva Backman. »Aber heißt das nicht auch, dass ich dem Meisterdetektiv keine große Hilfe sein kann? Den meisten dieser Menschen bin ich nicht einmal begegnet.«

»Du darfst meine Sparringspartnerin sein«, sagte Barbarotti.

»Oje«, sagte Eva Backman. »Aber okay, alles hat seine Zeit. Morgen arbeite ich mit den Ordnern in der Hängematte, sag Bescheid, wenn du nicht weiterkommst.«

»Du meinst ja wohl *falls*, nicht *wenn*?«, sagte Barbarotti.

»Sorry, ist mir so rausgerutscht«, sagte Eva Backman. »Aber jetzt gehen wir ins Haus, ich glaube, ich habe eine Mücke gehört.«

# 43

Ihr Mann hatte sie gewarnt, er meinte, das Wasser sei verdammt nochmal zu kalt, aber Irmelin Andersson hatte nicht auf ihn gehört. Hemming war ein Bademuffel ohnegleichen, ging höchstens ein- oder zweimal im Juli schwimmen und stand generell so gut wie allem ablehnend gegenüber. Es war mit den Jahren nicht besser geworden.

Und so nahm sie das Fahrrad und fuhr einsam und allein zum Strand. Es war erst halb zehn, aber die Sonne stand schon hoch. Kein Wunder, es waren nur noch zwei Wochen bis Mittsommer, drei Tage bis zum Nationalfeiertag. Eine ihrer Töchter hatte an diesem sechsten Juni Geburtstag, deshalb hatte sie schon vorige Woche ein kleines Paket abgeschickt, heutzutage funktionierte die Post ja eher schlecht als recht. Wie so vieles andere; das Klima und die Politik und jetzt dieses verflixte Virus. Sie dankte ihrem Schöpfer dafür, dass sie nicht in einem Altenheim untergebracht war. Sonst hätte sie bestimmt längst den Löffel abgegeben.

Ihrer Tochter ging es im Übrigen auch nicht so gut, sie wohnte weit oben in der Gegend von Södertälje und hatte von einer Geschwulst in der Brust gesprochen, obwohl sie noch keine fünfzig war.

Schön, dass man bald weg ist, dachte Irmelin und stellte ihr Fahrrad ab. Unnötig, es mitzuschleifen, denn bis zum Wasser waren es noch gut und gerne zweihundert Meter.

Der Strand war vollkommen menschenleer, wie immer um diese Zeit des Tages und erst recht in diesen Zeiten. Sie hatte sicherheitshalber einen Badeanzug mitgenommen, aber da sie in keiner Richtung außer einzelnen Möwen, die auf den Winden über dem Meer schwebten und trieben, irgendein Lebewesen sah, beschloss sie, nackt zu baden. Sollte doch noch ein Mensch auftauchen, würde sie eben im Wasser bleiben müssen, bis die Person vorbeigegangen war.

Als ob sich jemand für einen fast achtzigjährigen Frauenkörper interessieren würde.

Die Gedanken an den Tod, daran, dass Hemmings und ihre Tage bald gezählt sein würden, hielten sich, während sie sich auszog, das rot-weiß karierte Badetuch um sich schlang und die letzten Meter zum Wasser stapfte. Genau daran sollte sie sich später erinnern; dass sie in diese Gedanken versunken war, nur Minuten bevor sie auf das gleiche Phänomen stieß, wenn auch in ganz anderer Gestalt.

Sie ließ das Handtuch fallen und zwei Meter vom Wasser entfernt im trockenen Sand liegen. Watete in das fast völlig glatte Wasser hinein und wunderte sich, dass es überhaupt nicht kalt war. Bestimmt zwanzig Grad, obwohl der Sommer gerade erst begonnen hatte; das lag bestimmt an der Sache mit dem Klima, aber man konnte es genauso gut genießen, bevor es zu spät war. Bevor alles überkochte.

Sie senkte den ganzen Körper hinein und schwamm los. Erst so weit hinaus, dass sie gerade noch stehen konnte, dann nach Osten; lange, ruhige Brustschwimmzüge. Mein Gott, ist das schön, dachte sie. Hemming ist ein Idiot.

Sie entschied sich für zweihundert Schwimmzüge, danach zurück, und als sie bis einhundertfünfundfünfzig gekommen war, passierte es.

Sie kollidierte mit etwas. Hatte den Kopf zur Seite gedreht

und die Augen zum Schutz vor der Sonne geschlossen. Hatte sich einfach vom Wasser umschließen lassen und es genossen und gezählt.

»Oh, Entschuldigung«, sagte sie, als sie erkannte, dass sie mit einem Menschen zusammengestoßen war.

Dann wurde ihr klar, dass die Person ihr niemals böse sein würde, weil sie tot war.

Zwar vollständig bekleidet und ziemlich unbeschädigt, zumindest sah es so aus, aber nichtsdestoweniger tot.

Also eine Leiche. Ein früherer Mensch. Der da trieb.

Irmelin stieß wahrscheinlich einen Schrei aus, aber den hörten nur die Möwen, und schwamm so schnell sie konnte auf das Ufer zu. Konnte richtig stehen und lief weiter auf den Strand. Erkannte, dass sie nackt war, eilte zu ihrem Handtuch und schlang es um sich. Hastete durch den losen Sand zu ihrem Fahrrad, ohne sich um den kleinen Kleiderhaufen zu scheren. Trat wie ein keuchender Wirbelwind in die Pedale bis zur Eingangstreppe daheim, warf das Fahrrad von sich und brüllte Hemming zu, er solle die Polizei rufen, draußen in der Bucht treibe ein toter Mensch im Wasser.

»Was redest du denn da?«, sagte Hemming. »Das kann doch gar nicht sein?«

Diese Erwiderung brachte seine Frau zur Vernunft. »Okay, du verkalkter Esel«, antwortete sie. »Ich rufe selbst an, das wird wohl das Beste sein.«

»Willst du etwa mit der Polizei sprechen, wenn du nur ein Badetuch anhast?«, fragte Hemming.

Und mit diesem Mann bin ich seit zweiundfünfzig Jahren verheiratet, dachte Irmelin, während sie die Nummer wählte.

# 44

Die Sonne schien mit unbarmherziger Intensität an einem kornblumenblauen Himmel, aber in der Fliederlaube herrschte angenehme Kühle. Es war Donnerstag, der vierte Juni, bis zum schwedischen Nationalfeiertag waren es noch zwei Tage, die zwei Tage, die Kommissar Stigman ihnen zugebilligt hatte, um etwas Konkretes vorzulegen.

Oder letztlich vier, denn wenn ihnen der Sinn danach stand, hinderte sie schließlich nichts daran, auch am Wochenende zu arbeiten.

Höchstens das Wetter. Als Eva Backman um sieben Uhr aufgestanden war, hatte das Thermometer zwanzig Grad angezeigt, und jetzt, als es auf zehn Uhr zuging, war es mit Sicherheit auf fünfundzwanzig gestiegen. Kein Wölkchen am Himmel, und der Wetterbericht sagte für die nächsten Tage keine Veränderung voraus. Sommer, das konnte man mit Fug und Recht behaupten.

Am Vortag hatten sie sich an ihren Plan gehalten. Eva Backman hatte in der Hängematte gelegen und jedes einzelne Wort gelesen, das zu den drei Fällen schriftlich festgehalten worden war, Barbarotti hatte seine Liste studiert, eine Reihe von Telefonaten geführt, um mehr Licht ins Dunkel gewisser Punkte und Umstände zu bringen, und um sechs Uhr abends hatten sie eine Flasche Weißwein geöffnet, einen großen Salat mit Eiern, Thunfisch, Krabben, Reis sowie sieben verschiedenen Gemüsen zubereitet und gedacht, dass sie sich vielleicht eine Mahlzeit verdient hatten.

Dem gleichen Plan zufolge war dies der Tag der Fragen. Eva Backman machte den Anfang.

»Warum haben wir keinerlei Indizien gefunden? Nicht in den Hotels, nicht in Stockholm. Das ist schon ungewöhnlich, oder?«

»Ungewöhnlich, aber nicht einmalig«, erwiderte Barbarotti. »Worauf deutet das hin?«

»Keine Ahnung«, sagte Eva Backman. »Aber es besteht natürlich ein Unterschied zwischen den beiden ersten und Walde. Wenn sie Walde nur den Schädel eingeschlagen und ihn in ein Auto geworfen haben, hinterlassen sie nicht viele Spuren.«

»Sie?«, sagte Barbarotti.

»Ich tendiere dazu. Zumindest, was ihn angeht. Aber wie es jemandem gelungen ist, Lunde und Green aus ihren Hotels zu bekommen, tja, das gibt einem zu denken.«

»Willst du damit andeuten, dass sie freiwillig mitgegangen sind?«, fragte Barbarotti.

»Noch stelle ich hier die Fragen«, sagte Eva Backman. »Was glaubst du selbst?«

»Auszuschließen ist es nicht«, sagte Barbarotti. »Ich erinnere mich, dass ich das damals auch schon gedacht habe. Aber ich begreife nicht, warum sie mit einem Menschen losgezogen sein sollen, der sie verfolgt hat. Dass man sie mit vorgehaltener Pistole gezwungen hat, klingt wahrscheinlicher, auch wenn einem das ziemlich riskant vorkommt. Oder …«

»Ja?«

»Oder es war jemand, der keine Bedrohung darstellte.«

»Du meinst, jemand, den sie nicht als Bedrohung *wahrgenommen* haben?«

»Ja, ich denke, das meine ich.«

»Und wer soll das gewesen sein?«

»Ein Bekannter. Der Gedanke ist mir auch vorher schon gekommen. Dass der Täter jemand sein könnte, den sie alle drei … nein, Walde nicht unbedingt … gekannt und dem sie vertraut haben?«

»Und?«

»Ich habe den Gedanken wieder verworfen.«

»Und warum?«

»Das weiß ich nicht mehr.«

»Großer Gott«, sagte Eva Backman. »So kommen wir nicht weiter. Stell lieber deine erste Frage.«

Barbarotti studierte einige Sekunden seinen Notizblock.

»Sie hatte es anscheinend vorher schon einmal versucht«, sagte er dann.

»Wer hat was getan?«

»Entschuldige. Trine Bang. Als sie einiges jünger war, hat sie versucht, sich umzubringen. Als Jugendliche, glaube ich, das wurde nicht erwähnt, als wir mit unseren dänischen Freunden gesprochen haben.«

»Das ist keine Frage«, sagte Eva Backman. »Aber egal. Wie hast du das herausgefunden?«

»Ich habe ihren Exfreund erreicht«, sagte Barbarotti. »Sie waren seit dem Gymnasium zusammen. Er hat es mir erzählt … und dass sie, als ihr Buch herauskam, praktisch gleichzeitig mit ihm Schluss gemacht hat. Aber meine Frage lautet, ob das irgendeine Bedeutung hat?«

Eva Backman dachte fünf Sekunden nach, bevor sie den Kopf schüttelte. »Nein, ich kann wirklich nicht erkennen, warum das eine Rolle spielen soll. Wir dürfen Trine Bang nicht vergessen, aber was sie in ihrer Pubertät getan hat, spielt keine Rolle.«

»Okay, wir entscheiden uns vorerst dafür«, sagte Barbarotti. »Nächste Frage: Wusste einer der Verschwundenen, wer genau es auf sie oder ihn abgesehen hatte?«

»Oder auf zwei von ihnen oder alle?«, schlug Eva Backman vor.

»Von mir aus«, sagte Barbarotti. »Was meinst du?«

»Ich meine, dass wir schon einmal an diesem Punkt gewesen sind, ohne weiterzukommen. Hör zu, wir sind uns einig gewesen, dass alle den gleichen Dreck am Stecken hatten … es gibt ein Ereignis, das die Wurzel des Ganzen ist. Erinnerst du dich?«

Barbarotti nickte, schwieg aber.

»Das ist natürlich nur eine Vermutung, aber eine ziemlich gute Vermutung«, fuhr Eva Backman fort. »Und vielleicht liegt es auch nahe, dass sie wussten, wen sie fürchten mussten. Auch wenn sowohl Lunde als auch Green es in ihren Texten verbergen.«

»Weil sie gute Gründe hatten, es zu verbergen?«

»Wahrscheinlich.«

»Legen sie auch falsche Fährten aus?«

»Kann sein. Lundes seltsame Geschichte von dem Dichter in Göteborg kommt einem zum Beispiel sehr konstruiert vor. Die über den perfekten Mord.«

»Das denke ich auch«, sagte Barbarotti und seufzte. »Findest du, dass wir vorankommen?«

»Nein«, sagte Eva Backman. »Ich finde, wir drehen uns im Kreis. Wenn das mit Borkmanns Punkt stimmt, fürchte ich, wir sind einfach zu blöd. Wenn Sherlock Holmes es mit sieben oder zehn Anhaltspunkten schafft, heißt das noch lange nicht, dass wir das auch tun. Ich glaube, ich springe stattdessen mal in den See. Ein kühles Gehirn denkt besser als ein kochendes.«

»Wir sitzen doch im Schatten«, sagte Barbarotti und blickte auf den See hinaus. »Aber das hilft anscheinend nicht, ich komme mit.«

Die folgenden Stunden vergingen auf die gleiche Weise. Verwirrte Fragen und noch verwirrtere Antworten, und nach dem dritten oder eventuell auch vierten gemeinsamen Bad im dunklen Wasser des Kymmen war zumindest Barbarotti bereit, das Handtuch zu werfen.

»Weißt du was?«, sagte er, während er sich mit einem greifbaren Handtuch abtrocknete. »Ich wette, dass sie alle drei noch leben.«

»Du spinnst«, sagte Eva Backman.

»Wollen wir wetten?«, sagte Barbarotti.

»Von mir aus«, erwiderte Eva Backman. »Aber was gilt, wenn nur einer oder zwei noch leben?«

»Dann gewinnt keiner von uns. Drei Lebende oder drei Tote. Ich setze ein Essen mit Kerzenbeleuchtung und mit, äh … diesem Rhône-Wein, den wir Ostern getrunken haben, keine Ahnung, wie der heißt … darauf, dass sie leben.«

»Okay«, sagte Eva Backman. »Ich wette, dass sie tot sind. Darf ich das Restaurant aussuchen?«

»Wir essen zu Hause«, sagte Barbarotti. »Wir werden nicht mit der Pest spielen. Aber du darfst gern einen negativ getesteten Koch anheuern … zurzeit müssten ja einige freihaben.«

»Abgemacht«, sagte Eva Backman, und im gleichen Moment unterbrach Barbarottis Handy ihre kultivierte Konversation.

Er trocknete seine Hände ab und sah auf das Display.

*Sarah Sisulu.*

»Jetzt ist es so weit«, sagte er, und hinterher sollten Eva Backman und er sich fragen, was ihn veranlasst hatte, ausgerechnet diese Worte zu wählen. Aber vielleicht war es nur etwas, was ihm spontan über die Lippen kam, und die Wege des Herrn sind ohnehin unergründlich.

Er meldete sich, lauschte vier, fünf Minuten fast ohne etwas zu fragen oder zu kommentieren, bat um zwei Telefonnummern und beendete das Gespräch.

»Deine Chancen stehen besser«, sagte er. »Sie haben Maria Green gefunden. Ich muss in Malmö anrufen.«

»Maria Green?«

»Ja.«

»Malmö?«

»Ja, man hat sie in der Nähe von Ystad gefunden. Anscheinend ist sie an Land getrieben worden, eine alte Frau war schwimmen…«

»Wann?«

»Gestern.«

»Moment mal… woher wissen sie, dass es Maria Green ist?«

Barbarotti zögerte kurz.

»Sie haben sie erkannt.«

»Erkannt? Sie ist seit einem halben Jahr verschwunden.«

»Das ist ja so seltsam daran. Sie scheint nur ein paar Tage im Wasser gelegen zu haben.«

»Was hat das zu bedeuten?«, fragte Eva Backman.

»Ich weiß es nicht«, sagte Gunnar Barbarotti. »Ich rufe den Gerichtsmediziner an.«

# 45

Der Gerichtsmediziner hieß Filipsson und wusste Bescheid.

Das galt allerdings nicht für alle. Die Leiche, will sagen die sterblichen Überreste von Maria Green, bekannte Dichterin und verschwunden seit Anfang Dezember, war am Mittwochvormittag von einer gewissen Irmelin Andersson gefunden worden, als sie unterhalb von Snårestad im Meer schwamm, einer Ortschaft etwa zehn Kilometer westlich von Ystad. Die Leiche war zur Gerichtsmedizin in Lund transportiert worden, wo sie um drei Uhr nachmittags eintraf. Filipsson und eine Kollegin hatten eine oberflächliche Untersuchung durchgeführt, Tod durch Ertrinken festgestellt und die Tote zur Verwahrung über Nacht in den Kühlraum gelegt. Die Polizei war von Anfang an eingeschaltet gewesen, aber erst am Donnerstagvormittag hatte man bemerkt, dass die Frau eine gewisse Ähnlichkeit mit der verschwundenen Maria Green besaß. Fotos wurden nach Kungsholmen in Stockholm geschickt (warum nicht nach Kymlinge, dachte Barbarotti, fragte aber nicht), wo bestätigt wurde, dass es sich mit großer Wahrscheinlichkeit um sie handelte.

Und die endgültige Bestätigung hatte man zwei Stunden später erhalten.

»Gerade eben«, verdeutlichte Filipsson und putzte sich die Nase. »Entschuldigung, ich bin Pollenallergiker, ich habe kein Corona. Da lobe ich mir Kühlräume.«

»Die endgültige Bestätigung?«, fragte Barbarotti nach.

»Identifikation durch einen nahen Angehörigen«, sagte Filipsson.

»Und durch wen, genauer gesagt?«

»Durch ihren Sohn, er wohnt in der Nähe von Ystad. Er war ziemlich mitgenommen.«

Stimmt ja, dachte Barbarotti. Arzt in Lund. Sie hatten im Dezember telefoniert, hätten sich im Januar treffen sollen, aber es war etwas dazwischengekommen.

»Können Sie mir mehr über die näheren Umstände sagen?«, bat er. »Ich komme vermutlich zu Ihnen hinunter, aber vorläufig?«

»Wir haben sie noch nicht obduziert, aber anhand der äußerlichen Begutachtung lässt sich feststellen, dass sie wahrscheinlich ein paar Tage, höchstens aber eine Woche im Wasser gelegen hat. Die Kleider, ein Trainingsanzug und gewöhnliche Unterwäsche, sind relativ unbeschädigt. Ein Schuh fehlt, und das Auffälligste ist, dass sie ein Seil um den Hals hat.«

»Entschuldigung«, sagte Barbarotti. »Ein Seil um den Hals?«

»Ja. Ziemlich dick und ungefähr zwei Meter lang. Es ist mit einem normalen Doppelknoten zugebunden, also keine Würgeschlinge. Wie ich schon sagte, können wir davon ausgehen, dass sie ertrunken ist. Für weitergehende Befunde müssen wir auf die Obduktion warten.«

»Warum hat man ein Seil um den Hals?«, fragte Barbarotti. »Hat sie an einem Gewicht gehangen, um nicht hochzutreiben?«

»Gut möglich«, antwortete Filipsson. »Sogar wahrscheinlich. Aber was immer es gewesen ist, sie hat sich davon gelöst. Vielleicht ist der Knoten aufgegangen, aber das lässt sich nicht beurteilen. Zumindest noch nicht.«

»Warum ist sie noch nicht obduziert worden?«

Filipsson seufzte. »Personalmangel«, erklärte er. »In unserer Gegend werden fleißig Leute erschossen, wie Sie vielleicht gelesen haben. Und es wird mit Messern gekämpft. Außerdem haben wir gewisse Virusrestriktionen.«

»Ich verstehe«, sagte Barbarotti. »Fürs Erste vielen Dank. Gibt es noch etwas, das ich wissen muss?«

»Im Moment nicht. Wir können uns weiter unterhalten, wenn Sie vor Ort sind. Morgen Vormittag vielleicht, wenn wir fertig geschnippelt haben?«

»Ausgezeichnet«, sagte Barbarotti. »Aber rufen Sie mich bitte an, wenn etwas auftaucht.«

»Selbstverständlich«, versicherte Gerichtsmediziner Filipsson. »Und grüßen Sie Ihren Chef. Wir haben früher in derselben Mannschaft Handball gespielt.«

Handball?, dachte Barbarotti, als er aufgelegt hatte. Stig Stigman? Das muss gewesen sein, bevor er mit den Krawatten angefangen hat.

»Und wie sollen wir das deuten? Dann war sie also vor zwei Wochen noch am Leben?«

Barbarotti breitete die Hände aus. »Offensichtlich.«

»Verschwunden seit Dezember?«

»Ja.«

Eva Backman schüttelte den Kopf und wirkte ungläubig. »Dann hat jemand sie … gefangen gehalten? Und sich entschieden, sie jetzt erst umzubringen. Warum … ich meine, *warum jetzt?*«

»Das ist eine Variante«, sagte Barbarotti.

»Gibt es mehrere?«

»Zumindest noch eine. Ich glaube, es ist das Beste, wir fahren sofort hin.«

»Du triffst dich morgen Vormittag mit dem Pathologen. Wir können einen frühen Flug nehmen … nein, es gehen vermutlich gar keine Flüge. Aber wir können früh losfahren.«

Barbarotti zögerte. »Es gibt jemanden, mit dem wir zuerst sprechen müssen.«

»Was?«

»Denk nach.«

Eva Backman dachte eine ganze Weile nach.

»Verflucht«, sagte sie schließlich. »Ich glaube, ich verstehe … oder auch nicht.«

»So ungefähr geht es mir auch«, sagte Barbarotti.

»Schön, dass wir auf einer Wellenlänge sind. Aber sollten wir uns nicht erst mit den Kollegen vor Ort absprechen?«

»Das können wir vom Auto aus tun«, sagte Barbarotti und sah auf die Uhr. »Wenn wir jetzt losfahren, sind wir da, noch ehe es dunkel wird.«

»Um diese Jahreszeit wird es in Schweden nie dunkel«, erwiderte Eva Backman. »Also nach Malmö?«

»Oder Ystad«, sagte Barbarotti. »Vielleicht auch Lund. Das wird sich zeigen.«

# 46

Es war ein paar Minuten nach einundzwanzig Uhr, und die Sonne war in Ystad noch nicht untergegangen. Kriminalinspektor Forslund hatte ihre letzte Röte auf dem Gesicht, als er sie wie verabredet auf dem Parkplatz in Empfang nahm.

»Gute Fahrt gehabt?«

Dass er aus Nordschweden stammte, hatte man schon am Handy gehört.

»Ja, danke«, antwortete Barbarotti. »Meine Kollegin Eva Backman.«

Sie nickten einander coronakonform zu und betraten die schlummernde Polizeiwache. Es war deutlich spürbar, dass Ystad in der Wirklichkeit deutlich ruhiger war als in der Welt der Literatur.

»Ich heiße Kurt«, sagte Inspektor Forslund unerwartet. »Das trifft sich gut in dieser Stadt. Und ich bin tatsächlich nach einem Polizisten benannt worden. Aber nicht nach Wallander. Ein Onkel von mir war oben in Boden ein legendärer Bulle. Kurt Blomgren, Blume genannt.«

»Interessant«, sagte Eva Backman höflich und dachte, so hat er sich mit Sicherheit nicht zum ersten Mal vorgestellt.

»Kaffee?«

»Nein, danke«, sagte Barbarotti. »Wir haben unterwegs einen getrunken. Wir sollten besser so schnell wie möglich aufbrechen. Du findest den Weg?«

»Ja, klar«, sagte Kurt Forslund. »Und wir rechnen nicht mit Gewalt?«

»Ich glaube nicht«, sagte Barbarotti. »Aber du bist doch bewaffnet?«

Kurt Forslund nickte.

»Und die Streife kommt mit?«

»Sie warten.«

»Also gut«, sagte Barbarotti. »Lass uns fahren.«

Sie brauchten knapp zwanzig Minuten, um zu dem Hof zu kommen. Er lag abgelegen in der wogenden Landschaft und wurde an zwei Seiten von einem dünnen Vorhang aus Weiden geschützt. In Richtung Meer und nach Westen war die Aussicht offen; unendlich, schien es, und das weiß getünchte Wohnhaus sah fast schon surrealistisch aus, wie es dort in das eigentümliche Nachlicht des Sonnenuntergangs getaucht war.

Sie hielten in einem gebührenden Abstand auf dem einfachen Kiesweg, und Barbarotti wählte die Nummer. Es klingelte viermal, dann meldete sich jemand. Er erklärte, wer er war, und fragte, ob es in Ordnung sei, wenn er trotz der späten Stunde zu einem kurzen Gespräch vorbeikomme.

Ja, wegen dem, was passiert war.

Höchstens eine halbe Stunde, wir stehen unten an der Straße. Meine Kollegin und ich.

Letzteres entsprach nicht ganz der Wahrheit. Die vier Streifenpolizisten hatten sich im Schutz der Bäume postiert, und Kurt Forslund stand mit geladener Waffe hinter der Giebelseite der flachen, langgestreckten Scheune.

Kein vollständiger Schutz, aber immerhin etwas. Schließlich wohnten in dem Haus nicht die Hells Angels.

Er beendete das Gespräch und nickte Eva Backman zu. Sie

stiegen aus dem Wagen und gingen die letzten fünfzig Meter zur Haustür.

»Wie hat er sich angehört?«

»Ich weiß nicht recht«, sagte Barbarotti.

Der Mann, der ihnen öffnete, hatte etwas in seinem Blick, das Eva Backman nicht identifizieren konnte. Panik? Resignation? Angst? Oder eine Kombination von allen drei Gefühlen? Oder nur gewöhnliche Müdigkeit? Dann aber eine gewaltige Müdigkeit.

Sie hätte ihn auf vierzig geschätzt, wusste aber, dass er mindestens zehn Jahre jünger war. Hager und leicht gebeugt, zwei Tage alte Bartstoppeln und halblange, mausfarbige Haare, die bestimmt schon eine Woche nicht mehr gewaschen oder gekämmt worden waren.

Ein fleckiges weißes T-Shirt. Abgetragene, schmutzige Jeans und Wollsocken.

Er hätte ein Penner sein können.

Er führte sie wortlos in die Küche. Zog einen Stuhl heraus und setzte sich. Backman und Barbarotti nahmen ihm gegenüber Platz. Barbarotti wischte einige Brotkrümel von der karierten Wachstuchdecke. Zog sein Aufnahmegerät heraus und platzierte es dort, wo die Krümel gelegen hatten.

»Sind Sie einverstanden, dass wir das Gespräch aufnehmen?«

Er nickte und strich sich mit einer schmutzigen Hand das Haar aus dem Gesicht.

»Ihr Name, bitte?«

»Fredrik Green.« Mit Mühe und Not hörbar.

»Ich heiße Gunnar Barbarotti. Das hier ist meine Kollegin Eva Backman. Wir sind Kriminalpolizisten. Ist Ihnen klar, warum wir hier sind?«

»Nein.«

Er musste sich anstrengen, um dieses eine Wort herauszubringen. Zumindest fand Eva Backman, dass es so klang.

»Wie fühlen Sie sich?«, fragte sie.

»Nicht so gut.«

»Liegt es an dem, was mit Ihrer Mutter passiert ist?«

Er schwieg eine geraume Weile, ehe er antwortete. Seine Augen wanderten zwischen den beiden Besuchern hin und her.

»Alles liegt an ihr.«

»Können Sie uns das erklären?«, bat Barbarotti ihn.

»Es liegt alles an ihr, und jetzt ist sie fort.«

»Können Sie bitte versuchen, ein wenig lauter zu sprechen?«

Er zuckte mit den Schultern.

»Hat sie bei Ihnen gewohnt?«

»Ja.«

»Und seit wann?«

»Lange. Seit es anfing … ziemlich genau.«

»Was hat angefangen? Können Sie uns das erzählen?«

Er legte den Kopf eine Zeit lang in die Hände. Sah auf die Wachstuchdecke hinab oder hielt die Augen geschlossen, es war nicht zu erkennen. Dann atmete er tief durch und richtete sich auf.

»Sie war todkrank. Litt unheilbar an etwas, das Klimkowski-Syndrom heißt. Ich wusste nichts, ehe es zu spät war. Als sie sich bei mir gemeldet hat, hatte sie den Ersten schon umgebracht.«

»Den ersten?«, fragte Barbarotti.

»Er hieß Lunde. Franz J. Lunde. Ich …«

»Sprechen Sie weiter.«

»Als sie angerufen hat, saß sie mit seiner Leiche im Auto.«

Er verstummte für einige Sekunden und schien ein leeres, ungespültes Glas zu studieren, das auf dem Tisch stand. Als enthielte es etwas von Bedeutung, eine Antwort auf eine unausgesprochene Frage. Aber das bildete Eva Backman sich wahrscheinlich nur ein, ihr Gehirn arbeitete auf Hochtouren und war gezwungen, noch die sinnlosesten Zeichen zu analysieren und zu deuten.

»Ich hatte nicht die Kraft, mich ihr zu widersetzen. Es wurde zu einer Art Albtraum, ich weiß, ich hätte …«

Er unterbrach sich wieder und rieb sich mit den Händen über das Gesicht. Als wollte er es zum Leben erwecken, dachte Eva Backman. Einen Blutkreislauf und ein Bewusstsein in Gang bringen, die auf dem besten Weg waren zu erlöschen, und sie fragte sich, ob Barbarotti es genauso wahrnahm wie sie. Dass sie einen Menschen vor sich hatten, der am Rande eines psychischen Zusammenbruchs stand.

»Ich sehe, dass es Ihnen nicht gut geht«, sagte sie. »Haben Sie die Kraft weiterzumachen?«

Er nickte. »Danke. Ja, es wird wohl das Beste sein, es hinter mich zu bringen. Wo waren wir?«

»Franz J. Lunde«, sagte Barbarotti. »Sie haben gesagt, dass Ihre Mutter sich bei Ihnen gemeldet hat?«

»Ja, aber das hat sie nur getan, weil sie die Leiche loswerden musste. Dauerhaft ist sie erst ein paar Tage später zu mir gekommen, als sie … als sie ihr eigenes Verschwinden inszeniert hatte.«

»Und seitdem hat sie hier gewohnt?«

»Ja. Ich hätte mich nicht darauf einlassen sollen, aber ich war zu schwach. Sie war meine Mutter, sie litt an einer unheilbaren Krankheit, und ich konnte mich ihr nicht widersetzen …«

»Sie sind selbst Arzt, nicht wahr?«

»Ja, ich bin Assistenzarzt in Lund, aber …«

»Aber?«

»Ich bin krankgeschrieben. Ich weiß nicht, wie die Zukunft aussieht. Auch mit Corona …«

»Wir wollen uns erst einmal damit befassen, was gewesen ist«, sagte Barbarotti. »Warum ist Ihre Mutter zu Ihnen gezogen?«

Er zuckte wieder mit den Schultern. »Sie musste sich irgendwo verstecken, und das ging hier ja gut. Sie ist mit der ersten Leiche zu mir gekommen, dem Mann, den sie ermordet hatte … ja, das habe ich schon gesagt. Dann ist sie dauerhaft bei mir eingezogen, als sie sich in Luft aufgelöst hatte. Es gefiel ihr, das so zu sagen … ich bin noch nicht tot, ich habe mich nur in Luft aufgelöst.«

»Aber jetzt ist sie tot«, sagte Barbarotti.

»Ja, sie war verrückt, und jetzt ist sie tot. Aber …«

»Aber?«

»Aber sie war meine Mutter, und genau das war das Problem.«

Er stieß ein kurzes, deplatziertes Lachen aus. Wie um den Begriff *verrückt* zu illustrieren, dachte Eva Backman und merkte, dass sie schauderte.

»Wie hat sie Franz J. Lunde getötet?«, fragte Barbarotti. »Wissen Sie das?«

»Sie hat ihn erschossen. Genau wie Walde.«

»Erschossen?«

»Sie hatte irgendwo in Stockholm einen Revolver gekauft. Das ist anscheinend nicht besonders schwer. Er liegt übrigens noch im Auto, Sie brauchen ihn nur an sich zu nehmen … der Schalldämpfer auch.«

»Ich verstehe«, sagte Barbarotti. »Und wo befindet sich das Auto?«

Fredrik Green zeigte mit einer einfachen Kopfbewegung. »Draußen in der Scheune. Die Leichen liegen im Misthaufen, sie dachte, sie würden sich darin auflösen, aber das funktioniert nicht. Ich glaube, der Mist ist zu alt.«

»Wie lange wohnen Sie jetzt hier?«

»Seit knapp zwei Jahren, ich habe den Hof gekauft, nachdem mein Bruder gestorben ist.«

Er schluchzte auf, bekam sich aber wieder in den Griff.

»Möchten Sie, dass wir eine Pause machen?«, fragte Barbarotti.

»Nein, fragen Sie weiter. Es ist nur so, dass ich ziemlich lange nicht mehr geschlafen habe.«

»Können Sie uns von Jack Walde und davon erzählen, wie sich das abgespielt hat?«

»Warum fragen Sie mich nicht nach ...?«

»Nach was?«

»Nach dem Motiv. Wollen Sie denn gar nichts über das Motiv wissen?«

»Das möchten wir ganz bestimmt«, sagte Eva Backman, sie spürte, dass es Zeit wurde, eine Weile zu übernehmen. »Aber vielleicht können Sie uns vorher erklären, wie Sie bei Walde vorgegangen sind?«

Er rieb sich wieder über das Gesicht. »Ich fand, dass sie wie besessen davon war zu planen. Aber sie meinte, das sei alles, was sie noch habe ... es sei ihre letzte Aufgabe im Leben. Ja, so hat sie sich ausgedrückt. Die letzte Aufgabe, und weil ... ja, weil ich einfach nicht die Kraft hatte, mich ihr zu widersetzen, und außerdem ihr Motiv kannte ... habe ich getan, was sie wollte. Die ganze Zeit, ich habe gewusst, dass es nicht richtig war, aber gleichzeitig fand ich auch nicht, dass es falsch war ... es fällt mir schwer, das zu erklären. Ich steckte fest ... könnte man sagen, vielleicht habe ich komplett aufgehört zu denken, es war leichter, wenn ich ihr nur gehorchen musste … nur gehorchen musste«, wiederholte er und seufzte.

»Sie haben erwähnt, dass sie geplant hat«, sagte Eva Backman.

»Ja. Bei Lunde hat sie es genauso gemacht. Es reichte ihr nicht, ihnen das Leben zu nehmen, sie sollten auch gequält werden … in Angst und Schrecken versetzt und daran erinnert werden, worin ihre Schuld bestand. Deshalb sind wir dreimal nach Stockholm gefahren und haben erst beim dritten Mal … ja.«

»Und wie hat sich das abgespielt? Wie haben Sie beide Jack Walde getötet?«

»Ich nicht. Sie hat ihn erschossen, dann haben wir ihn ins Auto gezogen und sind nach Hause gefahren. Es war riskant, aber …«

Eva Backman wartete.

»Riskant, aber einfach«, präzisierte Fredrik Green. »Die Leute bleiben im Moment ja immer zu Hause … die Straße war vollkommen leer.«

In der dünnen Dunkelheit draußen hörte man ein Pferd wiehern. In der Aufnahme würde es vielleicht wie eine Illustration zu dem makabren Gespräch wirken, das sich gerade an einem Vorsommerabend in einem Bauernhof auf dem Land in Schonen entspann. Eva Backman dachte, auch wenn sie eigentlich geglaubt hatte, an Ungewöhnliches gewöhnt zu sein, war das der Gipfel.

Oder ein Abgrund, passte das hier nicht besser?

»Das Motiv?«, sagte sie.

Fredrik Green richtete sich auf seinem Stuhl auf und betrachtete sie mit plötzlicher Schärfe im Blick. »Vergewaltigung«, sagte er. »Sie haben im November 2016 in Kopenhagen eine junge Frau vergewaltigt… und sie zwei Monate später umgebracht.«

Eva Backman schluckte. »Sie umgebracht?«

»Lunde hat sie in einem Hochhaus vom Balkon gestoßen. Aber es hätte genauso gut Walde sein können. Sie haben gelost.«

»Wie kommt es, dass Sie das wissen?«, fragte Barbarotti.

»Sie hat es mir erzählt. Lunde hat ihr alles gestanden, bevor sie ihn erschossen hat. Wahrscheinlich dachte er, sie würde ihn verschonen, wenn er ihr die Wahrheit sagt… aber das hat sie nicht getan. Keiner wird verschont.«

»Können Sie das Letzte noch einmal sagen?«, bat Barbarotti. »Ich habe es nicht richtig gehört.«

»Keiner wird verschont«, wiederholte Fredrik Green.

»Ja, offensichtlich nicht«, sagte Barbarotti. »Wie hieß diese junge Dänin?«

»Sie hieß Trine… Trine Bang.«

»Und weshalb war Lunde gezwungen, sie umzubringen… wenn er denn dazu gezwungen war?«

»Weil sie vorhatte, die beiden zu entlarven. Ihn und Walde… zu erzählen, was die beiden mit ihr gemacht hatten. Das hängt zusammen, verstehen Sie. Es hängt alles zusammen.«

»Und Ihre Mutter?«, fragte Eva Backman. »Wie…?«

Die Antwort ließ gut zehn Sekunden auf sich warten. Ein plötzlicher Windstoß fuhr draußen durch die Bäume, und wieder wieherte das Pferd.

»Meine Aufgabe bestand nur darin, dafür zu sorgen, dass der Bootsmotor funktioniert.«

»Damit sie aufs Meer hinausfahren und sich ertränken konnte?«

»Ja. Als ich den Hof gekauft habe, gehörten Boot und

Motor dazu. Ich glaube, sie hat sich den Motor um den Hals gebunden… aber das Seil muss sich gelöst haben, sonst hätte man sie ja nicht gefunden. Sonst…«

»Sonst?«, sagte Barbarotti.

»Sonst würden Sie nicht hier sitzen. Stimmt's?«

Und während der wenigen Sekunden, in denen seine beiden Besucher diese Behauptung verdauten, zog er eine Schublade im Küchentisch auf, holte ein großes Tranchiermesser heraus und richtete die Spitze auf seinen Hals.

Aber es lief nicht, wie er es sich gedacht hatte. Eva Backman, die ihm am nächsten saß, fuhr den Arm aus, traf richtig, und das schwere Messer fiel zu Boden. Barbarotti hob es auf und schüttelte den Kopf.

»Jetzt ist Schluss mit dem Sterben«, sagte er. »Ich denke, es wird das Beste sein, wenn Sie uns begleiten.«

Er schaltete das Aufnahmegerät aus und tippte auf sein Handy. Wenige Augenblicke später standen fünf weitere Polizisten in der engen Küche. Fredrik Green war zu Boden geglitten und hatte sich wie ein Embryo zusammengekauert.

»Ist alles gut gelaufen?«, fragte Kurt Forslund.

»Nein, gut ist dafür das falsche Wort«, sagte Barbarotti. »Aber wir sind hier fertig.«

## *Ground Zero – drei*

*Ich sehe nur TB an jenem Morgen, an dem der Himmel seinen schmutzigen Regen über den Zustand der Welt weint, und das ist so verflucht traurig. Sie sitzt allein an einem Tisch weit hinten im Raum, den schmalen Rücken mir und allen anderen zugekehrt. Bewusst in eine Ecke gewandt, aber ich erkenne sie trotzdem an den Haaren und frage, ob ich mich zu ihr setzen darf. Sie ist eine Ruine, doppelt so alt und erfahren wie gestern Abend, ihre Seele ist von einem Güterzug überrollt worden, sie sitzt vor mir und zittert. Ich frage, was los ist, sie zögert, aber dann erzählt sie. Weint und schluchzt, zittert und erzählt.*

*Geht in die Details, in jedes einzelne nackte, verdammte Detail, und ich denke, so pervertiert ist die Welt, so geht es in ihr zu. Wir sitzen eine Stunde zusammen, dann begleite ich sie zu einem Taxi hinaus. Sage ihr, dass sie Anzeige erstatten muss, und sie sagt, ja klar, ja klar, und wir versprechen uns, in Verbindung zu bleiben.*

*Wir wollen wirklich in Verbindung bleiben.*

*Daraus wird nicht viel. Die Rache war ihr, jetzt ist sie mein.*

# 47

Der Nationalfeiertag begann mit Regen und böigem Westwind. Zwei Leichen waren aus einem alten Misthaufen ausgegraben worden, und es gab ein Mysterium weniger auf der Welt. Die Coronaepidemie wütete weiter, aber das Schachproblem unter dem Vulkan war gelöst worden.

Backman und Barbarotti verbrachten den Vormittag und den halben Nachmittag bei der Polizei von Malmö, vernahmen ein weiteres Mal Fredrik Green und fuhren gegen vier Uhr nach Kymlinge zurück.

Noch waren nicht alle Fragen beantwortet, aber das meiste hatte geklärt werden können. Wie üblich gab es keinen Grund zur Freude. Barbarotti erinnerte sich an eine Sentenz, die er irgendwo gelesen hatte: *Wenn wir endlich finden, wonach wir in der Dunkelheit gesucht haben, entdecken wir häufig, dass es genau das war. Dunkelheit.*

»Was meinst du?«, sagte er. »Wird er zurückfinden?«

»Vielleicht, vielleicht auch nicht«, sagte Eva Backman. »Seine Mutter muss jedenfalls eine ziemlich seltsame Frau gewesen sein. Sie tötet zwei Männer, um eine andere Frau zu rächen, und interessiert sich nicht dafür, was mit ihrem Sohn passiert. Er hat vor zwei Jahren seinen Zwillingsbruder verloren, und jetzt wird man ihn wegen Beihilfe verurteilen. Wie heißt noch dieser berühmte historische Mordfall in Schonen … der Yngsjömord?«

»Richtig«, sagte Barbarotti. »Mutter und Sohn, die gemeinsam die Frau des Sohnes ermorden. Die Mutter war die letzte Frau, die in Schweden hingerichtet worden ist. Ja, es gibt gewisse Ähnlichkeiten. Maria Green muss von dieser Sache besessen gewesen sein … obwohl, wenn man nur noch ein Jahr zu leben hat, ja, wer weiß, wie man dann tickt? Es liegt eine gewisse Logik darin. Was hat sie noch gesagt? Meine letzte Aufgabe?«

»Ja, genau«, sagte Eva Backman. »Und wenn dieses Seil sich nicht gelöst hätte … oder wenn der Knoten sich nicht gelockert hätte … dann wäre sie niemals nach oben getrieben. Was hätte das für uns bedeutet?«

»Du meinst, dass wir die Lösung dann niemals gefunden hätten?«

»Ja, das meine ich wohl. Und Fredrik Green wäre davongekommen … nehme ich an. Er hätte zum Krankenhaus in Lund zurückkehren und sich weiter spezialisieren können, als wäre nichts passiert. Wenn es ihm gelungen wäre, in ein normales Leben zurückzufinden.«

Barbarotti schwieg eine Weile.

»Vielleicht ist es ja so«, sagte er schließlich, »dass manche Fälle besser ungelöst bleiben.«

»Das ist ein ketzerischer Gedanke«, sagte Eva Backman. »Zumindest aus dem Mund eines Polizisten.«

»Sicher, da hast du wohl recht«, sagte Barbarotti. »Ich nehme ihn zurück. Ich frage mich einfach nur, wen es freut, dass dieser Fall aufgeklärt worden ist? Denk nach.«

Das tat Eva Backman. Sie schwieg drei, vier südschwedische Kilometer.

»Lindhagen vielleicht? Seine Theorie der eingleisigen Fahndung hat immerhin funktioniert.«

»Wenn überhaupt jemanden, dann ihn«, erwiderte Barbarotti. »Ja, wir haben richtig geraten, könnte man sagen. Aber davon abgesehen, wer wird glücklicher, weil ein Knoten aufgegangen und uns eine Lösung serviert worden ist?«

»Ich weiß es nicht«, sagte Eva Backman. »Balthazar Walde jedenfalls nicht. Es muss besser sein zu glauben, dass der Vater verschwunden ist, als zu wissen, dass er ermordet wurde, weil er ein Vergewaltiger war.«

»Manchmal wird die Wahrheit überschätzt«, sagte Barbarotti.

»Das sagst du oft.«

»Es ist eine schwierige Frage«, sagte Barbarotti. »Aber wenn ich es recht bedenke, haben wir eins die ganze Zeit übersehen.«

»Ich bin nicht die ganze Zeit dabei gewesen«, stellte Eva Backman wieder einmal klar.

»Vielleicht gerade deshalb.«

»Ha, ha. Was haben wir übersehen … oder ihr?«

»In Maria Greens Fall gab es keine Zeugen, nur ihre eigenen Worte. Über Nick Knatterton und diese Nachricht in einem Umschlag … und über Autos vor einem Versammlungshaus. Es gab nie eine Frau im Publikum, die eine unbequeme Frage stellte, womit Lunde zweimal konfrontiert gewesen ist … das hätte mir auffallen müssen.«

Eva Backman dachte nach.

»Selbst wenn es du es bemerkt hättest, heißt das noch nicht, dass du die richtige Schlussfolgerung daraus gezogen hättest.«

»Nein, vielleicht nicht. Aber apropos Wahrheit in leuchtenden Großbuchstaben, es gibt etwas, wovor mir wirklich graut.«

»Was denn?«

»Was ich Viktoria Lunde sagen soll.«

»Das musst du übernehmen?«

Barbarotti nickte.

»Ja. Sisulu muss es Waldes Jungen sagen, aber Viktoria muss es von mir hören.«

Der Regen wurde plötzlich stärker, und Eva Backman fiel nichts Hilfreiches ein.

# HÅKAN NESSER bei btb

**Die Kommissar-Van-Veeteren-Serie**

Das grobmaschige Netz. Roman
Das vierte Opfer. Roman
Das falsche Urteil. Roman
Die Frau mit dem Muttermal. Roman
Der Kommissar und das Schweigen. Roman
Münsters Fall. Roman
Der unglückliche Mörder. Roman
Der Tote vom Strand. Roman
Die Schwalbe, die Katze, die Rose und der Tod. Roman
Sein letzter Fall. Roman

**Weitere Kriminalromane**

Barins Dreieck. Roman
Kim Novak badete nie im See Genezareth. Roman
Und Piccadilly Circus liegt nicht in Kumla. Roman
Die Schatten und der Regen. Roman
In Liebe, Agnes. Roman
Die Fliege und die Ewigkeit. Roman
Aus Doktor Klimkes Perspektive. Erzählungen
Die Perspektive des Gärtners. Roman
Die Wahrheit über Kim Novak. Roman
Himmel über London. Roman
Die Lebenden und Toten von Winsford. Roman
Der Fall Kallmann. Roman
Der Choreograph. Roman

**Die Inspektor-Barbarotti-Serie**

Mensch ohne Hund. Roman
Eine ganz andere Geschichte. Roman
Das zweite Leben des Herrn Roos. Roman
Die Einsamen. Roman
Am Abend des Mordes. Roman
Der Verein der Linkshänder. Roman
Barbarotti und der schwermütige Busfahrer. Roman